BEM ATRÁS DE VOCÊ

LISA GARDNER

BEM ATRÁS DE VOCÊ

TRADUÇÃO DE Eric Novello

2ª REIMPRESSÃO

GUTENBERG

Título original: *Right behind you*

EDITORA
Silvia Tocci Masini

EDITORAS ASSISTENTES
Carol Christo
Nilce Xavier

ASSISTENTE EDITORIAL
Andresa Vidal Vilchenski

PREPARAÇÃO
Nilce Xavier

REVISÃO
Sabrina Inserra

CAPA
Diogo Droschi

DIAGRAMAÇÃO
Guilherme Fagundes

Dados Internacionais de Catalogação na Publicação (CIP)
(Câmara Brasileira do Livro, SP, Brasil)

Gardner, Lisa

Bem atrás de você / Lisa Gardner ; tradução Eric Novello. -- 1. ed.; 2. reimp.-- São Paulo : Editora Gutenberg, 2023.

Título original: Right behind you.

ISBN 978-85-8235-496-4

1. Ficção norte-americana I. Título.

17-10426 CDD-813

Índices para catálogo sistemático:
1. Ficção: Literatura norte-americana 813

A **GUTENBERG** É UMA EDITORA DO **GRUPO AUTÊNTICA**

São Paulo
Av. Paulista, 2.073, Conjunto Nacional
Horsa I . Sala 309 . Bela Vista
01311-940 São Paulo . SP
Tel.: (55 11) 3034 4468

Belo Horizonte
Rua Carlos Turner, 420
Silveira . 31140-520
Belo Horizonte . MG
Tel.: (55 31) 3465 4500

www.editoragutenberg.com.br
SAC: atendimentoleitor@grupoautentica.com.br

A todos os cachorros que só
encontramos uma vez na vida...

PRÓLOGO

Eu já tive uma família.

Pai. Mãe. Irmã. Morávamos em nosso próprio trailer duplo. Tapete marrom felpudo. Bancadas douradas imundas. Chão revestido de linóleo descolado. Costumava correr com meus carrinhos Hot Wheels por essas bancadas sujas de comida, dar um mortal duplo pelas rampas formadas pelas saliências do linóleo que estava se soltando, e então aterrissar no áspero carpete maltrapilho. O lugar era certamente um buraco. Mas eu era criança e chamava aquilo de lar.

De manhã, eu devorava um cereal Cheerios, assistindo ao desenho do Scooby-Doo sem som para não acordar meus pais. Acordava minha irmã mais nova e nos aprontávamos para a escola. Íamos cambaleando porta afora, com as mochilas quase arrebentando de tanto livro.

Era importante ler. Foi o que alguém me disse. Minha mãe, meu pai, algum avô, professor? Não lembro agora, mas em algum momento captei a mensagem. Um livro por dia. Uma dose de literatura por dia para manter a saúde. Então, depois da escola, eu ia para a biblioteca, ainda arrastando minha irmã comigo, e líamos alguns livros, porque alimentação saudável não teríamos tão cedo.

Eu gostava dos livros interativos da série Escolha sua Aventura. Cada um deles tinha um final em aberto, e você tinha que decidir o que aconteceria depois. Virar à esquerda ou à direita no templo proibido? Pegar o tesouro amaldiçoado ou seguir em frente? Nesses livros, você sempre estava no controle.

Então eu lia Clifford, o Gigante Cão Vermelho *para minha irmãzinha. Não tinha idade o suficiente para ler ainda, ela apontava e ria das figuras.*

Às vezes, a bibliotecária dava um jeito de contrabandear lanches para a gente. Ela dizia algo como: "Alguém esqueceu um saco de batatinhas. Vocês querem?". Eu dizia: "Não precisa". Ela respondia: "Vá em frente, melhor você do que eu. Salgadinho não faz bem para a minha silhueta feminina".

No fim das contas, minha irmã acabava pegando o saquinho de batatas, com os olhos cheios de gula. Ela estava sempre com fome naquela época. Nós dois estávamos.

Depois da biblioteca, casa. Mais cedo ou mais tarde, sempre precisávamos voltar para casa.

Minha mãe tinha aquele sorriso. Quando estava de bom humor, quando estava num "dia bom", ah, ela tinha aquele sorriso. Ela fazia cafuné no meu cabelo. Dizia que eu era o homenzinho dela. Dizia como tinha orgulho de mim. E me abraçava. Abraços demorados e fortes, um aperto de fumaça de cigarro e perfume barato. Eu adorava esse cheiro. Eu adorava os dias em que minha mãe sorria.

Às vezes, se as coisas estivessem indo particularmente bem, ela preparava o jantar. Espaguete com ketchup — "Isso vai deixar uma mancha", ela reclamava serelepe, sugando o macarrão. Macarrão instantâneo com ovos mexidos — "Jantar por quinze centavos, agora sim estamos vivendo o sonho americano", ela declarava. Ou o meu preferido, macarrão da marca Kraft, sabor queijo — "É essa cor de laranja 'nuclear' que deixa ele especial", ela sussurrava. Minha irmãzinha ria. Ela gostava da minha mãe quando ela estava assim. Quem não gostaria? Papai costumava estar no trabalho. Ganhando o pão. Quando ele tinha um emprego. Atendente de posto. Balconista noturno. Funcionário de estoque.

"Fique na escola", ele dizia para mim, nas tardes em que chegava em casa a tempo de eu vê-lo abotoar mais um uniforme encardido. "Maldito mundo real", ele dizia para mim. "Malditos chefes."

E então ele saía. E minha mãe emergia da nuvem de fumaça do quarto deles para começar a preparar o jantar. Ou a porta não se abria, e, ao invés disso, eu me virava com um abridor de latas. Macarrão enlatado Chef Boyardee. Sopa Campbell. Feijões cozidos.

Minha irmã e eu não conversávamos nessas noites. Comíamos em silêncio. Então eu lia para ela mais um pouco de Clifford, ou às vezes disputávamos algum jogo simples de cartas. Jogos silenciosos para crianças caladas. Minha irmã adormecia no sofá. Então eu a pegava no colo e a carregava até a cama.

"Desculpe", ela dizia com sono, embora não soubéssemos o motivo de ela estar pedindo desculpas.

Eu já tive uma família. Pai. Mãe. Irmã.

Mas então o pai trabalhou cada vez menos e bebeu cada vez mais. E a mãe... sei lá. Drogas, bebida, sua mente perturbada? Os progenitores apareciam cada vez menos para cozinhar, limpar, trabalhar. Cada vez mais para brigar, gritar, berrar. Mamãe arremessando pratos de plástico pela cozinha. Papai socando a parede barata de placa de reboco. Então ambos enchiam a cara de mais vodca e começava tudo de novo.

A minha irmã se acostumou a dormir no meu quarto, enquanto eu me sentava encostado na porta. Porque, às vezes, os pais tinham convidados. Outros bêbados, drogados, derrotados. E aí tudo era possível. Três, quatro, cinco da manhã. Maçaneta trancada balançando, vozes estranhas cantarolando "Ei, criancinhas, venham aqui fora brincar conosco..."

Minha irmã não dava mais risadinhas. Ela dormia com a luz acesa, a edição surrada do Clifford *agarrada em suas mãos. Enquanto eu ficava de guarda com um taco de beisebol entre os joelhos. E então chegava a manhã. A casa finalmente silenciosa. Estranhos desmaiados no chão. Passávamos por eles na ponta dos pés nos infiltrando na cozinha para pegar a caixa de cereal, depois pegávamos nossas mochilas e escapávamos furtivamente pela porta.*

Rebobina, dá o play de novo, repete tudo do início.

Repete. Repete. Repete.

Eu já tive uma família.

Mas então meu pai bebeu, injetou ou cheirou demais. E a mãe começou a gritar e gritar e gritar. Enquanto minha irmã e eu assistíamos de olhos arregalados no sofá.

"Cale a boca, cale a boca, cale a boca" o pai gritava. Gritos. Gritos. Gritos.

"Sua vaca estúpida! Qual é o seu problema?" Gritos. Gritos. Gritos.

"Eu mandei CALAR A BOCA!"

Faca de cozinha. Uma bem grande. Faca de açougueiro, como naqueles filmes de terror. Será que foi ela que pegou? Foi ele? Eu não lembro quem estava com ela primeiro. Só posso contar quem ficou com ela por último.

Meu pai. Levantando a faca. Descendo a faca. E então minha mãe não estava mais gritando.

"Merda!"

Meu pai se virando para minha irmã e para mim. Faca sangrenta, gotas pingando, pinga, pinga, pinga. E então eu sabia o que ele faria em seguida.

"Corra", eu disse para minha irmãzinha arrastando-a para fora do sofá, empurrando-a em direção ao corredor.

O carpete felpudo dificultou um pouco o movimento dele, mas nós tropeçamos no linóleo descolado. Enquanto disparávamos pelo trailer, silenciosos em nosso terror, eu passei pela minha irmã e a levantei, as perninhas dela ainda se debatendo no ar.

Eu conseguia ouvi-lo, bem atrás de mim. Podia sentir sua respiração no meu pescoço, já imaginava a lâmina cortando minha carne entre meus ombros magricelas. Joguei minha irmã no meu quarto.

"Tranque a porta!"

Então acelerei pelo corredor, meu pai e sua faca sangrenta logo atrás.

Corri até o quarto dos meus pais. Pulei na cama.

"Maldito garoto. Fique parado, fique parado, fique parado."

Faca subindo, faca descendo. Dilacerando a roupa de cama. Rasgando o colchão.

Eu saltei para fora da cama, fui para o outro lado. Agarrei tudo que consegui achar em cima da mesinha. Garrafas vazias de vinho, latas de cerveja, perfume. Arremessei-os na direção do rosto vermelho-beterraba do meu pai.

"Merda, merda, merda!"

Então, quando ele cambaleou, eu pulei de volta por cima da cama, girando em torno dele. Ouvi o golpe da faca. Senti a dor ardente no ombro. Mas então eu estava livre, correndo em desespero pelo corredor. Se eu conseguisse chegar à porta da frente, ao pátio, gritar pedindo ajuda para os vizinhos...

E deixar minha irmãzinha para trás?

E lá estava ela. Parada diante da porta do meu quarto. Segurando meu taco de beisebol. Eu não hesitei. Tomei o taco de madeira. Corri para a sala e só me virei no último instante, assumindo a posição certa.

Meu pai. Olhos selvagens. Rosto febril. As luzes estão acesas, eu pensei, mas não tem ninguém lá dentro daquela cabeça.

Ele levantou a faca sangrenta.

Eu golpeei com toda a minha força. Senti o impacto, sólido e molhado, acertando em cheio. Meu pai, caindo, caindo, caindo, a faca se estatelando no carpete.

E ainda assim bati com o taco. Bam. Bam. Bam. Repete. Repete. Repete. Minha irmãzinha apareceu subitamente ao meu lado.

"Telly, Telly, Telly."

Eu, levantando a cabeça. Olhos selvagens. Rosto febril. As luzes estão acesas, mas não tem ninguém dentro da minha cabeça.

"Telly!", minha irmãzinha gritou uma última vez. Enquanto eu levantava o taco.

Eu já tive uma família.

Mas não tenho mais.

CAPÍTULO 1

A XERIFE SHELLY ATKINS não deveria estar mais trabalhando como policial. Dez anos depois do incêndio que transformou seu tronco e a parte de cima do ombro em um emaranhado de cicatrizes, sem falar do quadril arruinado, ela pendurou a chuteira, por assim dizer. Aproveitando a oportunidade única, oferecida por um benfeitor anônimo, de fazer uma viagem a Paris (ela tinha quase certeza de que tinha sido o agente aposentado do FBI Pierce Quincy), Shelly a princípio tratou suas feridas a base de crepes, vinhos e museus franceses.

E então ela retornou para casa e programou uma agenda regular de passeios a pé na praia, caminhadas nas florestas, mantendo-se ocupada. Seu quadril recolocado funcionava melhor quando ela estava em movimento, a dor de um dia ativo bem mais suportável do que a dor lancinante da ociosidade. Além disso, perambular pela natureza diminuía a chance de ficar se lembrando do passado. Para uma mulher com a quantidade de cicatrizes que ela tinha, com certeza era melhor não se lembrar.

E então, dois anos atrás, o xerife do condado, um forasteiro de quem os moradores nunca tinham gostado realmente, renunciou de uma hora para outra. Alguns rumores de ilegalidades, mas nada que o promotor público pudesse provar. De qualquer modo, o condado se viu sem um xerife. E Shelly...

Ela não era uma mulher linda. Não era nem mesmo bonita, e isso já antes do incêndio que transformou metade do seu corpo em uma pintura do Picasso. Ela tinha a silhueta sólida de um cavalo de carga e, no rosto, aquele tipo de expressão determinada que atraía homens para falar com ela nos bares enquanto mantinham um olho na garota mais bonitinha uns três bancos mais longe.

Shelly não tinha família, nem filhos, nem mesmo um peixinho dourado de estimação, enfim, nenhum laço que a prendesse, pois não tinha certeza de que não largaria tudo para trás. Basicamente, oito anos depois do incêndio que quase a matou, Shelly tinha conseguido não adicionar nada nem ninguém à sua vida. Acima de tudo, sentia uma saudade profunda do seu trabalho. Sem contar as pessoas com quem já tinha trabalhado.

Então ela se candidatou para o cargo de xerife. E considerando que ainda era lembrada como uma espécie de heroína por salvar um agente federal daquele incêndio, a comunidade tinha votado entusiasticamente para que ela voltasse à ativa, mesmo com o quadril ruim, o torso marcado e tudo o mais.

O que significava, Shelly lembrou a si mesma enquanto dirigia, com as luzes de alerta piscando, que a culpa era toda dela. Uma denúncia de tiros disparados nessa época do ano? Não era nada bom para a xerife, nem para os comerciantes que precisavam que a tranquila e pitoresca cidade costeira honrasse a reputação de ser bem tranquila.

Ainda era cedo, pouco depois das oito, o que corroborava a tese de que não passavam de uns bons e velhos garotos entediados e ainda de ressaca depois dos excessos da noite anterior, ou talvez turistas desapontados que tinham finalmente se dado conta de que acampar durante uma onda de calor não era tão bom quanto diziam. Normalmente, o mês de agosto nessa região não era tão ruim, especialmente com a brisa do mar ajudando a manter as temperaturas razoáveis. Mas os termômetros vinham beirando os 37 graus nos últimos cinco dias, e as cabeças também andavam quentes por conta disso.

Em uma comunidade rural de cinco mil pessoas, onde o número de armas provavelmente era maior que o da população total, talvez queixas de tiros fossem apenas uma questão de tempo. A central tinha fornecido o endereço, um posto/loja de conveniência na fronteira da cidade, e Shelly tinha ido cuidar do assunto pessoalmente. Seus dois delegados já tinham registrado horas extras atendendo aos chamados das queixas regulares do verão, então ela sentia que era o mínimo que podia fazer. E, embora não estivesse exatamente feliz com tiros em sua cidade, também não estava lá muito preocupada. De forma geral, Bakersville, Oregon, era famosa principalmente por seu queijo, suas árvores e a brisa do mar. Claro, ela também tinha de lidar com um problema crescente de consumo de metanfetamina, mas o trabalho de polícia nessa área não era estressante como nas cidades grandes.

Seguindo na direção norte, depois de passar pelo centro que de tão pequeno ficava para trás num piscar de olhos, Shelly se aproximava do marco mais famoso do condado: a fábrica de queijo. Mesmo com as luzes do carro piscando, ela teve que buzinar para abrir caminho pela considerável fileira de trailers e campistas que já estavam se amontoando, esperando sua vez de entrar no estacionamento. Considerando o calor infernal que estava fazendo logo cedo, a maioria dos turistas provavelmente estava planejando tomar sorvete no café da manhã. Quando terminasse de atender a essa chamada, talvez Shelly se juntasse a eles. Um pouco de trabalho comunitário de polícia. Tomar sorvete, socializar com a população. Parecia um bom plano.

Ao norte da fábrica, o tráfego se abriu e Shelly acelerou. A rodovia era mais estreita ali, contorcendo-se por curvas fechadas que serpenteavam pela costa rochosa. Então, oito quilômetros depois de uma saída para mais um terreno de acampamento, Shelly chegou ao seu destino: o posto EZ Gas.

Shelly embicou, desligando as luzes de alerta enquanto estudava a cena. Viu uma caminhonete estacionada na frente das bombas duplas de gasolina, um Ford meio surrado que já tivera dias melhores. De resto, o lugar parecia tranquilo. Shelly ativou o rádio, alertou a central de que tinha chegado. Então, pegando seu chapéu de abas largas no assento do passageiro, colocou-o em sua cabeça e saiu de seu utilitário SUV branco de xerife.

O que chamou sua atenção logo de cara foi o silêncio absoluto. Isso, mais do que qualquer coisa, deixou os seus nervos em alerta. Em pleno calor prostrante de agosto, quando os negócios estavam no seu pico de atividade, a calma aqui não era um tipo bom de calma. A mão de Shelly foi direto para o coldre. Ela automaticamente se posicionou mais de perfil, tornando-se um alvo mais difícil, conforme se aproximava da loja de conveniência com aparência desgastada.

O cheiro foi a sua segunda impressão. Cheiro de cobre, forte. Um cheiro que até uma xerife de cidade pequena conhecia melhor do que gostaria.

A caminhonete, um veículo de meados dos anos 1990 com a pintura vermelha desbotada, estava à sua esquerda, a porta de vidro da pequena loja de conveniência estava aberta à sua direita. Shelly parou, refletindo. O veículo parecia desocupado, o que tornava a loja a principal área de preocupação. Ela se aproximou da parede externa, cuja metade de baixo estava bloqueada por grandes *freezers* de gelo e as janelas da metade de cima estavam entupidas com diversos cartazes anunciando cerveja barata. Com a mão ainda no coldre, ficou de tocaia do lado dos *freezers* e espiou através da porta aberta.

Não viu nada. E, mais uma vez, não ouviu nada. Não tinha o som da caixa registradora. Não tinha o sussurro de vozes do atendente registrando as compras do dono da caminhonete. Só aquele cheiro. Espesso e pungente no calor sufocante de agosto.

Então, ela finalmente começou a ouvir algo: o zumbido de moscas. Muitas e muitas moscas.

Shelly soube então o que encontraria lá dentro.

Uma breve pausa enquanto ela inteligentemente ligava por rádio para a central pedindo reforços. Então, ombros eretos, ela abriu o coldre e sacou sua Glock 22. E entrou na loja.

A primeira vítima tinha caído uns três metros depois da entrada. O corpo estava de costas, braços abertos, um pacote de batatinhas perto da mão esticada do homem de vinte e poucos anos. Alguém da cidade, foi o primeiro chute de Shelly, observando o jeans desbotado, as botas com cadarço desamarrado, a camiseta encardida. Provavelmente um rapaz que trabalhava em alguma fazenda. Em seguida, porém, ela percebeu o cheiro adicional de algo podre e rapidamente mudou de ideia. Pescaria. Definitivamente um ajudante de barco ou algum trabalho com odor igualmente penetrante. Talvez ele tivesse acabado de voltar da pescaria da manhã e tenha dado um pulo aqui para pegar um lanche. Agora ele tinha um único buraco de bala na testa, e mais furos sangrentos no peito. Considerando as feições relaxadas, o garoto provavelmente nem percebeu o que estava acontecendo até ser tarde demais.

O próximo cadáver estava atrás do balcão. Uma mulher dessa vez. Dezoito, dezenove anos de idade? Segunda vítima. Certamente tinha sido alvejada depois do cliente louco por salgadinhos, porque a garota *tinha* percebido o que estava acontecendo. O corpo havia caído de um jeito todo retorcido, como se tivesse se virado, tentado correr, só para ser lembrada de que estava encurralada entre o balcão e a parede de trás com os expositores de maços de cigarros. Ela tinha erguido a mão. Shelly podia ver um buraco de bala atravessando sua palma. Não precisava nem ver o resto do dano para saber que tinha sido fatal.

Lá dentro, o som era ainda mais alto. As malditas moscas, atraídas pelo cheiro de sangue, agora concentradas em dois alvos.

Que engraçado as coisas que podem realmente afetar uma mulher. Shelly tinha testemunhado acidentes terríveis de carro, tragédias de caça, e até alguns incidentes combinados. Ela conhecia mutilação e violência extrema. Cidades pequenas não eram exatamente os santuários idílicos mostrados na TV. E ainda assim as moscas. As malditas moscas...

Shelly se concentrou em respirar pela boca. Respirações lentas e profundas. Procedimentos. Agora, mais do que nunca, o protocolo era importante. Ela precisava alertar sua unidade de investigação, além do escritório do médico legista e o promotor público do condado. Chamadas e trabalho para fazer... Um movimento à sua esquerda.

Shelly girou o corpo, mãos unidas, braços retos, já levantando sua Glock. No final do corredor de balas, logo antes da parede de bebidas geladas, ela notou algum tipo de gôndola de arame estremecendo. Ela se encostou mais perto da parede, diminuindo seu perfil como alvo.

Seguiu pelo corredor externo, de onde poderia se aproximar do seu alvo pela lateral. Estava suando sem parar, as gotículas de suor ardendo em seus olhos. Moscas. O zumbido constante de moscas, interrompido apenas pelo arrastar de suas botas de sola grossa no piso. Por mais que se esforçasse, sua respiração estava muito alta, irregular no ambiente artificialmente quieto.

Ela não estava usando um colete. Quente demais, desconfortável demais. E mesmo respondendo a um chamado com relato de tiros, Bakersville não era esse tipo de cidade. Não era esse tipo de comunidade. Dentre todas as pessoas, ela certamente já deveria ter aprendido que isso não era verdade.

Final do corredor, Shelly foi se aproximando mais devagar. A gôndola não estava mais balançando. Ela apurou os ouvidos para captar algum som de movimento — digamos, um atirador desconhecido espreitando pelo outro lado do corredor ou se aproximando sorrateiro atrás dela. Nada.

Inspiração profunda. Expiração lenta. Um, dois, três. A xerife Shelly Atkins girou subitamente, Glock apontada diretamente para a frente, aproximando-se do alvo. Mas o corredor estava vazio, a gôndola de pacotes de biscoito imóvel. Nenhum movimento em qualquer lugar na frente dos refrigeradores com as bebidas geladas. Shelly se endireitou bem devagar. Indo de corredor em corredor agora, passo a passo. Mas o que quer que tivesse causado o distúrbio já estava longe. Talvez fosse só uma brisa errante ou os próprios nervos de Shelly.

De qualquer modo, ela estava sozinha na loja. Dois corpos. O zumbido incessante de moscas. O fedor de sangue fresco.

Shelly soltou seu rádio do ombro, preparando-se para seguir em frente. Quando levantou seu olhar, porém, percebeu o terceiro alvo.

CAPÍTULO 2

"MORANGOS OU KIWI?"

"Maçã?"

"Isso não é nem um morango nem um kiwi."

"Morangos e kiwis ficam moles demais. Quando chega a hora do lanche, é uma gosma só."

"Então vamos de maçã."

Rainie dá uma piscadinha para mim e se vira para assaltar a geladeira. Em resposta, empurro o resto dos meus ovos mexidos para o canto do prato. Essa é mais uma das manhãs em que eu deveria tomar um café da manhã saudável e recuperar minhas energias. Mas não estou no clima e Rainie sabe disso.

Embaixo da mesa, Luka empurra seu focinho molhado contra a palma da minha mão. Do seu jeito, meu cachorro está tentando me animar. Enquanto Rainie está de costas para mim, eu pego um pouco dos ovos frios e empapados e volto a mão para o meu colo. Dessa vez, quando Luka encosta seu focinho em mim, abro os dedos e ofereço o agrado. Agora pelo menos um de nós está feliz.

Eu não devia alimentar Luka com comida de gente. Quincy gosta de me lembrar que ele é um ex-policial. Um membro treinado da força policial. Ele teve que se aposentar aos cinco anos de idade, após romper seu ligamento cruzado anterior duas vezes em um ano. Em resumo, Luka tem um joelho ruim. Não ruim o suficiente para impedir sua vida de civil, mas não bom o suficiente para trabalho ativo.

Agora Luka é meu parceiro. Quincy o pegou de um amigo policial, um ano depois da minha chegada à casa de Rainie e Quincy. É minha responsabilidade tomar conta de Luka. Eu o alimento e o exercito e dou a ele seus suplementos diários para as juntas. Eu também aprendi holandês. Nunca tinha ouvido falar disso, mas os pastores-alemães usados em treinamento policial vinham principalmente da Europa, onde as linhagens são consideradas mais puras. Luka veio da Holanda, então seu treinamento inicial foi em holandês. Seu treinador de cães continuou a dar seus comandos em holandês, e agora é minha vez.

Se eu falo holandês bem?

Não faço ideia. Mas Luka não parece se importar. Ele presta bastante atenção em mim. Eu gosto disso em Luka. Ele é um ótimo ouvinte.

E eu durmo melhor à noite quando Luka está deitado do meu lado. Essa é outra coisa que eu não deveria fazer, é claro. Cães policiais devem ficar confinados aos seus canis quando não estão trabalhando. Então, quando você os deixa sair, eles sabem que é hora de trabalhar. Cachorros gostam dos seus canis, Quincy me explicou. Na maioria das vezes. Só porque Luka está aposentado não é motivo para ignorar cinco anos de treinamento. E mais isso e mais aquilo. Blá, blá, blá.

Quincy é muito bom em dar sermões. E eu sou uma ótima filha adotiva. Concordo com a cabeça em todos os momentos corretos, enquanto continuo a tirar Luka de seu canil para dormir comigo à noite.

Rainie teve o voto decisivo. Eu a ouvi falando para Quincy deixar isso para lá. Luka parecia estar bem e eu estava dormindo melhor. Para que mexer nisso? Mas eu entendi o que ela queria dizer, porque algumas noites Luka me deixava para ir atrás de Rainie.

A essa altura, eu entendia o quanto Quincy gostava de sua lógica e rotina. Para Rainie e para mim, contudo... A vida é um pouco mais complicada para nós duas.

Eu não chamava meus pais de acolhimento — que talvez sejam adotivos em breve — de mãe e pai. Alguns candidatos a adoção fazem questão disso. Mas eu já tinha dez anos quando cheguei nessa casa e já tinha passado por lares demais para acreditar nessa história de família instantânea. O nome completo de Quincy é Pierce Quincy, mas todo mundo o chama de Quincy, até Rainie, então eu o chamo assim também. Ele é mais velho do que muitos pais do sistema de adoção. Tem seus 60 anos. Mas está muito bem com eles. Ele e Rainie sempre saem para correr toda manhã, e Quincy ainda trabalha. Muito tempo atrás ele era um especialista em perfis criminais do FBI. Foi assim que conheceu Rainie — ela era delegada aqui mesmo em Bakersville quando ocorreu um tiroteio numa escola. Quincy ajudou no caso e eles estão juntos desde então.

Quincy se aposentou do FBI e Rainie se aposentou da polícia. Agora eles trabalham juntos, prestando consultoria em casos arquivados ou assassinatos estranhos fora da "alçada" regular do departamento de polícia. Basicamente, eles são especialistas em monstros.

Será que foi por isso que acabaram ficando comigo?

Rainie não gosta quando eu digo isso. Sou apenas uma criança, ela faz questão de me lembrar. Não tenho a obrigação de ser perfeita, e sim de aprender com os meus erros. Em alguns dias, isso é mais difícil do que você imagina.

Meus pais estão mortos. Eu não tenho tios, tias ou avós vivos. Só um irmão, quatro anos mais velho que eu. Eu lembro dele. Mais ou menos. Na noite em que meus pais morreram, ele foi embora. Ninguém fala sobre ele, e eu, sendo eu, não sou do tipo que pergunta. Isso seria me abrir.

Como Quincy diria com seu sorriso divertido: *Não vamos exagerar.*

No mundo do sistema de adoção, estar desprovido de família não é terrível. Significa que estou livre para ser adotada. O que significava, quando eu tinha cinco anos e estava chegando na primeira casa com nada mais do que um saco preto de lixo com roupas e bonecas de pano encardidas, que eu era altamente colocável. Não era uma casa ruim. Quer dizer, os pais de acolhimento pareciam legais o suficiente.

Eu tenho trauma. Bem, estresse pós-traumático. No início, pelo menos, eu ia na terapia duas vezes por semana. Meus pais de acolhimento tinham que me levar, tudo parte do "plano" desenvolvido pela conselheira familiar.

Mas não sou boa de terapia. Não gosto de falar. Eu desenho. Quando tinha cinco anos, a conselheira me incentivava a desenhar. Especialmente imagens da minha família. Só que eu nunca desenhava uma família de quatro pessoas. Eram sempre esboços de duas. Uma criança maior e uma criança pequena. Meu irmão mais velho e eu. *Onde estão seus pais?* — A conselheira me perguntava.

Mas eu nunca tinha uma resposta para ela.

Eu não durmo bem. O trauma, mais uma vez. E às vezes, mesmo quando sei que não devo, faço coisas ruins. Simplesmente faço. Controle de impulsos. Ao que tudo indica, não tenho muito disso. E esses primeiros pais de acolhimento... Quanto mais legais eles eram, menos eu conseguia suportá-los.

Não acho que é culpa do trauma. Acho que sou assim mesmo. Sou um pouco errada por dentro. Existem razões, é claro, mas tendo passado os últimos treze anos sendo eu, não estou tão convencida quanto os terapeutas de que os motivos realmente importam. Se a alça da sua caneca de café se rompe, você pergunta por que quebrou? Ou você só cola de volta?

Essa é a filosofia de Rainie também, e eu gosto dela. Somos todos um pouco quebrados, ela me diz (será que é por isso que ela não consegue dormir à noite?), mas estamos todos trabalhando para tentar nos consertar.

Eu gosto de Rainie e Quincy. Faz três anos que estou nessa casa. Tempo o suficiente para eles decidirem me manter, com defeitos e tudo. Tenho Luka e meu próprio quarto e, em algum lugar do estado da Georgia, minha em breve irmã adotiva mais velha, Kimberly, com o marido e os dois filhos. Em novembro, se tudo correr como planejado, as filhas delas serão minhas sobrinhas. O que é um pouco engraçado, considerando que elas têm a minha idade. Mas eu gosto delas. Pelo menos tanto quanto consigo gostar de outras pessoas.

Eu tenho sorte. Sei disso. E estou me esforçando bastante para colar meus cacos e melhorar e controlar meus impulsos.

Mas em alguns dias ainda é difícil ser eu mesma.

Ainda não vi o Quincy essa manhã. Ultimamente ele anda enfurnado no escritório, trabalhando em seu "projeto". Ele não fala sobre o que é, mas Rainie e eu suspeitamos que esteja escrevendo um livro. Suas memórias? Técnicas para criação de perfis criminais? No jantar, Rainie e eu nos divertimos (e talvez a ele também) sugerindo títulos para essa grande obra misteriosa. O favorito de Rainie: *Firulas de um federal.* Meu favorito: *Um velho com histórias entediantes para contar.*

Ele ainda não confessou. Quincy é definitivamente um daqueles caras que dominou a arte do silêncio.

Agora, a Rainie... Se Quincy é o caladão, então Rainie é a emotiva. Pelo menos seu rosto é mais fácil de ler. E ela é bonita. Cabelos longos volumosos castanhos-avermelhados. Olhos azuis-acinzentados. Ela se veste informalmente, jeans e suéter no inverno, capri e camisa regata no verão. Mas de alguma forma ela sempre parece arrumada. À vontade. No acampamento de verão, ela seria a garota que todo mundo gostaria de conhecer.

Quanto a mim, por outro lado, basta uma olhada e você já saberia que sou uma criança adotada. Eu definitivamente não tenho o cabelo avermelhado de Rainie ou os olhos azuis claros de Quincy. Não. Tenho um cabelo marrom-sujo que balança em direções que não consigo nem prever. Orelhas de abano. Olhos castanhos opacos. Isso para não falar dos joelhos e cotovelos ossudos e o rosto magro demais.

Rainie me diz que ainda vou crescer e virar eu mesma. Dê tempo ao tempo.

Você quer saber um segredo? Eu adoro a Rainie e o Quincy. Eu realmente quero muito que se tornem meus pais da vida real para sempre. Quero ficar nessa casa. Quero passar todo dia com Luka do meu lado.

Mas nunca digo essas palavras em voz alta. Nem mesmo no dia em que Rainie e Quincy pediram que eu me sentasse e me contaram que tinham iniciado os procedimentos da adoção.

Não sou muito de falar, lembra?

Gosto de pensar que eles já sabem como eu me sinto, uma vez que são especialistas em monstros e tudo o mais.

Rainie retornou à ilha da cozinha. Ela coloca uma maçã na lancheira térmica azul e então puxa a aba de cima, fechando-a hermeticamente. Pronto. Eu não consigo resistir. Dou um suspiro profundo. Não quero ir hoje. Não quero fazer o que eles já decidiram que eu deveria fazer. Quincy acredita piamente em carinho com disciplina. Rainie, por outro lado, não cede, mas pelo menos ela se sente mal a respeito.

"Talvez seja divertido", é o que ela tenta dizer agora.

Eu reviro os olhos. Os ovos acabaram. Empurro meu garfo por pequenas poças de mel, criando desenhos complexos em torno de migalhas aleatórias de panqueca.

"Você gosta de nadar."

Não dignifico o comentário com uma revirada de olhos. Rainie retorna à mesa e se senta do meu lado.

"Se você pudesse fazer o que quisesse hoje, o que seria?"

"Ficar em casa. Brincar com Luka."

"Sharlah, você fez isso todos os dias desse verão."

"Você e Quincy correram quase todas as manhãs nesse verão. Mesmo assim vocês se levantaram e correram hoje."

"É acampamento de natação. Quatro horas no clube da cidade. Você consegue fazer isso."

Eu faço uma careta para Rainie. Eu queria que fosse uma cara durona, ou sarcástica, ou algo do gênero. Mas só por um instante...

Eu não consigo. Sou muito ruim nisso. E é por isso que estão me obrigando a ir. Não para melhorar minha natação — quem se importa com isso? — mas para trabalhar aquela coisa toda de "se dar bem com outras pessoas". Mais uma das minhas partes quebradas. Eu não quero socializar com outros adolescentes. Não confio neles, não gosto deles, e até onde consigo perceber, o sentimento é mútuo.

Então aí está. Deixa eu ficar com o Luka. Adoro o Luka. Ele está lambendo minha mão de novo e ganindo em comiseração sob a mesa.

"Sharlah..."

"Se você me deixar ficar em casa, eu ajudo nas tarefas", eu sussurro. "Limpo meu quarto, a casa inteira. Vou me esforçar para aprender a ser responsável. Quincy adora responsabilidade."

"Uma semana. Quatro horas toda manhã. Quem sabe, talvez você até faça um novo amigo."

Foi a coisa errada a dizer. Agora eu me sinto péssima e envergonhada. Rainie parece entender. Ela suspira e aperta minha mão.

"Dê uma chance por dois dias, querida. Se você ainda odiar na quarta-feira..." Rainie empurra sua cadeira para trás. "Vamos lá. Pegue sua bolsa de natação. É hora de botar o pé na estrada."

Eu me levanto, arrastando os pés como uma morta-viva. Luka me segue.

"Onde está o Quincy?", pergunto enquanto caminhamos em direção à porta da frente.

"Telefone."

"Caso novo?", pergunto, já mais interessada em um homicídio potencial do que no acampamento de natação.

"Não. Chamada local. Nada de tão interessante acontece por aqui", Rainie abre a porta da frente. "Tente sorrir", ela me aconselha. "É uma das melhores formas de começar qualquer coisa."

Dou um sorriso forçado e então me arrasto para o calor avassalador que faz lá fora. Luka assume sua posição na varanda da frente, onde aguardará até eu voltar.

Só que, por um instante, Luka não está observando Rainie e eu caminhando para o carro. Sua atenção foi desviada para a esquerda; ele estava encarando algo na floresta. Um esquilo, veado, galho preferido?

Eu sigo o olhar dele. E sinto os fios de cabelo arrepiarem na minha nuca.

"Vamos lá", Rainie me diz. "Coloque as coisas no carro."

Mas eu ainda estou olhando fixamente para o nada no meio das árvores, estremecendo por motivos que não sei explicar.

"Vamos", Rainie insiste mais uma vez. Relutante, entro no carro, deixando meu cachorro ainda de guarda atrás de mim.

CAPÍTULO 3

O PRINCIPAL SARGENTO de homicídios de Shelly, Roy Peterson, foi o primeiro a chegar na cena do crime. Logo em seguida chegou sua equipe e depois o delegado Dan Mitchell. Roy colocou seus detetives para trabalhar e parou apenas o suficiente para conversar com Shelly e Dan do lado de fora do posto EZ Gas. O calor opressivo de agosto já tinha manchado os uniformes de suor, mas ainda era mais fácil de aguentar do que o fedor de sangue e vísceras que piorava rapidamente dentro da minúscula loja de conveniência.

Nenhum sinal da mídia por enquanto, o que mostra que ainda existem algumas vantagens em ser uma pequena cidade do interior. Considerando, porém, que Bakersville estava cravada bem no meio do caminho entre a metrópole agitada de Portland, Oregon, e o alarde político da capital do estado, Salem, Shelly não acreditava que essa situação fosse durar muito tempo. Noventa minutos era um tempo razoavelmente fácil de trânsito para um repórter faminto pela mais recente história de violência. Embora, infelizmente, uma matança a tiros em uma loja de conveniência quase não fosse matéria de notícia nos dias de hoje. Apenas o local dos assassinatos — a proverbial pequena cidade — tornaria a história digna de nota.

"A central recebeu o chamado às oito e quatro da manhã", Shelly relatou para o sargento, em tom abrupto. "Relato de tiros. Eu cheguei na cena aproximadamente às oito e dezesseis da manhã e descobri dois corpos lá dentro. Um era de um homem jovem, cerca de 20 e poucos anos. O outro, de uma jovem mulher, de 18 ou 19 anos de idade. Ambos parecem ter levado vários tiros.

"Proprietário da loja?", Roy perguntou.

"Don Juarez", Shelly respondeu, pois já tinha feito a mesma pergunta para a central. "Eu falei rapidamente com ele pelo telefone. Estava indo para Salem, mas já está voltando. Identificou provisoriamente a caixa como

Erin Hill — pelo menos era quem estava escalada para trabalhar hoje de manhã, e o corpo bate com a descrição. Ela é de uma família da região. Já entrei em contato com a oficial Estevan, pedi que ela visitasse os pais."

"E o homem morto?", Roy perguntou.

"Sem identidade, sem carteira. Talvez o atirador tenha levado quando estava indo embora. A caminhonete do lado de fora está registrada em nome de uma empresa de frete de pescaria. Precisamos mandar o registro do veículo por fax para nossos parceiros em Nehalem. Talvez um deles possa nos dar um nome."

"Mandei Rebecca e Hal fotografarem a cena, ensacando e etiquetando as evidências", Roy relatou. "O legista deve chegar em breve. Até agora recuperamos nove cartuchos de bala e uma bala."

"Nove tiros para duas vítimas?" Shelly balançou sua cabeça. "Parece um pouco excessivo."

"O cliente homem levou três tiros no peito, um na cabeça. A atendente mulher a mesma coisa: um único tiro na cabeça, três no torso, incluindo uma bala que atravessou a palma de sua mão."

"Arma?", perguntou Shelly.

"A bala recuperada parece ser nove milímetros."

Shelly suspirou. Armas de nove milímetros eram bem comuns, especialmente nessa região. Isso não ajudaria nem um pouco na investigação.

"Isso são oito balas", Dan se manifestou e Roy e Shelly olharam de relance para ele.

"Quatro tiros para cada vítima", Dan explicou. "Oito balas. Mas você mencionou nove cartuchos. Então onde foi parar o último tiro?"

"Ah. Não tinha chegado nessa parte ainda", Shelly deu um sorriso sombrio. "Aparentemente, temos um terceiro alvo: a câmera de segurança da loja. Com muita sorte, talvez seja nossa única testemunha."

* * *

Eis o problema: câmeras de segurança estavam sob a alçada da tecnologia. Por ser um departamento de condado rural, Bakersville não tinha um especialista em tecnologia ou técnico de computador forense. O que significava que a aposta mais segura era esperar pela assistência da polícia estadual. Só que Shelly não estava no clima de esperar.

Ela tinha um homicídio duplo em uma cidade onde só acontecia um punhado de homicídios por ano. Líderes comunitários exigiriam respostas o mais rápido possível. Diabos, Shelly queria respostas o mais rápido possível. Por outro lado, se estragassem a recuperação do vídeo, estariam arruinando uma das únicas pistas que tinham.

"Um negócio desse tamanho e nessa localização?!", Roy estava falando, "O sistema de segurança não pode ser tão complicado. Provavelmente foi comprado numa dessas lojas grandes de materiais de escritório. Nada tão sofisticado que três membros bem treinados da força policial não consigam decifrar."

Tanto Roy quanto Shelly se viraram para Dan. Ele era o especialista residente em tecnologia. Isso quer dizer que era o membro mais jovem da equipe e o cara que gerenciava o programa on-line de relações com a comunidade.

"Você viu a câmera?", ele perguntou para Shelly.

"Montada atrás da caixa registradora, lá em cima perto do teto."

"Grande, pequena, velha, nova?"

"Pequena. Bem, pelo menos o que restou dela. Plástico preto", ela adicionou, tentando ajudar.

"Então é um olho eletrônico", Dan balançou a cabeça. "Nesse caso, o vídeo propriamente dito é provavelmente registrado em um gravador digital. Esse lugar tem um escritório nos fundos?"

"Sim, seguindo direto por ali."

Shelly apontou para a porta aberta do EZ Gas, onde um flash de luz indicava que os detetives ainda estavam tirando fotos. Outra desvantagem de tentar recuperar o vídeo de segurança agora: eles corriam o risco de contaminar ainda mais a cena do crime.

"O que você quer fazer?", Roy perguntou para ela.

"Eu não quero esperar uma hora pela assistência estadual", Shelly disse.

Roy olhou para ela com descrença.

"Uma hora? Eu diria que está mais para metade de um dia."

"Verdade. Muito bem. Dan, você vem comigo. Se o sistema de segurança for complicado demais, podemos ligar para o dono e falar para ele chamar a assistência técnica. Mas em algum lugar lá fora tem um assassino responsável por duas mortes. E eu quero saber quem ele é."

As moscas estavam por toda parte. Shelly fechou a cara ao notar várias delas zumbindo em cima dos buracos no peito e na testa da vítima masculina. Seu primeiro instinto foi afugentá-las com a mão, mas ela sabia por experiência própria que não ia adiantar nada.

Hal levantou os olhos de sua câmera, cumprimentando a xerife e Dan com um pequeno aceno de cabeça ao reconhecê-los. Eles acenaram de volta, mas ninguém falou nada. O ar estava mais quente aqui, o fedor de sangue e morte forçando-os a respirar pela boca.

Shelly manteve-se o mais à direita possível, Dan seguindo seus passos, para evitar ao máximo perturbar a área de trabalho dos detetives. Eles se esgueiraram para além do corpo e então andaram na ponta dos pés pelo corredor externo para chegar à parede de bebidas geladas. Na frente dos refrigeradores, o ar estava um pouco mais fresco, e Shelly exalou suavemente. Desse ponto de vista privilegiado, ela podia olhar em direção à porta da frente e observar quase toda a extensão da pequena loja de seis corredores. O balcão da frente, à direita da porta, estava parcialmente oculto por pacotes de salgadinhos. Mas, olhando para cima, Shelly conseguia ver a tal câmera. Um pequeno olho negro, agora pendurado desajeitadamente, as lentes estilhaçadas por uma bala.

"Boa mira", ela murmurou.

"Até onde sabemos", Dan deu de ombros, "talvez o assassino estivesse de pé exatamente embaixo dela quando atirou".

"Assim ficaria mais fácil de vê-lo", Shelly concordou, liderando o caminho ao longo dos refrigeradores até chegar a uma porta de madeira com uma placa que dizia APENAS FUNCIONÁRIOS.

A porta do escritório estava trancada. Dan fez uma careta, provavelmente já se perguntando qual deles teria que procurar a chave no cadáver da balconista. Shelly, contudo, tinha uma ideia melhor. Colocou luvas e ergueu um braço, passando a mão pelo topo do batente da porta, e lá estava... Ela sorriu. Dan deu uma risada discreta. Então, como se percebessem o quanto aquilo destoava do ambiente, ambos fizeram silêncio.

Shelly inseriu a chave na fechadura e abriu a porta com cuidado. Se a pequena loja de conveniência já era quente, o escritório dos fundos sem janelas era asfixiante. Em uma cidade costeira conhecida por suas temperaturas amenas, muitos lugares não tinham ar-condicionado, e essa loja era um deles. Quando Shelly acendeu a luz, descobriu um minúsculo ventilador encarapitado no alto de uma das prateleiras de cima, a solução que alguém achou para aliviar o calor. De resto, no espaço onde só cabia gente em pé havia uma tábua de madeira apoiada em cima de dois gaveteiros de metal surrados, um laptop que já viu dias melhores e, como tinham imaginado, um DVR, preto fosco, claramente novo, enfiado em um canto e conectado a um monitor.

"Parece uma aquisição recente", Dan disse por trás do ombro de Shelly. O espaço apertado forçava-os a ficar perto um do outro, o que apenas tornava o calor ainda mais desconfortável.

"Roubos recentes, suspeitas?", Shelly murmurou. O sistema de segurança foi um golpe de sorte. Mesmo os modelos mais básicos custavam mais de cem dólares, o que para um negócio que parecia velho e decadente como esse, não deve ter sido fácil pagar.

Ela ficou de lado e encolheu a barriga, enquanto Dan se apertava para passar indo observar o DVR.

"A maioria dos sistemas permite playback instantâneo", ele comentou, já apertando botões no DVR.

Dan fez sua mágica técnica, e então um ícone da SuperSecurity apareceu no monitor. Alguns instantes depois, a tela foi preenchida com a imagem do alto e da parte de atrás da cabeça de uma mulher. A caixa, Shelly pensou, Erin Hill, que começou a trabalhar às quatro da manhã e tinha obedientemente ativado o sistema de segurança.

Dan apertou mais alguns botões, avançando o vídeo: cinco da manhã. Seis. Sete. Sete e meia, e então... A qualidade da imagem não era ruim. Fixa, o que desorientava um pouco. Em preto e branco. Clientes apareciam e desapareciam do lado da tela, enquanto a parte de trás da cabeça de Erin permanecia exatamente no centro. De tempos em tempos, ela também desaparecia, talvez se sentando para ler um livro ou, o que era mais provável, jogar no telefone nos intervalos em que não havia movimento.

Sete e cinquenta e três da manhã. A vítima masculina apareceu. Shelly identificou a lateral do seu rosto quando ele passou rapidamente pela entrada da loja, e então desapareceu corredor adentro em busca de batatinhas. Trinta segundos. Quarenta. Cinquenta. O homem reapareceu, seu rosto todo no enquadramento quando ele estava diante do balcão, procurando dinheiro no bolso.

Sem áudio. Os agentes podiam ver, mas não ouvir. Considerando que a boca do rapaz estava se mexendo, ele devia estar dizendo alguma coisa para Erin. Ela deve ter respondido, porque ele pareceu rir em resposta. Então ele embolsou o troco, pegou seu pacote de batatinhas e virou-se em direção à entrada.

Subitamente, seus braços foram jogados para o alto. Seu corpo pareceu convulsionar e, então, cambalear para trás e em seguida convulsionar novamente. Ele caiu, sua cabeça sumiu da tela até que só dava para ver a imagem de suas pernas estateladas.

Erin girou, seu cabelo escuro, o único ponto de foco da imagem, virando-se abruptamente. Ela olhou para cima, para a câmera, olhos arregalados, aterrorizada.

Shelly não conseguia ver sua boca. Apenas a metade de cima de seu rosto. Será que estava gritando, tentando dizer algo para eles? Na lateral da tela, um antebraço nu apareceu segurando uma arma. Pow, pow, pow.

E Erin desapareceu do campo de visão. Uma vida encerrada. Simples assim.

Shelly se inclinou por cima do ombro de Dan, fitando intensamente o vídeo, conforme o braço do atirador descia, desaparecendo da tela. Não, não, o atirador tinha que aparecer. Ele ainda precisava eliminar a câmera. Uma pausa. Talvez o atirador parando para verificar lá fora, ver se o som dos tiros tinha atraído alguma suspeita. Ou talvez ele realmente tenha vasculhado a caminhonete da vítima masculina.

Mas finalmente, três, quatro, cinco minutos depois... Uma única pessoa apareceu na tela. Não um homem. Um garoto. Mais novo do que a primeira vítima, talvez ainda mais novo do que Erin Hill. Vestia um agasalho preto grosso com capuz, mangas arregaçadas até os cotovelos, mas ainda totalmente inadequado para uma manhã de agosto de 33 graus. O garoto se aproximou do balcão. Não se virou para trás para olhar a primeira vítima, nem para baixo para a segunda. Ao invés disso, olhou para cima, para a câmera. Encarou-a diretamente.

Ele tinha a expressão mais impassível que Shelly já vira. Sem remorso, sem júbilo, nem uma gota de suor na sua testa. O garoto de olhos escuros fitou Shelly através das lentes. Então levantou o braço e atirou.

Shelly precisou de um momento para recuperar o fôlego. Inclinado sobre o monitor, Dan não estava se saindo muito melhor.

"Reconheceu ele de alguma forma?", Shelly perguntou para o delegado.

"Não."

"Eu também não."

Ela duvidava que fizesse diferença. Uma imagem tão boa, uma descrição tão sólida, eles deveriam ter um nome em questão de horas.

"Ele não levou qualquer dinheiro", Dan sussurrou.

"Não."

"Nem mesmo falou com eles. Só entrou. Matou duas pessoas."

"Eu sei."

"Você viu os olhos dele?"

Shelly confirmou com a cabeça. Ela entendeu o que seu delegado estava tentando dizer.

"O que aconteceu aqui?", Dan perguntou, sua voz mais melancólica.

"Eu não sei", ela respondeu sinceramente. "Mas eu sei para quem perguntar: Pierce Quincy. Se esse vídeo é algum indicador, precisaremos da sabedoria de um especialista em perfis criminais. Mas a motivação do atirador nem é a nossa maior pergunta nesse momento."

"Qual é a nossa maior pergunta?"

"Um garoto que mata tão facilmente... será que ele vai parar por aí?"

CAPÍTULO 4

PIERCE QUINCY, o aposentado especialista em perfis criminais do FBI, estava recebendo uma segunda chance na vida. Ele não era o tipo de cara que ficava pensando nisso. Talvez, quinze anos atrás, não fosse nem o tipo de cara que acreditasse nisso. Criado por um pai solteiro depois da morte súbita de sua mãe, ele entrou para o departamento de polícia de Chicago antes de ser recrutado pelo FBI.

Então, como um jovem agente em ascensão, ele teve a honra de se juntar aos pioneiros da criação de perfis criminais, alguns dos agentes mais lendários do FBI. O trabalho o arrastava para longe de sua esposa, Bethie, e então de suas duas filhas, Mandy e Kimberly, mas, bem, caçar assassinos em série era assim mesmo. Não dava para alguém perseguir os monstros da humanidade e ainda chegar em casa a tempo para o jantar. O trabalho era uma vocação. E Quincy... ele se perdeu nele.

E assim sua esposa o deixou. E suas duas filhas cresceram sem o pai.

Até que um dia, um telefonema... Mandy tinha sofrido um acidente. Só que no final das contas não tinha sido um acidente. Quincy tinha trazido algo do trabalho para casa afinal: um homem em busca de vingança. E tanto sua filha mais velha quanto sua ex-mulher pagaram o preço antes de Quincy conseguir detê-lo.

Com Rainie, Quincy encontrou um equilíbrio melhor. E por mais que ele não fosse um homem reconhecido pelo seu dom com as palavras, pelo menos com uma ex-policial ele conseguia ter mais assuntos para conversar. Rainie entendia o silêncio dele do mesmo jeito que Pierce entendia os demônios dela. Ela entendia que só porque ele não compartilhava suas emoções não queria dizer que não se importava. E ele entendia que ela provavelmente nunca dormiria à noite, e que todo dia, o dia inteiro, ela faria para sempre a escolha corajosa de não beber mais.

Agora ali estavam eles. Um pouco mais velhos, um pouco mais sábios e, que os céus os ajudassem, com uma filha adolescente prestes a ser adotada. Eles estavam nervosos, estavam animados. Estavam aterrorizados, estavam esperançosos.

Eles eram pais.

Quincy tinha passado boa parte da manhã ouvindo os sussurros de Rainie pelo corredor. Provavelmente tentando acalmar a besta raivosa que às vezes posava de filha adotiva deles, antes de arrastá-la para o acampamento de natação. Sharlah veio para eles com um histórico de tendências antissociais. Os papéis não tinham mentido.

Sempre era complicado criar laços com uma criança do sistema de adoção. Quincy e Rainie tinham se qualificado como pais adotivos, apesar da idade dele e dos problemas dela contra o álcool, em parte porque Quincy era considerado um especialista em forjar conexões. Certamente, interrupções no processo de conexão eram o primeiro passo para a criação de assassinos em série. Portanto, a combinação de tendências antissociais com o trauma que Sharlah tinha sofrido quando ainda era muito nova era o suficiente para deixar a assistente social encarregada do caso dela cheia de preocupações.

Nos primeiros seis meses, Sharlah certamente tinha feito eles se esforçarem. No entanto, talvez Quincy estivesse ficando mole com a idade, porque ele olhava para quem em breve seria sua filha e não via um futuro predador: ele via uma garotinha perdida. Alguém que tinha sofrido muito e tinha construído as camadas correspondentes de proteção. Sharlah não confiava. Não se abria. Não tinha fé.

Mas ela era capaz de criar laços.

Bastava olhar para ela e Luka.

Quincy tinha adotado o pastor-alemão por impulso. Alguns artigos sobre a adoção de crianças recomendavam a adoção de animais também, para dar à criança adotiva um companheiro. Além disso, animais de estimação incentivavam responsabilidade e, sim, Quincy era meio tradicional nesse aspecto. Mas, além disso, já que ele e Rainie estavam pegando uma criança para criar, por que não um cachorro também? Se você vai se transformar numa pessoa de hábitos domésticos, melhor mergulhar de cabeça logo de uma vez.

Sharlah adorava aquele cachorro. E Luka a adorava também. Viviam grudados. Talvez não fosse a socialização que ele e Rainie tinham desejado, mas pelo menos era um começo. Ele e Rainie torciam para que um dia, se tivessem muita sorte, Sharlah gostasse deles pelo menos tanto quanto gostava do cachorro. Mais uma vez, bem-vindos à vida de pais.

Agora, Quincy voltava a sua atenção ao telefone na sua mão. Shelly Atkins, a xerife do condado, estava do outro lado da linha.

"Dois mortos", ela estava dizendo, "ambos levaram vários tiros."

"Roubo?", ele perguntou.

"A caixa registradora foi esvaziada. Mas veja só: ele levou o dinheiro depois de atirar neles, não antes. De acordo com o vídeo de segurança, ele não chegou e fez exigências. Já entrou abrindo fogo. Levando isso em consideração, o dinheiro parece mais uma intenção secundária. Se tudo que ele queria era dinheiro fácil, ameaçar com a arma de fogo teria garantido sucesso. Não precisaria eliminar duas pessoas que não estavam oferecendo qualquer resistência."

"Você tem um vídeo do incidente?"

"Sim, e é esse o verdadeiro motivo da minha ligação. Quincy... Diabos, eu não sei nem como explicar. Mas eu gostaria que você desse um pulo aqui para dar uma olhada. Esse garoto, a expressão no rosto dele quando aperta o gatilho. Ele fuzilou aquelas duas pessoas só porque podia. E um garoto com essa frieza..."

"Você está preocupada que ele cometa outros assassinatos."

"Exatamente."

Quincy olhou rapidamente para seu relógio. Rainie já tinha saído para levar Sharlah ao clube.

"Nos dê quarenta minutos", ele disse para a xerife Atkins. "Rainie e eu te encontraremos no seu escritório."

"Estacione atrás. A mídia já pescou a história."

"Coletiva de imprensa?"

"Pode apostar. Caso contrário, vão sair bagunçando nossa cena do crime. Além disso, eu tenho um trabalho para eles."

"Você vai usar a mídia?", Quincy perguntou surpreso. "Uma proposta arriscada."

"Sou uma pessoa valente. Melhor ainda, sou uma pessoa valente com uma fotografia de captura de tela de um duplo homicida. A mídia transmite a imagem e, com alguma sorte, teremos o nome do nosso atirador até o fim do dia."

Quincy teve uma ideia.

"Você disse que o suspeito não identificado atirou na câmera."

"Isso mesmo."

"*Depois* que ele matou duas pessoas?"

"Correto."

"Que estranho..."

"O que é estranho?"

"Me dê quarenta minutos, e descobriremos juntos."

Quincy ligou para o celular de Rainie e combinou de encontrá-la no escritório da xerife. Ele podia ouvir Sharlah no banco do passageiro, já animada fazendo perguntas. No início, ele e Rainie tinham feito um esforço consciente de manter o trabalho afastado da filha de acolhimento. Afinal, para que piorar o trauma de Sharlah? Mas com o passar do tempo Sharlah mostrou-se realmente interessada. E ela era esperta e dedicada. No fim das contas, a própria assistente social autorizou conversas no jantar sobre criminologia básica. Afinal, Sharlah era o tipo de criança que já sabia que pessoas ruins existiam no mundo. Para ela, as técnicas de polícia, a psicologia por trás da identificação e da caça a criminosos, tudo isso era mais reconfortante do que os tradicionais placebos "não se preocupe com isso" ou "nós cuidaremos de você" que os pais geralmente usam. Sharlah queria ser capaz de cuidar de si mesma. O que fazia dela uma grande fã do trabalho de Rainie e Quincy. E talvez fizesse dela exatamente a criança certa para eles.

Ele fechou a pasta em sua mesa — aquela sobre a qual Rainie e Sharlah tinham tantas perguntas — e devolveu-a à gaveta que mantinha trancada.

Então um último procedimento, uma herança de anos no trabalho. Quincy foi até a parede, aproximando-se de um porta-retratos com uma fotografia em preto e branco de uma garotinha adorável, com um sorriso que tinha uma janelinha entre os dentes, espiando por trás de uma cortina de chuveiro. Era sua filha mais velha, Mandy, anos antes que a vida, a bebida e um psicopata tivessem se abatido sobre ela.

Ele empurrou a foto para o lado, revelando o cofre de armas. Ele tinha recentemente feito um *upgrade* para um modelo biométrico. Pressionou a ponta do dedo no ponto apropriado. Um zunido, um clique, e a porta abriu.

Ele escolheu uma calibre 22, uma arma de reserva, porque, tecnicamente falando, consultores da polícia não precisavam andar armados.

Ainda assim, um homem que sabia as coisas que ele sabia... Quincy guardou a arma no seu coldre de tornozelo.

E então preparou-se para enfrentar a onda de calor.

A delegacia da xerife do condado era exatamente o que você esperaria de um prédio estatal. Um edifício quadradão de dois andares com uma fachada bege que ostentava o tipo de arquitetura que apenas governos provincianos de olho no orçamento eram capazes de apreciar.

Seguindo o conselho de Shelly, Quincy rumou para a parte de trás do prédio, seu Lexus preto esgueirando-se por uma massa cada vez maior de vãs da mídia. Dez da manhã. Aparentemente, ninguém queria estar atrasado para a coletiva de imprensa em meia hora.

Quincy balançou a cabeça enquanto fazia a curva no estacionamento. Definitivamente havia partes do trabalho de que ele não sentia falta, e lidar com a imprensa estava no topo da lista. Viu o carro de Rainie um instante depois. Ela estava sentada dentro dele, sem dúvida aproveitando o ar-condicionado o máximo possível. Considerando as temperaturas do lado de fora, ele não a culpava.

Quincy estacionou ao lado dela. Rainie abriu a porta enquanto ele soltava o cinto de segurança, e então ambos estavam de pé no calor.

"Uau!", ela exclamou, o que resumia bem a sensação de estar dentro de um forno ligado.

Como tinha ficado encarregada de deixar Sharlah no seu destino, Rainie estava vestida informalmente, com calça capri preta e uma camiseta verde-clara com arabescos verde-escuros na lateral. Ela poderia passar por uma mãe gostosona a caminho da ioga. Todos esses anos depois, Quincy ainda se sentia grato ao pensar que ela era sua esposa.

No caso dele, era difícil se livrar de hábitos antigos. Ele vestia o que Rainie chamava, com implicância, de FBI casual. Calças cáqui e uma camisa polo azul-escura. Há muito tempo, sua camisa teria o logo do FBI. Hoje ele tinha vindo com uma que fazia propaganda da Academia SIG Sauer, onde ele dava aula de tiro de tempos em tempos. Algo relacionado à polícia, mas sem fazer propaganda enganosa.

"Como foi a entrega?", perguntou, fechando a porta e contornando o veículo para cumprimentá-la. Rainie deu de ombros.

"Ela está fazendo o melhor que pode."

"O que significa que temos cerca de uma hora antes de sermos chamados para pegá-la?"

"Se isso", Rainie seguiu logo atrás dele, enquanto se aproximavam do prédio. "Você já parou para pensar na ironia que é, justo nós, entre todas as pessoas, estarmos tentando ensinar sociabilidade para uma criança?"

"O tempo todo", ele disse, reconfortando-a. Chegando primeiro à porta, Quincy a manteve aberta para ela, e então seguiu Rainie prédio adentro, onde o ar estava relativamente mais fresco. Ele já sabia por experiência própria que a sensação não iria durar. Temperaturas tão altas não eram comuns na costa, o que significava que a maioria dos aparelhos de ar-condicionado não tinha potência suficiente — isso assumindo que tivessem a felicidade de o prédio ter ar-condicionado.

Como já conheciam o lugar, Quincy e Rainie foram direto para a mesa do oficial de plantão, exibiram suas identidades e foram autorizados a passar pela pesada porta de metal que dava acesso à parte central da unidade. Assim como na maioria das delegacias de condado, o prédio tinha de tudo: prisão no local, central de rádio e vários departamentos diferentes, incluindo a unidade de detetives no segundo andar, o lugar onde Quincy supunha que encontraria Shelly. Eles subiram, e foi o que aconteceu.

Shelly estava de pé em um espaço de tamanho moderado projetado para acomodar quatro detetives, mas não necessariamente ao mesmo tempo. Paredes de um branco que parecia encardido, carpete azul típico de escritórios comerciais, mesas de madeira falsa — parecia com todos os outros cubículos de detetives que Quincy já tinha visitado, e combinava com o resto do prédio.

Alguém teve a boa ideia de empurrar duas das mesas para o lado, liberando espaço no meio da sala. Shelly, o sargento Roy Peterson e um delegado, Dan Mitchell, estavam de pé ali agora, estudando uma imagem na tela plana pendurada na parede mais distante. Como Rainie e Quincy conheciam todos ali, os olás foram rápidos e eles começaram a trabalhar.

"A chamada foi feita pouco depois das oito da manhã", Shelly explicou para Rainie e Quincy. Ela apontou para a tela plana. Nela, aparecia a imagem congelada do rosto de um homem branco adolescente, vestindo um capuz preto e olhando diretamente para eles. Seu rosto era completamente destituído de emoções.

"Eu respondi pessoalmente, porque os outros delegados já tinham registrado horas extras demais", ela adicionou, diante de seus olhares questionadores. A xerife se balançava levemente nos pés. Cansada, mas ligada. Quincy conhecia bem essa sensação.

"Mas tudo já havia acabado quando cheguei lá", Shelly continuou. "Dois mortos, infrator desaparecido. Dada a situação, tomei a decisão de acessar o sistema de segurança no local, em vez de esperar pelos estaduais, já que parecia nossa melhor opção para identificar o atirador."

"Que é essa pessoa aqui?", Quincy gesticulou em direção ao monitor.

"É."

Ele estudou novamente a imagem, com uma estranha impressão de reconhecimento, como se já tivesse visto o garoto, mas ao mesmo tempo nunca o tivesse visto na vida. Olhou de relance para Rainie, que também estava encarando a imagem com estranheza.

"Podemos assistir desde o início?", Rainie perguntou.

"O que vocês acharem que vá ajudar."

Shelly pegou o controle remoto. O garoto de cara impassível desapareceu. Então uma imagem nova apareceu, a nuca de uma mulher. Shelly apertou play e o vídeo começou.

A resolução tinha uma qualidade maior do que Quincy esperaria de uma câmera de segurança de posto. E o vídeo era curto. A arma apareceu e em questão de segundos, muito menos do que um minuto, duas pessoas estavam mortas. Uma pausa, provavelmente de dois minutos, e o suspeito não identificado entrou completamente no campo de visão. Olhou diretamente para eles. E levantou sua arma para um último tiro.

"Arma?", Quincy perguntou, o ângulo do vídeo dificultava a identificação.

"Nove milímetros, pelo menos de acordo com a bala recuperada. Saberemos mais quando a balística do Estado tiver a oportunidade de fazer a análise."

Quincy balançou a cabeça afirmativamente. Dada a natureza chocante desse crime — para não falar do destaque que ele ganharia em breve na imprensa — o Estado sem dúvida tornaria o processamento das evidências uma prioridade. Rainie tinha outra pergunta. Ela olhou para Shelly.

"Como o atirador chegou na cena? Dirigindo? Andando?"

"Boa pergunta. O EZ Gas é isolado. Sem vizinhos que possam servir de testemunhas. Mas considerando sua localização oito quilômetros ao norte na estrada, seria uma caminhada longa e quente a pé."

"O que significa que o mais provável é que o atirador tenha dirigido até lá", Rainie concluiu.

"O único veículo na cena era uma caminhonete vermelha, pertencente à vítima masculina."

"Então não sabemos se o suspeito agiu sozinho ou se tinha um cúmplice, como um motorista de fuga?", Rainie perguntou, pressionando.

"Tudo é possível", Shelly clicou de volta para a imagem congelada do atirador. "Nesse momento, isso é tudo o que temos. Identifique esse homem branco..."

"E terá o atirador", Quincy completou.

"É esse o plano. Daí a coletiva de imprensa. Para a qual, merda!, eu deveria estar me preparando." Shelly encarou Quincy e Rainie. "Acham que ele é perigoso?"

"Sim", ambos responderam sem hesitação.

"Então usarei as frases-padrão. Qualquer um que tenha informações deve entrar em contato conosco diretamente, não tente abordar esse indivíduo sozinho."

"Por que ele fez isso?", Quincy disse. "Por que esse garoto atirou e matou essas duas pessoas?"

"Ele as emboscou", Rainie disse. "O que é um exagero se roubo fosse sua única motivação." Ela se voltou para Quincy. "Sem hesitação", ela disse.

Shelly percebeu a implicação.

"Vocês acham que ele já fez isso antes."

"Altamente possível", Quincy murmurou. "Precisamos do histórico de ambas as vítimas. Especialmente da mulher."

Mais uma vez, Shelly foi rápida no gatilho.

"Ela era o alvo verdadeiro? Ela tem idade próxima o suficiente do atirador. Talvez tenham tido uma briga de casal, o que tornaria o cliente das batatinhas só o pobre coitado que estava no lugar errado na hora errada."

"Eu acho que esse cenário tornaria sua vida mais fácil", Quincy disse. "Se esse for algum tipo de vingança de um namoro que deu errado, o objetivo do atirador já foi cumprido. Ele fez o que decidiu fazer."

"E agora?"

“Se você estiver com bastante sorte, ele foi para casa e se matou”, Quincy não hesitou em dizer.

“E se eu não tiver tanta sorte?”, Shelly perguntou.

“Então seu primeiro palpite vai estar correto, suas aventuras mal começaram. Mostre a imagem para a imprensa”, Quincy aconselhou. “Obtenha um nome. Mas sem dúvida nenhuma o identifique como armado e perigoso. Os moradores não devem se aproximar.”

“O que você acha que o garoto fará em seguida?”, Shelly perguntou. “Extraoficialmente. Só aqui entre nós, cidadãos provincianos, que felizmente não passamos muito tempo lidando com esse tipo de crime.”

Quincy franziu a testa. Estudou a imagem. Franziu de novo.

“Eu acho que esse garoto matou duas pessoas em menos de um minuto”, ele disse, “e então fez questão de mostrar o rosto para nós. Eu diria que nesse ponto, com esse suspeito, sabemos muito pouco.”

CAPÍTULO 5

"TEMOS UM NOME e um endereço."

O sargento Peterson esticou a cabeça para dentro do escritório de Shelly, onde ela estava sentada com Quincy e Rainie. Todos seguravam canecas de café, embora Quincy soubesse por experiência que a caneca de Shelly, na verdade, disfarçava um chá de camomila.

"Mas eu nem fiz a coletiva de imprensa ainda", Shelly disse.

"Não há necessidade. Eu mandei a imagem por e-mail para alguns agentes de condicional juvenis." Peterson olhou de relance para Quincy. "Você deu a entender que o garoto tinha alguma experiência... Parece que você estava certo. Aly Sanchez entrou em contato imediatamente. É um dos garotos dela."

"Aly está trazendo ele aqui?", Quincy disse com o cenho franzido. Ele já tinha se levantado, Shelly e Rainie também.

"Negativo. Falei para ela evitar contato por enquanto. Achei melhor evitar que ele fosse ao escritório dela e pudesse sentir alguma coisa ruim nela e... O garoto já matou dois, não quero colocar Aly nesse tipo de situação."

"Antecedentes criminais?", Shelly perguntou.

"Na maioria delitos menores, invasão, pequenos crimes. Mas é um histórico longo para um adolescente de 17 anos. O garoto anda ocupado. De acordo com Aly, o suspeito mora atualmente com Sandra e Frank Duvall. Frank é professor na Bakersville High, Sandra é dona de casa. Com o filho fora de casa cursando a universidade, os Duvall concordaram em acolher o garoto no ano passado. Agora, veja isso: Frank Duvall tem seis armas de fogo registradas em seu nome, inclusive uma nove milímetros."

"Entrou em contato com a família?", Shelly perguntou.

"Liguei para a casa. Ninguém atendeu."

"Tudo bem. Notificarei a equipe de forças especiais SWAT. Quando eles derem o sinal verde, entraremos em ação."

"Seria melhor se o suspeito não se sentisse encurralado", Quincy aconselhou.

"Pode deixar, vou lembrá-los de serem bem-educados e gentis. Algum outro conselho, Homem dos Perfis?"

"Você ainda tem a imprensa esperando por você lá fora."

"Ah, merda!"

"Está tudo bem", Rainie disse, reconfortando-a. "Se a SWAT não tiver sorte na casa dos Duvall, talvez eles possam cuidar da imprensa para você."

O endereço dos Duvall no final das contas era um rancho modesto, cinza-claro, isolado da estrada. Um dos lados ostentava um arvoredo de pinheiros, o outro uma espessa cerca-viva de azaleias. A varanda da frente estava pontilhada de vasos de flores vermelhas vibrantes, e alguém tinha pendurado uma placa próxima à porta que dizia LAR, DOCE LAR.

Aparentemente, os pais de acolhimento se importavam o suficiente para cuidar da casa. Será que o suspeito tinha apreciado o esforço, Quincy se perguntou, ou será que ele só ficou realmente animado de ser colocado em uma casa com seis armas de fogo registradas?

Quincy e Rainie esperaram com Shelly enquanto meia dúzia de membros da força especial SWAT se espalhavam pela propriedade, preparando a abordagem. Shelly pegou seu celular, ligou mais uma vez para o número fixo da casa.

Tudo parecia estar quieto. Nenhum carro na entrada. Nenhum sinal de membros da família pela janela. Ainda assim, Quincy se sentia nervoso, apreensivo. O resultado de beber café demais. Olhou de canto de olho para Rainie e percebeu que ela também sentia o mesmo. Ela consultou rapidamente o relógio.

"Acampamento de natação", disse em voz baixa para ele.

Certo. Buscar a Sharlah. O tipo de coisa que ele já sabia que não devia esquecer. Interessante como, mesmo depois de três anos, ele ainda precisava se esforçar para pensar nos detalhes da vida doméstica. Enquanto isso aqui, fechar o cerco a um suspeito de assassinato, parecia tão natural quanto andar de bicicleta.

Estática no rádio. Shelly assumiu a liderança:

"Líder de equipe, você está aí?"

"Equipe Alpha em posição. Estamos prontos."

"Luz verde, Equipe Alpha. Comecem."

Os agentes apareceram subitamente na cena. Na frente da casa, na parte de trás. Bateram nas portas e, então, meio instante depois, quando ainda não havia uma resposta, um cara agachado arrombava a porta com um aríete. Depois disso, homens bem armados e protegidos invadiram o pequeno sítio.

Quincy percebeu que segurava a respiração. Fazendo um esforço para prestar atenção em gritos, barulho de tiros. Nada. Nada, nada, nada.

Ele olhou de relance para Rainie justo quando o rádio de Shelly voltou à vida.

"Líder de equipe para base."

"Prossiga, líder de equipe."

"Está tudo seguro."

"Algum sinal do suspeito?"

"Não, senhora."

"Membros da família?"

"Hã... xerife... Você vai querer ver isso."

Foi tudo o que Quincy precisava saber sobre o destino de Frank e Sandra Duvall.

Frank Duvall não conseguiu nem sair da cama. Seu corpo estava deitado de costas, lençol fino puxado até o peito nu, um único buraco de bala na sua testa. Quincy podia ver queimaduras de pólvora na borda do buraco, onde o cano da arma tinha sido pressionado contra a carne. Esse tiro tinha sido à queima-roupa, era pessoal.

O que sem dúvida tinha despertado Sandra Duvall em seu lugar ao lado do marido. Ela tinha jogado o lençol para longe e colocado ambos os pés no chão, antes de levar três tiros nas costas. Bem próximos um do outro, do jeito que todos os policiais eram ensinados, Quincy pensou, inevitavelmente. O atirador estava mirando na massa central, a área do tronco que compreende vários órgãos vitais.

Ela tinha caído perto da cama com a cara no chão, braços abertos, camisola fina amassada em torno da cintura.

Havia dois outros quartos no fim do corredor. O primeiro era pequeno, mal havia espaço suficiente para uma cama de solteiro e uma pequena escrivaninha. A janela estava aberta, tentando abrir caminho para uma brisa fresca, mas não havia nenhuma. Assim como no quarto dos Duvall, um ventilador zumbia no canto, empurrando ar quente de um lado para o outro.

A roupa de cama tinha sido chutada para longe, o calor de agosto opressivo demais para cobertas. Nenhum cadáver aqui. Não tinha muitos itens, para falar a verdade. A cama, o ventilador, uma luminária. Pilha de livros de bolso perto da cama. Pilha de roupas sujas no canto oposto. Mesa com um carregador de um dispositivo eletrônico que não estava mais lá.

Quincy soube sem precisar que lhe contassem que esse era o quarto da criança acolhida, o suspeito adolescente deles. E lhe doía saber que Sharlah reconheceria esse espaço. Totalmente impessoal. Porque no mundo de uma criança acolhida, pertences eram recompensas que precisavam ser conquistadas. E, considerando os antecedentes desse garoto de 17 anos, ele provavelmente tinha passado mais tempo perdendo do que ganhando privilégios.

Mais um quarto no fim do corredor. Quincy hesitou. Um momento raro e revelador para um homem que estava tentando ser pai pela segunda vez. Rainie tinha preferido nem entrar na casa.

"Eu conheço meus limites", foi o que ela disse, e ele aceitou.

A porta estava aberta, mais provavelmente para incentivar a entrada de uma brisa. Quincy se aproximou sozinho, o corredor pequeno demais, os quartos apertados demais para tantos agentes. Shelly ainda nem tinha feito o reconhecimento da cena. Percebendo os limites de espaço, e querendo reduzir a contaminação da cena do crime, ela tinha pedido a Quincy que prosseguisse sem ela. De todos, ele era o mais qualificado.

Roy Peterson dissera que os Duvall tinham um filho em idade universitária. Como estavam em agosto, era bem provável que o garoto estivesse em casa, de férias da escola.

Com a mão enluvada, Quincy empurrou a próxima porta de madeira. Outro quarto pequeno. Cama de solteiro, bem arrumada, manta marrom e azul bem presa. Sem corpo. Sem sangue ou zumbido de moscas, sem fedor de morte.

Só... um quarto. Embaixo da janela havia uma mesa completamente limpa. A mesa de cabeceira continha um despertador, uma antiga luminária de cobre e pouco mais do que isso. O único sinal de que alguém ocupava o quarto eram dois pôsteres afixados às paredes de painel escuro, ambos de jogadores de basquete. Os Portland Trailblazers, Quincy avaliou pelos uniformes. Contudo, como não era um fã de basquete, não sabia identificar os jogadores.

Ele saiu do quarto vazio e suspirou suavemente. Refez seus passos até a humilde sala de estar, onde Shelly estava de pé, próxima a um sofá cinza grande demais, coberto por manta de tricô em padrão afegão, mãos na cintura, suor escorrendo no seu rosto devido ao calor causticante. Ela o encarou.

"Duas fatalidades. Os Duvall. Ambos mortos a tiros em seu quarto. Um único tiro para ele, três no centro de massa para ela", Quincy relatou. "O terceiro quarto parece desocupado. O filho dos Duvall não chegou da universidade?"

"Henry Duvall", Shelly informou. "Acabei de saber que ele está estudando engenharia na Universidade de Ohio, atualmente em algum tipo de programa de estágio em uma empresa de alta tecnologia em Beaverton. Então não, ele não veio passar as férias de verão."

"Você acabou de falar com ele?", Quincy perguntou, porque parecia um pouco cedo para entrar em contato com a família com informações de um crime sobre o qual não tinham qualquer detalhe.

"Não, só entrei em contato com Aly Sanchez, a agente de condicional. Foi ela que entrou pessoalmente em contato com os Duvall para conversar sobre a possibilidade de ficarem com o adolescente sob sua responsabilidade. Não preciso nem dizer que ela está um pouco abalada com os eventos dessa manhã. Algum sinal do nosso suspeito?"

"A cama está desfeita, como se tivesse sido ocupada recentemente. Além disso, o ventilador ainda está ligado. De resto, o quarto parece mais funcional do que acolhedor."

"Onze meses e o garoto ainda não está pronto para instalar suas coisas?"

"Ou ele não tem nada para instalar." Quincy foi até a cozinha, olhou em volta. Três pratos de jantar estavam arrumados direitinho no escorredor na lateral da pia. A mesma coisa com os copos e os talheres. Em seguida, deu uma olhada na geladeira, que estava bem estocada com leite, ovos, suco de laranja e uma coleção variada de Tupperwares.

"Parece que eles jantaram na noite passada e depois lavaram os pratos."

"Os homicídios provavelmente aconteceram hoje de manhã", Shelly disse. "Se tivesse sido na noite passada, acredite se quiser, o cheiro estaria ainda pior."

"Opções de transporte?", Quincy perguntou.

"Boa pergunta." Shelly ativou seu rádio, entrou em contato com a central. "Veículos registrados em nome de Frank e Sandra Duvall", ela solicitou, citando o endereço. Levou apenas um minuto para a central retornar com a resposta. Dois veículos, um Honda prata de dez anos e uma caminhonete Chevy azul de quinze anos.

"O Honda está na garagem", Shelly relatou, após ter percorrido a pé o perímetro externo.

"Mas nenhum sinal da caminhonete, que eu aposto que Duvall mantinha estacionada na entrada."

Shelly concordou com a cabeça.

"Cofre de armas?", Quincy perguntou em seguida.

"Estou presumindo que fique no quarto", Shelly disse. "Não vi qualquer sinal de um. Na garagem?"

"Nada lá."

Eles se separaram para conduzir a busca. Foi Shelly quem achou primeiro. Lá embaixo no porão, que era abençoadamente mais fresco do que a parte de cima da casa. Quincy juntou-se a ela na luz fraca da lâmpada que revelava uma antiga mesa de pingue-pongue, um congelador e, próximo de uma pilha de caixas, um cofre de armas resistente, alto o suficiente para rifles.

A porta do cofre estava entreaberta. Com o dedo protegido pela luva, Shelly lentamente terminou de abrir a porta. Um par de balas soltas e mais nada.

"Quantas armas você disse mesmo que Frank Duvall tinha?", Quincy perguntou.

"Seis."

Quincy estudou o espaço vazio.

"Imagino que havia bastante munição junto com elas."

"Em outras palavras, tenho um suspeito de 17 anos, fortemente armado, com uma caminhonete, que possivelmente já atirou e matou quatro pessoas. Quincy, o que está acontecendo aqui? Quero dizer, um garoto problemático atirando nos pais de acolhimento é uma coisa, mas por que os dois na loja de conveniência? O que diabos esse garoto quer?"

"Ele assaltou o cofre de armas, e então atirou nos Duvall", Quincy murmurou.

"Parece que sim."

"Então pegou a caminhonete e..."

"Decidiu sair por aí continuando a atirar?"

"Um *spree killer*, um assassino impulsivo." Quincy virou-se, garantindo que tivesse a atenção completa da xerife. "Nosso suspeito está em uma onda de matança. Esse tipo de incidente geralmente começa com o assassinato de alguém próximo, a esposa, o chefe, os pais. Mas ao invés dessa violência ser o fim de tudo, o atirador sofre um surto psicótico e perde o controle. O primeiro alvo é pessoal, mas daí em diante o suspeito mata qualquer um, todo mundo que tiver a infelicidade de cruzar seu caminho. Você tem um criminoso de alta periculosidade solto por aí, xerife Atkins. E ele vai matar de novo."

Por baixo da camada de suor, o rosto de Shelly tinha empalidecido. Isso fazia as cicatrizes em torno de seu pescoço se destacarem.

"Tudo bem", ela disse tensa. E então repetiu: "Tudo bem. Precisaremos estabelecer um centro de comando. Emitir um alerta para o Chevy desaparecido. Mobilizar a SWAT, reforços estaduais... Inferno, todo mundo que tiver um distintivo."

"Todos os locais públicos perto do EZ Gas devem fechar as portas. Bibliotecas, centros comunitários, creches, etc.", *acampamentos de natação*, Quincy concluiu em pensamento, grato pelo fato de a piscina do clube ficar na outra ponta da cidade.

"Entendido."

"Precisamos saber mais sobre esse garoto, descobrir tudo o que pudermos. Amigos, conhecidos, hobbies, interesses. Onde ele iria sob pressão? E quão bom ele é em atirar?"

"Certo."

"Rapidez é essencial. Quanto mais tempo a situação se arrastar..."

"Mais perigoso esse garoto fica", Shelly completou.

"Para não falar da população, pois a maioria nessa região..."

"É fortemente armada", Shelly suspirou e concordou, recuperando o fôlego. Ela era uma boa xerife, Quincy sabia, mantinha a calma sob pressão. Mas assim como a maioria dos xerifes de condado, a maior parte de seu tempo foi gasta na guerra contra as drogas e em casos domésticos e não em crimes dessa natureza. As próximas 24 horas seriam difíceis para todos eles.

Shelly tirou o rádio da cintura e entrou em contato com a central:

"Eu preciso emitir um alerta sobre um jovem de 17 anos. Cabelos e olhos castanhos, visto pela última vez usando um capuz preto e acredita-se que esteja dirigindo uma caminhonete Chevy azul, placa...", Shelly disse o número da placa. "Ele pode estar fortemente armado e deve ser abordado com extrema cautela. Eu preciso que as cidades próximas sejam notificadas, bem como a polícia estadual. Isso também inclui os patrulheiros florestais, Pesca e Caça, áreas de acampamento. Vocês sabem o que fazer. O nome do garoto é Telly Ray Nash."

Quincy congelou. Sentiu o sangue ser drenado de seu rosto.

"O quê?"

"Telly Ray Nash", Shelly repetiu.

Mas Quincy não estava mais prestando atenção. Estava correndo escada acima, atrás de Rainie.

CAPÍTULO 6

"Você não confia em mim", o homem disse. Frank. Me chame de Frank, ele havia dito naquela primeira tarde. Então apertou minha mão. Realmente apertou minha mão, enquanto sua esposa — Sandra — estava inquieta perto dele, entrelaçando e separando os dedos. Sem dúvida o tipo que gosta de abraçar, tentando se controlar.

"Está tudo bem", ele prosseguiu, olhando diretamente para mim. "Para ser sincero, eu também não confio em você. É cedo demais para isso. Ainda estamos nos conhecendo."

Não falei nada. O que havia para dizer? Estávamos de pé em uma clareira no meio da floresta. Na nossa frente, afixado a uma paleta de madeira surrada, tinha um alvo de tiro novinho, fornecido por Frank. Em torno dos seus pés, um amontoado de cartuchos vazios, tampas de garrafa e guimbas de cigarro. Todos os moradores da região vêm aqui, Frank tinha contado para mim enquanto dirigia para lá. Um verdadeiro campo de tiro para caipiras.

Eu estava morando com os Duvall há mais ou menos quatro semanas. Em algumas casas de acolhimento, você ganhava, digamos, um cookie, ou até mesmo um bolo, para comemorar o aniversário de um mês. Na casa dos Duvall, aparentemente te levavam para atirar.

Da parte de trás de sua caminhonete, Frank tirou uma mesa dobrável. Eu monto a mesa. Depois, Frank pegou dois óculos de proteção, um pacote de protetores de ouvido e caixas de munição. Finalmente, de trás do assento do motorista, retirou uma caixa preta um pouco maior que uma lancheira. Estava trancada. A arma. Armas?

Eu ainda não tinha certeza do que estava fazendo aqui. Imagino que seria melhor do que pegar um garoto com o meu histórico e levar para um treino de beisebol. Frank digitou uma combinação no estojo de transporte trancado. Ele não tentou ocultar a tela, por isso não tentei desviar o olhar. Eu não falo muito, é o que minha agente de condicional diria. Mas sou observador. Um garoto com meu histórico, é difícil não ser.

Frank levantou a tampa. A caixa, forrada com espuma preta, tinha o formato daqueles amplificadores que são montados em estúdios de gravação. Aninhada no meio, preto no preto, estava a pistola. Menor do que tinha imaginado. E... assustadora.

Eu nunca tinha atirado antes, assumindo que jogos eletrônicos não contavam. Enfiei as mãos nos meus bolsos. Uma manhã fria de outubro. Meus pés e minhas mãos estavam molhados de orvalho. Mais uma vez, o que eu estava fazendo ali?

"Ruger SR calibre 22", Frank declarou, orgulhoso, ao levantar a arma. "Dez mais um, o que significa dez cartuchos no pente, um na câmara. Agora, vamos começar do início. Uma arma é uma ferramenta. E uma ferramenta deve ser tratada com respeito."

Ele olhou para mim com expectativa. Finalmente cedi, precisando levantar a cabeça para olhar nos olhos dele. Frank era um cara grande. Um metro e noventa e poucos. Forte, embora mais com jeito de basquete do que de futebol americano. Professor de ciências na escola de ensino médio, havia crescido aqui. Um cara da região. Quando tinha a minha idade, trabalhava na fazenda de laticínios dos seus pais de manhã e de tarde, enquanto arrasava nas pontuações como estrela do time da escola, e passava a maioria das noites de sábado enchendo a cara de cerveja e procurando encrenca. Ele entendia o que era ser um adolescente, havia me dito isso na minha primeira noite naquela casa. Entendia de problemas.

Ele e sua esposa, eles tinham me recebido de olhos bem abertos. Sabiam o que eu tinha feito. Sabiam o que eu ainda era capaz de fazer.

Também sabiam que essa era a minha última oportunidade. Garoto de 17 anos, dentro de um ano estaria fora do sistema. Os Duvall eram minha última chance de ser parte de algo. Não uma criança adotada. Eu já tinha entrado no sistema velho demais para nutrir esses sonhos dourados. Mas se fizesse tudo direitinho, confiasse um pouco e, diabos, melhorasse meu comportamento, talvez pudesse ter uma família de acolhimento permanente. Um lugar aonde ir todo Natal, todo Dia de Ação de Graças. Melhor ainda, conforme minha agente de condicional explicou, poderia contar com orientação para todas as "Grandes Mudanças" que estavam por vir — conquistar um emprego, arrumar um lugar só meu, pagar minhas próprias contas. Mundo real logo à frente. Um par de figuras parentais ao meu lado para me apoiar seria uma enorme ajuda. Ou pelo menos foi o que a agente de condicional me disse.

Fiquei com pena de contar para ele, para o grande e confiante Frank, que "conhece problemas", e para a doce Sandra, que adora assar cookies e está desesperada para dar abraços, que eu não estava procurando uma família. Não mais.

"Quando se trata de manusear armas de fogo", Frank disse agora, ainda segurando a arma calibre 22, "a segurança vem em primeiro lugar. Nunca aponte a arma para algo se você não quiser realmente atirar. Nem mesmo se achar que está descarregada."

Ele olhou fixamente para mim.

"Nunca aponte a arma para algo se você não quiser realmente atirar", repeti, com certo atraso.

"Alguns caras fingem que têm um laser saindo da ponta da arma. Qualquer coisa que o laser acertar, ele atravessa. Olhando para a Ruger nesse momento, no que estou acertando?"

"Hã..., naquela árvore."

"Podemos nos dar ao luxo de ter aquela árvore cortada ao meio?"

"Acho que sim. Claro."

"E agora?"

"Acaba de perder seu dedão do pé."

"Exatamente. E eu preciso do meu dedão, então não vou ficar com a arma pendurada que nem um idiota e correr o risco de atirar no meu próprio pé."

"Certo."

"Segunda regra fundamental: nunca parta do pressuposto de que uma arma está descarregada. Mesmo se eu passar para você e disser que ela está limpa, você verifica. Sempre. Ponto final."

Ele estava muito sério. Sombrio, até. Mais uma vez, concordei.

Frank colocou a arma na mesinha, ainda apontada para longe de nós, para a árvore. A árvore era grande. Tronco grosso coberto de áreas mais esbranquiçadas de musgo verde-sálvia. Ou talvez fosse líquen. Eu confundo os dois. Frank saberia a diferença. Se, é claro, eu perguntasse para ele.

"Limpar uma arma envolve dois passos. Primeiro, ejete o pente." Frank levantou a Ruger, a mão enorme em volta do cabo. "Venha aqui. Toma, pega. A arma não vai morder. E se você não conseguir lidar com ela descarregada, então, com certeza, você não está pronto para praticar tiro ao alvo."

Eu me forcei a tirar as mãos dos bolsos. Me esforcei para dar um passo à frente. O que era irônico, na verdade, porque tudo que Frank, o Pai Acolhedor, precisava fazer era me dizer para nunca tocar em suas armas que, em questão de segundos, eu estaria com a coleção inteira em mãos.

O que, depois de ler o meu arquivo, ele provavelmente já sabia. Fale para um garoto com transtorno opositivo-desafiador que ele não deve fazer algo, e você praticamente garantiu o crime. Enquanto me der permissão, oferecer treinamento de verdade para aprender a atirar... Agora eu nem queria aquela 22 estúpida.

Na verdade, o que eu mais queria era que a arma, as balas e as árvores cobertas de musgo ou líquen desaparecessem.

Frank colocou a Ruger na minha mão direita. Era mais pesada do que eu esperava. Esse foi meu primeiro pensamento. Mas também achei... confortável. O cabo emborrachado parecia ter o tamanho certo para a palma da minha mão. A arma era sólida, mas não grande. Sem dúvida parecia mais fácil de manusear do que um taco de beisebol.

"Ok, dedo fora do gatilho. Nunca encoste nele até estar pronto para atirar. Apenas um bom hábito para se cultivar. Ao invés disso, recomendo colocar seu dedo acima do guarda-mato. Sente como o cabo é emborrachado na palma da sua mão? Ele na verdade é removível — você pode tirar e recolocar quando quiser. A arma de verdade é metal fosco. É isso o que você está sentindo no seu dedo de gatilho. É bom estar ciente desses detalhes. Vai te ajudar a sacar a arma, com o dedo do gatilho na posição adequada, cada vez mais automaticamente. Você vai começar a agir pela sensação. É aí que saberá que é um bom atirador."

Eu não disse nada, mas ele estava certo. Podia sentir as diferentes texturas, a borracha na palma da mão, metal fosco no dedo indicador. Parecia... real.

"Agora, mantendo o dedo fora do gatilho e a arma apontada para longe, você precisa limpar sua arma. O primeiro passo é ejetar o pente. Olha do lado esquerdo do cabo, bem atrás do guarda-mato; vê aquele pequeno botão preto? Empurre com o seu dedão."

Eu fiz isso e, imediatamente, ele se desprendeu da parte de baixo do cabo. Não completamente, mas o suficiente para deslizá-lo para fora com minha mão esquerda. Parecia surpreendentemente leve.

"Esse pente tem uma capacidade de dez tiros. Quantas balas você vê?", Frank me perguntou.

"Nenhuma", franzi a testa. "Está vazio."

"Então sua arma está limpa?"

Olhei de relance para ele. Só porque eu nunca atirei antes não quer dizer que eu não saiba quando estou sendo enganado.

"Você disse primeiro passo, o que significa que tem pelo menos mais um."

"Muito bem. Lembra do que mais eu te falei sobre a Ruger? Quando eu a descrevi pela primeira vez?"

"Dez mais um", repeti lentamente. "A câmara. Dez no pente, que eu acabei de ejetar. Mas isso ainda deixa uma na câmara."

"Excelente. A arma nunca está limpa até você ter verificado a câmara. Então primeiro ejete o pente, e então puxe o ferrolho para verificar a câmara. Com o pente ejetado, coloque sua mão esquerda no topo da arma. Deslizador de metal polido. Mais uma vez, sinta a textura diferente."

"Sim."

"Cabo de borracha. Corpo de metal fosco. Deslizador de metal polido. Sim?"

"Sim."

"Segurando a arma para a frente com o braço reto, use sua mão esquerda para puxar para trás o deslizador de cima. Use um pouco de força, está tudo bem."

Puxei com mais força. Abruptamente, o deslizador disparou para trás. Eu levei um susto, soltei, e ele voltou para a frente batendo.

"Calma, rapaz", Frank deu uma risada. "Uma boa forma de beliscar sua mão e perder um pouco de pele. Você quer um movimento suave. Deslize para trás devagar, não solte."

Eu me atrapalhei duas vezes mais até finalmente conseguir.

"Olhe na câmara", ele me instruiu.

"Limpa."

"Agora você pode soltar o deslizador para a frente ou, se quiser, no lado esquerdo da arma, acima do guarda-mato na frente da trava de segurança, vê aquele botão preto? Clique nele, e ele segurará o deslizador na posição aberta."

Encontrei o botão e desajeitadamente consegui ativá-lo. Frank pegou a arma da minha mão e a colocou na mesinha dobrável.

"Protocolo, você e eu. Sempre apresente uma arma de fogo exatamente assim. Pente para fora, câmara exposta. Assim ambos podem ver, todos podem ver, que a arma está limpa. Entendeu?"

"Sim."

"Ok, agora é hora de falar sério. Mas antes de carregarmos e começarmos a falar em atirar, precisamos estabelecer primeiro o seu olho dominante."

Descobri que meu olho direito era o dominante. E nada de apertar um olho ao puxar o gatilho. Em vez disso, concentre-se em focar o olho na mira da arma, direcionando para o alvo, usando seu olho dominante.

Frank foi primeiro. Esvaziou o pente. Um grupo bem próximo de tiros, a maioria no centro do alvo. Exibindo suas habilidades para o garoto acolhido, pensei. Mas ele não estufou o peito. Foi mais como uma autoaprovação. Cumpriu suas próprias expectativas.

E então foi minha vez. Óculos de segurança. Protetores de ouvido. Correndo atrás das balas de cobre que rolavam por toda a mesa dobrável enquanto lutava para carregar três delas no pente — só o suficiente para dar o pontapé inicial.

Frank me posicionou a uns dois metros e meio do alvo. Tão perto que dava para cuspir nele. E então era hora do show.

Puxar o gatilho levou mais tempo do que eu esperava. E o coice foi totalmente inesperado. A arma saltou na minha mão. Eu levei um susto. E a árvore à direita do alvo tinha perdido um pouco do musgo/líquen. Frank não parecia nem um pouco surpreso.

"Concentre na puxada do gatilho", ele aconselhou. "A primeira puxada é longa, e então o restante dos tiros são curtos. Acostume-se à sensação. Então trabalharemos na mira."

Alinhando o tiro, exalando todo o ar dos meus pulmões, puxando o gatilho para trás. No fim da tarde, eu tinha aprendido pelo menos a controlar a arma. De pé a quatro metros e meio de distância, mesmo sem acertar a zona vermelha, meus tiros pelo menos agora estavam mais próximos um do outro.

"Consistência", Frank admitiu. "Um bom começo."

Ele trabalhou comigo mais do que atirou. Mas, no final, sem dúvida para soltar um pouco da tensão, ele se exibiu: virou o alvo de papel de perfil, de modo que ele ficasse virado de lado para as árvores e nós estivéssemos vendo apenas a borda impossivelmente fina. Em um único tiro, Frank atingiu o alvo da espessura de um cabelo, quase rasgando o papel em dois.

"Você atira faz muito tempo", eu disse, finalmente, o mais próximo que conseguia chegar de um elogio.

"A maior parte da minha vida", ele disse, pegando a arma, limpando o pente e a câmara, e devolvendo-o para a caixa forrada. "Em casa, eu vou te ensinar sobre desmontagem, limpeza e remontagem. Atirar é apenas metade da diversão — você também precisa cuidar da sua arma."

Trabalhamos juntos para empacotar os protetores de ouvido, os óculos de segurança, as caixas de munição e a mesa dobrável. Eu recolhi os restos do alvo. Ele fechou a traseira da caminhonete.

Então ele estava me encarando novamente, olhos sérios. Rosto soturno.

"Você sabe por que te acolhemos, Telly?"

Eu não disse nada.

"Porque acreditamos em você. Nós lemos seu arquivo. O que aconteceu com a sua família. Você se lembra daquela noite, Telly?"

Nem precisava perguntar a qual noite ele estava se referindo. Minha vida inteira se resumia àquela noite.

"Não muito." Não olhei para ele. Voltei a estudar o musgo nas árvores.

"Você acha que o que você fez foi correto?"

Balancei a cabeça, negando. Frank continuou imóvel, me estudou por algum tempo.

"A conselheira familiar acha que você deveria voltar a fazer terapia", ele disse finalmente. "Levaremos você. Faremos nossa parte, se achar que ajuda."

"Não, obrigado."

"Telly, o que aconteceu com você, com sua família inteira, foi uma tragédia. E, às vezes, se você guarda algo tão terrível assim dentro de você, vai infeccionando e acaba se tornando ainda pior do que era antes."

"Eu não lembro", me ouvi dizendo.

"Você não se lembra."

"Não. Da minha mãe gritando, sim. E do meu pai... Mas depois do taco de beisebol... Assim que coloquei as mãos no taco... Eu não lembro de muito depois disso."

"Um homem faz o que precisa fazer para proteger sua família", Frank disse e finalmente olhei para ele. Não tinha ideia do que ele estava querendo dizer. "Sua irmã defendeu suas ações. Disse que você salvou a vida dela, que salvou vocês dois do seu pai. Isso é importante, Telly. Significa que não importa o que os outros digam, você fez a coisa certa naquela noite. Você precisa se agarrar a isso, pois isso diz algo sobre o garoto que você foi, e o homem que pode se tornar. É por isso que Sandra e eu te recebemos. Talvez você ache que o que fez foi errado. Mas Sandra e eu... Nós vemos um garoto que fez o que precisava fazer. E esse garoto merece uma chance melhor na vida."

"Eu machuquei minha irmãzinha."

"Você quebrou o braço dela. Ela se recuperou. Certamente, se seu pai tivesse chegado primeiro nela, teria sido pior."

Eu não tinha uma resposta para isso. Não estava mentindo antes: realmente não lembrava muito daquela noite. Uma névoa vermelha de violência, talvez até mesmo um apagão, o primeiro psiquiatra tentou explicar para mim, resultado do terror, do trauma e de anos de abuso. Só me lembro do som de osso sendo partido.

E o grito da minha irmãzinha. Um grito longo, alto e agudo que parecia continuar para sempre. Oito anos depois, ele ainda ecoa dentro da minha cabeça.

"Eu não quero falar com um psiquiatra", disse para Frank.

"Tudo bem. Mas vamos conversar sobre isso, Telly, porque você precisa falar sobre isso. Sua vida está mudando. Daqui a um ano você terá 18, pronto para cuidar da própria vida. Sandra e eu, nosso trabalho é prepará-lo para isso. Acha que está pronto para ficar sozinho no mundão lá fora?"

Eu não sabia o que dizer.

"Telly", ele explicou pacientemente, "ninguém está pronto para encarar o mundo sozinho. E ninguém deveria precisar estar. Ok? Então, cá estamos. Doze meses para conhecê-lo, doze meses para você conhecer a gente. Faz algum sentido?"

Eu ainda não sabia o que dizer. Ele olhava para mim, parecendo entender.

"Tudo bem. E quanto ao tiro ao alvo? Você gostaria de ir atirar novamente?"

Eu fiz que sim. Ele deu uma batida rápida na porta traseira da caminhonete, e então caminhou em direção à porta do motorista.

"Parece um bom plano. Devo dizer, bom trabalho hoje. Você tem um dom natural para isso, Telly. Calmo e controlado. Mantenha esse ritmo e, na próxima vez, eu trarei os rifles."

CAPÍTULO 7

RAINIE SOUBE que tinha algo errado assim que viu Quincy saindo da casa. Não era tanto a expressão no seu rosto — Quincy se orgulhava da sua discrição típica da Nova Inglaterra — mas a tensão em sua mandíbula. Rígida. Contraída. Um homem tentando pensar na melhor forma de dizer algo que ele não queria contar.

Ela notou as manchas escuras na camisa polo azul-marinho. Manchas de suor do calor insuportável. Observar um elemento tão humano em seu marido notoriamente inabalável a perturbava.

"A família está morta?", ela perguntou suavemente quando ele parou diante dela.

"Os pais de acolhimento, Frank e Sandra Duvall. Ambos mortos a tiros no quarto."

"E o filho deles?"

"Não. Ele está em Beaverton, algum tipo de programa de estágio. Rainie, o filho acolhido dos Duvall, nosso suspeito nos homicídios, é Telly Ray Nash."

Levou um momento até que Rainie entendesse. *Mas esse é o sobrenome de Sharlah*, ela se viu pensando, confusa. Então os pedaços do quebra-cabeças se encaixaram e ela sentiu um vertiginoso frio na barriga.

"O irmão mais velho de Sharlah", ela afirmou.

"Ela teve algum contato com ele? Mencionou ele de alguma forma?" Quando algo a perturbava, era mais provável que Sharlah se sentisse mais à vontade para se abrir com Rainie do que com Quincy, e ambos sabiam disso. Dito isto, Sharlah não era alguém que se abria com facilidade. *Somos uma família de solitários*, Rainie pensou, não pela primeira vez.

"Ela nunca falou sobre ele. Quincy, ele matou os pais deles."

"Eu sei. Taco de beisebol, não uma arma."

"Ele quebrou o braço da Sharlah."

"Eu sei."

"Ela não devia ter nenhum contato com ele. Está escrito no arquivo. E cortar laços de família não é algo que o Departamento de Serviços Humanos faz levianamente."

Quincy concordou.

"Ele matou os Duvall primeiro, não?", Rainie ponderou.

"Sim."

Rainie tinha trabalhado com Quincy por tempo suficiente para saber o restante.

"Telly Ray Nash está em uma onda de matança."

"Você sabia que tem um novo termo sendo sugerido? Assassino descontrolado." Quincy enfiou as mãos nos bolsos. Ele não estava olhando para Rainie, seu olhar era perdido, distante, em direção ao bosque de pinheiros. Estava tentando pensar logicamente para se acalmar, Rainie percebeu. Se ele conseguisse definir e analisar o que estava acontecendo, então poderia assumir o controle da situação. E, como qualquer pai, Quincy não queria se sentir fora do controle quando se tratava de sua filha. "Assassinos impulsivos e assassinos em massa são impelidos pela mesma necessidade psicológica", Quincy prosseguiu. "Uma sensação de isolamento, um desejo de se vingar da sociedade que os rejeitou. Assassinos em massa restringem sua violência a um local — uma escola, um cinema, o ex-empregador. Enquanto assassinos impulsivos, por definição, matam em mais de um local em um período curto de tempo."

"Assassinos em massa em movimento."

"Exatamente. Mas já houve alguns casos com sobreposição. Kip Kinkel, que assassinou os pais antes de atacar sua escola. Adam Lanza, que atirou na mãe antes de atacar a escola Sandy Hook. Eles são atiradores impulsivos, considerando o fato de que seus crimes aconteceram em mais de um local? Ou são assassinos em massa, já que grande parte dos seus crimes teve um único alvo?"

Rainie esperou Quincy responder sua própria pergunta.

"Criminologistas gostam de definições", ele murmurou. "Se conseguimos definir, podemos entender. Daí a proposta de um terceiro rótulo — assassino descontrolado — para cobrir tanto assassinos impulsivos quanto assassinos em massa."

"O posto não é uma escola nem um antigo local de trabalho", Rainie pontuou. "Até onde sabemos, foi um alvo aleatório."

"É um assassino impulsivo", Quincy disse.

"Ele não terminou."

"Ondas de matança só terminam quando o próprio atirador é morto."

"Eu preciso pegar Sharlah." A voz de Rainie estava tensa, um pouco fora do normal. "O que dizemos para ela?"

"Isso estará nas notícias. Uma caçada tão em evidência? A cidade inteira vai falar disso."

"Em outras palavras, precisamos ser os primeiros a contar para ela."

"Ela deveria ficar em casa por um tempo", Quincy sugeriu. "Vamos manter Luka por perto."

Rainie concordou. Ele não estava dizendo nada que ela já não soubesse. Ainda assim, ela se sentia curiosamente à deriva. Horas atrás, ela tinha levado a filha para o acampamento de natação e então se juntado ao marido para uma consultoria com a polícia do condado, e agora...

Agora o irmão afastado de sua filha era o suspeito de ser um assassino impulsivo/assassino descontrolado. Onde é que estava essa aula na cartilha de treinamento para pais de acolhimento? Como exatamente ela poderia encarar a filha nos olhos e estilhaçar seu mundo mais uma vez?

O antídoto para medo e ansiedade era força e autoconfiança. Rainie sabia pelo menos isso sobre psicologia básica, e isso foi antes de todas as aulas sobre criação de filhos. Uma criança com o histórico de Sharlah não queria mimos ou lugares-comuns. Ela já sabia que o pior podia acontecer. O que ela precisava era de informação, orientação e reafirmações de sua própria resistência. Sharlah era forte, e o trabalho de Rainie era lembrá-la de sua força. O que significava, é claro, que Rainie precisava recuperar sua própria força. Rapidamente.

"E você?", ela perguntou ao marido.

"Eu disse para a xerife Atkins que ajudaria com o perfil. Mas além disso, quero ver se encontro mais informações sobre a morte dos pais de Sharlah."

"Você acha que o que Telly fez oito anos atrás pode ser relevante para o que está acontecendo agora."

Quincy fez que sim. O histórico de um criminoso era sempre relevante.

"Mas pensei que nenhuma acusação tinha sido registrada. Se for esse o caso, será que existem documentos para abrir, verificar?", Rainie perguntou.

"Talvez não. Mas num caso tão impressionante, alguém — o promotor, detetives investigadores, a assistente social do Departamento de

Serviços Humanos encarregada do caso — provavelmente se lembrará de alguma coisa."

"Muito bem. Você fala com os especialistas, eu converso com a Sharlah, mas ela não gosta de reviver o passado. E, considerando a idade que ela tinha na época, não sei o quanto ela se lembra de fato."

"Boa sorte", Quincy desejou.

"Onde você acha que ele vai agora?", Rainie perguntou abruptamente, referindo-se a Telly Ray Nash.

"Eu não sei, mas creio que saberemos em breve."

Rainie chegou ao clube cinco minutos antes do horário. Sharlah já estava lá de pé, uma garota alta e desengonçada com o cabelo molhado escorrendo pelas costas, e uma sacola de natação amarelo vibrante no ombro.

Para profunda surpresa de Rainie, sua filha — bem, quase filha, o que praticamente dava no mesmo, ela sempre pensou — não estava sozinha. Uma garotinha de talvez 6 ou 7 anos estava de pé ao lado de Sharlah, falando animadamente. Em contraste, a expressão de Sharlah era de cautela, mas ela acenava afirmativamente diante do que quer que a garotinha estivesse dizendo.

Rainie conduziu o carro até perto e baixou o vidro da janela.

"Aquela é a sua mãe?", a garotinha perguntou imediatamente. "Ela é muito bonita. Você volta amanhã? Eu acho que você devia voltar amanhã. Você foi muito bem hoje. Acho que até o final da semana já vai estar nadando!"

"Tchau", Sharlah disse. Ela abriu a porta do carro e deslizou para dentro, já se inclinando em direção ao ar-condicionado que estava na potência máxima. Lá fora, a garota acenava freneticamente.

"Nova treinadora de natação?", Rainie perguntou, dando partida no carro. Ela estava tamborilando o dedo no volante. Ela se forçou a parar, respirar fundo, se concentrar.

"Algo assim."

"Foi tão ruim quanto você imaginava?"

"Eu não sei nadar."

"Claro que sabe. Eu já te vi no mar algumas vezes."

Sharlah balançou a cabeça.

"Aquilo não é nadar. É flutuar. E debater. Eu sei me debater na água. Mas nadar... nado livre, de peito, de costas. Eu não sei nada disso. O que significa que me colocaram com as crianças mais novas. E mesmo assim a maioria já nada melhor que eu."

Rainie ainda não sabia o que dizer. Sharlah estava falando do acampamento de natação, mas Rainie só conseguia pensar em cenas de crime. Sua criança socialmente desajeitada tinha tido uma manhã difícil. E estava prestes a ter uma tarde ainda pior.

Rainie percebeu que estava tamborilando no volante de novo. Notou que Sharlah tinha percebido. O rosto de Sharlah se suavizou. Ela não perguntou o que estava errado, porque não era do seu feitio. Em vez disso, o que, de certo modo, partiu ainda mais o coração de Rainie, Sharlah captou o fato de que algo não estava bem e, então, automaticamente se preparou para o golpe.

O processo de transição entre família de acolhimento para família-adotiva era tão rigoroso quanto qualquer um poderia suspeitar que fosse. O Departamento de Serviços Humanos de Oregon, DSH, tinha soterrado Rainie e Quincy com um monte de papelada. Houve visitas à casa, comprovação de referências, verificações de segurança. E listas de verificação. O agente de adoção parecia ter um suprimento infinito de listas de verificação emitidas pelo departamento.

Para receber o certificado de aprovação como pais de acolhimento, Rainie e Quincy também tiveram que concluir trinta horas de treinamento fundamental, que abrangia desde os direitos da criança acolhida até os direitos da família biológica e dos irmãos. Durante esse tempo, eles tinham descoberto que Sharlah tinha um irmão mais velho, com quem não tinha mais contato. Houve um incidente. O pai das crianças tinha saído de controle depois de tomar drogas e atacou a família. Telly, o irmão mais velho, tinha se defendido com um taco de beisebol. O episódio terminou com ambos os pais mortos e Sharlah com um braço estilhaçado. As autoridades acharam que seria melhor afastar Sharlah do irmão. Aliás, havia uma observação no arquivo de Telly dizendo que ele não deveria ser colocado em uma casa com crianças mais novas.

Nos oito anos seguintes, Rainie supunha que a situação podia ter mudado. Aconselhamento para Telly, terapia para Sharlah. A garota tinha defendido o irmão, mesmo com o braço quebrado, o que era um indício de que nutria alguma afeição pelo irmão mais velho.

Mas Rainie nunca tinha ouvido Sharlah pronunciar o nome do seu irmão. E certamente o telefone deles nunca tinha tocado com um adolescente arrependido do outro lado. Pela primeira vez, Rainie desejou que tivessem feito mais pressão sobre o assunto. Como seu instrutor de treinamento fundamental tinha ensinado, relacionamentos entre irmãos eram frequentemente os relacionamentos estáveis mais importantes, às vezes os únicos, na vida das crianças acolhidas. Ela e Quincy deviam ter feito mais perguntas, para Sharlah ou para o DSH, mesmo se ambos tivessem optado por ignorá-los.

A verdade é que Rainie e Quincy tinham achado boa a ausência do irmão. Eles não queriam ter que lidar com outros membros da família. A vida tinha parecido mais limpa, mais simples, com Sharlah só para eles.

Rainie respirou fundo. Considerando que Sharlah já estava em estado de alerta, era melhor simplesmente ir fundo e ser direta.

"Houve um incidente essa manhã", Rainie começou. "Um assassinato duplo em um posto de gasolina. A polícia tem um vídeo com o atirador. Eles o rastrearam até a casa de sua família de acolhimento onde, aparentemente, ele já tinha atirado e matado os pais... Sharlah, o atirador foi identificado como Telly Ray Nash, seu irmão mais velho."

Sharlah se virou. Ela recostou-se no banco, o olhar perdido no para-brisas.

"Tá bom", foi só o que ela disse.

Rainie esperou. Esperou o choque inicial passar, esperou Sharlah começar a fazer perguntas. Mas a garota permaneceu com olhar fixo para a frente, o rosto vazio.

"Você se lembra do seu irmão?"

"Sim."

"Sharlah, você se lembra dos seus pais? Do que aconteceu com eles?"

"Sim."

Sharlah finalmente se mexeu; ela começou a esfregar o ombro esquerdo.

"Você viu seu irmão desde o incidente? Falou com ele?"

"Não."

"Você gostaria de falar com ele? Sente falta dele?"

Sharlah esfregou o ombro com mais força.

"Querida, soubemos que você defendeu as ações do seu irmão naquela noite. De acordo com seu testemunho, ele salvou vocês dois do seu pai."

"Ele tinha uma faca."

"Seu pai?"

"Ele tinha uma faca. E veio correndo para cima da gente."

Rainie não disse nada. Então, um instante depois, tão baixinho que Rainie mal conseguia ouvir as palavras:

"Eu dei o taco para o Telly. Eles dois vinham correndo pelo corredor. Meu pai estava tão próximo que eu achei que ele alcançaria o Telly. Eu achei que ele mataria o meu irmão. Então eu dei o taco para ele."

"E Telly acertou você com o taco?"

"Não era a intenção dele."

"Foi um acidente."

"Ele não me viu."

"Você estava se escondendo? Ou acabou chegando perto demais? Ele te acertou quando recuou o taco?"

Sharlah balançou a cabeça em negativa, seu rosto ainda sem expressão, o olhar distante.

"Ele não conseguia me ver. Eu estava lá, mas ele não conseguia me ver. Eles pareciam iguaizinhos, sabe... Golpeando com o taco ele estava igualzinho ao nosso pai."

Então Rainie entendeu. Era a vez dela olhar para longe. Oito anos atrás, Telly Ray tinha sido um garoto magricela de 9 anos, sobrecarregado de adrenalina e medo, sofrendo sua própria experiência meio fora do corpo enquanto massacrava o pai deles. Rainie só podia imaginar o que ele parecia aos olhos de uma garota de 5 anos de idade. As ações de Telly naquela noite salvaram a vida de ambos. Mas nenhum deles jamais foi o mesmo.

"Sharlah, você sabe o que aconteceu com seu irmão depois daquela noite?"

"A polícia levou ele embora."

"E depois?"

"Eu não sei."

"Você perguntou sobre ele? Pediu para vê-lo?"

"Não."

"Por que não?"

A garota deu de ombros e esfregou o topo do braço. Ela tinha uma cicatriz ali. Uma marca da incisão onde os médicos tiveram que abrir para pregar seu osso de volta no lugar. Para uma garota de 5 anos de idade, ter sua última lembrança dos pais e do irmão tingida por tanta dor... não surpreendia Rainie nem um pouco que Sharlah não quisesse revisitar o passado.

"Qual é sua lembrança mais marcante sobre Telly?", Rainie perguntou.

"O que você quer dizer?"

Sharlah finalmente olhou de relance para ela.

"Uma lembrança. Quando digo o nome dele, qual é a primeira imagem que aparece na sua cabeça?"

"Cereal Cheerios."

"Por que Cheerios?"

Sharlah franziu a testa, concentrando-se com força.

"Ele pegava no armário para mim. Dava café da manhã para mim."

"E seus pais?"

"Não sei."

"Eles estavam em casa?"

"Dormindo. Tinha que ficar quieta. Não perturbe."

"Seus pais batiam em você, Sharlah?"

A garota desviou o olhar, o que para Rainie era confirmação suficiente.

"Seu irmão batia em você?", Rainie pressionou.

Um não fraco.

"E sua mãe?"

"Não."

"Então seu pai batia..."

"Eu não quero falar sobre isso. O que quer que tenha acontecido hoje. Eu não quero falar sobre isso."

"Você sente falta do seu irmão?", Rainie perguntou. Mas a garota não respondeu.

"Se ele tentar entrar em contato com você agora", Rainie disse "seja lá como for — telefone, e-mail, mensagens de texto — você precisa nos avisar. Imediatamente."

Sharlah não disse nada.

"E durante os próximos dias, pelo menos até sabermos mais, seria melhor se você ficasse dentro de casa."

"Ele matou seus novos pais?", Sharlah perguntou.

"Achamos que sim."

"Pais antigos, pais futuros", Sharlah murmurou. Então: "Algum novo irmão?"

"Os Duvall tinham um filho mais velho. Acreditamos que ele esteja bem."

"Então ele não terminou."

"Por que diz isso?"

Sharlah balançou a cabeça e disse novamente.

"Ele não terminou."

"Sharlah..."

"Você tem que fazer meu irmão parar. Ele não consegue parar sozinho. Alguém precisa fazer o Telly parar." Ela esfregou o ombro. "É assim que funciona. Outra pessoa, você precisa parar o meu irmão, pelo bem dele."

"A polícia vai encontrar o Telly, Sharlah. A polícia vai detê-lo. Esse não é mais um problema seu."

Mas Rainie já podia ver que a garota não acreditava nela.

CAPÍTULO 8

POR DOZE ANOS, Cal Noonan tinha sido um dos sessenta membros da equipe voluntária de busca e salvamento do condado. Treinado em técnicas de busca, navegação em terra, rastreamento, resgate e recuperação e primeiros socorros, ele ficava tão à vontade nas matas em que passou sua infância quanto na sua sala de estar. Talvez até mais confortável. Cal era um daqueles caras que ficava com coceira quando passava tempo demais dentro de casa. Ele sempre foi assim. Sua mãe tinha passado boa parte do início da sua vida gritando, exasperada: "Cal Noonan, vá lá fora brincar antes que você me enlouqueça!". Aos cinco anos, ganhou a primeira vara de pescar de seu pai, aos seis ganhou a arminha de brinquedo.

Foi só no ensino médio que Cal descobriu sua paixão por química, o que o levou, para grande surpresa de seus pais, para uma atividade meio culinária. Vivendo na terra dos laticínios, Cal tinha se fascinado pela ciência por trás da produção de queijo, fabricação de iogurte e afins. Na maturidade de seus 47 anos, ele era agora chefe de fabricação de queijo na fábrica, supervisionando a produção e o envelhecimento de um dos melhores queijos de alta qualidade do mundo. Isso o obrigava a viajar mais do que gostaria, mas o orgulho do trabalho oferecia algum consolo.

Também ajudava poder morar em Bakersville, com suas praias rochosas, vastos campos verdejantes e, é claro, uma enorme faixa costeira. Nos finais de semana e feriados, Cal ainda perambulava pelos bosques, pescando nos riachos ou passeando na praia. E, às vezes, trabalhava como voluntário na equipe de resgate.

O departamento da xerife estava procurando um fugitivo armado. Até agora eles só tinham encontrado o veículo do suspeito, abandonado um pouco ao sul do local do último crime. Um suspeito a pé significava uma boa e velha caçada, indo do asfalto da rodovia costeira até os sopés das montanhas escarpadas. Alguns policias seriam intimidados por uma área de busca tão vasta. Cal e sua equipe, contudo, adoravam o desafio.

Outros membros do resgate chegavam junto com Cal. Ele os cumprimentou com um aceno de cabeça enquanto contornava sua caminhonete. Mantinha uma mochila bem suprida e botas de escalada com ele em todos os momentos. Tinha passado em casa para pegar seu rifle.

A chamada inicial chegara trinta minutos atrás. Considerando a natureza dispersa da organização, espalhada pelo condado, levaria uma hora para que todos os membros do resgate chegassem ao local e o procedimento de comando de incidente fosse estabelecido para gerenciar a busca. Em casos urgentes, contudo, os primeiros a chegar formavam uma equipe imediata de busca, dando o pontapé inicial. Como um dos seus melhores rastreadores, esperava-se que Cal começasse a busca nos próximos quinze minutos. Ele só precisava de um relatório da situação e alguns companheiros de equipe.

Ele deu uma olhada no centro de comando móvel do condado, um trailer bem equipado estacionado do outro lado da rua de um posto/ loja de conveniência com aparência desgastada, repleto de fita amarela de isolamento. O último destino conhecido do atirador, provavelmente. Assentindo para si mesmo, Cal se dirigiu até o comando de incidente.

A xerife Atkins estava de pé na porta aberta do trailer, já conversando com os voluntários reunidos, cuja maioria já estava coberta por uma camada de suor.

"O alvo é um homem jovem de 17 anos, suspeito de quatro assassinatos por tiro. Acreditamos que esteja em posse de pelo menos seis armas de fogo, incluindo dois rifles. Descobrimos recentemente seu veículo superaquecido abandonado a 3 quilômetros e meio ao sul daqui, por isso acreditamos que ele esteja a pé, o que limitará a quantidade de artefatos que ele consegue carregar de uma vez."

"Telefone celular?", alguém de trás perguntou.

"Recuperamos o celular pessoal do suspeito no porta-luvas da caminhonete. É possível, contudo, que ele tenha um celular descartável. Mas nada de que tenhamos conhecimento para rastreamento imediato."

"Outros suprimentos?", perguntou a líder de equipe de Cal, Jenny Johnson, que estava de pé à direita.

"Não sabemos. Além do telefone celular, a caminhonete está vazia, então assumindo que o garoto não queira andar por aí arrastando um arsenal, ele pode estar utilizando algum tipo de esconderijo para as armas.

A imagem mais recente mostrava o suspeito vestindo um capuz preto e armado com uma nove milímetros. Do outro lado da rua, vocês podem ver sua última localização conhecida. Dado que é uma loja de conveniência, é possível que ele tenha pegado água e lanches depois dos tiros. O que quer que tenha levado, não é suficiente para ser percebido de imediato, mas isso não significa que tenha partido de mãos vazias."

Os voluntários reunidos concordaram. Primeira regra para rastreamento: pense como seu alvo. Em um dia quente como aquele, hidratação seria uma das principais preocupações. O fugitivo precisaria de água, muita e muita água. Algo como uma mochila lotada de garrafas de água, ou tabletes de purificação para que pudesse tomar a água que encontrasse em seu caminho.

"Técnicas de sobrevivência?", mais alguém perguntou lá de trás.

"Desconhecidas", a xerife respondeu.

Diante do resmungo coletivo, ela levantou a mão.

"Desculpe, gente, mas as primeiras vítimas do suspeito foram seus pais de acolhimento. Ao que tudo indica, ele os matou hoje bem cedo, e então saiu pouco depois de sete e meia. A essa altura, ele atirou e matou as únicas pessoas com quem teve contato. Não preciso nem dizer que isso limita nossas informações."

Cal endireitou um pouco a postura. A chamada tinha falado sobre o rastreamento de um fugitivo, um alvo considerado armado e perigoso. Mas Cal não tinha imaginado que fosse tão armado e tão perigoso. Ele já tinha caçado alguns homens procurados tempos atrás, um acusado de violência doméstica e outro de invasão domiciliar, mas nunca um suspeito de assassinato.

"Isso é tudo o que posso contar para vocês agora", a xerife Atkins prosseguiu. "O suspeito passou por meia dúzia de casas de acolhimento. Seus antecedentes criminais incluem invasão, delitos menores e resistência à prisão. Em algum ponto dessa manhã, Telly Ray Nash entrou no quarto dos seus pais de acolhimento e matou os dois a tiros. Depois, parece ter esvaziado o cofre de armas, levando consigo seis armas de fogo e uma quantidade indeterminada de munição, mas provavelmente considerável. Ele seguiu rumo ao norte na caminhonete de seu pai de acolhimento, que superaqueceu a três quilômetros e meio a sul daqui. Daquele ponto, presumimos que tenha seguido a pé, chegando a essa loja de conveniência pouco antes de oito da manhã, onde abriu fogo contra um cliente e a caixa, matando ambos. E desde então ele não foi mais visto."

A xerife se calou, dando a todos um momento para digerir a notícia.

"Agora, se puderem prestar atenção aqui", a xerife Atkins gesticulou em direção a um mapa topográfico gigante que tinha sido afixado à lateral da unidade móvel de comando, "temos aqui nossa área inicial de busca. Se pensarmos que transcorreram três horas desde os assassinatos, estamos falando de um perímetro de 14 quilômetros e meio, talvez menos, considerando o calor."

Como Cal sabia, a primeira medida antes de começar uma busca era estabelecer um perímetro da maior distância percorrida possível. Considerando que um fugitivo se move a uma velocidade média de quase cinco quilômetros por hora, a xerife tinha desenhado um enorme círculo correspondente, que se irradiava 14 quilômetros e meio em todas as direções a partir da última localização conhecida, a loja de conveniência, que estava indicada no centro como um X gigante vermelho. Uma vantagem de três horas já tinha oferecido ao fugitivo muito mais possibilidades do que Cal gostaria. E dado que o perímetro seria ampliado em quase cinco quilômetros a cada hora de busca, a área cresceria rapidamente no futuro próximo. Felizmente, a geografia estava do lado deles, conforme a xerife explicava:

"Observando o mapa, podemos ver que 14 quilômetros e meio para o oeste colocaria nosso fugitivo bem no meio da baía de Tillamook. Considerando que é época de veraneio e nenhum turista relatou ter visto um atirador vestido todo de preto, é razoável assumir que nosso suspeito não foi para o oeste. Do mesmo modo, seguir diretamente para norte ou sul colocaria nosso atirador ao longo da estrada costeira. Já temos meia dúzia de viaturas patrulhando a área desde a chamada original, e mais uma vez não recebemos nenhum relato de suspeito avistado por parte dos comerciantes nem dos residentes. Observando o mapa, isso nos leva então ao leste. O sopé da cordilheira costeira."

A xerife Atkins desceu os degraus de entrada da central de comando, foi até o mapa, e indicou uma enorme faixa verde.

"Aposto que o nosso fugitivo se desviou das trilhas usuais, escalou o suficiente para chegar à cobertura das árvores, de onde poderia seguir ao longo do sopé em qualquer direção enquanto permaneceria fora do campo de visão. Isso explica como ainda não o encontramos, mesmo com todos os policiais da cidade, do condado e da patrulha estadual na caçada."

Cal e diversos membros da sua equipe anuíram. Em suma, o comando tinha começado com uma área de busca considerável. Com um pouco de ajuda da linha costeira e lógica básica, a xerife já tinha reduzido aquele círculo pela metade. Agora, rastreadores experientes como Cal reduziriam ainda mais a área-alvo ao escolher trilhas naturais — digamos, um rio que seria um caminho lógico para um fugitivo seguir, ou o rastro de cervos de fácil acesso pela mata. Começando no ponto de partida — a loja de conveniência — diversas equipes de busca se espalhariam em diferentes direções, concentrando-se em localizar esses cursos naturais para ver quem acharia pistas primeiro. E é aí, claro, que as coisas ficariam interessantes.

A xerife concluiu garantindo que já tinha detetives investigando a fundo o histórico do fugitivo. Assim que eles soubessem algo a mais, ela passaria a informação adiante. Por enquanto, a SWAT ofereceria apoio para cada equipe de busca. Cães estavam a caminho. E sim, sua prioridade número 1 era que todos voltassem seguros para casa.

A reunião foi encerrada. A equipe de busca e resgate tinha sua própria estrutura de comando. Cal viu sua líder de equipe, Jenny Johnson, que estava de pé perto do mapa topológico, gesticulando para o restante se aproximar.

Um dos maiores equívocos do rastreamento é imaginar que a equipe vai tropeçar magicamente no fugitivo. Mesmo um rastreador experiente como Cal, trabalhando em seu território nativo, só consegue avançar a um ritmo de uns 800 metros por hora.

Considerando a velocidade muito mais alta de um fugitivo, quase cinco quilômetros por hora, seria improvável que Cal e seu grupo o alcançassem. Em vez disso, o objetivo da equipe de rastreamento é estabelecer a direção do alvo. Uma vez que achasse pistas e determinasse em que direção o fugitivo estava seguindo, a equipe de Cal se tornaria uma lança, impulsionando lentamente, mas com segurança, o alvo para a frente, seguindo-o, mas também, quer o alvo percebesse ou não, forçando-o a fazer escolhas. Em pouco tempo, líderes como Jenny Johnson, que estariam acompanhando o progresso de Cal no mapa topográfico, conseguiriam ter indicativos bem precisos de para onde o alvo estava seguindo. Nesse momento, uma equipe de recuperação seria enviada em marcha acelerada para interceptar.

Isso dito, o rastreamento de fugitivos ainda era um trabalho perigoso. Alvos caçados e em pânico poderiam decidir dar meia-volta e tentar uma emboscada ou, sentindo-se pressionados, poderiam encontrar um ponto alto e vantajoso para fazer um último esforço de resistência. Por isso, agentes da equipe SWAT seriam designados para trabalhar junto de cada equipe de resgate, servindo como flanqueadores. A função de Cal seria achar pistas e identificar o caminho feito pelo fugitivo, enquanto agentes de flanqueamento trabalhariam para que todos pudessem retornar em segurança às suas casas naquela noite.

Assumindo, é claro, que a busca terminasse antes disso. Trinta e seis horas de caçada não era incomum para uma equipe de busca e resgate, e Cal uma vez participou de uma que durou 48 horas consecutivas. Outros membros levariam água e suprimentos adicionais para as equipes de rastreamento conforme necessário. Tal era a natureza da caçada.

Ele se sentia eletrizado. O que poderia ser bom, mas também poderia ser ruim. A adrenalina ajudava a mantê-lo em alerta, em movimento. Contudo, ele precisava se lembrar de que em casos como esse, devagar e sempre era o jeito de vencer a corrida.

Jenny começou a montar as equipes. Cal, designado como líder dos rastreadores, estava pronto para partir. Ele só precisava de um rastreador assistente — basicamente um segundo par de olhos — e os dois flanqueadores da SWAT.

Jenny designou Norinne Manley para ser sua parceira. Cal aprovou. Uma avó de quatro netos com cabelos alisados, Nonie era capaz de superar o ritmo de rastreadores com metade de sua idade, e passava seu tempo livre dando aulas de alfabetização para adultos na igreja da região. Dizer que ela era querida seria um eufemismo. Certamente Cal estava feliz de tê-la em sua equipe.

Da SWAT, Jenny citou os nomes de Antonio Barrionuevo e Jesse Dodds. Dois homens vestidos de uniformes camuflados se destacaram do amontoado de policiais e abriram caminho até onde Cal e Nonie estavam. Ambos vestiam proteção corporal leve. Considerando o calor que fazia, Cal sentiu pena deles. Mas, talvez, no final do dia, eles estariam observando seu cadáver cheio de furos de bala pensando a mesma coisa. Nunca se sabe.

Os agentes da SWAT tinham rifles calibre 223 em armações de AR-15 pendurados sobre seus ombros. Com base no que conhecia de sua própria arma de longo alcance, Cal deduziu que os rifles estariam equipados com sistemas de visão holográfica EOTech. Além disso, os coletes dos agentes estavam repletos de suprimentos — pentes extras, um kit médico tático, algemas flexíveis, um cassetete — enquanto os bolsos de suas calças estavam pesados com barras de proteína, tabletes de água, baterias e, provavelmente, uma faca ou duas. Não era sempre que Cal trabalhava com agentes da SWAT, mas, nesse momento, o que mais lhe interessava eram os calçados que eles usavam. Nada atrapalhava mais os esforços de uma equipe de busca do que bolhas no pé. Irritantes no início, agonizantes no final, bolhas podiam reduzir seu progresso ao passo de uma tartaruga. Mas seus dois flanqueadores pareciam estar calçando botas bem confortáveis, um dos equipamentos mais importantes na opinião de Cal.

Agora era hora de Cal fazer seu discurso-padrão, bem rápido, pronto para partir. O fugitivo já tinha uma vantagem de três horas; não havia motivo para dar ainda mais tempo de vantagem para ele. Cal levantou sua mochila.

"Não deixe para trás nada que você possa precisar, não leve nada que não precise. O ritmo não será difícil de acompanhar, mas depois de partirmos, podemos levar dias para voltar."

Nonie, uma veterana, bocejou. Antonio e Jesse mal piscaram. Caras durões. Tudo bem.

"Ao primeiro sinal de um ponto quente no seu pé — me avisem imediatamente! Eu tenho esparadrapo. Melhor tratar da bolha antes mesmo que ela surja. Porque, repito, depois de partirmos, não sei quando vamos voltar."

Sim, definitivamente são durões. Cal prosseguiu:

"Eu rastreio a uns nove metros de distância, buscando por sinais, ou seja, qualquer perturbação do mundo natural. Galhos quebrados, impressões no musgo, ou até pegadas na lama. Tivemos chuvas dois dias atrás, então, com alguma sorte, as condições na sombra podem nos render alguns rastros. A Nonie aqui atuará como um segundo par de olhos, porque, como diz o ditado, 'duas cabeças pensam melhor do que uma'. Se perdermos sinal, devemos voltar para a última localização conhecida, trabalhando em espirais para fora até pegarmos o rastro novamente. Haverá momentos em que vai parecer que estamos indo mais para trás do que para a frente, mas terão que confiar em nós. E caso nunca tenham trabalhado com rastreadores antes: não somos cães farejadores. Não caminhamos olhando para os próprios pés. A melhor forma de ver algo é aproximando-se pela diagonal. Então estaremos olhando para o lado mais do que para baixo; não significa que não estamos fazendo nosso trabalho."

Antonio e Jesse aquiesceram, ainda com expressões neutras.

"Prestem atenção no alto", Cal orientou eles. "Tem muita caça nessa região, o que significa que tem muitas cabines de caça por aí. Qualquer uma delas funciona muito bem como esconderijo, na melhor das hipóteses, ou como ponto para armar uma emboscada, na pior. Se eu souber de qualquer cabine na área, informarei vocês. Mas caçadores constroem novas o tempo todo, e essa área não está exatamente nos mapas de trilhas."

Os dois confirmaram simultaneamente.

"Vocês já fizeram trilhas antes?", Cal perguntou.

"Cresci em Bend", Jesse respondeu, que era do outro lado das Cascatas e conhecida pela sua ampla oferta de aventuras na natureza.

Cal então percebeu que os agentes da SWAT tinham sido escolhidos com alguma consideração para perícias de sobrevivência. Sorriu para eles.

"Desculpem, mas vocês sabem como é estar no comando."

Isso finalmente conquistou dois sorrisos curtos em resposta. Todos sabiam como era estar no comando. E como alguns dias eram especialmente desgastantes.

Eles terminaram de se equipar, os flanqueadores tirando os rifles de suas alças. Então a equipe junta atravessou a rua. Cal começou estudando a loja de conveniência. A última localização conhecida de seu alvo. Marco zero em sua busca. Ele olhou fixamente para ela e fez o que fazia de melhor: pensou como um fugitivo.

Um garoto de 17 anos. Algo aconteceu que o fez levantar da cama essa manhã e matar seus pais de acolhimento a tiros. Então ele fugiu. Esvaziou o cofre de armas, roubou a caminhonete. Partiu para o norte.

Por que norte? Essa era a primeira decisão a se considerar.

A caminhonete tinha enguiçado. Superaqueceu nessas temperaturas mais que infernais. Onde estavam aquelas brisas costeiras, afinal de contas?

Então o garoto tinha prosseguido a pé. Carregando todas as seis armas? Sem dúvida, isso chamaria muita atenção. Então ele deve ter escondido algumas. O mais provável é que tenha feito isso próximo da caminhonete, onde os detetives a cargo da investigação do caso logo as descobririam. Cal e sua equipe agradeceriam qualquer atualização sobre o assunto. Quando você está correndo atrás de um fugitivo armado, é bom saber o quão armado ele está.

A xerife tinha mencionado uma nove milímetros. E Cal podia apostar que o garoto também manteve um rifle. Uma arma de curto alcance, uma de longo, uma boa mistura para um suspeito enfurecido em busca de destruição.

E isso o trazia de volta à direção. Por que ele tinha seguido rumo ao norte? Tinha algum destino em mente? Digamos, o posto EZ Gas, onde tinha matado duas outras pessoas?

Cal não era um criminologista. Não entendia completamente os motivos e as causas da violência. Não, seu dom era para logística, pensar como um fugitivo que precisava correr. E esse fugitivo, tendo matado duas outras pessoas... Cal aproximou-se do perímetro da cena do crime, os outros membros de sua equipe recuados, esperando por seu sinal. Nonie também examinava o perímetro por conta própria, mas, como já tinha trabalhado antes com Cal, estava principalmente esperando por ele.

De pé na entrada/saída única do EZ Gas, tentando pensar como o atirador, Cal se virou para o norte. Perambulou em volta da fita amarela da polícia até que, à sua esquerda, jazia a estreita rodovia costeira que parecia tremeluzir com o vapor que se levantava do asfalto quente, enquanto à sua direita estava a caçamba de lixo da loja, próxima de uma cerca de arbustos que cresceram demais. Não notou qualquer caminho a pé identificável no final da propriedade. Nenhum sinal recente de invasão ou pisoteamento. Ainda assim, podia sentir seu pulso acelerar.

Cal agachou-se bastante. Procurou perturbações nas fronteiras empoeiradas do estacionamento. Buscou um ponto de vantagem diferente em meio aos arbustos. Do outro lado da caçamba velha, ele conseguiu perceber algo. Uma área mais escura. Uma pegada?

Ele contornou a caçamba e lá, logo atrás, quase tocando uma das rodas travadas, Cal foi recompensado com sua primeira pista do dia. Virou-se para a sua equipe, que o acompanhava a uns quinze passos de distância.

“Ei”, ele gritou. “Digam à xerife que encontramos vômito.”

CAPÍTULO 9

QUINCY JÁ TINHA encontrado o promotor público do condado, Tim Egan, várias vezes. Duas quando Quincy e Rainie por acaso estavam prestando consultoria em casos municipais, porém mais frequentemente em ocasiões sociais, como em um evento de arrecadação de fundos aqui ou um churrasco do amigo de um amigo ali. Quincy diria que conhecia o promotor público bem o suficiente, mas como criador de perfis ele sabia que você nunca conseguia realmente conhecer outra pessoa.

Talvez Egan pensasse o mesmo dele. Egan tinha sido promotor público por mais de quinze anos, o que significa que foi ele quem tomou a decisão de não processar o irmão de Sharlah pelo assassinato dos seus pais oito anos atrás. Ele estava terminando uma ligação e sinalizou para Quincy se sentar, algo mais fácil de falar do que de fazer, considerando as caixas de pastas de documentos amontoadas naquele espaço. Depois de um instante, Quincy desistiu e ficou de pé mesmo. Já estava grato pelo escritório ter ar-condicionado e pela garrafa de água que a secretária tinha colocado em sua mão.

Egan desligou o telefone e levantou os olhos para Quincy, e então pareceu examinar seu próprio escritório, e a falta de lugares para sentar, como se estivesse vendo o espaço pela primeira vez.

"Desculpe", o homem mais velho falou com uma careta. "O condado decidiu economizar algum dinheiro reduzindo o espaço de armazenamento. Em teoria, devemos usar menos papel, então não precisamos de tanto espaço, certo? Só que ano passado o condado resolveu economizar dinheiro cortando alguns funcionários. Aí quem sobrou na minha equipe para magicamente digitalizar todos esses papéis?"

"Parece um trabalho para estagiários", Quincy comentou.

"Ah, se pelo menos alunos de direito ambiciosos acreditassem nessas coisas. Essa nova geração... eles foram educados pelos pais para achar que já vão começar no topo. Eles não querem saber de ralar. Simplesmente se acomodam no porão dos pais até que recebam uma oferta para se tornarem sócios."

Egan finalmente se levantou e estendeu a mão. Quincy a apertou. Em público, o promotor do condado raramente era visto sem seu blazer cinza e sua típica gravata de seda de cor vibrante. Hoje, o paletó estava pendurado no encosto da sua cadeira, embaixo de uma faixa de seda fúcsia, deixando o promotor público em uma camisa de manga curta da Brooks Brothers, com os dois botões de cima já abertos. Ele gesticulou em direção às roupas informais do próprio Quincy.

"Quem diria que estaria esse calor infernal", Egan comentou.

"Nossa!", Quincy concordou.

Como não havia lugar para Quincy sentar, o promotor público abandonou a sua cadeira de escritório e contornou a mesa para ficar de pé do lado de Quincy. Havia um amontoado de garrafas de água em cima de uma das pilhas de caixas. O promotor pegou uma.

"Ouvi falar que teve uns eventos grandes essa manhã", Egan disse. O homem não era estúpido; ele e Quincy não eram exatamente o tipo de pessoa que aparecia só para dizer *oi*.

"Múltiplos assassinatos", Quincy explicou, evitando usar o termo *onda de matança*. "Suspeito de 17 anos atirou e matou seus pais de acolhimento hoje de manhã. Depois disso matou outros dois em um posto de gasolina."

Egan meneou a cabeça, sem dúvida já tendo sido notificado. Quincy continuou:

"A xerife Atkins pediu para que eu ajudasse."

Outro movimento de cabeça, outra informação que Egan já tinha.

"Temos um vídeo da segunda cena de crime. O suspeito foi identificado como Telly Ray Nash. Soube que esse não é o primeiro episódio de violência. Na verdade, ele matou os próprios pais quando criança." O rosto de Egan ficou sem expressão. O promotor público desenroscou a tampa da sua garrafa d´água. Levantou-a. Tomou um longo gole.

"Telly Ray Nash", Egan repetiu. "As mortes de seus pais."

"Sim."

"Não existe arquivo. Ele nunca foi acusado de crime."

"Eu sei."

"Então você está aqui..." Quincy podia notar a gama de possibilidades implícita naquela frase. A maioria das quais não era agradável para alguém na posição de Egan. Quincy estava ali para questionar por que Egan não tinha processado um garoto que agora era suspeito de matar outras quatro pessoas? Quincy estaria ali para identificar todos os sinais de alerta que Egan não tinha percebido? Para iniciar uma linha de investigação que ficaria cada vez mais desconfortável para o escritório do promotor público nos próximos dias?

Sabendo disso tudo, Quincy decidiu ter pena do homem.

"Eu acredito que saiba que minha esposa Rainie e eu estamos acolhendo uma garota. Iniciamos os procedimentos de adoção e esperamos ter isso finalizado em tempo para o Dia de Ação de Graças."

Egan fez que sim, franzindo um pouco o cenho diante dessa mudança de assunto.

"Nossa futura filha adotiva é Sharlah May Nash; A irmã mais nova de Telly."

"Ah", Egan disse, subitamente endireitando a postura.

"Pois é...", Quincy concordou.

"Então você está aqui..."

"Por motivos pessoais e também profissionais."

Egan tomou um gole de água. Finalmente, ele suspirou e cruzou os braços sobre o peito.

"Sabe, eu não me senti mal sobre minha decisão oito anos atrás. Alguns casos te angustiam — o que é certo, o que é errado? Outros você acha que logo voltarão para te assombrar. Mas Telly Nash e o que aconteceu com seus pais, sua irmã... Quando a polícia terminou de analisar a cena e o psicólogo forense terminou de analisar o garoto, eu não tinha qualquer dúvida. Não é assim que as coisas acontecem? Eu não tinha a menor dúvida."

"Descreva a situação de novo para mim", Quincy sugeriu e foi o que ele fez.

"Vizinhos do trailer ligaram para denunciar sons de uma discussão acalorada, seguida de gritos. Quando os primeiros socorristas chegaram ao local, encontraram Telly, então com nove anos de idade, de pé no meio do espaço, coberto de sangue e segurando um taco de beisebol igualmente coberto de sangue. Dois corpos, sua irmãzinha — que tinha o que, quatro, cinco? — caída encolhida aos seus pés, chorando."

Quincy contraiu o maxilar, mas não disse nada.

"Telly não era um garoto parrudo. Meio magricela, na verdade. Nenhum histórico de violência, embora a polícia estivesse familiarizada com os pais. Ligações por causa de violência doméstica, perturbações da paz, essas coisas. Viciados em drogas, de acordo com os policiais. A assistência social tinha sido contatada duas vezes. As crianças, contudo, continuaram na casa.

Meu escritório foi chamado. Eu mesmo visitei a cena, dada a natureza do crime e a idade do delinquente. Lembro que o garoto simplesmente ficou lá a maior parte do tempo, imóvel, sem dizer nada. Choque, imagino. Mas foi uma visão e tanto, vou te contar. Esse garoto magro e coberto de sangue com o rosto perfeitamente impassível. Era de arrepiar.

No final das contas, descobrimos que ele tinha atacado a irmã também e quebrado o braço dela. Mas ela ainda defendeu ele. Disse que foi o pai que tinha esfaqueado a mãe e, então, saiu correndo atrás das crianças pela casa. Foi ela que encontrou o taco de beisebol e deu para Telly. Ele parou para se defender na sala de estar. Ao que tudo indica, uma vez que o garoto começou a golpear, não conseguiu mais parar. Pulverizou o crânio do pai. E então quando a irmãzinha se aproximou, ele bateu nela também. Ela caiu e parece que foi isso que o fez despertar do estado em que estava. Ou pelo menos interrompeu o acesso de fúria. Ele ainda estava em choque quando chegamos lá. Não parecia ter noção do que tinha acabado de fazer."

Egan olhou para Quincy.

"Achei que ele tinha matado os dois pais", Quincy disse. "Mas você está dizendo que foi o pai que matou a mãe."

"É aí que a história fica interessante. Porque de acordo com o médico-legista, além do ferimento à faca no peito, a mãe também sofreu um único golpe na cabeça. Mas nenhuma das crianças queria comentar a respeito. Toda vez que perguntávamos, eles se fechavam. O mais próximo que chegamos de uma resposta foi dias depois. Confrontamos Telly mais uma vez com evidências da cena, tentando fazê-lo se abrir. Sua única resposta: *Eu devo ter feito isso*. Escolha interessante de palavras, contudo. Não que foi ele. Mas que ele devia ter feito."

Quincy assentiu.

"O ferimento à faca a teria matado?"

"Ela estava sangrando internamente. Ninguém sabe dizer se os paramédicos teriam conseguido salvá-la."

"Interessante."

Egan deu de ombros.

"Você ainda tem o relatório do psicólogo forense?", Quincy perguntou.

"Claro. Em algum lugar. Eu posso, hã, dar uma vasculhada. De cabeça, contudo, lembro de três razões principais pelas quais eu optei por não acusá-lo formalmente. Um, o histórico de vício e abuso doméstico dos pais. De acordo com os vizinhos, era apenas uma questão de tempo até que algo horrível acontecesse naquela casa. Dois, Telly tinha diversos ferimentos de faca, o que dava suporte às alegações de autodefesa da sua irmã. Sem falar que a mãe também tinha sido esfaqueada antes de ser golpeada na cabeça com um taco de beisebol, e a trilha de sangue também apoiava a versão dos eventos contada pela irmã."

"Telly nunca forneceu uma declaração completa?", Quincy perguntou.

"Não, só o famigerado 'devo ter feito isso'. Seguindo o protocolo, colocamos Telly com uma especialista, a Dra. Bérénice Dudkowiak. O nível de violência me perturbava; eu definitivamente queria a opinião de um profissional antes de decidir processar ou não. De acordo com a Dra. Dudkowiak, quando um garoto com o histórico de Telly explode..."

"Até hoje, é bem provável que o próprio Telly não saiba quantas vezes acertou o pai", Quincy adicionou.

"Ela estava mais interessada no tipo de mecanismo que Telly tinha criado para lidar com a situação, que pudesse ter demonstrado antes do 'incidente trágico'. Todos os sinais indicavam que as mortes em si foram impulsivas, não planejadas, e foram provocadas pela própria fúria do pai impulsionada pelas drogas..."

"Exame toxicológico?"

"O pai e a mãe estavam completamente fora de si", Egan garantiu. "Outro ponto a favor do garoto. Também havia a suspeita de que o garoto sofresse de TAR. Transtorno de..."

"Transtorno de apego reativo."

"Isso mesmo. E é, claro, a Dra. Dudkowiak queria verificar a possibilidade de Telly exibir sinais da tríade de homicidas."

"Xixi na cama, piromania, crueldade contra animais", Quincy citou.

"Exatamente. Mas, nessa área, o garoto estava limpo. Tinha até sinais de comportamento acolhedor, dada a forma como cuidava da irmã mais nova. A Dra. Dudkowiak tinha algumas preocupações quanto ao TAR, mas considerando o histórico de vício dos pais e o nível de exposição das crianças a violência..."

"Conexão pode ser um problema." Quincy sabia muito bem disso pelo arquivo da própria Sharlah. E, claro, por ter passado os últimos três anos com uma criança capaz de se perder dentro da sua própria cabeça por longos períodos e então olhar para ele e Rainie como se eles é que fossem loucos. Egan tomou outro gole de água.

"O fator decisivo para a psicóloga: o relacionamento de Telly com a irmã."

"Sério?"

"Sério. De acordo com o que quer que o garoto tenha dito, que foi confirmado por professores e tal, Telly cuidava da irmã. Era ele na verdade que estava criando a menina. Preparava o café da manhã, lavava a louça, levava a irmã para a escola. Ele até ia com ela à biblioteca depois da escola e ficava lendo para a irmã, aparentemente para que ambos pudessem ficar o máximo fora de casa. Além disso, de acordo com Sharlah, Telly tinha intercedido em sua defesa no passado quando o pai tinha ficado violento, aguentado o tranco ele mesmo, esse tipo de coisa."

Quincy acenou em concordância. Um cenário assim, uma criança nova criando um irmão ou irmã ainda mais novo, não era exatamente atípico em lares com problemas de vício em drogas.

"Para a Dra. Dudkowiak, isso provava duas coisas", Egan enumerou nos dedos. "Um, o garoto tinha alguma capacidade para criar conexões, já que claramente se importava com a irmã pequena. Dois, Telly tinha tentado. Eu acho que foi esse o termo que ela usou. O fato de ter assumido funções tão adultas mostrava que ele tinha se esforçado para lidar com os problemas dos pais. Espera-se que uma criança com a idade dele tente recorrer a três ou quatro estratégias. Telly tinha usado todas elas. Infelizmente, seu pai escolheu injetar e então pegar uma faca de cozinha. Nesse ponto, Telly abandonou abordagens mais tradicionais e escolheu a opção do taco de beisebol. Triste, na opinião dela, mas não exatamente inesperado."

"O que aconteceu com Telly?", Quincy perguntou.

"Eu não sei. Ele deveria ir para a colocação de emergência nos primeiros dias. Creio que depois disso a Assistência Social tenha encontrado uma casa de acolhimento apropriada para o garoto. Nenhum parente vivo, então família não era uma opção."

"Sharlah foi alocada sem ele", Quincy pontuou. "O arquivo que temos diz que ela não deve ter contato com o irmão."

"Ele de fato estilhaçou o braço dela com um taco de beisebol."

"E ainda assim ela defendeu suas ações."

Egan deu de ombros. Ele era o promotor público do condado, afinal de contas, não assistente social.

"Seja como for, Telly estava fora de controle naquela noite. Talvez as autoridades tenham achado que seria melhor dar algum espaço para Sharlah. Ela já tinha passado a maior parte da sua jovem vida com um pai violento. Por que adicionar um irmão violento?"

O que, considerando os eventos da manhã... Ambos ficaram calados.

"A Dra. Dudkowiak ainda está na ativa?", Quincy perguntou.

"Tem um consultório em Portland", Egan respondeu. "Minha secretária pode conseguir o número para você. Minha vez: acabei de ver o vídeo dos assassinatos da manhã. O garoto, Telly Nash... Ele está olhando diretamente para a câmera. Sem expressão, absolutamente nenhuma expressão no seu rosto."

Quincy permaneceu calado, o que pareceu dizer o suficiente para o promotor público. Egan suspirou pesadamente.

"Isso não vai terminar bem, não é mesmo?"

"Estatisticamente falando?" Quincy terminou sua água, deixou a garrafa vazia em cima de uma caixa. "Terminaremos em um tiroteio com um suspeito de 17 anos. Ou ele nos matará primeiro."

CAPÍTULO 10

RAINIE NÃO DEIXOU Luka e eu brincarmos lá fora. *Quente demais*, ela disse, e está mesmo, só que nós duas sabemos que não é essa sua verdadeira preocupação. Ao invés de sair, pego minha tigela de iogurte e granola e desço para o porão. Se está quente lá fora, então ela não pode argumentar contra a frieza do porão, não é mesmo?

Eu gosto dessa casa. Tive sorte de parar aqui e sei disso. E não só porque Rainie e Quincy querem me adotar, ou porque eles têm um negócio bacana de caçar assassinos, mas porque eles são bem-sucedidos e têm uma boa casa para demonstrar isso. Não me leve a mal. A primeira casa de acolhimento era limpa e aconchegante. Eu também lembro da casa número três, que era bonitinha e tinha um estilo artesanal com mantas feitas à mão e gnomos de bochechas vermelhas por toda parte.

Mas a casa de Rainie e Quincy... Eu gosto como ela fica no topo de uma colina, com uma entrada íngreme de cascalho que não deixa ninguém se aproximar sem ser notado. Eu gosto dos montículos de samambaias e flores selvagens que levam até a varanda da frente, com as duas cadeiras de balanço modelo Adirondack. Quando a minha assistente familiar me trouxe aqui pela primeira vez, achei que tínhamos chegado em um catálogo das lojas L.L.Bean.

A casa é grande. Não grande demais, como Quincy gosta de dizer. Acho que foi ele que a projetou. Mas é bem grande para os padrões de uma criança acolhida. Piso em planta aberta, colunas expostas, lareira de pedra maciça. Muitas janelas e claraboias, que durante os meses cinzas de inverno ajudavam a evitar que Rainie e eu enlouquecêssemos.

E tem pequenos detalhes curiosos. Um chão de pedra incrustada no saguão. Uma escadaria personalizada com corrimões feitos de galhos de bétula. Trazendo a natureza para dentro de casa, Quincy me explicou um dia. Eu gosto da natureza. Um dia, gostaria de construir uma casa que trouxesse a natureza para dentro. Talvez possa seguir os passos dos meus futuros pais adotivos e me tornar uma especialista em monstros também.

Enquanto eu descia, Rainie permaneceu sentada à mesa da cozinha, digitando em seu laptop. Ela não me conta o que está pesquisando e eu não pergunto. Somos uma família assim.

No porão, Luka abre bem a boca, como se estivesse bocejando, mas eu acho que ele está realmente tentando inspirar o máximo de ar fresco possível. O porão tem um pouco de luz natural das janelas colocadas bem no alto na parede de trás. Em sua maior parte, o porão é um espaço recreativo. Um canto tem equipamento de exercício, uma esteira e um aparelho elíptico para os dias em que os dois obsessivos não conseguem sair para sua corrida matinal. No meio tem um sofá marrom macio em formato de U de frente para uma impressionante televisão de tela plana. É um local a ser frequentado. Quer dizer, eu poderia convidar amigos para ir lá, como Quincy sugeriu um dia, antes de saber que isso seria pouco provável.

Até Luka tem um espaço próprio. Um canil bem espaçoso, bem equipado com pilhas de camas de cachorro, algumas bolas de tênis favoritas e, é claro, uma tigela enorme de água. Tem uma certa cara de calabouço, o que levou Quincy a fazer alguns comentários irônicos sobre criadores de perfis e o que eles tinham nos seus porões, até que ele percebeu que eu estava prestando atenção. Conforme Rainie apontou para ele, *Quincy, você tem uma criança por perto agora. E elas estão SEMPRE prestando atenção.* Luka supostamente deveria ficar no seu canil em períodos de descanso. Pelo menos esse era o plano de Quincy quando o instalou. Mas Luka geralmente passava o descanso dormindo na minha cama ou esparramado aos pés de Rainie. Quincy diz que sabe reconhecer quando é derrotado.

Eu coloquei meu iogurte na mesinha de centro. Luka não chega nem perto. Ele é profissional demais para se sujeitar a pequenos furtos.

Em vez disso, está dando voltas tranquilas ao redor do sofá, fazendo reconhecimento de terreno, aproveitando a sensação do ar mais fresco. Deixo Luka relaxar. Estamos atrasados em sua rotina de exercícios, sem falar do treinamento, mas eu culpo a temperatura lá fora por isso. Quem consegue se concentrar nesse calor? Pelo menos ele não tinha que frequentar o acampamento de natação. No instante em que cheguei em casa, falei para Luka que ele era muito sortudo, e pude ver pela expressão séria em seu rosto que ele acreditava em mim.

Não acendo nenhuma luz no porão. O sol forte que vaza pelas janelas de cima é suficiente. Além disso, parece que fica mais fresco assim. Com meu iogurte diante de mim, e Luka me rodeando, enfio a mão no bolso de trás e tiro dali o motivo verdadeiro de estar aqui embaixo. Meu iPhone. Começo a busca na internet. *Tiros, Bakersville, Oregon.* "Últimas Notícias", a primeira manchete me informa. "Duas pessoas encontradas mortas a tiros em um posto EZ Gas. Mais detalhes a seguir."

As histórias não têm muitas informações e me fazem franzir o cenho. Luka vem se sentar do meu lado. Ele coloca sua cabeça no meu colo e me encara com seus grandes olhos castanhos. Luka tem sobrancelhas expressivas. Ele arqueia uma delas agora, em tom de questionamento. Eu afago sua cabeça, tomo um pouco do meu iogurte.

"Alguém deve saber algo", comento com ele. "Para que serve uma internet inteira preenchida de notícias se você não consegue descobrir o que precisa saber?"

Em seguida, tento procurar a página on-line do "paradoxo local", como Quincy o chama, o *Bakersville Sun*.

E, realmente, lá tem uma foto. Me dou conta de que é uma imagem congelada de um vídeo de segurança, um adolescente com capuz preto apontando uma arma. Bem cara de marginal, eu penso. Só que esse marginal tem os olhos de Telly, me encarando diretamente.

Estudo a imagem por um longo tempo. Procurando... não sei bem pelo que. Um "momento eureca"? Um choque de reconhecimento? Um aperto no meu peito?

Olho para a imagem e basicamente não sinto nada. Nada mesmo. E então, quase em resposta, meu ombro começa a arder.

Luka geme suavemente. Afago suas orelhas, mas principalmente para me reconfortar. Eu me forço a parar de encarar a foto, passo para o artigo principal. Os assassinatos no posto EZ Gas aconteceram pouco antes das oito da manhã. Nessa hora eu já estava enrolando para sair da cama, temendo o dia que teria pela frente. Às oito, estava levando Luka para fora, incomodada com o bafo de calor, ainda mais agitada por ter que passar a manhã presa no clube.

No final do artigo veio a informação mais interessante. O suspeito era identificado como Telly Ray Nash, 17 anos. Também procurado em conexão com as mortes de Frank e Sandra Duvall. Acredita-se que o suspeito esteja armado e seja perigoso.

Aí está minha resposta. Eu estremeço. E quer queira quer não, vejo a faca. Ouço a voz do meu pai, murmurando do outro lado do sofá. E sinto as mãos de Telly, me pegando no colo, me jogando por dentro de um vão de porta, fora do caminho do meu pai.

Minha mão se fecha em um punho em cima da linda cabeça castanha e dourada de Luka. Ele rosna, tão suavemente que é mais uma vibração na sua garganta, e eu solto meus dedos, voltando a afagá-lo gentilmente.

"Está tudo bem", digo para ele, mas dessa vez ele não acredita em mim.

Não sei o que pensar. Não sei o que sentir. Não estava mentindo para Rainie mais cedo. Eu realmente não lembro do meu irmão. Ou dos meus pais. Tenho lembranças de imagens vagas. Caixa amarela do cereal Cheerios. O cheiro de cigarros. *Clifford, o Gigante Cão Vermelho.*

Meu irmão me levando para a biblioteca, lendo histórias para mim enquanto eu engolia um suco de maçã. Meu ombro dói. Estou suando, e não só por causa da temperatura. Não quero pensar nele. Ou nos meus pais. Mas eu não consigo evitar, e sou inundada por uma mistura de tristeza, medo e... saudade.

Eu sinto falta do meu irmão, dos meus pais. Não importa quão terríveis fossem, ainda assim eram minha família.

Isso não é verdade, digo para mim mesma. Tenho Rainie e Quincy agora. E nenhum deles me perseguiria pela casa segurando uma faca sangrenta ou esmagaria meu braço com um taco de beisebol. Eu melhorei de vida.

Mas ainda estou... triste.

Percebo que estou tocando a imagem do rosto soturno de Telly. Como se estivesse tentando encontrar algo que provavelmente nunca esteve lá.

De volta ao trabalho. Digito no minúsculo teclado touchscreen do telefone. Busca: *Frank e Sandra Duvall, Bakersville, Oregon.* Descubro que Sandra tinha uma página de Facebook, na qual falava de receitas para fazer em panela elétrica, compartilhava fotos de um garoto mais velho vestindo um uniforme laranja da OSU, e recomendava projetos manuais do tipo "faça você mesmo".

Será que ela era uma boa mãe de acolhimento? Eu me pergunto. Ela certamente parecia orgulhosa do seu filho mais velho. E seu marido, Frank? Será que se candidataram voluntariamente para receber Telly? Será que tinham alguma ideia de onde estavam se metendo?

Encontro uma última foto, publicada recentemente. Um cara grande vestindo camuflagem militar da cabeça aos pés, e um adolescente em trajes similares à sua direita. Eu reconheço Telly imediatamente. Ambos estão segurando rifles, um animal morto aos seus pés. "Olha o que os garotos fizeram hoje", diz o post. Meu irmão, o caçador.

Mais uma vez, estou confusa. Será que Telly se divertiu nesse dia? Passou um tempo bem gasto fortalecendo laços com o pai acolhedor? Será que estava feliz de estar na natureza, sentindo a adrenalina da caçada? Ou será que estava pensando que a coisa toda seria mais fácil se tivessem lhe dado um taco de beisebol?

Eu não sei eu não sei eu não sei.

Queria aprender a atirar. Pedi para Quincy me ensinar. Ele quis saber o motivo. Autodefesa, expliquei. Você sabe, só por via das dúvidas.

Você tem Luka, ele me disse. *Você não precisa de mais nada.*

Tem armas na casa, tentei novamente. *Eu deveria pelo menos saber o básico de segurança.*

Ele sorriu, e eu achei que tinha conseguido convencê-lo. Mas ele nunca me ensinou. *Mais tarde*, ele disse, embora eu não saiba pelo que estamos esperando.

Analisando essa imagem on-line, me pergunto sobre meu irmão. Será que ele gostava dos Duvall? Será que esteve com eles por bastante tempo, pensou neles como família? Ou será que tinha pipocado pelo sistema, um garoto mais velho que já tinha uma reputação de violência?

Ele me dava Cheerios, eu acho. Ele quebrou meu braço.

Ele salvou minha vida.

E nunca mais falou comigo desde então. Isso foi uma decisão minha ou dele? Não lembro. Eu era apenas uma garotinha, e aquela noite foi tão avassaladora. Chorei e gritei, me lembro disso. Será que gritei com ele? Chamei ele de monstro e disse que nunca mais queria vê-lo?

Ou será que ele colocou a culpa em mim? Será que ele olhou para baixo e viu sua irmãzinha soluçando pateticamente aos seus pés, e achou que fosse tudo minha culpa? Se eu tivesse sido mais quieta, mais bem comportada, meu pai nunca teria enlouquecido e Telly não teria precisado matar nossos pais.

Eu me sinto tão envergonhada agora. Vai ver sempre senti vergonha e essa é só a primeira vez que me permito reconhecer isso. Meus pais estão mortos. Meu irmão mais velho os matou.

E eu parti. Nunca olhei para trás. Consegui uma família nova em uma casa melhor com um cachorro ótimo. E esqueci deles.

Última busca: posto EZ Gas, a cena do último crime do meu irmão. Então procuro as direções da minha localização atual até lá. Uns 19 quilômetros a oeste, o mapa me diz. Vinte e cinco minutos de carro, bem mais a pé. Perto, mas não perto demais.

Exatamente como temos vivido nos últimos oito anos.

Eu me recosto no sofá, refletindo. Sinto que deveria fazer algo, mas não sei o quê. O passado é um luxo que crianças acolhidas não têm. Estamos ocupadas demais vivendo no presente. Quaisquer pensamentos que nutrisse sobre meus pais, já não penso mais. Quaisquer emoções que nutrisse em relação àquilo que o meu irmão fez, eu não as sinto mais.

Agora eu me pergunto se Telly tinha feito o mesmo até hoje de manhã, quando saiu da cama, carregou a primeira arma e puxou o gatilho.

CAPÍTULO 11

"COMO ASSIM não consegue encontrar nenhum rastro das armas de fogo roubadas?"

"Desculpe, xerife. Vasculhamos cada centímetro quadrado entre a caminhonete de Frank Duvall e o posto EZ Gas e não tem nenhum esconderijo de armas."

Shelly fez uma cara feia, levantou o chapéu de aba larga da testa suada, e resistiu à tentação de coçar o couro cabeludo. Ou as cicatrizes grosseiras que serpenteavam em torno de seu pescoço. Maldito calor. Ela suspirou, encarou o sargento-chefe de homicídios, suspirou novamente.

"Roy, precisamos saber tudo sobre esse garoto. Cada espinha, cada ruga e, com certeza, cada arma de fogo que ele possa estar carregando. É o nosso pessoal lá fora, diabos."

"Eu sei."

"Se o garoto está a pé, não tem como ele estar caminhando por aí com seis armas de fogo e dúzias de caixas de munição. Seria pesado demais."

"Eu sei."

"O que significa que ele guardou algumas armas em algum lugar ou", ela hesitou, "ele tem um cúmplice."

"Ou roubou outro veículo."

Shelly suspirou fundo. Qualquer uma dessas possibilidades podia ser verdadeira. E era por isso que precisavam parar com as teorias e começar a obter algumas respostas.

"Nenhuma ligação para a linha direta? Nada no alerta?", ela perguntou.

"Não, senhora."

"Onde ele está, Roy? O que diabos esse garoto está fazendo, e por que não conseguimos encontrar um garoto de 17 anos de idade?"

Roy não respondeu. Shelly desistiu, esfregou o pescoço. Estava de pé dentro da unidade de comando móvel, que tinha um gerador capaz de manter o ar-condicionado. Por enquanto, contudo, Shelly estava mais preocupada com a energia para a parafernália de computadores, monitores e dispositivos de satélite. O conforto físico teria que esperar.

Shelly estava preocupada. E não só em relação a encontrar um delinquente juvenil que já era procurado por atirar em quatro pessoas. Ela estava preocupada com suas equipes de busca. Ela tinha três delas atuando nas matas atrás do posto EZ Gas. Cada uma perambulando por aí sem quaisquer informações decentes sobre o alvo que procuravam.

"Vamos repassar as informações que temos", Shelly disse, estendendo o braço para abrir um mapa de Bakersville no computador mais próximo.

Roy concordou, mas não se sentou. As únicas cadeiras disponíveis no espaço estreito eram cadeiras bem simples enfiadas embaixo das diversas estações de trabalho. O que significa que para sentar, era necessário ficar na frente dos computadores, que estavam gerando ainda mais calor. Tanto ele quanto Shelly ficaram de pé enquanto ela se curvou à frente e aumentou o zoom no mapa de satélite até que estivessem encarando a área imediata em torno da casa dos Duvall.

"O garoto começou o dia lá."

"A hora da morte dos pais é cerca de seis da manhã", Roy reiterou.

"O que significa que foi a primeira ação desta manhã. Telly Ray Nash atirou nos Duvall e roubou as armas. E então pegou comida, água, suprimentos?"

"Desconhecido."

Shelly fez uma cara feia. Roy deu de ombros.

"A cozinha não foi saqueada, nada foi aparentemente mexido. Técnicos periciais encontraram a carteira de Frank Duvall intacta em sua mesa de cabeceira; mesma coisa com a bolsa e caixa de joias de Sandra Duvall. Existem evidências de jantar na noite anterior, mas nenhuma indicação de que alguém tivesse tomado café da manhã hoje. Considerando que não há testemunhas das ações de Telly na casa dos Duvall e nenhum suprimento deixado para trás na caminhonete, não sabemos o que aconteceu entre os assassinatos dos Duvall às seis e Telly entrando no EZ Gas pouco antes das oito."

Shelly continuava descontente. E então franziu o cenho.

"O EZ Gas também não foi saqueado..."

Roy não disse nada.

"É um pouco curioso", ela prosseguiu. "Para um adolescente em pleno ataque de fúria, ele está sendo bem organizado."

Silêncio, mais uma vez o silêncio. Talvez não houvesse nada para dizer em resposta a isso. Shelly voltou para a tela de computador.

"Telly deixa a casa dos Duvall e vai para..."

De acordo com o mapa, existiam diversas ruas no entorno da casa dos Duvall. A maioria era de becos sem saída, ruas puramente residenciais. Duas levavam de volta para a avenida principal, em direção ao centro de Bakersville, e então para a Rodovia 101, que corria ao longo da costa de Oregon.

"Ele segue rumo ao norte", Shelly murmurou, seguindo com o olhar a 101 por Bakersville, passando pela fábrica de queijo, até que finalmente chega ao EZ Gas. "Uns vinte minutos de carro, embora tenha sido forçado a andar o último pedaço, já que a caminhonete enguiçou. Ainda assim, isso deixa um bloco considerável de tempo sem explicação. Celular?", ela perguntou a Roy.

"A família tinha quatro telefones em um plano família. Recuperamos os telefones dos Duvall do quarto e um terceiro no porta-luvas da caminhonete de Telly. O quarto parece estar com o filho mais velho, que foi para a faculdade."

"Então, a princípio, Telly pegou um telefone, mas o deixou para trás na caminhonete de seu pai? Por quê? Que adolescente é esse que deixa o celular para trás?"

"Um que não quer ser rastreado. Ele já matou os pais de acolhimento. Se Telly já assistiu a algum programa policial na televisão, sabe que podemos usar o GPS em seu telefone para encontrá-lo."

"Então por que levar o telefone?"

Roy deu de ombros.

"Talvez ele tenha pegado por hábito e então, mais tarde, enquanto dirigia, percebeu que o telefone poderia ser usado para encontrá-lo. Sei lá. Não sou exatamente um adolescente."

"Ou talvez ele tenha arranjado um telefone pré-pago, outro meio de comunicação", Shelly ponderou. "Aí ele não precisaria mais do seu telefone pessoal." Ela indicou com o dedo o mapa que tinham aberto. "Ele teria passado de carro direto pelo Walmart. Deveríamos verificar se ele parou, se fez alguma compra."

"Vou mandar um policial. Nesse instante, Dan Mitchell está verificando os nomes e as informações de contato que extraímos do telefone de Telly. Até agora, temos sua caixa postal, o escritório da escola, e os pais de acolhimento. Mas nenhum colega de sala, nenhum amigo ou conhecido. Quase todas as mensagens do garoto parecem ser puramente logísticas, perguntando à sua agente de condicional a hora do encontro, dizendo aos seus pais que está atrasado para o jantar, esse tipo de coisa. Não é exatamente um garoto com uma vida social agitada, pelo menos de acordo com seu telefone."

"E quanto a Erin Hill, a caixa do EZ Gas?"

"Não está nos contatos dele. Mas, como disse, não tem muita gente lá."

"Telly é solitário", Shelly disse. Isso se encaixava no perfil de muitos assassinos em massa. Roy hesitou.

"O quê?"

"Mitchell encontrou algo curioso no telefone de Telly. Algumas fotos, tiradas recentemente. A qualidade não é muito boa. Parece para ele que as fotos foram tiradas bem de longe, com zoom. As imagens são de uma garota adolescente. Talvez uns 13 anos de idade." Roy olhou de relance para Shelly. "Mitchell me mandou as cópias. Eu só a vi uma vez, mas acho... Tenho quase certeza de que as imagens são da filha acolhida de Rainie e Quincy, Sharlah."

Shelly fez uma pausa, endireitou a postura. Ela precisava agir com calma, porque seu instinto mais visceral já estava lhe dizendo que isso era uma notícia muito, muito ruim.

"Sharlah é a irmã mais nova de Telly", Shelly murmurou alto o bastante. Ela sabia que tinha algo errado no instante em que mencionou o nome de Telly Ray Nash e viu a expressão de Quincy congelar. O que ele tinha contado sobre o passado do suspeito, para não falar da conexão com sua própria família, tinha sido perturbador. "De acordo com Quincy, Telly Ray Nash matou seus pais oito anos atrás em legítima defesa, basicamente salvando a vida dele e de Sharlah. Depois disso, as duas crianças foram separadas. Sharlah foi parar com Quincy e Rainie. Telly achou seu caminho até os Duvall. Quincy jura que Sharlah não teve qualquer contato com o irmão desde então. Rainie e Quincy nunca conheceram Telly, nem sabiam que ele ainda estava morando na área. O que parecia corroborar a alegação de que Sharlah e seu irmão mais velho estavam afastados."

"A situação é ainda mais complicada", Roy prosseguiu. "Não sei ao certo o que isso significa, mas o arquivo de fotos no telefone foi limpo. Ou seja, as únicas imagens no celular de Telly são fotos de Sharlah."

Shelly entendeu o recado.

"Isso parece bem intencional. Quando as fotos foram tiradas?"

"Cinco dias atrás."

"Histórico do navegador de internet? Algum sinal de que estava buscando informações sobre Sharlah? Ou Quincy ou Rainie?"

"O histórico também foi apagado."

Shelly encarou seu sargento. Ela retornou ao seu instinto visceral. Tudo isso eram notícias muito ruins. Ainda assim, ela não tinha certeza do que significavam.

"E quanto ao computador da família? Algo útil lá?"

"Os Duvall tinham um único PC, compartilhado por todos. Uma análise inicial mostrou que o histórico do navegador foi apagado recentemente. Eu enviei para o processamento estadual. Se alguma coisa útil foi deletada do computador da família, os especialistas encontrarão, mas vai levar algum tempo."

"Tudo bem. Então Telly pegou seu celular ao sair da casa dos Duvall, mas mudou de ideia e o deixou para trás. Histórico de navegação na internet apagado, pouquíssimas mensagens de texto e uma lista de contatos praticamente vazia, e na câmera apenas imagens de uma irmã que ele supostamente não vê há anos...", Shelly balançou a cabeça. "Isso parece cada vez menos com um garoto que esqueceu seu telefone, e mais com um suspeito mandando uma mensagem."

A xerife olhou de relance para o mapa na tela do computador mais uma vez. A última localização conhecida de Telly Ray Nash era mais de 16 quilômetros a oeste da casa de Quincy. Se o garoto estava a pé, não havia necessidade de preocupação imediata. Ainda assim...

"Muito bem", ela disse suavemente, mais para si mesma do que para Roy. "Uma última vez, o que sabemos aqui? Telly Ray Nash atirou nos seus pais. Telly Ray Nash pegou as armas do cofre e tomou a direção norte na Rodovia 101 até que sua caminhonete superaqueceu. Nesse ponto, vestiu um moletom preto pesado, embora já estivesse mais quente que no inferno. Selecionou uma nove milímetros dentre uma coleção de seis armas de fogo e continuou a pé na direção norte até chegar ao EZ Gas, onde matou duas outras pessoas baleadas, aparentemente sem premeditação."

Roy ouvia atento.

"Vocês vasculharam a área em torno da caminhonete...", Shelly tentou novamente. "Examinaram com bastante cuidado o interior da própria caminhonete? Talvez Telly tenha guardado as outras armas de fogo embaixo do assento, ou escondido no chassi?"

"Removemos os painéis das portas, viramos o estofado do avesso, verificamos o chassi. Acredite em mim, não tinha armas. Também passamos um pente fino em uma área de um quilômetro e meio em torno do veículo. O que quer que Telly tenha feito com as armas de Frank Duvall, elas não estão na área próxima à caminhonete."

"O que nos traz de volta às nossas teorias anteriores. Talvez Telly tenha se encontrado com alguém, passado as demais armas de fogo para um cúmplice. Ou até vendido todas elas para levantar uma grana."

"Se fez isso, ele foi esperto o suficiente e usou outro telefone para organizar seu plano."

"Tem alguma coisa aqui que não estamos vendo", Shelly fez outra carranca. "Muitas hipóteses, poucos fatos. Câmeras. É disso que precisamos. Câmeras de trânsito, transmissões de vídeo, qualquer coisa que nos ajude a identificar os movimentos de Telly entre a casa dos Duvall e o EZ Gas."

"Não existem muitas câmeras nessa parte da rodovia", Roy alertou, mas já estava se inclinando em direção ao monitor, estudando suas opções. "No centro de Bakersville, por outro lado... Aqui, esquina da Terceira Rua com a Principal. É quase certeza de que tem uma câmera de trânsito."

"Próximo quarteirão", Shelly cutucou a tela. "Banco First Union. Tem um caixa automático que dá para a rua. Aquela câmera talvez tenha flagrado alguma coisa."

"Tudo bem. Cuidarei disso."

"Monte uma linha do tempo", Shelly instruiu. "Tudo que Telly Ray Nash fez hoje de manhã. Da hora que ele acordou até o que comeu e com quem falou. E então o que aconteceu exatamente nos minutos depois que ele atirou nos seus pais e antes de chegar ao EZ Gas."

Roy acenou afirmativamente com a cabeça.

"Depois disso, quero um histórico completo. Toda família de acolhimento com quem o garoto já ficou, cada pessoa que ele já cumprimentou, todo e qualquer colega de classe com quem esbarrou no corredor da escola. Precisamos saber tudo o que existe sobre Telly Ray Nash, e mais um pouco."

Roy concordou novamente.

"Você disse que um dos números no telefone de Telly era o da sua agente de condicional, Aly Sanchez?"

"Sim. Foi ela que nos passou as informações sobre os Duvall."

"Certo. Entrarei em contato com ela novamente. Vou ver se ela pode nos ajudar a entender o estado mental do garoto. Mais especificamente, se ela sabe se ele teve qualquer contato com a irmã ou se estava pensando em entrar em contato com ela."

"Será que deveríamos designar um agente para vigiar a Sharlah?"

"Deixe-me falar com Quincy e Rainie primeiro. A boa notícia é que Sharlah já tem uma espécie de equipe de segurança. E tem o cachorro dela também", Shelly balançou a cabeça, tentando encontrar sentido no que eles já sabiam. "Duas cenas de assassinato a tiros. Uma dentro de casa. Uma aparentemente aleatória. E um celular com fotos de uma irmã mais nova que o suspeito teoricamente não vê há anos."

Shelly esfregou a mão no emaranhado de cicatrizes em seu pescoço.

"O garoto vai reaparecer. Ou porque precisa de suprimentos, ou em busca de vingança, ou atrás seja lá do que for, não faço ideia. Mas de um jeito ou de outro, veremos Telly Ray Nash novamente. A única pergunta é, o que isso vai nos custar?"

CAPÍTULO 12

CAL NOONAN encontrou uma vala de drenagem serpenteando pela rodovia, quase oculta por um espinheiro espesso de arbustos de amoreira. Era funda apenas o suficiente para manter um único ocupante parcialmente fora do campo de visão. Nesse instante, ele e sua equipe percorriam a vala na direção norte, seguindo sinal por sinal: uma marca de pegada na lama aqui, uma teia de aranha rompida ali, grama pisoteada por todo lugar. Alguém definitivamente tinha atravessado essa vala estreita nas últimas 24 horas. Mas a pergunta que não queria calar: era o suspeito deles? Nos filmes, os rastreadores geralmente são retratados como criaturas solitárias e reclusas, que deslizam sem esforço por uma trilha invisível para todos os outros fazendo pronunciamentos estapafúrdios como "Com base no sabor do vento, o alvo passou por aqui, 13 minutos atrás, vestido em flanela e comendo uma barra de Snickers."

Na vida real, era completamente diferente. Cal tinha uma pista e isso o deixou feliz. Marcas de pegada, galhos quebrados, samambaias esmagadas, tudo isso dizia para Cal que alguma coisa com certeza tinha passado por aqui. Porém não significava que tinha sido o suspeito de assassinato. Até onde Cal e sua equipe sabiam, eles poderiam muito bem estar seguindo uma ex-dançarina de Las Vegas de 30 anos de idade que tinha caminhado pela vala de drenagem ontem depois de comprar chiclete no EZ Gas. Agora Cal queria evidências. Um fiapo de tecido de um capuz preto rasgado enroscado em um espinheiro. Uma garrafa de água descartada com um número de lote que os detetives poderiam rastrear até o carregamento entregue ao EZ Gas. Caramba, um brilho de latão seria bom. Um garoto correndo por aí com uma nove milímetros e os bolsos cheios de munição, o mínimo que ele podia fazer por eles era deixar um cartucho ou dois caírem.

Em vez disso, no início do barranco, onde ele se encontrava com o estacionamento do EZ Gas, Cal tinha achado uma pegada parcial de calcanhar na lama mais macia. O tamanho parecia condizente com um pé de homem, mas não tinha padrão de pegada. Um molde seria feito para futura referência. Por enquanto, o trabalho de Cal ainda era identificar o caminho seguido pelo seu alvo.

Ele achava que estava no caminho certo: tinha um rastro.

Jesse e Antonio o seguiam lentamente, uns bons quatro metros e meio para trás, rifles empunhados. Eles não gostavam da vala. Por definição, formava uma trincheira, prendendo-os lá dentro. Estrategicamente falando, se alguém aparecesse na beirada de cima, armado com um rifle... seria como atirar em peixes dentro de um barril. Cal estava ciente do perigo. Infelizmente para todos eles, essa era a melhor pista que tinham.

Outro galho quebrado, logo à frente. O miolo brilhava esbranquiçado, a ponta do galho ainda fresca e flexível nos dedos de Cal. Tinha sido quebrado recentemente então, a madeira ainda não estava seca. A vala ia ficando cada vez mais estreita e gradualmente mais rasa. Logo eles estariam no nível da rodovia, o que significa que o alvo deles e eles teriam de fazer escolhas.

"Cal", Nonie sussurrou.

Ele parou, virando a cabeça para a direita, onde ela estava trabalhando um metro e meio para trás.

"O que foi?"

"Achei algo, escondido aqui nas amoras."

Cal deu meia volta, retornando até a posição estratégica de Nonie. Sem dúvida, a vovó tinha ótimos olhos. Cal estava olhando diretamente para a frente quando passou por essa seção. Nonie, contudo, teve o bom senso de olhar para os lados.

Agora, seguindo a direção indicada pelo dedo dela, ele conseguiu perceber o que tinha chamado sua atenção. À primeira vista, parecia ser uma sombra mais escura, talvez um pedaço particularmente denso do arbusto de amora. Mas não era.

As mãos de Nonie eram menores que as dele. Ele deu o sinal positivo, indicando que poderia seguir em frente. Ela colocou as luvas primeiro. Todos os membros da equipe de busca e resgate tiveram treinamento em recuperação de evidências. Mesmo a busca mais urgente por fugitivos era apenas o primeiro ato da narrativa muito maior de um crime. Para começo de conversa, meter os pés pelas mãos ao coletar as evidências podia pôr a perder todo o tempo que tinham passado caçando o suspeito.

Ela precisou de algum esforço para retirá-lo dos arbustos espinhentos. Aos poucos, mas com segurança, Nonie conseguiu soltar o tecido embolado de seu esconderijo. Antonio e Jesse estavam de pé mais perto, rifles ainda empunhados, olhando em volta ao invés de observar Nonie.

"Consegui", Nonie murmurou.

Ela puxou para baixo e tirou. Um moletom preto grosso com capuz. Nonie deu uma cheirada para testar. "Vômito", ela relatou, impassível.

E então, pela primeira vez desde que começaram a caçada, ela e Cal sorriram.

"Temos um rastro", Cal disse.

"Temos um rastro", Nonie repetiu.

Cal repassou a informação por rádio. Sua líder de equipe ficou contente. Jenny consultou o mapa-mestre. De acordo com suas estimativas, tinham cerca de mais noventa metros de vala, aí chegariam a uma intersecção com uma estrada de terra, sentido leste-oeste. A oeste, a estrada se conectava com a rodovia, a leste seguia mais adiante em uma área residencial rural. Parecia ter umas cinco ou seis propriedades pelo que ela podia ver. Todas em grandes terrenos.

Cal e Nonie trocaram olhares. Não era uma boa notícia. Fora da vala, estariam de volta à terra batida, uma superfície difícil para rastreamento. Para não falar da meia dúzia de casas embrenhadas no meio da mata cheia de sombras...

Antonio e Jesse, cobertos de suor embaixo da leve armadura corporal que usavam, não disseram nada.

Cal deixou o moletom à plena vista, sinalizado com uma bandeira laranja vibrante para ajudar a alertar os agentes atrás deles quanto à sua posição. Uma segunda bandeira indicou o local de onde Nonie o havia tirado dos arbustos. Os técnicos criminais iriam querer recuperar o moletom para análise, além de trabalhar em seus próprios procedimentos no local. Pelo que sabia, talvez eles cortassem segmentos inteiros de amoreira, procurando espinhos com resquícios de sangue onde o suspeito pudesse ter se cortado.

Esse tipo de conduta estava acima da responsabilidade de Cal. O comando tinha seu trabalho, os detetives e peritos de cena de crime tinham os deles. Quanto a ele e sua equipe... Eles voltaram à caçada.

Caminharam até o final da vala de drenagem, onde ela se fundia com uma estrada de terra batida. Sons da rodovia à esquerda. Sombra verde à direita. Cal não precisava da próxima pegada, na lateral da vala rasa, para saber a direção tomada pelo fugitivo.

Para dentro das matas escuras e frescas eles foram, já avistando o telhado da primeira casa.

CAPÍTULO 13

"Essa é uma espingarda de ferrolho calibre 22. É um rifle de treinamento, então você vai notar que ele não tem um coice muito forte. Dito isso, um rifle é bem diferente de uma pistola. Veja só."

Estávamos no bosque mais uma vez. Mesma clareira. Mesmo arranjo com a mesa dobrável, alvo de pallet de madeira, rastro de cartuchos usados. Para a lição de hoje, porém, havia uma grande bolsa preta no meio da mesa. Pelo formato esguio dava para ver que ela continha um rifle. Frank abriu o zíper, e lá estava...

A arma era impressionante. Diferente da Ruger compacta, preto no preto, que usamos para atirar duas semanas atrás. O rifle me lembrava filmes de faroeste, um novo xerife na cidade. A coronha de madeira tinha um padrão lindo, com linhas que lembravam o formato de um diamante entalhadas no cabo.

O cano era longo. Sessenta e três centímetros, Frank disse, retirando cuidadosamente o rifle da bolsa. Como tinha feito com a pistola, ele o colocou sobre a mesa, pente ejetado, ferrolho removido para mostrar a câmara vazia.

"Eu mesmo adicionei o visor", Frank prosseguiu, jogando a bolsa para o lado. "Nada muito especial, só um Bushnell básico, mas vai te ajudar a se acostumar a olhar através da mira. Assim como a Ruger, esse rifle vem com um pente, mas é um pente de cinco cartuchos. Pequeno, como você pode ver. Tá vendo esse botão aqui na frente? Clique nele e o pente é ejetado na sua mão. Daí é só carregar e simplesmente empurrá-lo de volta no lugar. Ele fica na frente do guarda-mato, em vez de ser parte do cabo, mas quase não dá para notar. É um pente bem pequeno, e é por isso que também comprei um maior com mais dez. Mas isso é para mais tarde. Nesse momento, você precisa de conforto, não de poder de fogo.

"Agora, assim como com a pistola, por segurança, você limpa o pente, e então verifica a câmara. Nesse caso, o ferrolho está todo para fora, mostrando a câmara limpa. O mecanismo do ferrolho é o que torna esse rifle especial.

Nenhuma função semiautomática que ativa depois do primeiro tiro. Não, você precisa alimentar cada bala do pente para a câmara, puxando o ferrolho depois de cada tiro individual. Aqui, eu mostro para você."

Frank levantou o rifle sem esforço, posicionando o ferrolho no topo do cano, bem embaixo do visor. Parecia apertado para mim, mas pelo visto havia espaço suficiente para tudo.

Em seguida, ele puxou um recipiente estranho de balas de um azul vibrante, aproximadamente do tamanho de calibres 22.

"Carregue o pente", ele me instruiu, indicando a caixa com sua cabeça.

Minhas mãos tremiam. Tentei mantê-las bem próximas de mim, para que Frank não notasse. Ele parecia gostar dessas sessões. Seu filho mais velho já tinha saído de casa, ido para a faculdade. Acho que isso me tornava o acolhido problemático, o único candidato para uma conexão pai-filho. Mas armas me deixavam nervoso. A Ruger, depois que a peguei, não tinha sido tão ruim. Aquela tinha sido uma primeira sessão até que agradável.

Mas o rifle. Isso me assustava.

Finalmente coloquei os cartuchos azuis no pente de forma meio desajeitada. Eu podia sentir Frank me observando, prestando atenção. Mas ele não disse uma palavra. Pegou o pente das minhas mãos e o colocou em posição, em frente ao guarda-mato.

"Esses cartuchos azuis claros são rodadas de festim", ele anunciou. "Sem pólvora. Só para você pegar a sensação da arma."

Seu olhar era gentil. Acho. Como é a aparência de gentileza em um homem? Não é algo que eu tive muita oportunidade de ver. Dei de ombros, balancei os braços embaixo do meu moletom preto com capuz favorito, vestido com meu jeans folgado preto favorito. Preto no preto. Johnny Cash, foi como Frank me chamou quando me vesti assim, mas não tinha ideia de quem ele estava falando.

"Vá em frente", ele incentivou. "Pegue. Lembre-se do que eu disse sobre fingir que tem um laser saindo da ponta do cano. Mesmo se estiver carregado de balas de festim, não aponte o rifle para algo no qual não quer atirar."

O rifle era pesado. Desajeitado. Tentei apoiar a coronha no meu ombro direito, mão direita em torno dela, mas sem encostar no gatilho, a mão esquerda segurando o cano incrivelmente longo. Imediatamente, meu braço esquerdo começou a tremer. Não conseguia entender como alguém conseguiria aguentar assim por muito tempo, quanto mais passar o dia caçando na mata.

"Tudo bem, vamos começar do princípio." Frank se aproximou e ficou de pé do meu lado. "Arrume seus pés. Posição de perfil, pé esquerdo para a frente. Muito bem. Agora, braço direito, cotovelo para fora. Viu como isso forma um bolso natural na frente do seu ombro? Acomode a coronha ali. Isso, assim. Braço esquerdo, desça aquele cotovelo. Você quer aquele braço bem firme contra sua lateral. Melhor. Então, essa é uma arma longa. Mais de três quilos. Se fossem três quilos compactos, você conseguiria levantar sem problemas. Mas por causa da extensão, o peso fica maior na frente. É isso que está forçando seu braço, fazendo ele tremer, o esforço de tentar manter o cano levantado."

"Então você precisa apoiar mais o rifle no seu ombro. Estabilize a coronha aqui no declive entre seu pescoço e o ombro. Olha só como isso imediatamente alivia o peso no seu braço esquerdo."

Eu fiz o que Frank disse e, como ele previu, meu braço esquerdo parou de tremer.

"Bom trabalho. Vai levar um tempinho para você se acostumar com o rifle. Você vai precisar praticar mais até sentir que ele é uma extensão natural do seu corpo. Agora, tente colocar seu olho direito no visor. Pode fechar o olho esquerdo se facilitar, mas encontre a mira. Posicione ela no alvo e tente manter a posição um pouco. Pratique a respiração, para dentro e para fora, procurando mexer a mira o mínimo possível. Bom trabalho."

Ele estava mentindo. Ou estava sendo gentil novamente? Minha mira estava totalmente fora do lugar. O braço esquerdo voltou a tremer, cada inspiração e expiração balançando tudo. Mas Frank não reclamou. Só fez um sinal de aprovação ali do meu lado como se estivesse tudo indo de acordo com o plano.

Na semana passada, Sandra tinha me perguntando qual era minha refeição favorita. Respondi que era o macarrão com queijo da Kraft. Não, não, ela tinha tentado explicar. Uma refeição caseira, ou talvez algo que eu tivesse comido alguma vez num restaurante. Eu insisti no Kraft. Então, ontem à noite, foi isso que ela preparou no jantar. Ou pelo menos tentou. Em vez de comprar a caixa azul mais barata que tinha o tempero em pó que era só misturar, ela tinha comprado a versão caseira. Provavelmente o mais próximo que ela conseguia chegar de preparar comida pré-pronta. O estilo caseiro vinha com um molho de verdade, embora ainda tivesse aquela reconfortante cor de laranja "nuclear". Frank tinha comido sua parte sem problemas. Sandra só empurrou a comida pelo prato. Mas eu comi todo o meu, e pedi para repetir, mesmo que não fosse a versão certa de macarrão com queijo. Isso pareceu agradá-la.

Eu ainda não tinha decifrado Sandra. Ela parecia feliz quando seus homens estavam felizes. Sinceramente, eu achava aquilo bizarro.

Era hora de usar o ferrolho. Eu deveria tirar a mão direita do gatilho e empurrar para cima, empurrar para a frente, e puxar para baixo com o ferrolho. Era mais difícil do que parecia. Na primeira vez, fiz a ponta do cano mergulhar para baixo. Pelo visto, meu falso laser estava comendo poeira. Mas, com um pouco de prática, me acostumei à sensação do ferrolho, com o jeito como o cartucho "vazio" era cuspido pela direita, antes da bala nova ser colocada no lugar.

Meus braços doíam. Especialmente o esquerdo. Eu tinha gostado da Ruger, ela não tinha sido tão ruim. Mas isso...

"Que tal munição de verdade?", Frank propôs.

"Claro." Devolvi o rifle à mesa, grato. Torci para que ele não notasse que eu estava sacudindo o braço esquerdo, esfregando meu ombro direito.

"Uma calibre 22 não tem muito poder de fogo. O que significa que esse é um bom rifle para treinamento, mas não muito mais do que isso. Caçando, você vai querer uma 38. Para autodefesa, uma AR-15."

Eu concordei, embora não tivesse ideia do que ele estava falando.

Então, como se estivesse lendo minha mente:

"Sabe a diferença entre uma 22 e uma 38?", ele me perguntou.

"O tamanho da bala."

"Verdade. A 38 é maior, faz um buraco maior. Mas tem outra coisa, mais importante; você sabe?"

Meu pai de acolhimento, o professor de ciências, me encarou. Eu balancei a cabeça em negativa.

"Energia. O calibre 38 deixa o cano com muito mais energia. Imagine que cada bala seja um trenó. O tiro de 22 é como um trenó com quatro caras em cima dele, empurrando para a frente. Nós assistimos àquele filme Jamaica abaixo de zero *na outra noite, que mostrava a equipe competindo em corridas de trenó. Qual é a melhor forma de dar partida?"*

"Correr com o trenó para acumular impulso, e então empurrá-lo."

"Exatamente. Um rifle 38 produz muito mais energia para uma bala maior, resultando em maior eficiência. Você acaba com um rifle como esse." Ele levantou o rifle de treinamento recarregado. "Você pode matar com um 38." E agora, carregado com munição de verdade, ele me conduziu até a posição mais uma vez. Errei o alvo com o meu primeiro tiro. Peguei no canto com o segundo.

"Pare um pouco. Concentre-se. Pressione o rifle com mais firmeza contra seu ombro. Inspire. Expire."

Três recargas e doze tiros mais tarde, eu acertei o alvo.

"Isso aí!", exclamei sem pensar. Frank me deu um tapinha no ombro.

"Você quer atirar agora?", perguntei para ele, colocando o rifle na mesa, começando a limpá-lo. Quase me senti como um profissional.

"Não, está ficando tarde. É melhor a gente voltar."

"Vamos lá. Só uns tiros. É a sua arma, afinal de contas."

Eu estava curioso. Com a pistola de mão, ele tinha sido incrível. E com o rifle?

"Está bem", aceitou, olhando de relance para o céu, que estava escurecendo. "Por que não prepara para mim?", ele disse.

Ele não precisou de muito tempo. Cinco tiros. Cinco acertos na mosca. E enquanto eu tinha ficado a uns nove metros do alvo, ele se posicionou a 27. Fiquei bastante impressionado.

"Você é mesmo muito bom", elogiei quando começamos a empacotar as coisas.

"Eu simplesmente gosto disso."

"Você serviu no exército ou coisa parecida?"

"Não."

"Competições municipais? Não existem uns eventos assim?"

"É só um *hobby*. Ensinar é o que amo. Isso aqui é como libero a tensão. E, falando nisso, do que você gosta, Telly?"

A pergunta me pegou desprevenido. Foi uma surpresa para mim. Eu dei de ombros, defensivo, me concentrando em devolver o rifle de volta para a sua bolsa de transporte.

"Não sei."

"Na escola. Fora da escola. Todo mundo gosta de alguma coisa."

"Tô de boa."

"Não foi o que o diretor disse quando ligou para contar da briga na sexta-feira."

Agora meus dedos congelaram na bolsa. Desviei o olhar. Devia ter desconfiado dessa historinha de *Vamos sair para atirar juntos.* Tem sempre uma pegadinha.

"Ele que começou", eu murmurei.

"O diretor pensa a mesma coisa."

Eu não respondi.

"Mas você não pode continuar se fazendo de alvo. E quando responde com violência e entra em combate com o inimigo, você torna mais provável que tudo aconteça de novo."

Mais uma vez, eu não disse nada.

"Você está com raiva, Telly. Vejo que está. Eu entendo. Caramba, se eu tivesse passado por tudo o que você passou, estaria com raiva também. Dos meus pais idiotas. Dos outros garotos. Do sistema. Até de pessoas como Sandra e eu. Pessoas que estão só de passagem, enquanto você passou a vida inteira tendo que se virar sozinho."

Ele fez uma pausa. Mantive o olhar fixo na bolsa do rifle.

"Você tem alguma lembrança boa, Telly? Uma única lembrança boa da época com seus pais?"

"A biblioteca", eu me ouvi dizendo.

"Eles te levaram à biblioteca?"

"Não. Eu que fui... Com minha irmãzinha."

"Mas seus pais liam histórias para você?"

"Não."

"Te incentivavam a pegar livros?"

Eu balancei a cabeça negativamente, muito confuso agora. Ele me encarou.

"Então sua única lembrança boa do tempo que passou com seus pais não envolve seus pais de nenhuma forma?"

"Eu gostava da biblioteca", falei dando de ombros. "Eles eram legais com a gente lá."

"Tudo bem. Então... quem sabe você não queira se tornar um bibliotecário?"

Agora eu realmente olhei para ele como se ele estivesse maluco. Mas Frank balançou a cabeça.

"Sério, Telly, você está no primeiro ano do ensino médio. Mal está passando de ano, e ficar arrumando briga nos corredores, aquela confusão que você armou na cafeteria, o estrago nos armários da escola... As consequências estão chegando. Você só vai conseguir ser um jovenzinho rebelde até certo ponto. O ano que vem é seu último ano. E aí acabou. Você está por conta própria. Quem você vai ser, Telly? E você está pronto para isso?"

Eu não tinha uma resposta para ele.

"Seus pais se foram. Sua irmã também. O que aconteceu, aconteceu. Ficar nutrindo esse ódio, descontar tudo nos outros, em você mesmo, é apenas

um desperdício de tempo. Mais cedo ou mais tarde, você precisa parar de ter tanta raiva. E mais cedo ou mais tarde, precisa parar de viver a vida ao avesso. É para isso que serve o próximo ano. Entender quem você quer ser. Criar os fundamentos para construir um futuro de sucesso. Sandra e eu estamos aqui para te apoiar. Nós entendemos. Então pare de pensar que está sozinho o tempo todo e que o mundo te odeia. Você tem pelo menos duas pessoas do seu lado. Isso não é algo tão ruim."

Frank pegou a bolsa do rifle das minhas mãos, e foi guardá-los na caminhonete.

"Eu não posso voltar aqui no final de semana", ele disse sem virar o rosto. "Tem Feira de Ciências na escola. Mas acho que no outro final de semana dá. Vou trazer os rifles novamente. Acho legal você praticar."

Comecei a arrumar a mesa dobrável. Ele parou, de pé do lado da caminhonete, me observando intensamente.

"Você consegue, Telly. Talvez não perfeitamente. E talvez precise cometer alguns erros primeiro. Mas eu vejo algo a mais em você. Você salvou sua irmã. Agora só precisa descobrir como salvar a si mesmo. Mais um ano, Telly. E então vai depender só de você: que tipo de homem você será?"

CAPÍTULO 14

SENTADA À MESA da cozinha, Rainie podia ouvir o som das garras de Luka tremelicando no assoalho do porão enquanto o pastor-alemão perambulava pelo espaço fresco. Nenhum ruído de Sharlah, mas isso não era nenhuma novidade. A adolescente de 13 anos preferia o silêncio; fazia de tudo para não chamar atenção para si mesma. Sharlah lia, ouvia música com fones, jogava no seu iPad, tudo bem quieto. Tinha noites em que Rainie, Quincy e Sharlah passavam o tempo todo na sala, atentos a seus livros/dispositivos individuais, sem fazer o menor barulho.

No início, o silêncio incomodava Rainie. Agora ela tinha decidido encará-lo como confortável. Apenas mais uma similaridade de sua futura filha adotiva com Quincy em relação a eles — ficar à vontade na quietude.

Rainie se levantou, andando de um lado para outro em torno da mesa. Ela tinha acabado de falar ao telefone com Brenda Leavitt, a assistente social encarregada do caso de Sharlah. Tinha levado algum tempo, mas Rainie conseguira reunir algumas informações sobre o passado da menina. O próximo passo era a assistente social verificar para onde Telly tinha sido enviado. Ela prometeu que daria um retorno para Rainie em breve.

Rainie estava ansiosa, com os nervos à flor da pele. Por outro lado, acreditava no que tinha dito a Sharlah: a filha não precisava se preocupar com Telly. Isso era um trabalho para Rainie e Quincy. Por outro lado, por experiência própria, Rainie sabia que na vida o pior podia acontecer e frequentemente acontecia. Na verdade, quanto mais perto chegavam de adotar Sharlah, de torná-la oficialmente deles, pior ficava a ansiedade de Rainie.

Famílias amorosas e felizes para sempre... Esse era o destino de outras pessoas, ela pensava com frequência. Para ela, tais bênçãos sempre estariam fora de alcance.

O que não era verdade, Rainie se obrigou a lembrar. Ela tinha Quincy, Sharlah e Luka. Tinha um ótimo emprego, uma casa linda, uma vida bem-sucedida. Só que também tinha seus demônios, com os quais precisava lutar todos os dias, demônios que precisava vencer todos os dias. Essa era a vida de uma ex-viciada.

E foi por isso que tinha se apaixonado perdidamente na primeira vez que viu Sharlah. Ela olhou nos olhos da sua filha de acolhimento e soube quem ela era. Simplesmente... a reconheceu. Os medos, as ansiedades, a frágil esperança e a força profunda de Sharlah. Rainie enxergou todas as partes de sua filha. E caiu de amores, não a despeito de suas fraquezas, mas por causa delas. Sharlah era uma guerreira. Assim como Rainie e Quincy.

E não havia a menor possibilidade de Rainie permitir que um irmão mais velho afastado e homicida fosse mexer com sua família agora.

Seu telefone tocou. Ela olhou para o visor, esperando que fosse Brenda Leavitt, retornando a ligação. Mas era a xerife, Shelly Atkins.

"Temos uma novidade sobre o caso", Shelly disse, sem rodeios. Rainie e Quincy tinham trabalhado com Shelly desde seu primeiro mandato como xerife. Nenhuma delas era muito de conversa fiada.

"Recuperamos o telefone de Telly. Nele encontramos algumas fotos de Sharlah. De cinco dias atrás."

Rainie parou de perambular. Sentiu o coração palpitar, cerrou os punhos instintivamente. Respirou fundo, forçou-se a se sentar outra vez à mesa de cozinha.

"Cinco dias atrás", ela repetiu, tentando recapitular; o que eles tinham feito cinco dias atrás? Estavam em casa? Passeando? E como ela, uma policial treinada, não notou um delinquente juvenil tirando fotos de sua filha?

"As fotos não são de boa qualidade. Foram tiradas com celular, provavelmente usando zoom. Dan Mitchell vai te mandar cópias por e-mail. Ele reconheceu um dos prédios no fundo como a biblioteca."

Isso mesmo. Cinco dias atrás, Rainie tinha levado Luka e Sharlah até a Biblioteca do Condado de Bakersville. Luka estava participando do programa de leitura de verão — crianças lendo para cães. O programa incentivava crianças com dificuldades a lerem em voz alta para uma audiência canina, o que era mais bem mais divertido e também menos estressante para as crianças.

"Obrigado", Rainie disse.

"Você conversou com Sharlah sobre o irmão?"

"Ela não teve nenhum contato com o irmão desde a noite em que ele matou seus pais. Além disso, ela não se lembra dele tão bem. Sharlah tinha apenas 5 anos quando os dois foram separados."

"E quanto a e-mails, mensagens de texto? Algo que você não veria?"

"A conta de telefone de Sharlah é conectada à minha", Rainie sorriu. "Recebo cópias de todas as suas mensagens de texto. E nós verificamos seus e-mails rotineiramente. Bem-vindo à criação de filhos na era moderna."

"Rainie... eu não sei o que isso significa, mas o telefone de Telly Ray Nash... Ele limpou o telefone — apagou o histórico de navegação, deletou todas as fotos. Só deixou as imagens de Sharlah. Parece até que ele queria que nós víssemos essas fotos. Ele queria que a gente soubesse que ele estava observando."

Rainie congelou. Seu coração estava martelando no peito novamente. Ela podia sentir o surto de adrenalina, o reflexo instintivo de lutar-ou-correr. Sua ansiedade estava certa o tempo todo: o pior estava acontecendo. Respirou profundamente. Pense como Quincy. Em momentos como esse, sua lógica incansável tinha um efeito calmante, na mesma medida em que podia ser frustrante.

"Você tem alguma outra informação sobre o paradeiro de Telly Ray Nash?", Rainie perguntou. Sua voz soava razoavelmente forte. Outra respiração para recuperar o equilíbrio. E então ela saiu de perto da mesa e caminhou pelo corredor até o escritório de Quincy, que continha o cofre de armas deles.

"Um rastreador, Cal Noonan, achou a trilha do garoto, seguindo na direção norte a partir do estacionamento do EZ Gas. Parece que Telly estava indo para uma área residencial — algumas casas, terrenos grandes. Estão conduzindo uma busca por lá agora."

Rainie assimilava as informações, pegando o retrato da filha mais velha de Quincy da parede, e então colocou o dedo indicador no leitor biométrico. A porta do cofre de armas se abriu. A arma pessoal de Rainie era uma Glock 42. O tamanho da pistola, contudo, a deixaria muito perceptível debaixo das suas roupas leves de verão. Por isso, ela selecionou sua 22 de reserva. Quincy carregava a sua em um coldre de tornozelo. Rainie preferia guardar a sua encaixada na base das costas. Mais acessível, ela pensava.

"Faz mais de quatro horas desde os assassinatos no posto", ela disse.

"Sim."

"E ainda nenhum sinal do suspeito? Nenhuma novidade no alerta ou na linha direta?"

"Não."

"Em outras palavras, ele pode estar a pé, perambulando pela região. Ou pode ter roubado outro veículo, encontrado um amigo. Pode estar em qualquer lugar."

"Sim." A vantagem de uma conversa entre duas policiais era que ninguém precisava mentir. "Posso designar uma equipe policial de proteção", a xerife ofereceu.

"E reduzir a quantidade de gente procurando um fugitivo armado? Não, obrigada. Estamos bem protegidos aqui." E Rainie não se referia apenas ao fato de agora portar uma arma, ou de que tinha um cão policial treinado fazendo companhia para sua filha. Ela também disse isso porque Quincy tinha construído essa casa exatamente com esse tipo de situação em mente. O posicionamento das janelas oferecia linhas livres de visão, e a entrada de cascalho era uma espécie de sistema de alerta instantâneo.

Rainie tinha seus medos e demônios. Quincy tinha os dele.

"Eu conversei com a assistente social responsável por Sharlah", Rainie disse. "Sharlah diz que não se lembra muito bem dos pais nem do irmão mais velho. Para ser sincera, nunca fizemos muitas perguntas sobre Telly ou por que motivo ele não faz mais parte da vida de Sharlah. Considerando os eventos dessa manhã..."

Rainie não precisava ver a xerife para saber que ela estava balançando a cabeça afirmativamente do outro lado.

"De acordo com Brenda Leavitt, Sharlah defendeu os atos de Telly naquela noite. Além disso, o promotor público, Tim Egan, contratou uma psicóloga forense para avaliar as crianças. A avaliação apontou que Telly assumira a função de cuidador da irmã. Ele fazia café da manhã para ela, ia com ela para a escola, esse tipo de coisa."

"Ele amava Sharlah?"

"De acordo com a avaliação forense, sim. Mas é aí que as coisas ficam interessantes. Como a assistente social encarregada do caso, Brenda Leavitt, conduziu sua própria entrevista com Sharlah enquanto ela estava se recuperando no hospital. Como Telly também tinha atacado Sharlah com o taco de beisebol — no calor do momento, teorizou a psicóloga forense —, Brenda queria garantir que Sharlah ainda se sentisse bem morando com o irmão. O Estado raramente separa irmãos e geralmente só faz isso se considerar que as crianças ficariam melhor separadas."

"Entendo."

"Toda vez que Brenda perguntava a Sharlah sobre o irmão, ela ficava bem agitada. 'Ele me odeia', ela disse repetidas vezes. No fim das contas, Brenda ficou preocupada de que Sharlah tivesse medo de Telly. Achava que ele poderia machucá-la novamente. Daí a recomendação de separar as crianças."

"Então foi Sharlah que rompeu ligações, por assim dizer", Shelly pontuou.

"Sim. Embora seja difícil dizer o quanto Telly sabia a respeito... Ele tinha apenas 9 anos na época e estava processando seus próprios traumas."

"Ainda assim, é possível se argumentar que, da perspectiva de Telly, ele matou os próprios pais para salvar a vida da irmã e ela, mesmo assim, disse que nunca mais queria vê-lo novamente."

"É uma interpretação", Rainie concorda. "Isso sem contar que, de acordo com o relatório da psicóloga forense, depois de todo o tempo e esforço que Telly fez para cuidar de Sharlah e protegê-la..."

"Seria ainda mais difícil aceitar a rejeição da irmã. De fato, isso provavelmente o deixou furioso."

"Sim", Rainie disse em voz baixa. "Brenda vai me passar uma lista de todas as famílias de acolhimento anteriores de Telly, mas o histórico não parece bom. Desde que perdeu sua própria família, ele tem passado por tudo quanto é lugar. Tendências antissociais, transtorno de oposição. Ele é um adolescente muito perturbado."

Shelly suspirou fundo.

"Será que esse vai ser um daqueles casos em que todos os vizinhos aparecem no noticiário dizendo 'Eu sabia que aquele garoto era encrenca', etc., etc.?"

"Possivelmente. Brenda conhecia a família de acolhimento que o recebeu antes dos Duvall. A esposa tinha dificuldades com Telly, achava que ele era quieto demais. Ele fazia o que mandavam, mas ela nunca confiou nele de verdade. Em suas próprias palavras, ela tinha medo de que ele os mataria enquanto dormiam."

"Que coisa."

"Eles se livraram de Telly com algumas acusações de roubo — alguns pequenos itens da casa desapareceram. Telly nunca discutiu. Sua agente de condicional foi buscá-lo e ele foi embora. Creio que para a casa dos Duvall? Meses mais tarde, contudo, a família encontrou os itens desaparecidos. Eles tinham mais quatro crianças acolhidas e descobriram que era uma outra que estava pegando as coisas, guardando-as como se fossem tesouros, na verdade. Encontraram tudo numa caixa embaixo da cama do garoto. Eles se sentiram mal por culparem Telly, mas não mal o suficiente para pedir que ele voltasse."

"Então o adolescente furioso e quieto demais que cresceu em um lar abusivo e matou os pais quando tinha 9 anos foi rejeitado pela única pessoa com quem ele aparentemente se importava, sua irmã mais nova, e desde então o resto do mundo nunca mais deu uma chance para ele."

"Assassinos descontrolados costumam ter listas de alvos", Rainie acrescentou. "Todos que já fizeram mal a eles."

"Eu vou mandar um agente. Sério."

"E você também vai mandar um para cada família de acolhimento que já rejeitou Telly? E quanto ao diretor que o suspendeu, ou os colegas de classe que o provocaram? Em termos de pessoas que já o contrariaram, a lista de Telly é longa demais, você não tem policiais suficientes. Encontre o garoto. É disso que precisamos. Identificar com mais precisão a localização de Telly. E efetuar uma prisão."

"Tenho uma equipe de rastreamento seguindo pistas dele agora mesmo. Já estou indo conversar com Aly Sanchez, a agente de condicional de Telly. Vou ver o que ela pode nos dizer sobre o estado mental dele, além de informações adicionais sobre os Duvall. Se Telly é o tipo de pessoa que guarda rancor, só Deus sabe o que eles fizeram para provocá-lo dessa forma."

"Quincy pode juntar-se a você nessa conversa? Eu gostaria de participar, mas preciso ficar com Sharlah."

"Nunca me importo de ter a intuição de um especialista em perfis criminais. Especialmente em um caso no qual temos mais perguntas do que respostas."

"Envie as fotos para mim."

"É para já."

Rainie voltou para a cozinha. Ficou quieta tempo suficiente para tentar escutar o som das unhas de Luka. E então, quando não ouviu...

"Sharlah?", ela chamou em voz bem alta.

"Sim?" Sua filha apareceu, contornando a bancada da cozinha com um copo de limonada. Luka estava ao seu lado.

E mais uma vez, Rainie forçou seu batimento a desacelerar, aliviou a tensão na mão que apertava o telefone.

"Sharlah", ela repetiu. "Precisamos conversar."

CAPÍTULO 15

QUINCY ESTAVA APREENSIVO. E o que Rainie estava contando para ele do outro lado da linha não estava ajudando.

"Telly tinha fotos de Sharlah em seu celular?"

"Meia dúzia de fotos, tiradas nos últimos cinco dias. Quincy, a maioria é de Sharlah e Luka a caminho da biblioteca. Mas a última foto... É na nossa varanda da frente. Ele esteve em nossa casa."

"Eu acho que você e Sharlah precisam viajar. Leve ela de carro até Seattle. Canadá. Qualquer lugar."

"Entendo. Estou falando com Sharlah agora. Ela jura que nunca teve contato com o irmão e que também não reparou que tinha alguém tirando fotos dela. Por que ele deixaria essas fotos para a gente, Quincy? Por que apagar tudo do celular menos isso? Shelly acha que é uma mensagem — ou talvez um aviso. Mas com que objetivo?"

"Será que ele está com raiva?", Quincy não sabia ao certo o que dizer. "Sharlah rejeitou ele uma vez. Agora Telly quer que ela saiba que ele pode encontrá-la quando quiser."

"Então por que não se encontrar com ela? Por que não vir para cá de carro depois de matar os Duvall e terminar tudo? Por que seguir para o norte e matar dois desconhecidos, em vez disso? Se as fotos são um aviso..."

"Eu não sei", Quincy disse, finalmente.

"Tudo que estou ouvindo sobre Telly... é o que tá na cartilha. Quieto, solitário, perturbado, cresceu em um lar abusivo, foi levado a matar os próprios pais aos 9 anos. Ficou sem rumo desde então. É tudo o que se esperaria ver em um atirador impulsivo. Ainda assim, sinto que não conhecemos ele direito."

"É porque você conhece a Sharlah. Você a ama. E como você a ama, não consegue imaginar que o irmão dela seria alguém tão ruim assim."

"Talvez. Ele cuidou dela. A primeira lembrança dela ao pensar no irmão é o cereal Cheerios. Ele dava café da manhã para ela, Quincy. É claro que esse tipo de conexão... Isso tem que significar algo."

"Ele criou laços com a irmã", Quincy ponderou. "O que em teoria é algo bom. Uma criança capaz de criar laços uma vez pode criar de novo." Por isso eles arranjaram um cachorro para Sharlah. "Quando esses laços são cortados, contudo... É uma possibilidade bem real que ele se sinta traído pela irmã. Ele tem uma semente de raiva, que tem cultivado por anos. E agora que ele explodiu..."

"Ninguém sabe o que pode acontecer", Rainie completou num fio de voz.

"Você e Sharlah deveriam viajar."

"Eu sei. Deixe-me arrumar algumas coisas. E você? Vai se juntar a Shelly para conversar com a agente de condicional do Telly?"

"Estou indo agora para o centro de comando móvel."

"Precisamos entender o que se passa na cabeça dele, Quincy. E não só porque Telly é uma ameaça, mas porque ele é irmão da Sharlah. Ela vai precisar de respostas. Quer dizer, primeiro seu pai tenta matar a família inteira, e agora o irmão é um assassino em massa. Isso vai fazer ela se perguntar sobre seu próprio futuro. É uma consequência natural, não?"

"Eu sei. Nós vamos decifrar esse mistério, Rainie. Vamos pegar esse suspeito, como sempre fizemos. Sharlah vai ficar bem, a vida voltará ao normal."

"E você, está tudo bem contigo?"

A pergunta foi feita em voz suave, pela esposa e parceira que o conhecia muito bem. E sabia que ele já tinha perdido uma filha para um assassino.

"Eu gostaria que você e Sharlah fossem viajar", ele repetiu. E porque Rainie conhecia Quincy, realmente o conhecia, ela disse, "Sharlah não é Mandy. Você está certo. Encontraremos Telly e Sharlah vai ficar em segurança. Nós vamos conseguir, Quincy. Vamos sim."

* * *

Ele dirigiu até o comando móvel.

A agente de condicional de Telly já estava lá, espremida em uma cadeira ao lado da xerife Atkins no espaço apertado. À primeira vista, seria fácil confundir Aly com uma das pessoas sob sua responsabilidade. Pequenina. Cabelos longos escuros. Um rosto que parecia mais próximo de quatorze do que de quarenta. No momento, ela estava sentada de pernas cruzadas em uma posição que Quincy não teria considerado possível.

Usando bermuda e uma bata florida folgadinha, ela estudou o seu visual conservador de camisa azul-marinho e calças cáqui com um sorriso.

"Você deve ser o criador de perfis."

"Culpado." Ele se adiantou apenas o suficiente para apertar a mão de Sanchez, e então já voltou para a porta. O espaço era pequeno o suficiente para tornar a posição irrelevante para ser ouvido.

"Como estava dizendo para a xerife, conheço Telly faz um ano. Ele foi designado para mim pela primeira vez quando tinha 16 anos. O garoto tem um temperamento explosivo. Alguém disse ou fez algo que ele não gostou, e Telly acabou arrebentando um armário da escola. Isso lhe rendeu uma acusação de conduta desordeira. Ele também foi suspenso por cinco dias, mas Telly, naturalmente, apareceu dois dias depois desafiando a ordem do diretor. Outra confrontação nos corredores, e aí o diretor chamou a polícia para retirar Telly à força da propriedade. Telly não aceitou sair calmamente, digamos assim, o que lhe rendeu uma acusação de resistir à prisão, além de um arquivo no meu escritório. E assim tem sido conosco desde então."

"Drogas, bebidas?", Shelly perguntou.

"Como parte de sua condicional, Telly passa por exames toxicológicos aleatórios. Eu fiz quatro no ano passado. Até agora, passou em todos."

"Você acredita nesses resultados?", Quincy perguntou, pois sabia que viciados experientes conheciam muitas maneiras de burlar tais exames.

"Na verdade, acredito. Não estou dizendo que Telly é um santo, mas, apesar de todos os seus problemas, não acho que drogas sejam um deles. De fato, fiquei com a impressão de que, com base na experiência com seus pais, Telly é bem antidrogas."

"Que diferente", Quincy observou, já que filhos de viciados tinham uma probabilidade muito maior de se tornarem viciados também.

"Ah, Telly é diferente. Uma daquelas pessoas aparentemente simples, mas realmente complexas. Se eu gosto dele? Sim, gosto. Se eu teria imaginado que seria questionada sobre seu envolvimento em um assassinato em massa? Não. Por outro lado, complexidade oculta, como disse. E só me encontrei com Telly ocasionalmente por menos de um ano. É alguém que desconheço mais do que conheço. Isso somado ao seu temperamento... Telly é quieto demais. O que significa que quando explode..."

"Tudo pode acontecer", Shelly completou.

"Ele não se lembrava do que fez nos armários da escola", Sanchez acrescentou. "Ele assistiu ao vídeo da câmera do corredor tão surpreso quanto qualquer um, embora o sangue escorrendo dos seus punhos fosse uma boa dica", Sanchez inclinou-se para a frente. "Parte do trabalho de condicional é trabalhar em mecanismos de enfrentamento. Não estou só monitorando Telly por causa de transgressões anteriores, estou trabalhando para que ele desenvolva novas abordagens justamente para evitar tais atos no futuro. No caso dele, Telly tem diversos desafios importantes. Primeiro, ele não consegue dormir. Trauma, exposição excessiva a violência, ansiedade... escolha seu motivo preferido. Então ele raramente dorme mais do que uma ou duas horas por noite e, isso, como podem imaginar, torna a escola e as atividades que exigem concentração muito mais desafiadoras."

Morando com dois insones, Quincy conseguia entender.

"Sandra Duvall estava pesquisado um pouco sobre o assunto", Sanchez prosseguiu. "Pílulas para dormir tiveram um efeito negativo em Telly, mas, na última vez que nos encontramos, ela tinha começado a oferecer melatonina para ele, um suplemento natural, para ver se isso faria alguma diferença."

"E funcionou?", Shelly perguntou.

"Eu não sei. Isso foi quatro semanas atrás."

"Outros desafios?", Quincy perguntou.

"Telly tem dificuldade para evitar problemas. Quando é provocado, ele responde. E dado o seu histórico e o que muitas crianças acham que sabem sobre ele... Indo de uma aula para outra, um aluno pode dizer algo nos corredores, talvez esbarrar no ombro de Telly e, de repente, é hora de brigar. Em maio, sugeri que Telly usasse fones de ouvido entre as aulas, concentrando-se na música e ficando na dele. Isso pareceu ajudar. É claro que a essa altura Telly já estava sendo reprovado no primeiro ano e, por isso, ele passou os últimos dois meses nas aulas de recuperação. Para Telly, escola é sinônimo de estresse."

"Acumulando tensão", Quincy murmurou.

"Exatamente."

"Ele gostava dos seus pais de acolhimento?", Shelly perguntou.

Sanchez encolheu os ombros.

"Ele parecia tolerar os dois, o que para Telly provavelmente é quase a mesma coisa. Admito que fui eu que recomendei os Duvall para ele, eu mesma entrei em contato com a assistente social encarregada do caso de Telly. No sistema de acolhimento, todo mundo tem seu nicho; tem famílias que participam só para ganhar as vinte pratas por dia; tem pessoas que aceitam colocações de curto prazo, querendo sentir que ofereceram um refúgio seguro antes que uma criança ache sua casa permanente; e tem aquelas famílias que acolhem para adotar, que querem oferecer um lar. Frank e Sandra Duvall estavam na ponta do espectro. Eles queriam alguém mais velho para se concentrarem na orientação. Por exemplo, um adolescente como Telly é velho demais para pensar em uma família. Por outro lado, precisa de suporte. Ele está a um ano de passar da idade-limite do sistema e ficar por conta própria. Como ele vai encontrar um lugar para morar? Um primeiro trabalho? Abrir uma conta no banco, pagar suas contas? Eu também trabalho essas questões com outros jovens sob minha responsabilidade. Mas são os próximos passos na vida que frequentemente fazem as crianças tropeçarem. Completar 18 anos é um desafio para qualquer um. Se você é um acolhido, então, é particularmente difícil."

"Vimos algumas imagens na página de Facebook de Sandra Duvall", Shelly comentou. "Parece que Frank estava levando Telly para aprender a atirar. Você estava ciente disso?"

"Frank conversou comigo antes de levar Telly para sua primeira lição. Frank acreditava que atirar poderia ensinar Telly a ter foco. Acertar um alvo exige disciplina e concentração. E, se o garoto tiver qualquer talento para isso, pode melhorar a confiança também, outro dos desafios de Telly. Pelo menos foi essa a explicação que Frank me deu."

"Telly falava sobre isso?", Quincy perguntou.

"Não. Nunca."

"Ele era bom de tiro?", Shelly insistiu.

"Eu não faço ideia."

"E quanto a Sandra?", Quincy perguntou. "O que Telly achava de sua mãe de acolhimento?"

"Ele elogiou a comida dela uma vez."

"Ele falava sobre o passado? Sobre o que aconteceu com seus pais?"

"Não."

"Você mencionava o assunto?"

"Sim e não. Dávamos voltas em torno do tópico. Tecnicamente falando, nenhuma acusação formal foi feita, o que significa que não existe papelada oficial conectada ao nome de Telly em relação à morte dos pais. Mas eu conversei com alguns dos policiais envolvidos, tentando saber mais sobre o ocorrido. E, é claro, há os rumores. As crianças da escola fizeram até uma cantiga: Telly Nash, armado com um taco de beisebol, bateu na mãe tão forte que ela saiu de órbita, e aí espancou seu pai até ficar tudo escuro. Como eu disse, fones de ouvido para andar pelos corredores da escola foram uma boa coisa para Telly."

"Mas ele se recusava a falar sobre o episódio?", Quincy perguntou.

"Sim. E quando eu tentava insistir, o rosto dele simplesmente ficava impassível. Eu não sei nem se consigo imitar o olhar direito. Imagine uma casa com todas as luzes acesas, mas que não tem ninguém lá dentro."

"E quanto à irmã dele?", Quincy inclinou-se para a frente. "Ele já mencionou Sharlah?"

Pela primeira vez, Sanchez hesitou.

"Telly, não. Mas Frank Duvall já. Uns cinco meses atrás, eu acho. Março. Ele me ligou. Queria saber se eu tinha alguma informação sobre Sharlah."

"E você tinha?"

"Não. Sou uma agente de condicional, não conselheira familiar."

Quincy observou Aly intensamente.

"Por que ele fez essa pergunta? O que Frank queria saber?"

"Frank tinha metido na cabeça que Telly não conseguia superar o que aconteceu com sua família biológica. Matar os próprios pais, mesmo que seu pai teoricamente esteja correndo atrás de você com uma faca, é barra pesada. Além disso teve a questão de quebrar o braço da irmã como parte do ataque de fúria... Frank achava que se Telly pudesse ver, ou pelo menos saber que a irmã estava bem, isso poderia ajudá-lo a seguir em frente. Como se, de certa forma, ele pudesse fazer as pazes com o passado. Algo que Frank achava que Telly precisava fazer se realmente quisesse seguir em frente com sua vida."

"Quero ver as fotos", Quincy disse, olhando para Shelly. Suas palavras eram uma declaração, não um pedido.

A xerife suspirou, aproximando-se de um dos laptops para usar o teclado.

"Eles ainda estão processando o telefone, mas o delegado Mitchell copiou as imagens para mim. Tem meia dúzia de fotos, tiradas cinco dias atrás a julgar pela data nos arquivos."

Como Rainie tinha descrito, as primeiras cinco fotos tinham sido tiradas em frente à biblioteca do condado. Sharlah parecia estar atravessando a pé o estacionamento, Luka ao seu lado, Rainie atrás. Sanchez espiou por cima do ombro, observando as imagens também.

"Telly passava muito tempo na biblioteca?", Quincy perguntou.

"Eu não sei se já fiz essa pergunta para ele. Mas ele lê. Geralmente tem algum livro de bolso gasto em sua mochila. Tom Clancy. Brad Taylor. Suspenses militares."

Será que era tão simples assim? Cinco dias atrás, Telly tinha avistado a irmã que não via fazia muito tempo na biblioteca. E aí...

Por causa da felicidade com que ela tinha olhado para o cachorro, ele decidiu sair atirando em todo mundo na cidade, a começar pelos próprios pais de acolhimento? Quincy balançou a cabeça. Não estava gostando disso. Havia peças que eles não estavam vendo. Ainda havia muito sobre Telly, sobre os assassinatos, que eles não sabiam.

A imagem final preencheu a tela. Só que essa não era de Sharlah do lado de fora da biblioteca. Era de Sharlah sentada na varanda em uma das duas cadeiras de balanço Adirondack idênticas. Sua varanda da frente. A casa de Quincy.

"Quando essa aqui foi tirada?", ele perguntou abruptamente. A voz de Shelly saiu firme.

"Na mesma tarde."

"Ele seguiu Rainie e Sharlah até em casa depois da biblioteca."

"É o que imagino, sim."

"Por quê?" Ele se virou para Sanchez agora, que tinha tido o bom senso de recuar para a sua cadeira. "Por que essas fotos? Por que esse súbito interesse na irmã mais nova que, de acordo com você, ele nunca nem mencionou antes?"

"Eu não sei."

"Frank Duvall procurou informações sobre minha filha? Ele insistiu no assunto?"

"Desculpe. Eu não sei. Você terá que perguntar a Frank..."

A agente de condicional parou no meio da frase. Porque eles não tinham como perguntar a Frank. Telly já tinha atirado e matado Frank de manhã cedo.

"Telly Ray Nash é um garoto com raiva", Shelly declarou, de pé entre os dois, tentando trazer a conversa de volta aos trilhos.

Sanchez desviou seu olhar de Quincy, voltou sua atenção para a xerife.

"Você quer que eu coloque Telly em uma caixa: bom ou mau. Preto ou branco."

"Ele matou quatro pessoas esta manhã. Isso o torna mau o suficiente a meu ver."

"Entendo, xerife. E considerando que eu conhecia Frank e Sandra pessoalmente, que fui eu que recomendei que aceitassem o garoto...", a voz de Sanchez tremeu e, pela primeira vez, Quincy ouviu as emoções que ela tentava arduamente manter sob controle.

"Eu não consigo pôr uma etiqueta em Telly para você", a agente de condicional prosseguiu depois de um instante. "Sim, ele é impulsivo, explosivo, perturbado e irritado. Ele também é um garoto de 17 anos tentando processar uma infância violenta ao mesmo tempo em que fica ouvindo que só tem um punhado de meses para descobrir o que fazer com o resto de sua vida. Se eu gostaria de estar no lugar dele? Nem um pouco."

"O Telly que tenta não é um garoto ruim. O Telly que toma sua melatonina e usava seus fones entre as aulas, aquele Telly estava torcendo para conseguir entender as coisas. Ele cooperava comigo. Talvez até prestasse atenção em Frank. Isso dito...", Sanchez parou no meio da frase e respirou fundo mais uma vez para se acalmar. "Telly está estressado. Seu passado, seu futuro, seu presente na recuperação na escola. Tudo isso. Telly é um adolescente sob imensa pressão e, historicamente falando, o Telly sob pressão..."

"Explode", Quincy completou.

"Sim. E aí ele se torna o tipo de pessoa capaz de quase tudo."

"Inclusive bater com um taco de beisebol em sua irmãzinha pequena?"

"Exatamente."

Sanchez se calou. Quincy não sabia se ele mesmo tinha muito mais a dizer. Voltou a encarar a imagem da filha, tirada na sua varanda da frente, sem que nenhum deles soubesse. Como o garoto tinha chegado tão perto? E por que agora? O que diabos Telly queria de sua irmã?

O rádio preso ao uniforme de Shelly de repente ligou. A chamada veio ainda mais alta, considerando o silêncio tenso do comando de incidente.

"Tiros, tiros! Equipe Alpha para base. Solicitando reforços imediatos. Repito, tiros disparados!"

CAPÍTULO 16

CAL NOONAN gostava de árvores. Ele admirava a beleza altaneira, apreciava a sombra farta e, e em dias como esse, respeitava-as como cobertura estratégica. Ao rastrear um fugitivo armado, nunca era demais ter o maior número possível de árvores entre você e ele.

O que tornava a aproximação daquela primeira casa muito mais angustiante. A casa era um pequeno rancho branco, bem afastado na ponta de uma estrada de terra batida. O quintal tinha sido limpo há décadas, ou talvez gerações atrás, deixando uma vastidão de propriedade entre a equipe de rastreamento de Cal e a porta da frente. A casa não era o foco do interesse de Cal. Ele tinha encontrado uma pegada saindo da estrada e apontando na direção do lado esquerdo da propriedade, onde Cal conseguia enxergar um galpão decrépito. O tipo de construção onde o dono da casa poderia guardar uma caminhonete enferrujada, um trator velho ou, nessa região, um quadriciclo.

Se Cal fosse um fugitivo de 17 anos, ele gostaria de um quadriciclo.

Antonio assumiu a dianteira. Cal atrás dele, então Nonie, com Jessie na retaguarda. Eles caminhavam eretos, mantendo-se o máximo possível à sombra do espinheiro lateral. Uma aproximação devagar e cuidadosa. Rifles empunhados. Olhos atentos a qualquer movimento. Exceto Cal, que seguia olhando para baixo, examinando o solo em busca de qualquer rastro recente.

O que significa que ele foi pego de surpresa pelo primeiro tiro. Num instante ele estava estudando uma seção de grama particularmente amassada, e no próximo...

Estampido de rifle. Em alto e bom som.

Antonio praguejou. Cal e Nonie se jogaram no chão. E então Jesse estava rastejando até eles, de barriga para baixo, rifle à frente, checando:

"Vocês estão feridos, estão feridos? O que viram?"

Antonio já estava no rádio pedindo reforços. Cal se prometeu que se conseguisse escapar dessa, iria se dedicar somente à fabricação de queijo pelo resto da vida.

Segundo estampido. Veio da direção da casa, Cal pôde determinar dessa vez. Então, quando o terceiro tiro estraçalhou os arbustos acima da sua cabeça, viu o brilho de um rifle, posicionado em uma janela do andar de cima.

"Aqui é a polícia. Cessar fogo!", Antonio bradou, agachando, enquanto sinalizava para Jesse com uma série de gestos. O segundo membro SWAT da equipe assentiu, e então rolou três vezes rapidamente, posicionando-se atrás de um arbusto de azaleias.

"Isso aqui é propriedade privada!", gritou a voz rouca de alguém mais velho. "Deixe minha casa em paz. Não tem nada para ver aqui. Nada para roubar. Agora vão embora."

"Senhor! Aqui é a polícia. Estamos em busca de um fugitivo armado. Abaixe seu rifle. Cessar fogo!"

"O único jeito de você conseguir minha arma é arrancando das mãos frias do meu cadáver!", o dono da casa gritou em resposta.

Cal abaixou a cabeça. Ele ia morrer por causa da paranoia de um velho. Claro que tinha que ser assim.

"Senhor", Cal chamou, fazendo sua própria tentativa. Antonio olhou preocupado para ele. "Estamos atrás de um garoto de 17 anos. Ele matou a tiros uma funcionária e um cliente no posto EZ Gas a cerca de um quilômetro e meio daqui. Talvez tenha visto no noticiário."

"Alguém atacou o EZ Gas?"

"Sim, senhor. Meu trabalho é rastrear essa pessoa. Temos motivo para acreditar que ele tenha passado pela sua propriedade."

"Você está falando do garoto que estava no meu galpão? Não se preocupe, eu atirei nele também. Marginalzinho. Achando que poderia pegar o que quisesse."

"O garoto ainda está no galpão? Isso é importante. O garoto está fortemente armado e é considerado perigoso."

"Não. Um par de tiros do meu rifle e ele saiu correndo pelos arbustos laterais. Deve estar invadindo a casa da minha vizinha agora, não que ela tenha algo que valha a pena."

"Senhor, vou me levantar. Por favor, não atire em mim. Na minha vida real, sou o chefe de produção de queijo na fábrica, então já sabe, se quiser continuar a comer queijo..."

Muito cuidadosamente, Cal se apoiou sobre uma perna, depois na outra e se levantou, Antonio apontava o rifle para a janela do segundo andar como se estivesse dando cobertura. Cal levantou ambas as mãos.

"Precisamos achar esse atirador, senhor. Antes que ele machuque outra pessoa. Você disse que ele estava no seu galpão."

"Sim. Até que eu o afugentei com uma boa dose de chumbo."

"Você acertou nele?"

"Não. Mirei bem em cima da cabeça dele. Como fiz com você." A voz do homem estava se acalmando. Menos confrontador. Mais disposto a conversar.

"Precisamos investigar seu galpão. Procurar evidências. Encontrar o rastro do garoto. É importante."

"Quem ele matou no EZ Gas?"

"Hã, uma caixa. Garota da região..."

"Erin? Ele matou Erin? Diabos... Aquele filho da puta, deveria ter atirado nele quando tive a oportunidade. Tudo bem. Estou descendo. Encontro vocês no galpão."

O rifle recuou da janela. Agachado na frente de Cal, Antonio balançou a cabeça, levantando-se bem mais devagar.

"Algumas pessoas. Alguns dias..."

"É", Cal concordou. "E o dia está apenas começando."

Cal e Nonie se aproximaram do galpão primeiro, Antonio e Jesse posicionando-se entre os rastreadores e a porta da frente do proprietário nervosinho. Eles empunhavam seus rifles um pouco mais relaxados, ainda preparados, mas demonstrando alguma boa vontade.

Cal identificou duas outras pegadas nas áreas em que a terra do quintal estava mais fofa, e então eles estavam diante do galpão.

Com o tamanho aproximado de uma garagem de um carro só, o galpão estava empoeirado e caindo aos pedaços. A porta lateral abriu rangendo o suficiente para revelar o interior escuro e encardido. Ambas as janelas laterais tinham pedaços de vidro faltando. O sol quente de agosto o invadia, mostrando espirais de pó onde o espaço tinha sido perturbado recentemente.

Um rangido na casa atrás deles. Cal virou-se para ver um cara mais velho, jeans, camiseta branca simples, suspensórios vermelhos, descer bufando as escadas da frente. Pelo menos o dono da casa tinha deixado a arma para trás.

"Jack", o homem disse se apresentando, caminhando até o pequeno grupo. "Jack George. Essa aqui é a minha propriedade. Esse é o meu galpão. Agora, o que você precisa ver para encontrar aquele bastardinho?"

A pedido de Cal, o Sr. George permitiu que eles abrissem a baia da frente para entrar mais luz. Agora Cal podia ver ainda mais marcas nas superfícies empoeiradas. Marcas recentes em uma mesa grande de trabalho onde o suspeito deles tinha vasculhado, talvez procurando algum equipamento que pudesse ser útil, ou até outra arma.

O galpão continha diversas ferramentas de quintal e ferramentas elétricas, além de um cortador de grama, relativamente novo e com cheiro de grama recém-cortada. O item de interesse mesmo estava nos fundos: um quadriciclo, coberto por outra camada de teias de aranha, ambos os pneus murchos.

"Eu comprei para os meus netos", explicou o Sr. George. "Achei que eles iam gostar de passear em altas velocidades pelo terreno. Mas eles não vêm aqui faz um tempo. Esse negócio obviamente precisa de ar nos pneus, talvez uma mistura nova de combustível, mas funciona. Se eu não tivesse visto aquele delinquente se esgueirando por aí, ele o teria roubado, sem dúvida."

Cal concordou. Ele podia enxergar marcas evidentes de pegadas perto do quadriciclo, onde o seu alvo tinha parado, refletindo sobre suas opções. Mas considerando que o veículo recreativo estava estacionado nas sombras no fundo do galpão, fora da vista das janelas, Cal discordava da avaliação do Sr. George.

O suspeito tinha conseguido entrar no galpão. O mais provável é que os pneus murchos e o tanque de combustível esburacado tivessem levado o adolescente a desistir do quadriciclo. De acordo com as pegadas no chão empoeirado, depois disso ele deixou o galpão pela porta lateral. Aí o Sr. George finalmente notou o intruso e abriu fogo — pegando o garoto saindo da construção, não entrando nela. Agora, uma vez que os tiros tinham começado...

Cal saiu do galpão e voltou a analisar a grama. O suspeito aparentemente tinha feito uma curva pela parte de trás do galpão. Pegadas mais profundas, mais distantes entre si, indicavam que o alvo estava correndo, sem dúvida com a cabeça abaixada, tentando evitar os tiros.

Do outro lado do galpão, descobriu duas impressões mais fracas, lado a lado. O alvo parou, recuperando o fôlego, e então determinou sua melhor rota de fuga.

E lá estava, diretamente à frente da parte dos fundos do galpão havia uma cobertura espessa, com uma abertura estreita onde um dos arbustos tinha morrido e nunca tinha sido substituído. Para Cal e seus comandos da equipe SWAT não seria fácil atravessá-la, mas para um garoto magricela de 17 anos...

Cal se aproximou melhor, inspecionando a brecha nos arbustos. Identificou diversos galhos quebrados, madeira verde ainda à mostra, e folhas recentemente caídas. Ele pediu que sua equipe recuasse por um instante, enquanto voltava sua atenção para o Sr. George.

"Sua vizinha do outro lado, ela gosta de rifles tanto quanto você?"

"Aurora? Não. Acho que ela nem está em casa. Um dos filhos dela apareceu outro dia, levou ela para Portland para uma visita. Ela não tem ar-condicionado em casa, e Aurora não gosta do calor."

"Então é provável que a casa dela esteja vazia?"

"Sim, senhor."

Cal olhou para Antonio.

"Que horas você avistou o suspeito?", Antonio perguntou ao Sr. George.

"Vejamos. Eu estava assistindo às notícias matinais. Então umas boas cinco, seis horas atrás?"

Cal balançou a cabeça, concordando. Os assassinatos no EZ Gas tinham acontecido às oito da manhã, e agora já era quase duas da tarde, então eles já sabiam que Telly Ray Nash tinha uma boa dianteira. A julgar pela trilha, ele também estava precisando tomar decisões improvisadas, tais como virar à direita em direção à área residencial e então se esgueirar até a primeira casa e inspecionar suas opções no galpão antes de ter que fugir da propriedade.

Telly estava se movendo mais rápido do que eles, mas também teve que parar para refletir. E a casa vazia do lado poderia apresentar outro alvo tentador. Talvez até um lugar para se esconder e descansar...

"Com alguma sorte", Cal informou Antonio, "o garoto tentou invadir a casa da vizinha, procurando água, comida, outros suprimentos. Talvez seja nossa primeira chance de alcançá-lo."

Antonio virou-se para o Sr. George.

"Senhor, é possível enxergar a casa do seu vizinho da sua janela de cima?"

"Agora, veja lá o que você está querendo dizer com isso..."

"Reconhecimento de terreno, senhor. Gostaria de poder observar a casa da sua vizinha para verificar sinais de atividade antes de sair entrando pela porta da frente."

"Ah, bom. Sim. Da janela do banheiro, agora que você diz..."

Antonio seguiu o Sr. George de volta para a sua casa. Cal voltou a observar a abertura nos arbustos. Eles não passariam por ali, pois iria interferir nas evidências. Em vez disso, dariam a volta, pegando a trilha pelo outro lado. Ele e Nonie inseriram mais bandeiras laranjas para os técnicos de cena de crime que seguiam atrás deles. Dez minutos depois, Antonio ressurgiu da casa.

"Nenhum sinal de movimento. Passei nossa posição por rádio. O helicóptero está a caminho; fará uma vistoria aérea das redondezas."

"Ótimo. Estamos fazendo algum progresso."

Eles se reuniram novamente, contornando a cerca para sair da propriedade do Sr. George e voltar para a estrada de terra. A casa da vizinha Aurora parecia ser uma casa bonita no estilo Cape Cod, recuada a uma certa distância. Cal deu o primeiro passo.

Um estampido novo de tiro.

Não da casa do Sr. George à sua esquerda. Não da casa bonita à direita. Mas de trás deles. Do outro lado da rua. Cal ainda estava se virando, ainda absorvendo a magnitude do seu erro, quão seriamente ele tinha sido enganado. Então Antonio estava caindo em meio a respingos vermelhos. Nonie gritou. Enquanto o rifle distante rugia de novo e de novo e de novo.

CAPÍTULO 17

RAINIE E QUINCY estão conversando na cozinha. Estão mantendo a voz baixa para que eu não escute. Essa não é uma discussão "adequada para crianças". Ainda assim, é toda sobre mim.

Quincy chegou em casa quinze minutos atrás. Ele tinha uma expressão no rosto que não consigo explicar. Eu queria ao mesmo tempo fugir correndo e correr até ele e abraçá-lo. Por isso, em uma atitude bem típica, fiquei completamente parada enquanto Rainie vinha ficar ao meu lado, com o olhar fixo no rosto dele.

"Sharlah", ela disse suavemente. "Por favor, vá para o seu quarto."

Eu fui sem dizer uma única palavra. O que não é nem um pouco típico da minha parte. Agora minhas pernas estão inquietas. Não consigo me sentar. Não consigo ficar parada. Mas estou me esforçando ao máximo, deitada de barriga para o chão, com o ouvido pressionado contra a fresta embaixo da minha porta. Eles podem estar falando de coisas que não são apropriadas para mim, que são até aterrorizantes, o que é mais motivo ainda para eu precisar escutar.

"Dois feridos", Quincy estava dizendo. "Um dos flanqueadores foi atingido no ombro. A segunda rastreadora, Norinne Manley, levou um tiro no braço. Ambos foram levados em transporte médico para Portland. O agente da SWAT está em condições críticas."

"Você tem certeza de que foi Telly Nash?"

"É claro que foi ele! Eles rastrearam Telly até uma casa remota onde ele tinha invadido um galpão. O dono da casa o avistou e deu uns tiros de aviso para repelir o invasor. O garoto escapou pela parte de trás do galpão e parecia ter ido para a casa de uma vizinha. Só que... não foi bem assim. Ou ele fez isso e já tinha saído de lá. O rastreador, Cal Noonan, ainda está tentando entender o que aconteceu, mas, seja lá como for, Telly foi parar atrás deles. E enquanto eles estavam se aproximando da casa da vizinha, ele começou a atirar do outro lado da rua. Agora dois dos quatro membros de uma equipe de rastreamento estão incapacitados."

Uma pausa. Ouço o som abafado de movimento. Talvez Rainie andando até Quincy, colocando a mão no seu ombro para reconfortá-lo, como já a vi fazer várias vezes.

"Eles sabem onde ele foi?", ela pergunta, voz sussurrante.

"Ele saiu pela parte dos fundos do terreno, onde disseram que tem um labirinto de trilhas. Roubou o quadriciclo da vizinha, o que lhe garante velocidade e flexibilidade. Shelly mandou um helicóptero rasante para fazer uma varredura da área, mas não consigo imaginar como é que a visão térmica vai conseguir achar alguma coisa nessas temperaturas."

Suspiros. Frustrados. Pesados. Profundos. De Quincy, eu imagino, todo mobilizado, só que, é claro, ele se orgulha de nunca ser excessivamente emotivo. Talvez meu irmão tenha esse efeito nas pessoas. Pessoalmente, luto contra uma tentação quase irresistível de esfregar a cicatriz no meu ombro.

"O que você acha que ele quer?", Rainie continuou.

"Eu não faço ideia."

"Se ele é um assassino impulsivo", ela pondera, com a voz mais calma do que a dele, "então sua fúria é o ponto final. Ele destruirá até se autodestruir."

Nenhuma resposta. Talvez porque Quincy não seja de falar muito? Ou talvez porque Quincy, o especialista em perfis criminais, já saiba a resposta para essas perguntas, e seja terrível demais para ser falada em voz alta?

"Sabemos que assassinos impulsivos se sentem incompreendidos e maltratados pelo mundo", Quincy argumenta. "Isso se encaixa no jeito como Telly tem sido descrito."

Pressionei ainda mais a lateral da minha cabeça contra a fresta embaixo da porta. Foi nisso que meu irmão se transformou? É assim que ele realmente se sente?

Eu vejo cereais Cheerios novamente. Uma caixa de um amarelo alegre no meio de uma mesa emporcalhada. E estou triste de tantas formas que não sei nem explicar. Pelo garoto que me trazia aqueles Cheerios. Ou, talvez, pelo modo como aquela situação fazia eu me sentir. Como se ao menos eu pudesse tê-lo para sempre. Só que as coisas não acabaram dessa forma, não é mesmo?

"De acordo com a agente de condicional de Telly", Quincy prossegue, "Telly pode ser um bom garoto quando faz um esforço. Mas quando está estressado, ele também tende a atos impulsivos de violência. Atacar sua família inteira com um taco de beisebol. Destruir armários da escola com as mãos nuas. Sob pressão, Telly explode. E depois disso, ele frequentemente nem se lembra do que fez."

"Então qual é seu gatilho agora?"

"Pelo que estou vendo, é o tempo. Falta um ano para a graduação e ele não tem ideia do que fazer da vida. Além de estar passando da idade da rede de acolhimento sem um plano. Pelo que dizem, seus pais de acolhimento, Frank e Sandra Duvall, eram boas pessoas. Eles pediram explicitamente por um adolescente porque queriam assumir a função de mentores. Agora, isso tudo soa muito bom, mas mudança, mesmo mudança positiva, pode ser estressante. Pode ser que o estilo de amor-com-disciplina de Frank e Sandra tenha sido demais para Telly. Eles pressionaram demais, e ele acabou explodindo."

"Eu não acredito nisso. Tudo o que está me contando, o estresse de ter 17 anos, as pressões da adolescência, são eventos cumulativos. No caso de um assassino impulsivo, sempre existe um evento de gatilho. Se Telly entrou nessa onda de descontrole, o que será que provocou?"

Silêncio agora, enquanto ambos consideram as possibilidades. O semblante de Quincy fica pesado enquanto ele está pensando. Posso imaginá-lo, e sinto outra pontada no peito. Meu pai de acolhimento está estressado. Isso é parte do seu trabalho, imagino. Mas ele também está com medo. Posso sentir na sua voz. Ele está preocupado. Por minha causa. Tudo em relação a esse caso específico é mais difícil por minha causa.

"Nesse momento, só sei de um elemento novo na vida de Telly", Quincy murmura, afinal. "E esse elemento é Sharlah. De acordo com a agente de condicional, Frank Duvall acreditava que Telly precisava de um desfecho em relação ao que aconteceu oito anos atrás. O que significa que o próprio Frank estava tentando arranjar um jeito de reunir Telly e Sharlah. Eu não sei o que aconteceu com esse plano, já que certamente ninguém entrou em contato conosco..."

"Eles teriam que passar pela assistente social encarregada do caso, Brenda Leavitt", Rainie falou em voz baixa. "Eu falei com ela mais cedo. Ela nunca mencionou tentativas de contato de Telly ou dos Duvall."

"Então pode ser que Frank nunca tenha passado pelos canais oficiais. Mas ele claramente estava conversando sobre a ideia, colocando Sharlah de volta no radar de Telly. E então, cinco dias atrás... Telly procurou a irmã? Coincidentemente se deparou com ela quando vocês atravessaram o estacionamento da biblioteca? Eu não sei. Mas ele tirou aquelas fotos com seu celular. Então ele esperou e seguiu Sharlah até a nossa casa."

Silêncio, nenhum dos dois falava. Rainie tinha me contado antes das fotos. Ainda me sinto chocada e um pouco violada. O mínimo que meu irmão podia ter feito era vir até mim do lado de fora da biblioteca e falar um *oi*. Ainda assim, se tivesse sido eu a notá-lo, será que teria essa coragem? Duvido. Mas talvez tivesse tirado uma foto. O que, creio eu, significa que, mesmo depois de todos esses anos, meu irmão mais velho e eu ainda somos bem parecidos. Só que eu, claro, não teria passado o dia matando inocentes a tiros.

"Sharlah? A nova variável é Sharlah?", a voz de Rainie está evidentemente alterada.

"Ela é uma nova variável na vida de Telly. Mas será que é A variável? Não sabemos ainda, Rainie. Ainda tem coisas demais sobre esse garoto que não sabemos."

"Ele não pode ficar com ela. Não interessa quantas armas ele tem, ou quantos quadriciclos ele rouba. Ela é nossa, Quincy. Maníaco homicida ou não, Telly não vai ter Sharlah de volta."

Considerando o tom de sua voz, eu acreditava nela.

"Obviamente", Quincy concorda, apoiando essa declaração. "Volto ao que disse antes: você e Sharlah deveriam viajar. Pegar um carro e ir para Seattle. Ou, melhor ainda, peguem um avião para Atlanta e visitem Kimberly. Eu não me importo. Mas considerando o interesse de Telly, eu não quero Sharlah nem na mesma cidade que ele. O garoto já atirou em seis pessoas e matou quatro. De jeito nenhum ele vai arrastar Sharlah para baixo com ele."

"Eu comecei a pesquisar as opções", Rainie não hesita. "Tem um voo noturno para Atlanta, onze da noite. Até lá?"

"Um de nós fica com ela o tempo todo", Quincy declara.

Ele está falando de escolta armada. Já notei o volume na base das costas de Rainie. Da calibre 22 que ela guardou embaixo do seu moletom levinho que está usando.

Eles vão me manter sob escolta armada, e então vão me tirar da cidade. Tudo para que meu irmão mais velho, o grande lobo mau, não chegue até mim.

Meu ombro dói. Dessa vez, rolo até ficar de costas e cedo ao impulso de esfregá-lo. Queria conseguir entender o turbilhão de emoções na minha cabeça. Gratidão por Rainie e Quincy, que certamente parecem estar dispostos a ir até o final. E, ainda assim, medo também. Porque me levar para longe não é o mesmo que impedir que Telly venha me procurar. E um assassino impulsivo como ele, que atira em balconistas inocentes e volta para atacar a equipe de rastreamento, não vai aparecer desarmado e pronto para conversar. Se o que une esses assassinos é o ódio que sentem por Deus e o mundo, notícias da minha ausência não vão exatamente acalmar Telly. Então talvez ele não tenha a chance de atirar em mim... Mas não significa que ele não possa me machucar.

Caixas de Cheerios. *Clifford, o Gigante Cão Vermelho. Vá dormir, Sharlah, eu cuidarei de tudo...*

O exato mesmo garoto, me encarando com o rosto vermelho, olhos esbugalhados, levantando o taco para o alto, alto, cada vez mais alto...

Telly, não!

As últimas palavras que disse ao meu irmão. Telly, não.

Pelo menos, eu acho que foi isso que disse.

E, subitamente, não havia mais tempo para pensar. Um novo som me alcança. Passos no corredor. Levanto correndo do chão e me preparo o melhor possível para o que precisa acontecer em seguida.

Luka está esparramado na minha cama. Quando Rainie entra no meu quarto, ele levanta a cabeça escura e boceja. Eu também bocejo, sentada do lado dele, acariciando suas costas. Rainie não se deixa enganar por nenhum de nós dois.

Ela entra no quarto e puxa a cadeira da minha escrivaninha, sentando-se com as costas retas, por causa da arma. Segue meu olhar e sorri levemente.

"Então...", ela diz. "Você ouviu metade da conversa ou toda ela?"

"A maior parte", admito.

"Você está bem, Sharlah?", ela me pergunta suavemente. Em resposta, dou de ombros. Eu não sei o que sinto.

"Você não precisa ter medo. Você sabe que Quincy e eu somos policiais treinados. Não vamos deixar nada acontecer com nossa filha."

"Por que estão me adotando?" A pergunta saiu antes que eu conseguisse parar para pensar. Não sei qual de nós duas está mais surpresa. Eu nunca fiz essa pergunta. Nem mesmo na tarde em que sentaram comigo e me disseram que queriam ser minha família permanente. *O que você acha disso?*, eles perguntaram. *Claro*, eu disse. Porque *claro* foi o mais próximo que consegui chegar de descrever todas as emoções misturadas dentro de mim. Porque *claro* é bem mais seguro que um monte de outras palavras, e uma garota como eu não consegue deixar de ser cautelosa. Daí todos os novos amigos que nunca fiz. E meus novos pais que nunca me ouviram dizer que os amo.

Caixas de Cheerios, eu penso novamente, e meus olhos estão ardendo só que não sei por quê.

Eu estou prestes a perder algo. Não sei o que é. Só consigo sentir. E sei que a dor dessa perda será profunda e duradoura. Vai *doer*.

"Nós te amamos, Sharlah", Rainie me diz. Ela se levanta da cadeira, vem até a cama e fica do meu lado. Quincy apareceu no vão da porta aberta. Ele hesita e eu sei que são suas próprias emoções que o fazem hesitar. As palavras que ele sente mais profundamente são as mais difíceis de dizer. Ele e eu compartilhamos isso, assim como Rainie e eu compartilhamos noites insones e o mesmo gosto por filmes de super-heróis.

Rainie, Quincy, Luka e eu. Somos uma família.

Eu me viro um pouco, encosto minha cabeça no ombro de Rainie. Esse é meu jeito de dar um abraço, penso, e sei pelo jeito como Rainie está parada que ela entende isso.

"Desculpe", me ouço dizer.

"Você não tem nenhum motivo para se desculpar", Quincy diz lá da porta, com a voz pesada. "As ações de Telly são responsabilidade só dele."

"Ele é meu irmão."

"Você sente falta dele?", Rainie pergunta, com suavidade, sua voz ecoando perto do topo da minha cabeça.

"Eu mal me lembro dele."

"Se tiver algum jeito de ajudá-lo", Quincy diz, "você sabe que farei isso."

"Ele matou pessoas. Muitas pessoas."

"Nem todos os assassinos são maus, Sharlah", Rainie responde, sua voz afagando minha cabeça. "Alguns estão doentes. Talvez Telly nem saiba o que está fazendo. Ele pode estar em um estado alterado, fora de si, por assim dizer."

Como na noite em que ele matou meus pais? Me machucou? Essa é a pergunta não declarada. E quantos episódios de "não ser você mesmo" você pode ter até as pessoas perceberem que esse é quem você realmente é?

Eu deveria me sentar e perguntar a Rainie sobre essa viagem repentina para Atlanta, o que devo levar e tal. Mas não faço isso. Fico exatamente onde estou, com a cabeça encostada no ombro de Rainie. E sinto o peso confortável de Luka, agora pressionado contra minha cintura, o peso constante do olhar de Quincy.

Família.

Algo que pode ser encontrado. Algo que pode ser criado. A assistente social encarregada do meu caso repetiu isso para mim durante anos. Mas eu jamais acreditei de verdade. Mesmo quando Rainie e Quincy se sentaram comigo pela primeira vez, permaneci cética. Talvez, pensei, uma vez que estivéssemos todos na frente de um juiz em novembro, e os papéis tivessem sido oficialmente assinados, eu sentiria algo se movendo dentro de mim. Um entendimento. Aceitação.

Mas eu entendo agora. Família. Minha família. Pessoas que me querem bem, mesmo com meus joelhos angulosos e o cabelo bagunçado. Pessoas que me aceitam, mesmo quando não consigo levantar a mão na sala de aula, falar na frente de desconhecidos, ou fazer as coisas que eu sei que devo fazer. Pessoas que me amam, o suficiente para ativamente planejar meios de me proteger, porque pertenço a eles e eles não vão abrir mão de mim sem lutar.

Família. Minha família.

Eu me sento. Limpo os olhos porque, não sei como, minhas bochechas estão todas úmidas.

"Eu vou com Rainie", disse em voz baixa.

"Preciso de uma hora", ela diz. "Vou falar com Kimberly para acertar os detalhes."

Ela olha por cima da minha cabeça para Quincy, e sinto a conexão entre eles. Os anos juntos que lhes permitem comunicar tudo que precisam dizer sem falar nem uma palavra.

"Leve um pouco de tudo", Rainie diz para mim.

Então ela se levanta. E me abraça. Dessa vez, eu retribuo o abraço. Fecho meus olhos e me pergunto se já abracei minha mãe de verdade assim. Por um instante, capturo um vislumbre de memória. Fumaça de cigarro. Perfume avassalador.

Posso me ver com minha mãe, meus braços em volta de seus joelhos. Eu a amei, acho. Pelo menos, gostaria de ter amado. Logo antes do meu pai esfaqueá-la. E... da loucura tomar conta de tudo.

Sinto um peso dentro de mim. Tristeza, culpa, vergonha. Todos esses anos depois, uma noite, uma memória, uma série de ações da qual nem eu nem Telly jamais poderemos escapar.

Meu irmão me odeia. Eu me lembro de ter dito isso para a assistente familiar ao meu lado na minha cama de hospital. *Meu irmão me odeia*, sussurrei, e embora não possa falar sobre isso com Rainie e Quincy, embora nunca tenha falado com *ninguém* sobre isso, eu sei por quê. É disso que tudo se trata? Oito anos mais tarde, meu irmão decidiu que eu deveria pagar por isso?

Rainie segue Quincy porta afora. Permaneço na minha cama com Luka, que já está me observando, com os olhinhos escuros cheios de preocupação.

"Eu te amo", digo a ele, porque com Luka as palavras sempre vêm mais fácil.

Ele descansa a cabeça no meu colo. Afago suas orelhas.

Água, eu penso. Precisaremos de muita e muita água. Bem como comida de cachorro, uma lanterna e suprimentos de emergência.

Rainie e Quincy têm seu plano. Agora eu tenho o meu.

CAPÍTULO 18

SHELLY E O SARGENTO de homicídios Roy Peterson se encontraram com Cal Noonan do lado da casa que Telly Ray Nash tinha usado em seu último ataque. Cal tinha desaparecido por quase uma hora depois que o helicóptero de assistência médica tinha partido com os membros de sua equipe.

"Eu volto", ele dissera, e Shelly não duvidou nem por um instante que Noonan quisesse verificar algo específico. Ele tinha aquele tipo de olhar no rosto: soturno, determinado. Agora ele estava explicando o que encontrou.

"O vizinho, Jack George, estava certo: Depois de dar uma olhada na propriedade de George, Nash foi para a casa ao lado, onde encontrou uma chave reserva escondida e se instalou confortavelmente. Parece que a proprietária, Aurora, está fora visitando a família. Ela deixou uma geladeira bem estocada, que Nash assaltou. A mesa da cozinha está coberta de restos de lasanha e sorvete derretido e uma garrafa de meio litro de refrigerante. O que significa que nosso suspeito se reabasteceu e se reidratou — embora refrigerante não tenha sido sua melhor escolha. Nessas condições, logo logo ele vai precisar de água novamente."

"Roubo?", Shelly perguntou.

"Além da cozinha, não sei dizer se algo mais foi mexido na casa. Embora nos tenham dito que Aurora viajou, Nash não tinha como saber disso, então ele provavelmente se limitou às prioridades. Pegou um pouco de comida, direto dos potes, e então voltou a fugir. Mas isso lhe custou algum tempo: fazer reconhecimento da casa para determinar que estava vazia, encontrar a chave, etc., etc. Depois de comer, Nash saiu da casa de Aurora e atravessou a rua, sem dúvida atraído pela propriedade, similar à de George.

"E é nesse ponto que as coisas ficam interessantes. Havia um quadriciclo no galpão, que sabemos que Nash acabou roubando e usando na sua escapada. Mas ele não foi direto nele. Em vez disso, também fez o reconhecimento dessa casa. Determinou que também estava vazia e então a invadiu por uma janela aberta.

"O garoto já se alimentou. Já gastou algum tempo nisso. Seria de se imaginar que ele está com pressa. Mas não, para um garoto de 17 anos que supostamente é movido por ira e impulsos, esse moleque é um estrategista. Casa A ofereceu sustento. Casa B ofereceu suprimentos. Essa casa pertence a um casal..."

"Joanne e Gabe Nelson", Roy completou. "Ambos no trabalho hoje."

"Parece que Nash reivindicou para si algumas roupas de Gabe. Trocou de camisa, pegou um boné de beisebol — tem uma caixa de chapéus puxada para fora do armário, e uma camiseta manchada de suor amarrotada no chão. Eu também achei latas abertas de graxa de sapato preta e marrom do lado da pia do banheiro. Então, ou Gabe Nelson tem o hábito de polir seus sapatos sociais no banheiro ou, e esse seria o meu chute, Nash pintou seu rosto. Talvez seja camuflagem básica para floresta, ou até manchas de "sujeira" aleatórias pra torná-lo menos reconhecível se ele voltar para a civilização."

Shelly encarou o rastreador e o sargento. Ela não gostava do que estava ouvindo.

"Isso quer dizer que o garoto está voltando para a cidade?"

"Significa que o garoto é um planejador. Não sou o especialista aqui, mas qual foi a última vez que um desses assassinos impulsivos tirou um tempinho para repor o estoque de suprimentos e traçar estratégias? Esses crimes não deviam ser um longo surto de revolta? Porque Nash claramente tem outros planos em mente, e está dando os passos para fazer a coisa do jeito certo."

Shelly não estava gostando nada disso.

"Depois de comer e se camuflar e, caramba, talvez até cochilar um pouco considerando o tempo que se passou, Nash finalmente se dirigiu à propriedade dos Nelson. Lá, encontrou o quadriciclo. Infelizmente, ele também notou nossa aproximação. O garoto poderia ter pegado o veículo e fugido. Mas entrou novamente na casa, assumiu posição na janela do segundo andar e abriu fogo."

Cal apertou os lábios, encarou sério o chão.

"Você sabe o que aconteceu depois disso."

Shelly fez que sim. Todos sabiam o que tinha acontecido depois disso. Ela se virou para Roy.

"Você disse que tínhamos uma testemunha? Um vizinho que viu Telly atravessando seu quintal?"

"Jack George. Ele também deu uns tiros de alerta na equipe de busca. Mas agora que está atualizado sobre o que Telly fez, o Sr. George diz que está disposto a ajudar."

"Tudo bem, vamos falar com ele."

Ela e Roy atravessaram a rua. Cal seguiu atrás deles. Shelly não gesticulou para o rastreador ir embora. Interrogar uma testemunha não era uma tarefa da equipe de busca e resgate, mas, depois de tudo que tinha acontecido, ela imaginava que agora Cal tinha um interesse pessoal na investigação. Ela não o culpava por querer saber tudo que pudesse sobre o suspeito deles.

O vizinho, Jack George, estava de pé do lado de fora, observando o show, enquanto a polícia vasculhava a mata por sinais das atividades de Telly Ray Nash. Shelly já tinha o apoio de outros departamentos antes, mas agora todo investigador do Estado estava chegando no seu condado, considerando os tiros dados em um policial e em um voluntário da equipe de busca e resgate. Ela definitivamente precisava de mais ajudantes, mas, por outro lado, a logística de supervisionar tantas pessoas, para não falar de múltiplas cenas de crime e múltiplas vítimas em um período tão curto de tempo, ameaçava sobrecarregá-la rapidamente. Ela já estava precisando lembrar a si mesma de respirar fundo e dar passos metódicos. Tudo isso podia ser feito e seria feito. Assim ela jurou.

George passou os dedos por baixo dos suspensórios vermelhos quando se aproximaram. Ele era um senhor, 60 e muitos ou 70 e poucos seria o chute dela, mas havia uma sensação de alerta em suas feições que Shelly apreciava em uma testemunha. Ela foi direto ao assunto e reproduziu a imagem de Telly Ray Nash atirando na câmera de segurança do EZ Gas.

"Jack George, xerife Shelly Atkins. Obrigada pela sua cooperação. Soube que alguém tentou invadir sua propriedade no início dessa manhã. É esse o garoto?"

George deu uma olhada na imagem e confirmou.

"Sim, senhora."

"Isso foi que horas mesmo?"

"Eu diria que cerca de oito e meia, nove da manhã."

"Ele estava sozinho?"

"Sim, senhora."

"Como você o descreveria?"

"Bem, acho que ele parecia igual à foto. Só que não estava com um moletom preto. Ele usava uma camisa de manga curta. Eu não vi a parte da frente. Talvez fosse azul-marinho? Mas ele estava usando uma mochila. Foi o que vi."

"Qual era o tamanho da mochila?", Shelly perguntou.

George indicou com a cabeça em direção a Cal.

"Aproximadamente do tamanho da mochila daquele cara."

"É uma mochila simples", Cal informou Shelly e Roy. "Capaz de conter suprimentos básicos e pistolas de mão. Não é grande o suficiente para um rifle."

Shelly voltou sua atenção para o vizinho.

"Você por acaso notou o intruso portando armas de fogo? Talvez ele estivesse carregando um rifle?"

"Eu não vi nada. Mas, como disse, eu praticamente só o vi de costas. Se soubesse que ele estava carregando um rifle, acho que teria pensado duas vezes antes de atirar nele." O homem fez uma pausa. "Ou talvez tivesse apontado uma mira mais certeira."

Shelly realmente desejava que ele tivesse feito isso.

"Você já tinha visto o garoto por essas bandas?"

"Claro, no EZ Gas. A Erin está mesmo morta?"

"Lamento, mas está sim. Ela e outro cliente foram mortos a tiros, acreditamos que por esse suspeito, no início da manhã. Agora, você está dizendo que já viu Telly Ray Nash no EZ Gas?"

"Sim, senhora. Nessa época do ano, com todos os turistas, dá trabalho demais dirigir até o centro. Então eu costumo ir mais no EZ Gas para comprar meu jornal matinal, leite e pão, essas coisas. Eu vi Erin hoje de manhã." Os lábios do velho tremiam. "Eu a provoquei falando que ela era bonita demais para ficar enfurnada naquele buraco. Falei que devia fugir comigo. Ela riu. Ela era esse tipo de garota, que é gentil com um velhinho. É disso que se trata? Esse garoto era algum ex-namorado desprezado ou algo do tipo?"

"Não sabemos. Com que frequência você o viu no EZ Gas?"

"Uma ou duas vezes antes."

"Ele estava conversando com Erin?"

"Não, a última vez foi de tarde. Ela não estava trabalhando."

"E quando foi isso?"

"Não tenho certeza." George coçou o cabelo grisalho com sinais de calvície. "Talvez duas semanas atrás?"

"Ele estava sozinho?", Roy perguntou.

"Não, tinha um amigo com ele. Outro jovem. De uns 20 e poucos anos. Eles entraram juntos. Estavam olhando os refrigerantes quando eu fui embora."

"Você consegue descrever o outro homem?", Shelly perguntou, já que essa era a primeira vez que ouviam alguém dizer que Telly tinha um amigo.

"Hã... Branco. Cabelo escuro curto. Eu não sei. Só um garoto. Vestia uma camiseta, bermuda, botas de caminhada. Eu lembro de pensar que seus pés deviam estar suando em botas como aquela. Talvez ele tivesse olhos castanhos? Eu realmente não estava prestando muita atenção."

"Eles conversaram um com o outro?", Cal perguntou, falando pela primeira vez. "Talvez um deles tenha chamado o outro pelo nome?"

"Hã..." George parecia estar fazendo esforço. "Eu não consigo me lembrar. Desculpe. Eu só precisava de um pouco de leite. Isso é tudo."

Roy estava fazendo anotações. Jack George voltou sua atenção para Cal.

"Seus amigos, eles vão ficar bem?"

"Duas pessoas foram atingidas, uma delas está em condição crítica", Cal disse brevemente.

"Lamento. Eu sei que dei meus tiros em você mais cedo, mas juro que estava mirando por cima da sua cabeça. Minhas sinceras desculpas. Se soubesse... Lamento, senhor. Lamento mesmo."

"Tudo bem", Cal respondeu. O rastreador estava encarando o chão. Ele ainda estava chateado. Shelly não o culpava. Tinha sido um dia difícil. Mas ela apreciava seu esforço renovado. Dava para ver que ele era um desses caras que se esforçam ainda mais depois de passar por contratempos. Apesar de todo seu "planejamento" nessa tarde, Telly Ray Nash tinha cometido um grave erro atirando na equipe de busca. Nenhum policial do Estado o perdoaria por isso. Muito menos um rastreador como Cal, que agora estava duplamente determinado a terminar o trabalho. Ela passou seu cartão para Jack George.

"Se você vir ou lembrar de algo mais, por favor ligue para a gente. E se Telly Ray Nash retornar, por favor entre em contato conosco imediatamente. Sei que o senhor também sabe manejar um rifle", ela disse, ponderando que seria melhor reconhecer isso, "mas, como pode ver, esse fugitivo está armado e é perigoso. Nós o queremos. Deixe-nos cuidar da parte difícil."

"Sim, senhora", George concordou. Ele pegou o cartão dela e então apertou sua mão. Sua pegada era firme. Mais uma vez, não se tratava de um velhinho frágil. Shelly se sentia bem em tê-lo do seu lado.

Roy anotou as informações de contato do homem. E então eles deixaram sua propriedade, caminhando mais uma vez pela rua até a casa dos Nelson, agora isolada com fita de cena de crime.

"Precisamos do nome do segundo jovem", ela murmurou, sem se dirigir a ninguém específico. "O cara que estava com Telly no EZ Gas."

"Um alerta sobre um homem branco com cabelo escuro e olhos escuros geraria resultados demais", Roy disse. "Poderíamos voltar ao EZ Gas. Ver se tem uma gravação de segurança de duas semanas atrás."

"Designe um agente. Talvez o delegado Mitchell. Ele conseguiu alguma pista no Walmart?"

"Ele entrevistou os caixas do turno da manhã", Roy reportou. "Nenhum deles se lembra de ninguém com a descrição de Telly na loja essa manhã. E entre sete e oito horas, o movimento na loja era bem baixo. Eles estavam confiantes de que saberiam se ele tivesse estado lá."

"E quanto às câmeras do centro? Alguma sorte na recriação da rota de Telly no início dessa manhã?"

"Uma câmera de caixa automático do centro tirou uma foto da caminhonete dos Duvall passando às sete e trinta, mais ou menos. A imagem não é boa o suficiente para ver o rosto do motorista ou se tem um passageiro, mas parece ter algo no fundo da caminhonete. Talvez um saco de pano preto."

"As armas de fogo?", Cal perguntou. Ele ainda estava de pé do lado deles. O rastreador parecia um pouco perdido. Agora que Telly fugia em um quadriciclo, o trabalho de Cal, basicamente, havia terminado. Ainda assim, o rastreador claramente não o considerava concluído.

"Pode ser", Roy disse. "Ainda não encontramos qualquer rastro das armas, e se Telly está usando apenas uma mochila simples..."

"Não tem como ele estar carregando três armas de cano longo", Cal completou. Ele olhou para Shelly. "Talvez ele tenha um esconderijo. Considerando as ações do garoto, nada nesses crimes é tão aleatório quanto parece à primeira vista, especialmente se Jack George está certo e Telly já esteve antes no EZ Gas. Talvez seus pais de acolhimento, a loja de conveniência, todos fossem alvos previamente escolhidos. De fato, a única coisa não planejada nesse dia foi seu veículo enguiçar. Isso complicou sua vida, forçou Nash a improvisar. Agora que ele tem outro veículo, o quadriciclo, ele está de volta aos trilhos."

"Talvez seja verdade", Shelly concordou. "Então qual é o plano dele? Quem é o amigo de Telly do EZ Gas e o que ele realmente está arquitetando?"

"Algo envolvendo a irmã?", Roy palpitou. "As fotos que encontramos no seu telefone devem significar algo."

"Rainie e Quincy insistem que Sharlah não teve qualquer contato com o irmão e nunca nem soube que as fotos foram tiradas. Se ela é parte da sua lista de tarefas, isso está vindo dele, não dela."

"Se incomodam se eu der uma sugestão?", Cal disse, hesitante.

"Claro." Shelly ergueu as mãos para o lado. "Fique à vontade."

"Não sou nenhum detetive, mas meu trabalho é pensar como o alvo, certo? Normalmente, eu faço isso procurando por sinais, pensando na estratégia de um fugitivo, na navegação da trilha. Nesse caso, porém, talvez se eu pudesse visitar a casa, dar uma olhada no quarto do garoto? Sou um bom observador. Talvez veja algo, perceba algo. Eu não sei..." O rastreador suspirou, balançou a cabeça. "Não quero invadir o espaço de ninguém, sei que vocês estão trabalhando duro. Mas aquela era minha equipe. O que aconteceu... Não posso simplesmente ir para casa e esperar o telefone tocar. Então se eu puder ser útil de alguma forma, eu realmente agradeceria a oportunidade."

Shelly estudou o homem. Um rastreador se voluntariar para retornar à casa do suspeito era atípico. Ainda assim, Cal estava certo. Ele era observador. E ela, de fato, entendia os seus motivos.

"Ainda não desenvolvemos um perfil completo da vítima", ela disse para Roy. "Nem tivemos tempo de vasculhar cuidadosamente o quarto de Telly. Com todos esses tiros, ele tem nos mantido em modo reativo. O que Cal sugere, dar um passo para trás, tentar entrar na cabeça do garoto..."

"Acho uma boa ideia", Roy lhe assegurou.

"E agora que sabemos que nosso atirador solitário foi visto com pelo menos um conhecido, temos algo mais específico para procurar", Shelly prosseguiu, pensando em voz alta. Ela se virou para Cal. "Tudo bem. Eu topo. Acho que também seria útil para mim dar uma segunda olhada."

"E nesse meio tempo?", Roy lhe perguntou.

"Atualize o alerta com as informações do quadriciclo. Veja se conseguimos que o Sr. Nelson identifique qual camisa e boné dele estão faltando. Então vamos deixar os helicópteros de busca fazerem seu trabalho. Cedo ou tarde, as varreduras aéreas, as patrulhas no chão, algum civil aleatório, alguém vai ver algo. Ninguém pode se esconder para sempre. Nem mesmo Telly Ray Nash."

CAPÍTULO 19

"O truque para cozinhar qualquer carne é selar a parte externa, prendendo todos os sucos dentro, e então assar no forno. Para cortes realmente baratos, você pode marinar a carne de um dia para o outro em molho de salada para ajudar a amaciar ou, é claro, espancá-la com um rolo de massa. Para assar, 350 graus é sempre uma boa temperatura. Não tem como errar com 350."

Sandra foi até a pia da cozinha. Eu a segui obedientemente. Frank estava viajando nesse final de semana. Algum compromisso da escola. Ele não era o tipo de marido que ficava dando explicações, e Sandra não era o tipo de mulher que ficava perguntando. Ele tinha avisado de manhã que estaria fora até domingo de noite, então Sandra tinha decidido que passaríamos o dia com lições de culinária. Mais habilidades práticas que eu precisaria para enfrentar o futuro que tinha pela frente.

Eu quase não passava tempo com minha mãe de acolhimento. Ainda não sabia ao certo o que achava dela. Sandra se movia com bastante propósito pela cozinha, mas não conseguia olhar nos meus olhos. Agora, conforme se aproximava da galinha embrulhada do lado da pia da cozinha, eu podia ver que suas mãos estavam tremendo.

Ela estava nervosa. Será que eu a deixava nervosa? Será que estava pensando que estava sozinha com um garoto que tinha assassinado os próprios pais?

Ela era pequena. Eu nunca tinha notado isso antes, mas ela mal passava de um metro e sessenta. Eu era muito mais alto que ela. E minhas mãos, comparadas às delas, eram enormes. Mãos capazes de manusear um taco de beisebol.

Sandra pegou um facão de cozinha.

"Algumas coisas que precisa saber sobre uma galinha", ela disse, sem me encarar. "É mais barato comprar uma peça inteira para assar. Dá muito mais trabalho, já que você precisa lidar com as entranhas. Mas a diferença

de preço é significativa. Frank e eu sobrevivemos à base de galinha com desconto e acém quase vencido por quase todo nosso primeiro ano de casamento. E arroz, é claro. Vou te mostrar como fazer uma guarnição, arroz e feijão. É barato, fácil, e você pode comer como uma refeição inteira quando a situação apertar."

Eu não disse nada. Observei enquanto ela pegou a faca e a usou para romper a embalagem de plástico da galinha. Suas mãos ainda estavam tremendo.

"Você precisa ter cuidado ao manusear a galinha crua. Ela contém bactérias nocivas, então você precisa cozinhá-la por inteiro. Por outro lado, você nunca deve colocar a galinha crua direto na pia da cozinha. Em vez disso, coloque a galinha em um escorredor, e aí coloque o escorredor na pia e então lave. Depois disso, pode lavar o escorredor com água sanitária para limpá-lo. Senão você corre o risco de contaminar sua pia. E aí, se você, por exemplo, colocar uma fruta na mesma pia, pode acabar com salmonela na sua fruta."

"Outra coisa, nunca use uma tábua de madeira para cortar galinha. Prefira uma de plástico, que você pode passar água sanitária depois. Ou então pôr na máquina de lavar louça, se tiver uma. Mas, sabe, 25 anos de casamento depois, eu não tenho nada disso."

Ela sorriu, como se estivesse se desculpando, ou envergonhada. Não dava para saber. Mas seu nervosismo estava me deixando nervoso também. Não sabia o que fazer com minhas mãos, para onde olhar. Não queria permanecer na cozinha. Sandra era pequena demais, delicada demais. Eu queria estar lá na floresta com Frank, atirando. Ele tinha me levado mais duas vezes. Eu estava começando a gostar do rifle. Parecia cada vez mais natural nas minhas mãos.

"Você deveria fazer essa parte", Sandra disse. Ela apontou a faca para mim. Eu a encarei.

"O quê?"

"Preparar a galinha. Você precisa enfiar a mão na cavidade central. Todas as entranhas estão dentro de um saco. Arranque ele para fora. Então a galinha vai para o escorredor, o escorredor vai para a pia. Lave, apalpe com uma toalha de papel até secar." Ela ainda estava apontando a faca para mim. Será que ela percebia que estava fazendo isso? Vira e mexe eu me perguntava sobre ela e Frank. Sandra parecia quieta em comparação a ele. Submissa. Frank tinha ideias. Frank sabia o que deveríamos comer no jantar, o que deveríamos fazer no final de semana. Sandra parecia simplesmente

se deixar levar pela maré. Cozinhar a refeição favorita do marido, observar com orgulho o alvo de tiros enquanto Frank repetia a história do nosso dia pela centésima vez.

Eu me perguntava se Sandra sequer tinha desejado um filho acolhido. Talvez essa tivesse sido outra das grandes ideias de Frank. E Sandra estava deixando se levar pela maré, compartilhando sua casa com um adolescente problemático de 17 anos conhecido pelo seu temperamento explosivo.

Talvez ela estivesse certa em ficar nervosa. E, considerando que todos esses meses depois eu ainda não a conhecia nem um pouco, talvez eu tivesse o direito de ficar nervoso também.

"Frank disse que você gosta de bibliotecas."

Eu a encarei. A faca tremendo em sua mão.

"O quê?"

"Ele disse que você se interessa por bibliotecas. Que talvez gostaria de ser um bibliotecário?"

"Não pensei nisso", respondi. Finalmente estiquei um braço, peguei a faca. Ela recuou um pouco quando meus dedos encostaram nos dela, e então recuperou-se rapidamente.

"Gosto de bibliotecas", ela disse, movendo-se para o lado.

Eu me aproximei da galinha. Estudei a pequena cavidade. Enfiei cuidadosamente a mão esquerda lá dentro. O interior tinha uma sensação viscosa. Eu sabia que estava fazendo uma careta. Não consegui evitar. E, realmente, meus dedos alcançaram um pacote embrulhado. Eu o puxei para fora, segurando-o de modo hesitante.

"Eca..."

Sandra sorriu novamente. Com sinceridade dessa vez. Ela tinha um sorriso bonito; ele iluminava seu rosto.

"Você pode usar isso para fazer caldo de galinha, se quiser."

Eu olhei sério para ela.

"Talvez em uma outra oportunidade", ela concordou. Ela abriu a tampa do lixo da cozinha. Eu escorri as entranhas, miúdos, o que quer que fossem, lá dentro.

"Seu filho gosta da faculdade?"

"Henry? Ele adora. Está estudando engenharia da computação na Universidade de Ohio. Eles têm um excelente currículo."

Quando falava do filho, o rosto de Sandra se iluminava ainda mais. Na maior parte do tempo, minha mãe de acolhimento era uma mulher sem atrativos, não era o tipo que você olharia duas vezes. Mas feliz, falando sobre seu filho, dava para ver o que Frank tinha notado anos atrás.

"Ele é um bom aluno", eu disse, uma declaração, não uma pergunta.

"Com certeza. Herdou isso do pai. Deus sabe que suas aulas estão além da minha compreensão. Tá, antes de selar a galinha, nós vamos — você vai — esfregar ervas nela. Você pode comprar misturas diferentes no mercado. A favorita do Frank é de ervas com pimenta, então é essa que eu uso."

Ela levantou a garrafa plástica de molho de tempero. Entendi o recado, lavei as minhas mãos na pia. Sandra despejou a mistura de temperos na galinha. Fazendo outra careta, comecei a esfregar. Eu não gostava da sensação da galinha crua, a pele gosmenta, as manchas aqui e acolá de sangue fresco.

Eu não me dava bem com coisas mortas. A menos, acho, que eu esteja fora de mim de tanta raiva. Talvez no fundo eu fosse o Incrível Hulk, todo comportado até que algo me provocasse, e então...

Eu me lembro do grito da minha irmãzinha. Sempre me lembraria da Sharlah gritando.

"Hã, a galinha já está pronta agora", Sandra disse.

Olhei para baixo. Eu tinha esfregado a galinha com tanta força que parte da pele fora arrancada.

"Agora, a parte de selar", Sandra disse. "Eu prefiro uma fritadeira de ferro fundido. Talvez possamos achar uma para você em alguma liquidação de garagem. Você precisa usar uma velha, com anos, se não décadas, de temperos. Nunca lave uma fritadeira de ferro fundido. Deixar que ela absorva os óleos é o objetivo todo da coisa. Em vez de lavar, quando terminar de cozinhar, você deve remover quaisquer restos com uma espátula de plástico e, então, passar uma paninho úmido.

"Ah, e você quer que a fritadeira já esteja quente. Esse é o truque para selar. Adicione duas colheres de sopa de azeite de oliva e então acenda o fogão em médio-alto. Você pode testar a temperatura pingando algumas gotas de água na panela. Se as gotas ferverem, então está no ponto.

"Por que você está fazendo isso?"

Sandra parou, mão molhada suspensa sobre a fritadeira. Água escorria. Ela ferveu.

"Fazendo o quê?"

"Isso. Me ensinando a cozinhar. Me oferecendo uma casa. Tudo isso. Você já tem um filho perfeito que mandou para a faculdade. E aí o quê? Tá pegando os rejeitados do mundo agora?"

Sandra não respondeu imediatamente. Ela pegou a galinha com as ervas esfregadas da tábua de plástico e colocou-a na fritadeira, produzindo estalos e assovios no mesmo instante.

"Sempre selo com o peito para baixo", ela murmurou. "A mesma coisa assando. Permite que os sucos escorram para a carne do peito, deixando-a molhadinha. Então, para a última metade, você vira a galinha ao contrário, para terminar de tostar o topo. Aqui, você vira ela."

Ela se moveu para o lado, me passando um par de pinças metálicas. Na fritadeira, a galinha chiava. Óleo quente espirrava na minha mão. Não hesitei.

Eu me sentia impassível, desconectado. Tinha feito uma pergunta e, em sua não resposta, encontrei exatamente o que esperava. Sandra não me queria. Ela estava fazendo isso para agradar ao Frank. Eu era como uma de suas refeições favoritas, oferecida para obter aprovação.

"Eu sei como é estar sozinha", ela disse, de repente.

Virei a galinha, olhei de relance para ela com o canto do olho.

"Meu pai... Ele não era uma boa pessoa. E não estou falando de algo do tipo 'meu pai não me amava'. Estou falando profissionalmente. Ele trabalhava para pessoas ruins, fazendo coisas ruins. E gostava disso. Tanto que subiu na hierarquia. Comprou uma casa maior, carros mais caros e, por conta disso, precisou fazer coisas cada vez piores para manter o dinheiro entrando. Um cara como esse, mergulhado na violência... não chegava em casa e simplesmente desligava esse lado de si. Talvez eu entenda melhor do que você pensa o que você passou quando criança, Telly. Podemos ser mais parecidos do que imagina."

Eu não disse nada. Sandra estava certa; nunca tinha pensado que uma mulher como ela poderia entender alguma coisa sobre minha vida. Pelo visto, o dia guardava surpresas para nós dois.

"Fugi de casa quando tinha 16 anos", ela continuou. Sandra olhou para mim. "E não tinha certeza absoluta, mas também não estava completamente errada. Por um tempo... minha vida saiu dos trilhos. Se tinha uma decisão ruim a ser tomada, eu a escolhia. Se havia uma situação ruim, eu a encontrava. Mas então conheci Frank. Ele... ele me amou. Ele me aceitou. Mesmo as poucas histórias que contei do meu pai — não muita coisa, claro, mas alguns detalhes — ele aceitou isso também. Pela primeira vez, me vi pelos olhos de um homem bom. E encontrei esperança."

A galinha estava começando a escurecer. Eu não era nenhum especialista, mas entendi isso como uma dica para desligar a boca do fogão. Sandra foi para perto da assadeira, colocou-a no balcão ao lado do fogão. Separei a galinha com o peito para baixo, conforme ela havia me instruído. O forno já estava aquecido. Ela abriu a porta. Coloquei a fôrma dentro dele.

"Meu pai é uma pessoa ruim", ela disse sem rodeios. "Eu não falo com ele. Desde o dia em que saí de casa, cortei todos os laços e nunca olhei para trás."

"Ele deixou você ir?", perguntei, porque não me parecia que um cara assim tão mau aceitaria que a filha simplesmente fosse embora.

"Digamos que tomei as medidas certas para incentivá-lo."

"Tá bom", digo por fim, já que ela claramente não vai desenvolver o assunto.

"O que eu quero dizer é", ela diz após outro momento, "ele é a exceção, não a regra. Você pode fazer coisas ruins e ainda ser uma boa pessoa". Sandra secou a mão em um pano de prato e o passou para mim.

"Eu matei meus pais. Vandalizei a escola. Tenho uma ficha criminal. Acho que a lista de coisas ruins é maior do que a de uma boa pessoa."

"Mas você não está feliz com isso. Sente remorso. Está se esforçando mais."

Eu não sabia o que dizer. Realmente me sentia mal. Estava tentando fazer algumas coisas que minha agente de condicional recomendara. Só que ainda me envolvia em brigas. Perdia o controle.

"Se existe o bem dentro de mim, por que sinto como se o mal estivesse sempre vencendo?"

"Talvez você precise de alguém para acreditar em você."

"Você e Frank vão me salvar?"

Os olhos castanhos de Sandra estavam bem sérios.

"Não nos importamos em ajudar, mas você precisa salvar a si mesmo. É assim que a vida real funciona, Telly."

"Vocês vão me colocar para fora?" Eu tinha que perguntar, isso estava me consumindo há meses. "Vou completar 18 anos e é isso? Mais nenhuma lição? Simplesmente jogar o passarinho para fora do ninho e torcer para ele voar?"

"Está com medo?"

"Não!"

"Não tem nada de errado nisso. O futuro pode ser assustador. Ficar sozinho é assustador."

"Não me importo em ser sozinho. Ficar sozinho é bom. Ficar sozinho é seguro. Para todo mundo."

"Frank encontrou sua irmã."

"O quê?"

"Ele pesquisou sobre ela, localizou os pais que a acolheram. Você não está sozinho, Telly. Você tem uma família. Tem a mim, Frank e sua irmã."

"Ela sabe disso? Ele falou com Sharlah sobre mim?" Minha voz saiu ríspida. Eu não queria que saísse assim e queria ao mesmo tempo. Sandra deu um passo para trás.

"Ele não faria isso", ela disse com calma. "Você que tem que fazer o primeiro contato."

"Eu não tenho um futuro."

"Claro que tem. Todo mundo tem."

"Não eu! 'Gosta de bibliotecas'. Que droga é essa? Algum texto ruim para um site de namoro? Estou indo mal no ensino médio, o que significa que nunca vou entrar na faculdade. Nada de me formar como engenheiro. Absolutamente nada. Vou fazer 18 anos e... Entrar no time dos perdedores. Talvez eu possa ser um bêbado como a minha mãe ou um viciado como meu pai."

"Você não usa drogas, Telly. Nós lemos sua ficha. Você não mexe com essas coisas, provavelmente porque viu o que elas fizeram com seus pais."

"Você não sabe nada sobre mim."

"Sei o suficiente."

"Você não..."

Ela saiu. Deu meia volta e saiu pisando firme da cozinha. Fiquei olhando para ela, punhos ainda cerrados ao meu lado, ainda mais confuso. E com raiva. Tanta, tanta raiva. Raiva de tudo e de todos.

Porque eu tinha falhado e estragado tudo e, todos esses anos depois, ainda ouvia o grito da minha irmãzinha e, não importa o que Frank e Sandra dissessem, eu não sabia para onde iria quando saísse dali. Não conseguia ver esse futuro do qual todo mundo tinha tanta certeza. Só via o passado. Abrir latas de comida enlatada para jantar. Rezar para que minha mãe não ficasse muito perturbada e meu pai muito violento. Torcer para que pelo menos a Sharlah ficasse bem. Até a noite em que eu mesmo a machuquei.

Para certas coisas não existe cereal suficiente no mundo capaz de corrigi-las. Pode perguntar ao Bruce Banner, que vira o Hulk quando perde as estribeiras.

Sandra voltou. Segurando um bastão de beisebol. Arregalei os olhos. Ela o jogou para mim.

"Vamos lá. Você é uma pessoa ruim? É isso que você acha? Então vai fundo. Olhe no fundo dos meus olhos e bata com tudo. Frank não está aqui. Ele não pode me proteger. Somos só você e eu. Faça."

"O quê?"

"Tenho algumas joias. Não muitas. Minha aliança de casamento, é claro, um cordão que ganhei do Frank quando comemoramos nosso décimo aniversário. Ah, e tem algum dinheiro no congelador. Procure o pacote de papelão embaixo das ervilhas congeladas. Após me espancar até a morte, você pode se beneficiar das minhas joias, do dinheiro e das armas, é claro. Armas valem um bom dinheiro. Frank já te contou a combinação do cofre das armas? Porque eu vou."

Ela falou rapidamente os números. Fiquei lá segurando o bastão de beisebol, olhando para ela.

"Muito bem. O que está esperando? Hora de se mexer." Eu não me mexi. "Não está mais com raiva? É isso? Você precisa estar furioso? Porque eu posso ajudar a te irritar. Você tem um monte de motivos para sentir raiva. Um pai que não te amava. Uma mãe que não te protegeu. Ter que ser o homem da casa quando tinha apenas, o quê? Cinco anos de idade? Tinha que se arrumar sozinho todas as manhãs, se vestir e se alimentar. E tinha a sua irmã. Ela também deve ter te deixado puto. Todo aquele choro, os gritos e os lamentos. Ela não sabia que você estava fazendo o melhor que podia? Não percebeu que a vida dela era vinte vezes melhor do que a sua? No fim das contas, ninguém tomou conta de você. Ninguém te levou para a biblioteca, te deu café da manhã, lavou suas roupas favoritas."

"Eu amava ela."

"Ela era uma criança reclamona. Ignorava totalmente o quanto era difícil para você lidar com aquilo, como as coisas eram realmente ruins. Aquele fardo era só seu. Cinco, seis, sete anos e já totalmente sozinho no mundo."

"Ela sorria para mim. Mesmo quando era bebê. Ela olhava para mim e sorria."

"Você estava sozinho! Responsável por tudo. E assustado. O tempo inteiro. O que seu pai faria em seguida? O quanto isso machucaria?"

Eu não conseguia falar, não conseguia dizer nada.

"O mundo não é seu amigo. Ele não te dá nada e tira tudo. Até a sua irmã. Depois de tudo que fez por ela, onde ela está agora?"

"Eu quebrei o braço dela."

"Você salvou a vida dela! E ela nem te visitou no hospital. Não chegou nem a ligar, agradecer, dizer: 'E aí, irmãozão, como estão as coisas?'. Que tipo de irmã trata o irmão assim? Ela é a única família que você tem e é assim que ela te trata."

Minhas mãos tremiam segurando o bastão. De repente, fiquei com muita raiva. Furioso. Porque eu sentia, sim, falta da minha irmã. Tinha feito o meu melhor. E então, foi como se eu nunca tivesse existido. Ela foi embora, de uma hora para a outra. Todos esses anos depois, nem chegou a olhar para trás.

Eu a amava. E isso não havia sido o bastante.

"Faça", Sandra sussurrou. Seus olhos brilhavam, quase febris. Eu quase não a reconhecia agora. "Eu sou sua irmã. Sou sua mãe. Sou cada pessoa que te deixou mal. Agora erga o bastão e acabe com isso!"

Mas não fiz isso. Não podia. Simplesmente fiquei lá parado. Olhando para a minha mãe de acolhimento. Absorvendo suas palavras. Um minuto se passou. Depois outro.

A cozinha estava tão quieta. Assustadoramente quieta. E então...

Sandra sorriu. Seus ombros relaxaram e, com muita gentileza, ela esticou o braço e pegou o bastão das minhas mãos trêmulas.

"Sabia que você não faria isso", ela disse com carinho. "Conheço a maldade, e você não é uma pessoa má, Telly. Eu sei, mesmo que você não saiba, que você nunca me machucaria nem machucaria Frank. Só espero que uma hora você também entenda isso. Antes que nosso tempo se esgote."

CAPÍTULO 20

NÃO CONSIGO PENSAR. Não consigo esperar. Apenas me mantenho em movimento. Quincy e Rainie estão conversando intensamente outra vez, agora no escritório. Consigo ouvir suas vozes cochichando enquanto espiam alguma coisa no computador.

"Vou levar o Luka para fazer xixi lá fora", falo sem me virar para eles. "Eu sei, eu sei, não saio do jardim da frente."

E eu não saio. Deixo Luka fazer suas necessidades enquanto passo pela porta lateral que dá na garagem, pego minha bicicleta e a estaciono fora do campo de visão. Toda a ação leva menos de dois minutos, Luka ao meu lado o tempo inteiro, um ganido baixo em sua garganta.

Trago-o de volta para a casa, tentando ignorar o fato de que meu coração está disparado no peito e minha camiseta está colada no corpo, e sinto muito frio e muito calor ao mesmo tempo. Como se eu fosse vomitar ou talvez sair de dentro da minha própria pele.

Não posso cruzar com Rainie e Quincy quando voltar para casa. Basta olhar para mim e eles saberão. Paro no portão da frente. Então passo os braços em volta do meu cachorro. Nunca apertei nada com tanta firmeza quanto o aperto agora. Não choro, pois minha garganta está muito apertada e existem algumas emoções que... Chorar seria muito simples e não passaria nem perto de demonstrar para Luka como realmente me sinto. Então me recomponho.

Sou uma profissional, lembro a mim mesma. Já perdi o suficiente. Deixei o suficiente para trás. Se alguém pode fazer isso, esse alguém sou eu.

De pé, espio em volta. Tento sentir olhos voltados para mim, alguma sensação de presença do meu irmão. Se isso fosse um filme, eu poderia usar a *força* ou algo parecido. Mas não sinto nada. O ar está simplesmente quente demais, parado demais. Luka nem mesmo olha para os bosques.

Entendo isso como uma dica e levo meu cachorro de volta para a tranquilidade abençoada da casa.

Na cozinha, me sirvo um copo de limonada, fazendo bastante barulho. Nada para se preocupar aqui. A essa altura, conheço muito bem Quincy e Rainie. Podem estar com a cara enfiada em um livro, perdidos em pensamentos na frente da TV, presos um nos olhos do outro, e se eu sequer pensar em alguma coisa maligna, ambos saberão na mesma hora.

Criadores de perfis criminais. Não é de se espantar que o estado tenha me enviado para cá.

Então, nada de pensamentos ruins. Em vez disso, água para Luka. Numa vasilha gigante. Com cubos de gelo. Sua favorita.

Hidratação é muito importante nessas temperaturas. Bebo minha limonada, enchendo meus bolsos com barrinhas de cereais aqui, amêndoas ali. Ainda bem que ninguém fica com tanta fome assim nesse calor, porque esse é o máximo que consigo carregar. Bebo um copo inteiro de água depois da limonada, me sentindo entupida e ensopada de tanto líquido, mas sei que serei grata mais tarde. Então encontro uma maçã para mim, um osso de mastigar para Luka, e vou para o meu quarto. Apenas uma garota pegando lanches para ela e seu cão.

Rainie e Quincy ainda estão no computador. Por um segundo, passando por eles, penso ter visto a foto de um homem de uniforme camuflado, no solo, com a roupa manchada de sangue. Então Rainie se move ligeiramente, bloqueando a visão do monitor.

"Se vocês não falarem alto", grito por sobre o ombro, "como é que eu vou escutar a conversa escondida no meu quarto?"

Eles não respondem, mas posso praticamente sentir os dois revirando os olhos em sincronia atrás de mim.

No meu quarto, conecto meu iPod no sistema de som, escolhendo aleatoriamente uma lista de músicas, então subo o volume no máximo. Sou conhecida por desaparecer no meu quarto, especialmente quando não quero conversar sobre algum assunto. Eles vão me deixar um pouco sossegada, já que têm seu próprio assunto "de adultos" para deliberar. Cenas de crimes. Planos de viagem.

Mas Rainie vai bater na minha porta mais cedo do que tarde. Ela não gosta quando eu me enfio aqui em cima por muito tempo. Além disso, ainda tem o nosso voo noturno, o Projeto Mantenha a Filha Acolhida em Segurança.

Não consigo esperar. Não consigo pensar. Preciso ficar em movimento.

Lanches na mochila. Tenho duas garrafas extras de água na minha bolsa de nadar. Nem perto do suficiente, considerando a temperatura, mas provavelmente é o máximo que consigo carregar. Me enfio embaixo da minha mesa. Em um envelope colado na parte de baixo da gaveta de lápis, tenho minha própria reserva de dinheiro escondido. Porque filhos adotivos fazem coisas assim. Tesouro oculto. Surrupiar coisas. Não conseguimos nos controlar. O que faz eu me perguntar que tipo de coisas meu irmão pode ter guardado, até os dias antes de ele fazer o que fez.

Ele tirou uma foto de mim. Me identificou. Me seguiu. Nunca disse uma palavra.

Apenas esperou cinco dias, depois explodiu sua raiva sobre o mundo.

Cheguei a conhecer esse garoto de verdade? Oito anos depois, será que ele olhou para mim e viu caixas de cereal e passeios à biblioteca? Ou ele simplesmente se lembrou da última noite? Nosso pai nos perseguindo, o rosto vermelho e os olhos esbugalhados, faca ensanguentada pingando.

Eu passando a Telly o bastão de beisebol. Nós dois olhando fixamente para nossa mãe, enquanto ela gemia no chão, voltando à consciência. E eu ousei, por um breve momento, considerar o pensamento que mais me assusta: isso é tudo minha culpa.

Se meu irmão é um monstro, então fui eu que o coloquei nesse caminho.

Dinheiro. Duzentos e quarenta e dois dólares. Divido em algumas pilhas. Parte vai para a mochila. Parte para os bolsos do short. Parte na minha meia esquerda. Nunca se sabe.

Depois, simples assim, havia chegado a hora. Tão pronta quanto dava para ficar para o plano mais estúpido da história da humanidade. Luka estava me observando. Ele sempre estava me observando. Meu cachorro.

Ele virá comigo porque não tem a menor chance de deixá-lo para trás sem chamar atenção demais. O que faz dele o melhor, mais leal e mais valente cão do mundo inteiro. E eu...

Minha garganta está muito seca novamente. Não o abraço. Não posso. Não vou aguentar. Eu o amo. Amo mais do que já amei qualquer coisa, qualquer um. Mas nesse exato momento, minha família inteira está em risco. A lógica diz que é melhor reduzir esse número. E se Luka e eu escaparmos, então pelo menos Rainie e Quincy não serão mais alvos. Só dois na mira.

Tenho certeza de que Luka e eu encontraremos Telly. Não sei por que acho que isso seja tão importante, mas eu acho. Telly não é somente o irmão mais velho que um dia salvou minha vida, que um dia quebrou meu braço. Ele é a pessoa que está me procurando.

E por mais que eu entenda por que meus pais, os criadores de perfis criminais, querem me tirar da cidade, a verdade é que isso não funciona para mim. Porque depois disso, o que faremos? Telly finalmente será abatido e eu vou poder voltar para casa? Depois de quantas pessoas serem mortas? Depois de quantas perguntas sem respostas se acumularem na minha cabeça? Não posso fazer isso.

Preciso vê-lo. Preciso saber. Meu irmão se tornou meu pai? Eu serei a próxima?

Uma última reunião de família.

Vou perder algo. Ainda não sei o quê. Só sei que vai machucar.

* * *

A janela do meu quarto dá para a frente da propriedade. Graças às preocupações de Quincy com a segurança, não existe um único arbusto ornamental ao longo da frente da nossa casa. Eles não são apenas plantas bonitas, sabe, mas também esconderijos em potencial para um intruso mal intencionado. Então a paisagem no nosso perímetro consiste em samambaias rasteiras e flores silvestres. À noite, o sistema de alarme é ativado se alguma janela for erguida ou alguma porta for aberta. Isso sem falar das luzes sensíveis a movimento que brilham para capturar qualquer sequestrador que tente invadir a casa, ou talvez algum adolescente estúpido tentando bisbilhotar.

Mas, às três da tarde de uma tarde quente de agosto, as luzes de segurança fazem pouca diferença quando eu cuidadosamente levanto o vidro da janela.

"*Rustig*", digo para Luka, a palavra holandesa para quieto.

Ele já está alerta, orelhas para frente, rabo para trás. Cão policial aposentado de volta ao trabalho.

Tenho que afastar minha luminária de cabeceira para abrir espaço para nos esgueirarmos pela janela. Essa é a parte difícil, e sinto que estou tremendo outra vez, meu rosto literalmente pingando de suor. A qualquer momento, Rainie e Quincy poderiam terminar a conversa ou decidir que tinham de me perguntar algo sobre o destino de nossa viagem. Ou podiam ficar de saco cheio do "barulho infernal" que eu chamo de música (palavras do Quincy, não minhas).

Não vou conseguir fazer isso sem ser descoberta. Vai ser passar metade do corpo pela janela e eles vão me pegar. Ou quando estiver subindo na bicicleta. Ou então quinze minutos depois disso, porque como uma garota de 13 anos de idade e seu cão podem escapar de verdade de dois policiais treinados? Isso é estupidez. Eu sou estúpida.

A luminária está no chão. Primeiro pego Luka, tentando encorajá-lo. Suas unhas arranham a mesa de cabeceira ao lado da cama para se apoiar. Não podemos de jeito nenhum deixar toneladas de evidências para trás, não importa o que seja. Luka pula pela janela sozinho.

Em seguida, jogo a mochila, esmagando uma samambaia. Sim, muitos sinais de nossa fuga. É minha vez de escalar. Não sou graciosa como Luka. Sou apenas eu. Toda cotovelos pontudos e joelhos angulosos, e meus olhos estão lacrimejando tanto que mal consigo enxergar.

Então, eu desço. Do lado de fora, não consigo alcançar a lamparina para recolocá-la na mesa de cabeceira. Isso importa? Quincy e Rainie realmente vão precisar de mais do que dois segundos para perceber que sua filha impulsiva sumiu? Quincy vai estreitar os lábios. Rainie...

Não consigo nem imaginar qual será sua reação. Tenho que me concentrar apenas em me mandar dali.

Mochila nas costas. Caminhando devagar, Luka nos meus calcanhares. Chego ao lado da garagem e monto na minha bicicleta. O bosque atrás da casa está cheio de trilhas bem utilizadas pelos cervos. Luka e eu seguimos por elas o tempo todo. Mesmo que eu esteja de bicicleta, Luka nunca tem problema em me acompanhar.

Agora viro para a esquerda, uma linha reta de distância da casa, já que seguir pela pista de cascalho seria me expor demais. Em vez disso, vou cortar por dentro do bosque, saindo um pouco mais longe. À esquerda da estrada, costeando a rua principal, e então... Rua aberta, bosque, não importa. No momento em que descobrirem que fugi, Rainie e Quincy vão começar a me caçar. Depois disso, será somente uma questão de tempo até me encontrarem. Tenho uma hora, na melhor das hipóteses. Trinta minutos, na pior.

Para perseguir um irmão homicida de quem mal me lembro.

"*Rennen*", digo a Luka.

Nós aceleramos.

Quando deixamos o bosque para trás, viro à esquerda na pequena rua lateral e começo a descer. De acordo com meus pais, da última vez que foi visto Telly estava 24 quilômetros ao norte. Agora, considerando que ele roubou um quadriciclo, imagino que possa estar em qualquer lugar menos ali. O que me deixa com o quê?

Eu poderia dar uma olhada na casa dos seus pais de acolhimento, mas ele matou aquelas pessoas, o que significa que dificilmente voltaria para lá. Quem sabe a casa dos nossos pais? Não faço ideia de onde eles moravam. Eu era apenas uma criança. Me lembro um pouco do interior, da aparência da cozinha e do meu quarto. Mas um endereço de verdade? Nenhuma ideia. Além disso, por que Telly iria para lá? Não creio que nossos pais ainda estariam por lá, porque, ah é, meu irmão os matou também.

O que estou fazendo?

Não estava mentindo para Rainie. Não tive nenhum contato com o meu irmão. Não sei o número de telefone dele, nenhum 0800-Irmão-Mais-Velho para ligar e dizer "oi, precisamos conversar". Além disso, já desliguei o meu celular. Caso contrário, seria a primeira coisa que meus pais usariam para me rastrear.

Respiro fundo, pedalando com tranquilidade para que Luka possa me acompanhar, e tento pensar como meus pais criadores de perfis criminais por um momento. Não tenho muito tempo, mas quando eles estão trabalhando em seus casos também é assim. Preciso ser mais rápida. Tenho que encontrar o fugitivo. Eles conversam bastante sobre essas coisas no jantar. Então o que eles fariam primeiro?

Visitar endereços conhecidos. Quincy e Rainie começariam procurando em lugares conhecidos do fugitivo. Só que eu já repassei essa lista e ela não me ajuda. Próximo passo: identificar amigos e familiares. Boa pergunta. Não conheço nenhum amigo do Telly e, tirando a mim, ele matou a maior parte da sua família.

Chego ao cruzamento em T onde a rua lateral cruza a rua mais larga que leva para a cidade. Luka para do meu lado, língua para fora. Paro um momento para ver como ele está. Por enquanto, meu cachorro parece feliz com sua sessão inesperada de exercício. Logo terei que fazer uma pausa para nós dois bebermos água, mas por enquanto...

Na falta de um grande plano, seguimos em direção à cidade. Apenas uma garota e seu cachorro, andando de bicicleta sob o calor miserável de agosto. Tento me lembrar dos detalhes da minha infância, algo que possa me ajudar a encontrar meu irmão. Na minha cabeça, sempre foi somente Telly e eu. Telly que me dava café da manhã e me vestia, e me levava a pé até o ponto de ônibus para ir à escola. Ele que me levava para a biblioteca depois.

Eu segurava a mão dele. Me lembro disso. Minha mão segurando firme a mão do meu irmão mais velho. E, por um momento, eu vacilo, minha bicicleta de dez marchas balançando desajeitadamente. Por que eu nunca liguei para ele ou fui vê-lo depois disso? Por que ele me machucou? Esmagou meu braço? Eu estava assustada. Gritei. Chorei. E depois?

A moça dos serviços sociais estava no meu quarto no hospital. Eu estava muito brava. *Telly me odeia*, disse a ela. Tinha certeza disso na época, a dor ainda pulsando no meu ombro, era como eu me sentia. E... E.

E esse é o X da questão, é claro. O assunto no qual nunca tocamos. Meu irmão provavelmente me odeia. E eu não o culparia nem um pouco. E foi por isso que, quando cheguei na primeira família de acolhimento, Telly não estava lá...

Aceitei isso como minha punição. Meu irmão tinha cortado relações comigo. Nunca me ocorreu que ele pudesse ver isso do jeito contrário, como se eu o tivesse rejeitado.

Meus olhos estão marejados. Mesmo com o rosto coberto de suor, reconheço o gosto salgado das lágrimas. Aperto os lábios e continuo pedalando.

Local de trabalho. Fugitivos às vezes voltam ao local onde trabalham, geralmente para roubar recursos que sabem existir no lugar. Mas se Telly tinha um emprego, ninguém me contou. Restam então os lugares favoritos. Tipo algum bar na vizinhança ou algum parque. Luka e eu temos uma árvore favorita no bosque atrás da minha casa. A árvore é grossa e antiga, o tronco coberto com tantos tipos de musgo que mais parece um tapete vivo. Às vezes, nós nos sentamos em sua base por horas, apenas descobrindo novos padrões no musgo, enquanto respiramos o ar úmido e com cheiro de terra. Depois disso sempre me sinto melhor.

Conheço um lugar favorito de Telly. Ele sempre amou bibliotecas. Ele e eu íamos juntos depois da escola. Uma bibliotecária. Me lembro vagamente dela. Menos os detalhes do seu rosto e mais o sabor ácido do suco de maçã na minha língua.

A biblioteca Bakersville fica a apenas oito quilômetros daqui. É uma corrida razoável de bicicleta para Luka e eu. Também é o lugar onde Telly me viu e tirou aquelas fotos semana passada, o que significa que ele já esteve lá antes e sabe que eu frequento a região. Sendo assim, não é um ponto de encontro ruim para dois irmãos que há muito não se falam.

Tirando o detalhe de que ela fica bem no meio do centro da cidade. Semáforos possuem câmeras, sei disso, sem falar que a maioria dos policiais do Estado está patrulhando. Não tem como eu conseguir atravessar todo o caminho até a biblioteca sem ser vista, especialmente com Luka do meu lado.

Como Telly saberia que me encontraria lá? Ele não faz ideia de que agora também sou uma fugitiva. Está fazendo as coisas dele, eu estou fazendo as minhas e, em uma área com um espaço aberto tão vasto...

Continuo em frente, mas não tenho a menor ideia de como encontrar meu alvo. Ou de como deixar que ele me encontre. O que significa que realmente não pensei nem planejei nada. No máximo, o que eu consegui foi deixar Rainie e Quincy muito putos comigo.

Eu devia voltar para casa. Voltar agora. Poderia dizer que só precisava esticar minhas pernas. Que a intensidade da situação me afetou. Será que eles acreditariam em mim? Claro que não. Mas se eu voltar por conta própria, como eles poderiam argumentar?

O problema é que não consigo fazer isso. Deveria. Estou sendo estúpida, irresponsável e impulsiva. Todos os maus comportamentos que deveria estar me esforçando para melhorar.

Mas talvez seja essa a questão. Eu sou tudo isso. E Telly também. É por isso que preciso encontrá-lo. Porque lá no fundo não é Telly, o assassino, que estou procurando. É o Telly, meu irmão. A única família que me restou. Se ao menos eu pudesse falar com ele...

Será que eu conseguiria fazê-lo mudar de ideia? Levá-lo a se arrepender? Salvá-lo? Sou mesmo muito estúpida.

E então penso em mim no meio de tudo isso. Quando Rainie e Quincy perceberem que fui embora, eles vão emitir um alerta. Talvez até um Alerta Amber, de rapto de crianças. Embora eu não tenha certeza de que seja possível emitir um desses para uma suspeita de fuga. Mas, de qualquer maneira, Rainie e Quincy vão contatar os canais oficiais mesmo enquanto estiverem procurando eles mesmos por mim. Afinal, a cidade agora está cheia de policiais. Eles podem muito bem se aproveitar de cada olho disponível.

E Telly? Se eu fosse ele, em fuga, na caçada, ou seja lá o que for, teria um rádio sintonizado na mesma frequência dos serviços de emergência. O que significa que se emitirem um alerta, ele também ouviria. O relatório de que sua irmã está oficialmente desaparecida. A essa altura, eu não precisarei localizar Telly, afinal.

Assumindo que eu consiga ficar fora de alcance tempo suficiente, meu irmão, o assassino mais procurado do Estado, vai me encontrar.

CAPÍTULO 21

"ELA FUGIU." Rainie estava de pé na porta, olhando para Quincy, que ainda estava debruçado sobre o computador.

"Luka?"

Ela o olhou inquisitiva. Não havia a menor chance de Sharlah ir a qualquer lugar sem seu cachorro e os dois sabiam disso. Quincy se afastou do computador, movendo-se no piloto automático, e não apenas por ser um ex-membro do FBI, mas também porque essa não era a primeira vez que Sharlah desaparecia. Rainie foi procurar pela casa, Quincy no quintal.

Eles se encontraram diante da janela aberta do quarto de Sharlah; Rainie do lado de dentro e Quincy do lado de fora.

"Ela afastou a luminária e abriu a janela pelo lado de dentro." Rainie anunciou.

Quincy não se abalou; Rainie percebeu que ele já esperava por aquilo. Não tinha como alguém invadir a casa e sequestrar sua filha sem Luka soar o alarme. Ou, a propósito, sem Sharlah começar uma baita de uma briga. O fato de a ameaça vir daquele irmão afastado há tanto tempo era o que mais perturbava Rainie, contudo. Será que tinha sido o Telly, de pé exatamente onde Quincy estava agora, batendo de leve no vidro da janela? Luka teria começado a rosnar, mas se Sharlah mandasse ele ficar quieto, o cachorro teria obedecido. Bem como a seguiria pela janela, logo atrás do irmão dela, se Sharlah assim decidisse.

Pelo olhar de Quincy, Rainie sabia que os dois estavam preocupados pela mesma razão.

"As samambaias estão amassadas", ele relatou. "Mas não sei dizer por quantas pegadas."

Ele deu um passo para trás, mas as samambaias terminavam na estrada de cascalho, onde era ainda mais difícil de vasculhar rastros.

"A mochila dela sumiu", Rainie avisou, deixando a janela para voltar a examinar o quarto de Sharlah.

"O envelope colado embaixo da gaveta da mesa?", ele perguntou e ela verificou.

"O dinheiro também sumiu."

Sim, eles ainda remexiam no quarto da filha, invadiam sua privacidade quando ela não estava por perto. No começo, Rainie havia se incomodado com aquilo: acolher uma criança esperando há tanto tempo por adoção, depois tratá-la como uma criminosa. No entanto, Sharlah tinha vindo para eles com uma história bem peculiar, e o conselheiro familiar tinha sido inflexível quando ao assunto. Sharlah precisava conquistar seu direito a confiança. Eles seriam ingênuos caso lidassem com ela de qualquer outra forma.

Embora fizessem bons nove meses desde que haviam pego Sharlah em uma mentira deslavada, Rainie sabia que ela ainda era uma criança com tendência a segredos. Sinceramente, todos os três eram assim.

"Outros suprimentos?", Quincy perguntava agora a Rainie. "Procurando. Já viu a bicicleta?"

Rainie passou mais cinco minutos esquadrinhando o quarto de Sharlah, depois passou pela cozinha. Desceu a escada da varanda bem no instante em que Quincy saiu da garagem.

"Ela levou a bicicleta", ele confirmou.

"E as barras de proteína e os lanchinhos da despensa", Rainie adicionou. Eles respiraram fundo para se acalmar.

"Ela foi atrás dele, não foi?", Rainie disse primeiro, verbalizando seu medo.

"Se tivéssemos um irmão mais velho homicida pronto para uma guerra, era exatamente o que faríamos."

"Como acabamos com uma filha adotiva tão parecida com a gente?"

Quincy olhou para ela.

"Só pode ser um castigo, tenho certeza."

Rainie hesitou. Ela queria se sentir forte, no controle. E ainda assim, nada a preparara para a impotência extrema que sentia às vezes por ser mãe. Por amar tanto uma criança e ainda assim não ser capaz de protegê-la dos seus próprios erros.

"Ela pensa que está nos salvando", Rainie murmurou. "Se o irmão dela vier até aqui, ela não quer que a gente se machuque."

"Vamos rastrear o telefone dela."

"Ela não é estúpida, já deve ter desligado o aparelho. E removido a bateria."

"Isso quer dizer que ela também não pode entrar em contato com ele."

"Não sei o que ela pode ou não fazer. Não acredito que ela tenha mentido para mim, Quincy. Não acho que Sharlah falou com o irmão, acho que nem sequer pensou nele em anos."

"E, no entanto, aqui estamos nós."

"Aqui estamos nós", Rainie concordou.

"Mesmo que ela não estivesse pensando nele", Quincy prosseguiu após um momento, "ele claramente estava pensando nela. Por isso as fotos. Talvez ela não precise encontrá-lo."

"Se ele estiver de olho, ele vai encontrá-la. Quincy, o que ele quer?"

"Não faço ideia. Talvez isso não importe mais. O rapaz está agindo movido pela raiva. O relacionamento dele com a irmã é apenas mais um fracasso em sua vida."

Rainie não disse nada. Ela queria argumentar que tinha sido culpa de Telly quebrar o braço de Sharlah naquela noite. Sharlah era apenas uma garotinha. O que Telly esperava depois daquilo? Boas-vindas de braços abertos?

Só que por ser um membro treinado da polícia, Rainie sabia que a sua opinião pouco importava. Importava somente no que Telly acreditava. O homem com a arma.

"Vou falar com a xerife Atkins", Rainie falou. "Vou pedir que ela emita um alerta. Uma garota de 13 anos de idade, de bicicleta, com um pastor-alemão? Eles não vão conseguir ir muito longe."

"Falando nisso, vou pegar o carro."

* * *

Rainie queria que eles se dividissem para cobrir uma área maior; Quincy não quis saber dessa opção. Rastrear uma criança enquanto dirige um carro, sem contar a chance de se deparar sozinho com um assassino impulsivo? Princípios básicos de segurança ainda se aplicavam. Além disso, eles sabiam mais do que pensaram de início: se Sharlah estava procurando Telly, então ela iria para o norte, última localização conhecida dele. Quincy dirigiu. Rainie se sentou ao lado dele, olhos colados na janela.

"Se ela tivesse descido pedalando pela nossa calçada, nós teríamos ouvido o barulho", Rainie disse enquanto Quincy cruzava a propriedade.

"Provavelmente começou nas trilhas do quintal dos fundos."

"Mais confortável para as patas do Luka. O asfalto vai estar quente."

"E ela sabe que nós iremos atrás dela, o que significa que ela não vai passar muito tempo nas vias públicas principais." Quincy virou à esquerda no final da sua calçada, desceu pela colina na direção da cidade.

"Devíamos ter conversado mais com ela?", Rainie perguntou, procurando por sua filha no horizonte. "Talvez se a tivéssemos envolvido mais no caso..."

"De que maneira? Mostrando fotos de cenas do crime para ela?" Quincy retrucou secamente. Porque era isso que eles vinham fazendo. Analisando fotos do caso dos Duvall, os assassinatos no Posto EZ Gas, e a emboscada à equipe de investigação. Buscando pontos em comum, algum tipo de pista para passar a Shelly Atkins para ajudar a prever o próximo passo de Telly Ray Nash.

"Eu sei." Rainie suspirou profundamente. "Eu sei."

Eles dirigiram em silêncio, Quincy indo devagar o suficiente para dois carros virem por trás deles e cruzarem a linha dupla amarela de ultrapassagem. Os dois estavam com seus celulares. Se Sharlah mudasse de ideia e decidisse ligar, ou se a xerife Atkins recebesse qualquer pista do alerta...

No sopé da colina, Quincy foi para o cruzamento em T. Eles olharam para os dois lados, repetiram o gesto. Partindo do princípio de que Sharlah estivesse indo para o último local onde seu irmão tinha sido visto, eles seguiram para o norte.

"Você acha que ela saiu há quanto tempo?", Quincy perguntou a Rainie.

"Não sei. Uns trinta minutos."

Ela notou que ele estava fazendo cálculos mentalmente.

"Tecnicamente falando", ele disse, "pastores-alemães podem correr a velocidades de quase cinquenta quilômetros por hora, por isso são tão atraentes para a força policial. Mas Sharlah fará uma corrida de longa distância, sem falar que precisam se adaptar ao calor. Sendo assim, deduzo que eles estejam se movendo talvez a uma velocidade de dezesseis quilômetros por hora. É claro, cortar pelos bosques encurtou a distância de viagem deles. Então digamos que ela conseguiu ir uns oito quilômetros para o norte da casa. Isso quer dizer..."

Rainie tirou os olhos da janela por tempo suficiente para verificar o hodômetro. Eles já tinham percorrido quase cinco quilômetros. Ela se endireitou no banco, voltou a atenção para a estrada, procurando qualquer sinal de Sharlah pedalando e Luka ao seu lado. Porém...

Nada.

Um campo se estendia à sua direita, terminando abruptamente com a ascensão das montanhas, a quilômetros de distância. À sua esquerda, Rainie observou um valão de drenagem, grama alta, e mais terras pontilhadas por vacas pastando. Identificou pequenos bosques de árvores, celeiros antigos, um monte de lugar para parar e se esconder, ela pensou. Assumindo que Sharlah já tivesse parado. Assumindo que Sharlah quisesse se esconder.

Quincy continuou dirigindo. Um pouco depois, Rainie esticou o braço e pegou a mão dele. Mas eles ainda não haviam encontrado qualquer sinal da filha.

"Vamos confiar no alerta", Quincy anunciou uma hora depois. Eles haviam passado pelo centro da cidade e, em seguida, seguiram para o sul, caso sua suposição de uma rota para o norte estivesse errada. Seus esforços ainda não tinham mostrado qualquer resultado. "Ela vai precisar de água, de sombra, o Luka vai precisar descansar. Com todos os policiais de patrulha por aí, alguém vai acabar vendo ela."

Rainie concordou. Ela rondava a cozinha inquieta, quebrando gelo dentro dos copos. Mesmo dirigir sob o brilho do sol implacável tinha deixado os dois mortos de sede.

"Somos criadores de perfis criminais", ela disse de repente. "Precisamos parar de correr atrás e começar a pensar."

"Certo." Quincy aceitou o copo d'água, olhando para Rainie enquanto ela bebia um longo gole.

"Assuntos pendentes", ela continuou. "É disso que se trata essa situação. Sharlah e Telly, eles têm assuntos pendentes."

Quincy concordou.

"Antigamente, Telly tomava conta da sua irmãzinha. De acordo com o que ouvimos, ele conectou-se a ela, criando uma aliança contra os pais."

"Mas aí, naquela noite", Rainie continuou, "em um acesso de fúria, ele quebrou o braço dela."

"Sharlah foi embora. Ele nunca mais a viu."

"Eu acho que é razoável pensar que os dois se culpam por isso", disse Rainie. "Na verdade, acho que eles compartilham essa culpa."

Quincy olhou para ela.

"Pense só em lares abusivos. Qual é o denominador comum que sempre se vê entre as crianças? Eles assumem que seja lá o que estiver acontecendo é tudo culpa deles. O que significa que Sharlah se culpa, enquanto Telly também se culpa, pelo que aconteceu oito anos atrás. Por isso, nenhum dos dois fala a respeito. E os dois aceitaram ficar separados. Talvez tenham encarado isso como uma punição, o mínimo que mereciam."

"Mas Telly estava começando a reconsiderar seu passado", Quincy ponderou. "Incentivado pelo pai de acolhimento."

"Talvez ele tenha cansado de se sentir culpado", Rainie deu de ombros. "Ou tenha começado a sentir mais e mais raiva do assunto. Ele fez o melhor que podia; não foi culpa dele. De qualquer modo, ele localizou Sharlah. Tirou fotos dela."

"E em vez de pegar um avião comigo hoje à noite", Rainie concluiu, "Sharlah foi atrás dele. Estou te dizendo, aconteceu mais alguma coisa oito anos atrás além do que a gente sabe. Agora isso é o que está impulsionando os dois. Se pudermos descobrir o que é, talvez finalmente possamos entender Telly. E acabar com seu rastro de matança de uma vez por todas."

"Certo", Quincy concordou. "Na época, uma psiquiatra forense, a Dra. Bérénice Dudkowiak, entrevistou Sharlah e Telly. Ela provavelmente é quem mais sabe sobre a morte dos pais deles. Peguei o contato dela no escritório do Tim Egan. Ela já deve ter recebido a intimação a essa altura, se você quiser dar prosseguimento com um telefonema."

Rainie acenou afirmativamente. Ela não estava convencida.

"E você?"

"Vou voltar à casa dos Duvall. Precisamos saber mais sobre a família. Você estava certa mais cedo; assassinos impulsivos sempre têm um gatilho. Sabemos do estresse gradual e cumulativo que Telly está enfrentando. Mas qual foi a gota d'água? Acredito que aquelas quatro paredes guardem o segredo."

"Vou decifrar o enigma do passado de Telly", Rainie murmurou.

"E eu vou lidar com as charadas do presente."

"E depois?"

"De um jeito ou de outro, traremos Sharlah em segurança para casa. Prometo a você, Rainie. Eu prometo."

CAPÍTULO 22

SHELLY LEVOU CAL até a casa dos Duvall. O rastreador não disse muito durante o trajeto, apenas observou a paisagem passar pela janela. Ela decidiu que só isso já bastava para gostar dele. Conversa fiada também nunca tinha sido seu forte.

Ela entrou no rancho, surpresa ao ver um Toyota RAV4 prateado estacionado em frente à casa e uma figura solitária vagando perto da porta isolada pela fita de cena de crime. Jovem. Com vinte e poucos. Vestido casualmente. Usava bermuda cargo, uma camiseta azul manchada de suor com uma camisa xadrez aberta por cima. Botas de caminhada empoeiradas.

Shelly saiu do carro com a mão no coldre. Abriu a boca para exigir que o homem se identificasse, mas ele falou primeiro.

"Você é a xerife?", ele perguntou. "Porque eu gostaria de falar com a xerife. Gostaria de falar com qualquer um que possa me explicar", sua voz tremeu de emoção, "o que aconteceu aqui."

"Henry Duvall?" Shelly adivinhou, dando a volta no carro.

Ele confirmou, passando a mão trêmula pelo cabelo castanho.

"Quando recebi o telefonema, não sabia exatamente para onde mais eu poderia ir. Além de aqui, sabe. Minha casa. Vim para casa. Então vi a fita." Ele fechou os olhos, como se ainda estivesse confuso. "Não sabia para onde mais eu poderia ir", repetiu. Shelly entendeu.

Um dos seus funcionários ficou encarregado de entrar em contato com o filho dos Duvall, mas com tudo o que acontecera desde então, Shelly não conseguiu acompanhar seu oficial com o andamento da situação com Henry Duvall. Ou, aliás, nem com os pais de Erin Hill ou do outro jovem baleado dentro do posto EZ Gas. Por um momento, ficou baqueada pelo número total de mortes, e sentiu um leve tremor percorrê-la. Quatro mortos, dois feridos, e nem eram três da tarde.

Cal Noonan deu a volta no carro e parou ao seu lado. Ela entendeu aquilo como uma dica para endireitar as costas, resistir ao peso.

"Sinto muito por suas perdas", Shelly disse ao jovem. Ela se virou ligeiramente para a direita. "Esse é Cal Noonan. Ele é um dos melhores rastreadores da região. Está nos ajudando a encontrar a pessoa que atirou nos seus pais."

"Está falando do Telly, não é?" Henry caminhou na direção deles, já soando amargo. "O novo projeto dos meus pais. Perfeito."

"Você conhecia o Telly?"

"Não exatamente. Só encontrei com ele algumas poucas vezes. Férias de Natal. Férias de primavera. Esse tipo de coisa. Eu já tinha saído da escola quando meus pais resolveram entrar nessa onda de acolhimento."

"Telly se dava bem com os seus pais?"

"Todo mundo se dava bem com o meu pai. E minha mãe, ela não machucaria uma mosca." Henry sacudiu a cabeça, claramente perturbado. Ele voltou a andar para lá e para cá no quintal da frente. Parado ao lado de Shelly, Cal cruzou os braços, ainda sem dizer uma palavra.

"Por que eles se tornaram pais de acolhimento?", Shelly perguntou, ao que Henry deu de ombros.

"Meu pai sempre achou que poderia salvar o mundo. Como professor, ele acumulou todo tipo de hora extra orientando o desajustado A ou o problemático B. Louco isso, né?" Henry olhou para cima. "Ele era bom nisso. Os garotos gostavam dele. Os adultos gostavam dele. Todo mundo gostava dele. Meus pais eram boas pessoas. Pode perguntar a quem você quiser. Esse não é um caso de pais de acolhimento malvados abusando de algum adolescente solitário. Meus pais *realmente* se importavam. Meus pais tentaram. O que quer que tenha acontecido aqui é culpa do Telly. Não deles."

Shelly teve a impressão de que Henry falava de modo muito passional sobre o assunto. Quase passional demais.

"Seus pais falavam de Telly? É um trabalho e tanto adotar temporariamente uma criança."

"Minha mãe teve alguns problemas quando era adolescente. Ela não fala muito sobre isso, mas sei que fugiu de casa. Ela tinha apenas 16 anos, ficou por conta própria. Ela dizia que não sabe o que teria acontecido com ela se não tivesse conhecido meu pai."

"O acolhimento, a adoção temporária, foi ideia dela. Pessoalmente, acho que ela não soube o que fazer de si mesma quando eu saí de casa. Tempo demais, espaço vazio demais. Acho que se dependesse dela, teria criado dezenas de crianças. Mas parece que os deuses da fertilidade não concordaram e, no fim das contas, eles tiveram sorte de me ter. Ela dizia que eu era o seu milagre." Um breve soluço. Henry respirou profundamente e continuou firme.

"Então, hã, da última vez que estive em casa, minha mãe estava ensinando economia doméstica para o Telly, como gerenciar um talão de cheques, como comprar no mercadinho, usar a lavanderia. Ela também o ensinou a cozinhar algumas coisas, frango com parmesão. Caramba, nem eu sei cozinhar o frango com parmesão da minha mãe."

"Seus pais estavam preparando Telly para viver a própria vida", disse Shelly.

Henry olhou para ela.

"Rá, como se algum dia ele fosse para a faculdade."

Toma isso, menino acolhido, Shelly pensou. Henry ainda tinha a medalha de filho de sucesso do ano, enquanto Telly... Telly tinha *projeto* estampado na testa.

"Você disse que sua mãe saiu de casa aos 16. E quanto à família dela?"

"Nunca conheci ninguém", Henry respondeu.

"Ainda estão vivos? Ela estava afastada dos pais?"

Henry deu de ombros, sem olhá-la nos olhos.

"A família do seu pai?", Shelly tentou.

"Os pais dele morreram quando eu era pequeno. Ele não tinha nenhum irmão."

"Amigos próximos, sócios?"

"Minha mãe? Não sei. Ela trabalhou de voluntária uma vez. Agora se ela tinha um melhor amigo ou algo assim? Eu diria que era o meu pai. E o mesmo para ele. Na maior parte do tempo, pelo menos, eles só pareciam precisar um do outro."

Interessante, pensou Shelly.

"Pelo que sei, você está trabalhando para uma empresa em Beaverton", a xerife perguntou, tentando descobrir mais algum dado.

"Tirei alguns dias de folga. Estava em Astoria, acampando com alguns amigos. Planejava vir para casa no fim da viagem. Fazer uma surpresa para os meus pais."

Um espasmo tomou o rosto de Henry. O choque passando. O luto tomando conta.

"Qual foi a última vez que viu seus pais pessoalmente?", Shelly perguntou, prestando atenção nos seus cabelos e olhos escuros.

"Não sei. Um mês atrás, no feriado de quatro de julho? Muito tempo, minha mãe diria, e foi por isso que eu pensei em aparecer depois do acampamento." Henry esfregou as bochechas.

"E a última vez que se falaram?"

"Algumas semanas atrás. No começo de agosto."

"Seus pais mencionaram algo em especial?"

Uma breve hesitação. Henry sacudiu a cabeça.

"Nenhum problema com Telly?", Shelly pressionou. Novamente a pausa, então a sacudida de cabeça.

Shelly não disse mais nada. Apenas esperou.

"Eu não... eu não posso entrar?"

"Não, filho. Ainda estamos analisando a casa."

"Já encontraram Telly? Alguma pista?"

"Notifico você assim que soubermos de alguma coisa."

Henry continuou de pé no jardim da frente, mãos nos bolsos, olhos na porta com as fitas de isolamento.

"Vocês vão querer fazer perguntas, não é? Coisas que vão precisar saber. Alguma forma que eu possa ajudar?" Seu tom de voz era levemente suplicante.

"Se puder permanecer na cidade pelos próximos dias pelo menos, isso nos ajudaria bastante."

"Está bem. Vou achar um hotel, área de acampamento, qualquer coisa. Deixa eu te passar o número do meu celular."

Henry falou rapidamente os números. Shelly os digitou no seu telefone do departamento, depois lhe deu um cartão com seus contatos. Henry deu um último suspiro.

"E os corpos... dos meus pais?"

"O médico legista vai precisar conduzir uma autópsia completa, dada as circunstâncias. Infelizmente, a situação está meio... complicada... no momento."

"O segundo tiroteio. Ouvi falar a respeito. Por que ele está fazendo isso?" Uma súbita explosão de raiva. "Quer dizer, meus pais estavam tentando ajudar esse moleque. E ele simplesmente mata os dois a tiros? Depois sai por aí atirando em ainda mais gente? Quem faz isso? Que tipo de pessoa..."

Shelly não tinha nenhuma resposta para dar. Henry Duvall se interrompeu, parecendo perceber a futilidade de suas perguntas.

"Meus pais eram boas pessoas", ele repetiu. "Não mereciam isso."

"Sinto muito pela sua perda."

"Dá uma olhada no congelador", Henry disse quando finalmente passou por eles, indo para seu RAV4. "Minha mãe costumava esconder dinheiro em saquinhos plásticos zip-lock. Embaixo das ervilhas, atrás do peru, e por aí vai. Sua própria versão de um fundo de emergência. Telly provavelmente sabia onde procurar para roubar o dinheiro."

"Sabe dizer o quanto?"

"Algumas centenas, acho. E o cofre de armas, claro. Meu pai tinha seis armas de fogo, três pistolas e três rifles. Devem estar no cofre no porão. A menos..." Henry de repente pareceu entender o que tinha acontecido com aquelas armas. Que arma Telly provavelmente tinha usado para assassinar seus pais.

"Entrarei em contato quando tivermos mais informações", Shelly disse calmamente.

Henry não falou mais nada. Entrou no seu veículo, mãos tremendo visivelmente no volante. O membro sobrevivente da família Duvall foi embora. Shelly e Cal permaneceram de pé no quintal, observando-o partir.

"Cabelo escuro, olhos escuros", ela murmurou para ninguém em particular.

"Botas de caminhada", Cal disse em seguida, citando a descrição de Jack George sobre o segundo homem no posto EZ Gas.

"E não foram exatamente as respostas mais honestas. Henry Duvall está escondendo alguma coisa."

"Filho de nascença e filho adotivo conspirando para matar os pais?", Cal perguntou, com um tom de descrença.

Shelly franziu a testa, coçou as cicatrizes no pescoço.

"Não é exatamente uma herança grande para dividir", ela concordou. "Mesmo assim..."

Mais perguntas do que respostas. A história dessa investigação. Ela sacudiu a cabeça mais uma vez e, em seguida, levou Cal de volta para a cena do crime.

O calor só havia deixado o cheiro ainda pior. Sem falar que as moscas tinham voltado. De onde elas vinham, afinal?, Shelly se perguntou. Bastava um cheiro mínimo de sangue. Os insetos atravessavam o ar em frente a eles, acumulando-se densamente. Com a retirada dos corpos dos Duvall e as roupas de cama ensacadas e marcadas, as moscas se limitaram às poças de sangue seco ao lado da cama, que claramente não era grande o suficiente para acomodar a demanda.

Shelly fechou a porta do quarto principal. Sentia que já tinha passado tempo demais do seu dia olhando para sangue. Acabaria sonhando com isso à noite, assumindo que conseguisse se deitar para dormir.

Cal já estava na cozinha. Ela lhe deu um par de luvas quando adentraram a cena. Agora ele examinava o local, mãos enluvadas na porta aberta do congelador, e sacudiu a cabeça. Então, se havia algum dinheiro para fundo de emergência, Telly estava com essa quantia à disposição também.

Horas mais cedo, Shelly esteve nessa mesma cozinha com Quincy. Deu uma olhada nela uma segunda vez, desejando que o cômodo lhe dissesse mais coisas. Os peritos criminais tinham feito uma varredura preliminar. Ela podia ver o pó negro de leitura de digitais, alguns buracos recentes no linóleo, de onde haviam cortado amostras para levar. Gotas de sangue, talvez. Quem sabe?

Ela tentou ver a casa com novos olhos dessa vez. Não como uma xerife analisando a cena de um crime horroroso. Mas como um garoto de 17 anos de idade em busca de um lar.

A cozinha estava limpa. Essa foi a primeira coisa que ela notou. Um adolescente se importaria com isso? A modesta sala de estar também estava limpa e arrumada. Mais uma evidência de que Sandra Duvall tinha orgulho de sua casa. O sofá cheio de almofadas parecia confortável, com uma manta de tricô com padrão afegão arrumada cuidadosamente no encosto.

Arrumado demais? O tipo de sofá que deixaria um garoto magricela preocupado em se meter em confusão se jogasse sua bolsa ali em cima ou se colocasse os pés no estofado? Falando nisso...

Shelly foi até o armário da entrada da frente. De luvas, abriu a porta, fazendo um inventário dos casacos pendurados, separados em "dele", "dela" e, então, depois de um pequeno espaço, dois casacos sozinhos. Uma jaqueta de chuva e um casaco de sarja desgastado. De Telly, ela palpitou.

Em seguida, reparou na pilha de sapatos no fundo do armário. A maioria era tênis e botas de borracha, calçados próprios para enfiar nos pés quando você precisa sair de casa rapidamente. Mais uma vez, sob o casaco de Telly havia dois pares de tênis, um básico, provavelmente para o dia a dia, e um de cano alto, mais da moda. Talvez para um garoto aqueles fossem seus tênis bons? Então o que ele estava calçando nesse momento? Botas de caminhada ou algum tipo de sandália de verão, tipo papete, considerando o calor? Shelly torceu para que ele tivesse escolhido um calçado qualquer que acabaria retardando seu avanço, mas duvidava que eles fossem tão sortudos. Ela voltou para perto de Cal, que ainda estudava a geladeira.

"Nada de mochila", Shelly informou, o que fazia sentido já que o vizinho tinha relatado ter visto Telly usando uma.

"Um monte de comida na geladeira", Cal observou. "Comida boa. Caçarola caseira, frutas e vegetais frescos. Certamente mais bem estocada do que a minha geladeira."

"Muito queijo?", ela arriscou, sabendo qual era o trabalho dele em tempo integral.

"Nem isso."

"Tenho iogurte na minha geladeira", ela comentou.

"Parece um paraíso."

Muito bem, de volta ao trabalho, Shelly pensou. Qual seria a sensação de viver aqui? A primeira impressão era de um espaço amplo e desgastado, mas bem cuidado, repleto de toques pessoais. As fotos no aparador da lareira da sala de estar mostravam a formatura de Henry, o baile da escola. Um bonito quadro com flores pintadas, provavelmente comprado em alguma venda de garagem, e depois pendurado porque as cores tinham agradado à Sra. Duvall, ou porque a lembravam de seu próprio jardim.

Esforço, era isso que Shelly via quando olhava em volta. Uma família que não tinha toneladas de recursos, nada de carros novos ou produtos de marca, mas, ainda assim, uma casa charmosa. Considerando algumas das outras situações de acolhimento que Telly encontrara — ou, pior ainda, a ameaça de um abrigo para sem-teto pairando sobre sua cabeça — isso era um avanço e tanto. Seu primeiro pensamento ao passar por aquela porta deve ter sido o de que ele tivera muita, mas muita sorte.

"Computador?", Cal perguntou da sala de estar.

"Um PC. Estava naquela mesa pequena no canto. Já foi enviado para os analistas tecnológicos."

"Ótimo."

"O que está procurando?", Shelly perguntou, atravessando da cozinha para a sala de estar.

"Telly. Estou procurando Telly. Porque até agora, tudo isso...", Cal balançou a mão apontando o espaço ao redor. "Tudo isso está ligado à mãe. Sua casa. Seu domínio. O que eu não tenho nada contra. Mas se você é adolescente..."

"Esse não era o lugar dele."

"Não. Ele podia até se sentar à mesa para comer, talvez ficasse no sofá para ver TV. Mas nada disso tem a cara dele. E um computador compartilhado pela família... Ele jamais deixaria nada pessoal naquilo, sem falar que a maioria dos adolescentes faz suas postagens do celular, não do computador."

"O celular do Telly foi encontrado dentro de uma caminhonete abandonada. Pelo menos o celular listado no plano familiar dos Duvall. É provável que ele tenha um telefone temporário. Os adolescentes sabem muito bem que é melhor usar celulares pré-pagos quando não querem que os pais saibam de suas atividades."

"Atiradores conversam, não?" Cal olhou para Shelly. "Não sou nenhum especialista, mas todos esses surtos de violência... Os assassinos geralmente postam mensagens on-line, enchem diários com sua raiva. O mundo falhou com eles. O mundo deve a eles. Então onde está isso? Se o garoto é tão problemático assim, cadê um sinal de todos esses problemas?"

Shelly entendeu o que ele queria dizer. Quanto mais olhava pela casa, mais ela via o que Cal, por ser homem, tinha percebido imediatamente. Aquele era o domínio de uma mulher. O que significava que Telly precisava fugir, escapar...

"O quarto", ela disse.

Quincy havia assumido a dianteira na primeira visita, caminhando pelo corredor, verificando os quartos atrás de corpos. Agora Shelly passou pelo corredor estreito. O primeiro quarto era o dos Duvall, o que deixava mais duas portas abertas.

Próximo quarto. Espartano. Paredes com painéis escuros, cama de solteiro, mesa pequena de madeira coberta com uma pilha de livros de bolso. Ela viu um carregador, que podia ser de um iPod ou de um celular, mas o dispositivo não estava ali.

"Não levou o carregador", ela murmurou, embora não tivesse certeza de que aquilo importava.

"Não tem como conectar na tomada no meio do bosque." Cal estava estudando os livros, que eram praticamente os únicos itens pessoais no quarto. Shelly olhou de relance para os títulos. Um de Lee Child, outro de Brad Taylor, e, surpreendentemente, um Huck Finn. Talvez uma leitura de dever de casa da escola. Mas nada ainda que fosse suspeito.

"O quarto foi fotografado?", Cal perguntou.

"Sim."

"Revistado?"

"Preliminarmente. Estivemos meio... ocupados."

"Posso?" Ele apontou para o lugar, e Shelly deu permissão.

Ela não tinha certeza do que o rastreador faria primeiro. Abrir as gavetas. Bater nas paredes. Arrancar o piso. Em vez disso, Cal foi direto para a cama. Deitou-se sobre ela, mãos enfiadas atrás da cabeça, e olhou para o teto.

Imitando um garoto de 17 anos, perdido em seus próprios pensamentos. Pensando como seu alvo.

Entrando no espírito da coisa, Shelly sentou-se à mesa. Não havia muito para olhar. As paredes eram escuras, a mesa apertada, e ela nem era tão grande. Mas Telly devia ter se sentado ali para fazer seu dever de casa. Seus arquivos não o apontavam como um aluno brilhante, mas se era por falta de esforço ou falta de capacidade ela não sabia dizer. Até agora, sua onda de crimes parecia bastante inteligente para ela.

Shelly passou os dedos sobre a madeira da mesa. Sentindo as impressões e cicatrizes de tantas palavras escritas ao longo de tantos anos, décadas, gerações. Abriu a gaveta, que já estava meio bamba. Papel solto, anotações coladas, um monte de canetas. Mas nenhum diário saltou aos seus olhos.

Talvez ele postasse alguma coisa on-line. Atualmente, ela tinha a impressão de que as crianças viviam mais nas redes sociais do que no mundo real. Os técnicos de computação descobririam isso mais cedo ou mais tarde. Sem falar que os detetives de Shelly estavam tentando obter judicialmente os registros da operadora de celular dos Duvall. Mas pensando mais uma vez como Telly...

Shelly não conseguia imaginá-lo on-line. Não sabia dizer por quê. Simplesmente não conseguia. Ele era tátil, pensou. Telly não queria apenas ver o mundo. Queria senti-lo com suas próprias mãos. Daí sua escolha por materiais de leitura, livros de bolso com orelhas em vez dos leitores digitais que todo mundo parecia preferir atualmente.

"Tem alguma coisa no teto", disse Cal.

Shelly se endireitou. O rastreador tinha ficado tão quieto que ela até se esqueceu dele. "O quê?"

"Não sei. Dependendo de como a luz bate nele, dá para ver um reflexo. Se repetindo. Um padrão. Talvez um desenho, rabiscos?"

"Espera aí." Shelly voltou a atenção para a gaveta da mesa. O conjunto de canetas. Claro. Cores em neon. Só que elas pareciam anormalmente pesadas em suas mãos, e eram redondas e volumosas no final. Pesadas por causa de pilha, ela reparou, que alimentava uma minúscula lâmpada na base. Luz negra. Todas as canetas tinham uma luz negra na parte de trás.

"Feche as cortinas", ela pediu a Cal.

Em seguida, levantou-se da cadeira, foi até a porta e apagou a luz. Cal obedeceu sem falar nada. Então, quando o quarto se tornou um espaço cinza e maçante, a luz só entrando pelas bordas da cortina...

Shelly apertou o botão da caneta. A luz negra acendeu e acertou Cal entre os olhos. Ela ajustou o ângulo para o teto e, conforme imaginado, lá estava a escrita. Letra por letra. Palavra por palavra.

"Quem", Cal identificou a primeira parte. "Sou eu?", Shelly identificou a segunda. "Um vilão..."

"Ou herói."

"Um vilão ou herói", eles falaram juntos.

"Quem sou eu?" Shelly repetiu. "Um vilão ou herói." Então, mirando a luz para o resto do teto e ao redor do quarto, nas paredes com painéis de madeira, eles encontraram as mesmas palavras de novo e de novo. Uma litania aparentemente interminável: *Quem sou eu quem sou eu quem sou eu quem sou eu?* Com uma interjeição ocasional: *Vilão ou herói*. Mas principalmente *quem sou eu quem sou eu quem sou eu*.

Telly Ray Nash mantinha uma espécie de diário. Em todos os limites do seu quarto. Uma mensagem de dúvida, pressão e estresse.

Quem sou eu? Vilão ou herói.

Shelly desejou de verdade que o garoto tivesse escolhido uma resposta melhor para a pergunta.

CAPÍTULO 23

QUINCY VIU o SUV de Shelly estacionado do lado de fora da casa dos Duvall.

Entrou na casa sozinho, descobrindo Shelly ao lado da cama escura de Telly Nash e uma forma sombreada deitada de rosto para cima na cama do menino. Por instinto, levou à mão ao coldre no seu tornozelo bem na hora em que a caneta na mão de Shelly se acendeu.

E o teto. E as paredes.

Quem sou eu quem sou eu quem sou eu quem sou eu? Vilão ou herói. Quem sou eu?

As palavras cobriam o teto e os painéis escuros de madeira nas paredes. Letras grandes espalhadas por todos os espaços, mas também apertadas em letras inacreditavelmente pequenas nos cantos. Dias diferentes, Quincy pensou. Humores diferentes. Mas a mesma pergunta urgente. De novo e de novo.

O que a agente de condicional, Aly Sanchez, tinha dito sobre o garoto sob sua responsabilidade? Que Telly era um garoto no limite.

Aqui, sob a iluminação da luz negra, Quincy praticamente podia sentir o estresse contínuo de um adolescente irradiando das paredes do seu quarto. Quem sou eu, de fato. Vilão ou herói. Para Telly Ray Nash, aquilo já tinha se provado uma pergunta ardilosa.

"Hipergrafia", Quincy disse baixo. Shelly se virou bruscamente, a mão indo automaticamente para o coldre. Quincy notou que ela não o tinha escutado entrar. Agora ela suspirava profundamente, baixando a caneta luminosa enquanto a segunda pessoa se sentava na cama.

"Aposto que se pudéssemos encontrar um dos cadernos escolares de Telly, descobriríamos cada centímetro quadrado coberto de escritos. Talvez até com essa mesma frase. É uma forma de TOC. Algumas pessoas precisam lavar as mãos várias vezes seguidas para diminuir a ansiedade. Telly precisa escrever."

"Não vi nenhum caderno." A segunda pessoa se levantou da cama, vestida com equipamento de trabalho de campo, calças de caminhada de cor clara, camisa verde e botas de caminhada. "Oi, eu sou o Cal Noonan. Um dos rastreadores. Também o chefe de produção da fábrica de queijo, caso você goste de queijo."

O homem esticou a mão. Quincy a apertou.

"Pierce Quincy. Consultor da polícia. Shelly me trouxe para o caso como especialista em mentes perturbadas."

"Você é um especialista em perfil criminal?"

"Culpado, meritíssimo." Quincy manteve os olhos em Shelly.

Ela balançou a cabeça, sabendo qual era a sua primeira pergunta antes mesmo que ele perguntasse.

"O alerta foi emitido, mas ainda não temos pistas de Sharlah." Ela pigarreou. "A filha adotiva de Quincy, Sharlah", ela explicou para Cal, "é a irmã mais nova do Telly."

Cal permaneceu entre os dois, mãos nos quadris.

"E agora ela está desaparecida? Por vontade própria?"

"Muito provavelmente."

"Vocês estão pensando que ela quer encontrar o irmão?"

"Minha filha tem 13 anos. Se tem algo que aprendi até agora é que ter um filho adolescente torna impossível pensar."

Cal concordou.

"No momento, meu trabalho é pensar como um garoto de 17 anos, Telly Ray Nash. E serei o primeiro a dizer que ele está ganhando fácil da gente."

"Você não devia estar procurando nos bosques? Ou isso significa que vocês pensam que ele vai voltar para cá?"

"O garoto tem um quadriciclo. Sua velocidade agora está além da minha capacidade de rastreamento. Nesse momento, estamos esperando um avistamento por helicóptero, notícias da linha direta, ou um golpe de sorte das patrulhas. Enquanto estamos esperando, pedi a Shelly para vir aqui. Ver o que posso notar porventura, dada minha perspectiva... singular." Cal estudou Quincy seriamente. "O garoto atirou em dois membros da minha equipe de busca. Não pense nem por um momento que vou ficar de fora dessa caçada."

"Me desculpe."

"Foi um dia longo para muita gente", Cal declarou, o que foi o suficiente.

"Então o que você descobriu?", Quincy perguntou. "Além disso."

"Esses caras não escrevem?", Cal perguntou. "Não estou falando de rabiscos pela parede inteira, mas posts em redes sociais, diários pessoais, listas de metas?"

"Na teoria, sim. Considerando o que estamos vendo aqui, eu diria que é mais provável ele escrever em um diário do que numa rede social."

"Nenhum diário no quarto", Shelly apontou. "Será que levou os diários com ele?", perguntou Cal. Quincy deu de ombros. "Talvez, mas..."

"Mas o quê?", Shelly perguntou.

"A maioria dos assassinos em massa querem que sua raiva seja ouvida. Por isso eles escrevem cartas, posts prontamente acessíveis. Se ele realmente tivesse um diário pessoal, ele o teria deixado para trás para ser encontrado. Esconder esse tipo de anotação seria diferente, mas isso é relevante? Não tenho certeza." Ele se virou para Shelly. "Alguma sorte com o computador?"

"Não que tenham me informado. Mas, para ser honesta, o ataque à equipe de busca... Aquilo nos desgastou. Por um lado, consegui com que oficiais de todo o Estado aparecessem para ajudar. Por outro..."

"Torna muito mais difícil permanecer concentrado na tarefa", Quincy concluiu. Shelly asseverou que sim e Quincy podia dizer pelo seu olhar o quanto essa admissão custava a ela.

"Vir aqui foi inteligente", ele ofereceu. "Na dúvida, se reorganize. E você tinha razão", ele continuou, incluindo Cal em sua conversa motivacional. "Não importa o que esteja acontecendo, tudo leva a uma coisa, uma pessoa. Telly Ray Nash. Quanto mais nós o entendermos, maiores as chances de assumirmos a dianteira. Então o que sabemos até o momento?"

"Ele é um garoto perturbado", Shelly respondeu.

"E acabamos de conhecer Henry, o filho mais velho dos Duvall."

"De acordo com ele, seus pais eram ótimas pessoas, totalmente comprometidas em ajudar um garoto como Telly a colocar sua vida em ordem. Mas isso não muda o fato de que Telly vem de um passado violento e é conhecido por ter um temperamento explosivo quando está sob estresse. E de acordo com as paredes do quarto, pelo menos, ele está extremamente estressado."

Quincy concordou.

"Em outras palavras, talvez os pais de sangue de Telly possam ter merecido o que aconteceu com eles. Mas os Duvall..."

"Não encontramos ninguém que tivesse algo ruim para dizer sobre eles", Shelly falou. "O que quer que tenha acionado o gatilho para o surto de violência dessa manhã..."

"Provavelmente tem mais a ver com Telly do que com os Duvall."

Shelly fez que sim.

"Embora, apenas para tornar as coisas interessantes, temos uma testemunha que relatou ter visto Telly Ray Nash no EZ Gas há duas semanas, com um homem jovem cuja descrição bate com Henry Duvall."

Quincy arqueou uma sobrancelha.

"Para ser honesta, a descrição provavelmente corresponde a um terço dos jovens da região. Mas, sim, acho que terei que fazer um acompanhamento investigativo das atividades de Henry de duas semanas atrás."

"Sabemos de algum motivo pelo qual Henry pudesse querer machucar os pais?"

"Nenhum. Então, outra vez, a lista de coisas que não sabemos agora é definitivamente maior do que a lista de coisas que sabemos. Henry também diz que seus pais não tinham amigos próximos ou pessoas de convívio habitual. Que o amor que sentiam um pelo outro era suficiente para eles."

Quincy não respondeu ao tom seco da xerife. Francamente, o mesmo poderia ser dito sobre Rainie e ele, embora uma declaração assim definitivamente faria Rainie revirar os olhos. E, apesar disso, seu círculo social permanecia limitado. Na maioria das noites, eles ficavam em casa somente na companhia um do outro, e, claro, com Sharlah.

"O garoto é um estrategista", Cal falou. "Temperamento explosivo para mim sempre implica ser impulsivo, mas não sei. Pelo que vi essa manhã, ele é bastante inteligente. Seguir a vala de drenagem do EZ Gas foi uma boa jogada da parte dele. Depois, tirar um tempo na terceira casa para mudar a aparência..."

"O que quer dizer?", Quincy interrompeu.

"O garoto trocou de camisa, pegou um boné de beisebol, chegou até a cobrir o rosto com um pouco de graxa de sapato. Meu palpite é que foi para alterar sua aparência. Depois, é claro, ele roubou o quadriciclo. Se está fazendo tudo isso enquanto está com o temperamento alterado, então ele é o garoto de cabeça quente mais inteligente que já conheci."

Quincy franziu o cenho. Não gostava do que estava ouvindo. Ele se virou para Shelly.

"De acordo com Aly Sanchez, os episódios de violência anteriores de Telly foram explosivos. Ele estourava, por assim dizer e, depois, não parecia nem se lembrar do que havia feito. Mas se agora ele está tomando medidas para mudar a própria aparência, além de roubar veículos para escapar da polícia... O Sr. Noonan tem um bom argumento: estamos muito além de um surto de raiva e de atos impulsivos. Telly sabe o que está fazendo. Não é uma onda de fúria descontrolada e adrenalina passageira."

Shelly não disse nada, porque o que ainda havia para ser dito sobre o assunto? Quincy olhou ao redor da sala novamente. Seguindo o exemplo de Shelly e do rastreador, ele fez o seu melhor para se colocar na mente de um adolescente perturbado. Um jovem que passou a infância num lar impregnado de violência. Mas ele tinha a irmã, com quem tinha criado laços, de acordo com o que Rainie ficou sabendo. Por mais que pareça um mero detalhe para alguém de fora, esse tipo de relacionamento na infância faz uma grande diferença. Na verdade, poderia ter ajudado a preparar o terreno para Telly criar vínculos novamente, por exemplo, com os Duvall, que aparentemente falavam sério sobre oferecer um lar.

Em vez disso, eles foram assassinados. Dois ambientes domésticos muito diferentes, se desse para acreditar nos relatos. E, no entanto, os dois tiveram o mesmo desfecho trágico. Quincy não gostava da conclusão lógica daquele pensamento. Especialmente não no que dizia respeito a Sharlah.

"Precisamos encontrá-lo", Quincy murmurou, mais para si mesmo do que para Shelly e Cal. "Telly até pode ter começado de um ponto de raiva impulsiva, atirando nos pais de acolhimento porque se sentia ameaçado por algum motivo, e então partiu para o EZ Gas em fúria cega. Mas ele não está mais no estado explosivo. Agora, as probabilidades são as de que ele traçou algum plano. E não vai parar até ter terminado."

"E que plano é esse?", Shelly perguntou.

"Isso é o que precisamos descobrir agora."

Eles se separaram. Cal foi inspecionar a garagem em busca de sinais de equipamentos faltando. Dada a reputação de Frank Duvall, de alguém que gostava de ficar ao ar livre, ele devia ter pelo menos uma barraca, um saco de dormir, e outros apetrechos básicos. A falta de algum desses itens indicaria que Telly estava mais bem equipado do que eles pensaram anteriormente.

Shelly foi para a sala de estar para entrar em contato com a área de operações, deixando Quincy sozinho no quarto de Telly. Ele pensou em Cal deitado na cama do garoto e percebeu que não era uma abordagem ruim. Pense como o seu alvo, era o que o rastreador havia dito. Era exatamente isso que um especialista em perfis criminais fazia.

Quincy não foi para a cama. Em vez disso, sentou-se à mesa. Por um instante, pegou os livros de bolso, passou os dedos nas bordas desgastadas. Suspenses militares. Livros com certo e errado estipulados de forma clara, histórias em que os mocinhos sempre venciam no final. Vilão ou herói, alguém ou ninguém. Uma parte de Telly claramente queria ser o herói. O irmão que havia salvado a irmã. O garoto problemático que, de acordo com sua agente de condicional, estava tentando agir de maneira melhor. O que foi que Aly havia dito? Telly estava tentando ser um bom garoto. Telly estava tentando ser seu próprio tipo de herói.

Então o que o levou ao limite?

Os Duvall foram descritos como pais de acolhimento conselheiros. Mas isso também significava que eles estipulavam regras para Telly seguir, expectativas para serem atendidas. Será que ele havia arranjado outra encrenca nas aulas de recuperação? Ou foi pego mentindo? Flagrado bebendo ou usando drogas?

Quincy começou a abrir as gavetas metodicamente. A mesa. A mesinha de cabeceira. A velha cômoda de madeira. Ele e Rainie tiveram que assistir à uma aula sobre crianças e drogas como parte do treinamento para serem pais de acolhimento. Eles riram na época — dois especialistas em mentes criminosas sendo forçados a ter aula de conscientização sobre abuso de drogas. Mas, na verdade, a aula inteira tinha sido esclarecedora. Como especialistas em perfis criminais eles não trabalhavam em casos envolvendo drogas. E não, eles não haviam pensado em esconder papéis de enrolar baseados no meio de páginas de livros, ou enfiar pontas de agulhas dentro do corpo de canetas, ou colocar trouxinhas de pó atrás da espuma do fone de ouvido. E adolescentes sempre tinham equipamentos eletrônicos ao alcance. O que tornava os dispositivos um excelente método para transportar drogas sem ninguém perceber.

Se Telly era um viciado, contudo, Quincy não via sinais disso. E quanto mais pensava a respeito, menos gostava da ideia de qualquer maneira. De acordo com Aly Sanchez, Telly tinha testemunhado o preço que as drogas e o álcool haviam cobrado de seus pais. Tendo vivido aquela vida uma vez, Telly tinha um incentivo maior do que a maioria dos garotos para dizer não.

Não havia como prever o que poderia provocar um assassino, é claro. Telly podia ter feito um monte de coisas que podem ter levado a punições.

O que, por sua vez, havia acionado o gatilho de seu ressentimento ou de sua raiva. Mas se os Duvall eram realmente os alvos, por que Telly atirou neles enquanto dormiam? Na teoria, ele devia ter preferido os dois acordados e apavorados, reconhecendo que o poder sobre suas vidas estava agora nas mãos do filho que haviam acolhido.

Poder. Era isso que assassinos descontrolados realmente queriam. Um momento em que o controle finalmente estava nas mãos deles.

Vômito. A imagem voltou a Quincy, o detalhe que o deixou com a pulga atrás da orelha mais cedo. O garoto tinha vomitado perto do posto EZ Gas, mas não aqui, na casa dos Duvall. Se assassinato deixava o garoto sensível a esse ponto, a primeira rodada de tiroteios não deveria ter lhe incomodado mais do que a segunda?

A menos que Telly estivesse em um estado dissociativo da primeira vez. Aquilo era possível. Algo despertou seu impulso e acionou aquele temperamento explosivo. Ele agiu. Depois reagiu. Roubando armas, caminhonete, suprimento. Provavelmente movido pelo pânico. O que eu fiz? Preciso me mandar daqui.

Disparou em fuga na caminhonete do seu pai de acolhimento. Dirigindo para qualquer lugar até que a caminhonete superaqueceu e ele acabou ficando a pé. E se deu conta pela primeira vez do tamanho do problema em que tinha se metido.

Talvez tenha sido aí que ocorreu a transição. Matar os Duvall tinha sido impulsivo. Mas então, a pé na estrada naquele calor insuportável, Telly deve ter entendido as implicações totais de suas ações. Nada mais de dúvida. No debate entre vilão ou herói, Telly conseguiu sua resposta. E, uma vez resolvido o conflito, ele agora estava fazendo o que assassinos faziam de melhor.

Quincy ergueu o colchão. Procurou embaixo da cama. Arrastou a cômoda, a mesa, procurou pisos soltos. Nada, nada, nada. Então, uma batida leve no batente da porta. Cal Noonan estava lá de pé.

"É melhor você ver isso."

"Não encontrei a barraca. Saco de dormir, uma mochila maior seria meu palpite. Dá para ver que era nesse canto que Frank Duvall guardava seu equipamento. Agora ele está pelo menos metade vazio."

Quincy estava na garagem com Cal e Shelly. O rastreador prosseguiu com as explicações. Tanto Quincy quanto Shelly ouviam atentos.

"Também fui até o porão verificar o cofre de armas. O que me fez pensar: atiradores também têm um bocado de equipamentos. Mesa para montagem, óculos de segurança, protetores de ouvidos, kits de limpeza de armas e, claro, bolsas de lona para carregar tudo isso para o campo de tiro. Encontrei uma mesa dobrável e algum equipamento de proteção de olhos e ouvidos, mas a bolsa de lona e o kit de limpeza de armas... Isso eu não estou vendo."

"Telly pegou uma quantidade considerável de suprimentos", Shelly murmurou, franzindo o cenho. "Mas não encontramos nada disso dentro da caminhonete do Frank Duvall ou perto dele."

"Exatamente. A essa altura, estamos falando de equipamento demais para ele ter escondido atrás de uma árvore. Acho que ele já deve ter deixado tudo em algum lugar, antes da caminhonete superaquecer."

"Uma base de operações", disse Quincy.

"As más notícias então são que ele está muito mais bem preparado do que pensamos", Cal acrescentou

"E as boas notícias?", Shelly perguntou secamente.

"Isso tem que estar em algum lugar, certo? E, tendo uma barraca, o garoto não vai muito longe. Ele não está simplesmente fugindo. Ele armou uma base de operações. Isso pode nos ajudar."

"Nós encontramos filmagens de Telly dirigindo pelo centro da cidade cerca de sete e meia da manhã", disse Shelly. "Parece que há uma grande bolsa de lona preta na parte de trás da caminhonete."

"Isso indicaria que a base de operações está em algum lugar ao norte da cidade", Cal acrescentou. "A próxima pergunta então é: será que o Telly tem um lugar favorito? Talvez um lugar de acampamento que ele tenha usado antes? Um campo favorito de tiro?"

"A maioria dos locais de tiro fica em clareiras nos bosques", Shelly informou. "Mas é exposto demais para armar um acampamento."

"Rainie fez uma rápida pesquisa sobre os Duvall", Quincy falou. "Sandra postava com frequência no Facebook, inclusive fotos de Frank e de Telly indo para várias aventuras a céu aberto. Pode haver menção a áreas de acampamento e de pesca na página no Facebook. Ou referências o bastante no fundo para identificar aonde eles iam."

"Será que ele iria mesmo para um lugar que associa com o pai de acolhimento?", Shelly perguntou. "Ele acabou de matar o homem."

"Ele iria para um lugar onde se sente confortável", disse Cal. Quincy assentiu em concordância.

"A essa altura, Telly sabe o que fez", Quincy continuou. "E entre seus ataques de raiva e repulsa de si mesmo, ele também está com medo. Não tem como voltar atrás nisso. Ele vai precisar de alguns momentos para se recompor. Só pode fazer isso em algum lugar onde se sinta seguro."

Ele não se deu ao trabalho de acrescentar que se tivessem muita sorte, Telly usaria um desses momentos para acabar com seu medo e ódio de uma vez por todas. Bastaria puxar o gatilho e Telly Ray Nash nunca mais precisaria se perguntar quem era.

Nesse caso, contudo, a busca de Sharlah estaria apenas começando.

"Devíamos falar com as pessoas que conheciam os Duvall", Quincy recomendou. "Melhor ainda, um companheiro de caçada, um amigo atirador. Talvez eles sejam capazes de nos dar uma lista dos locais preferidos de Frank."

"Talvez o filho dele saiba", disse Shelly. "É provável que Frank tenha levado Telly em algumas das mesmas aventuras que havia compartilhado com Henry. Ele também pode saber exatamente que partes do equipamento de acampamento estão faltando."

"Isso também vai te dar uma desculpa para interrogá-lo outra vez, sem levantar muita suspeita", Quincy concordou.

"Gosto do jeito que você pensa."

"Mais uma coisa", disse Cal. Ele mudou o apoio de um pé para outro, pela primeira vez parecendo desconfortável. "Tem uma pilha de caixas de papelão do outro lado, marcadas com o nome do Telly. Elas parecem estar cheias de potes e panelas velhos, alguns utensílios domésticos. Dentro delas, também encontrei uma caixinha de metal. Nova demais para ser item de revenda, o que me deixou curioso."

Cal então ergueu a caixa. Girou o trinco. A tampa abriu, revelando quatro itens. Fotos, Quincy percebeu. Similares àquelas encontradas mais cedo. Sharlah passeando com Luka ao seu lado. Sharlah na frente da casa deles. Mas com uma camisa diferente, ele percebeu agora. Fotos diferentes, tiradas em um dia diferente daquelas recolhidas no celular de Telly.

Telly Ray Nash definitivamente estava seguindo a irmã mais nova. Além disso, essas fotos possuíam um elemento adicional: em cada uma das fotos, no centro do rosto de Sharlah, ele havia desenhado miras.

Após fotografar a irmã, Telly a transformou em um alvo humano.

CAPÍTULO 24

LUKA ESTÁ SE esbaldando em volta do rio, tentando encontrar o graveto que acabei de jogar para ele. Eu já tive minha vez na água. Estacionei minha bicicleta embaixo de uma árvore e entrei direto, com roupa e tudo. Está quente assim. O rio, em contraste, parece uma corrente de gelo, gorgolejando sobre as pedras e em torno dos galhos caídos das árvores. É a melhor sensação do mundo inteiro.

Nós não chegamos muito longe. Alguns quilômetros? Mas o calor... Luka começou a se cansar quase imediatamente e não demorei muito depois disso. Então comecei a me preocupar com a temperatura da superfície da estrada nas almofadas das patas de Luka. O que significou que precisamos sair da estrada. Só que a cobertura de grama macia dificultou ainda mais seguir com a bicicleta. O suor começou a escorrer no meu rosto. *Escorrer.*

Por fim, desviei para os bosques. Podia ouvir a água e isso foi suficiente para mim. Desci da bicicleta e caminhei para aquela sombra abençoada.

Agora, aqui estamos nós. Cheios de planos grandiosos e execução pífia. Luka está feliz. E eu...

Não sei como estou. Confusa. Me sentindo estúpida. Transtornada. Culpada.

Rainie e Quincy provavelmente estão me procurando. Talvez um deles esteja procurando nos bosques atrás da casa, o outro dirigindo pela cidade. Eles vão ficar preocupados. O rosto de Rainie deve estar tenso, mas ela vai continuar sua busca incansável, uma arma colocada na cintura de sua calça capri.

Já Quincy... seu rosto deve estar severo e implacável. Vai parecer que ele está com raiva, porque esse é seu rosto de preocupação. Levei um bom ano para perceber isso.

O que faz de um grupo de pessoas uma família?

No sistema de acolhimento, se conversa bastante sobre o assunto. Especialmente os conselheiros familiares. Eles trabalham com os pais em potencial para estabelecer expectativas (eu sei porque uma das minhas muitas falhas é a tendência que tenho de me esconder para escutar as conversas alheias) e esclarecem: *a criança chegará totalmente em frangalhos. Embora vocês vejam a si mesmos como propiciadores de um lar amoroso, lembrem-se de que a criança acabou de sair de outra casa e veio parar aqui. Não é incomum que ela esteja triste, com raiva ou com medo, mas não entrem em pânico. Famílias não são construídas em um dia.*

É claro que eles têm algumas falas similares que gostam de nos passar: *não se preocupe se você não reagir imediatamente aos seus novos pais. Não é incomum sentir-se estranho ou tenso ou desconfortável. Vocês precisam de tempo para conhecer uns aos outros. Mas essas pessoas se importam, é por isso que estão acolhendo você. Famílias não são construídas em um dia, você sabe.*

Quando Rainie, Quincy e eu nos tornamos uma família? Faz quase uma hora que estou pensando nisso, e ainda não encontrei a resposta.

Definitivamente não foi amor à primeira vista. Rainie pelo menos tentou sorrir. Quincy estava todo sério e vestindo aquelas roupas, é claro. Dá para ver que aquele homem é um ex-agente federal a quilômetros de distância. Meu primeiro pensamento foi que eu havia chegado em um campo de treinamento ou, talvez, algo pouco melhor que um reformatório. Pelo menos a casa era legal.

Quincy e Rainie iniciaram o contato me levando para um passeio oficial. Aqui fica a sala de estar, a cozinha, o seu quarto. Deixa que a gente te ajuda a desfazer as malas. Bem, isso foi rápido. Agora, que tal jantar?

Nós chegamos a conversar naquela primeira noite? Não me lembro. Estava com raiva, acho. Ou talvez assustada, quem sabe os dois. Eu tinha ferrado com tudo na casa anterior. Era isso que eu fazia. Se tinha alguma ideia maluca e estúpida, mesmo sabendo que não devia, eu colocava em prática. O que fazia de mim uma criança-problema. Pelo menos eu não falava muito. Para falar a verdade, ouvi uma das unidades de acolhimento dizendo isso. *Pelo menos essa criança é quieta.*

Acho que Rainie conduziu todo o papo naquela primeira noite. Enquanto eu fazia contagem regressiva para o momento em que poderia escapar para meu novo quarto, e Quincy, sem dúvida, estava se perguntando no que havia se metido. Definitivamente não foi amor à primeira vista.

No início, você é instruído a se concentrar na rotina. Estabelecer um ritmo diário, segui-lo, e aí as coisas vão parecer menos tensas e mais naturais. Levantar-se, ir para a escola, chegar em casa e encontrar Rainie sentada à mesa, armada com algum tipo de lanche natureba. Rainie perguntaria como tinha sido o meu dia. Eu não responderia nada. Ela me perguntaria sobre a escola. Eu continuaria calada.

Então, ela pegaria minha pasta de aula e leria o bilhete do meu professor, com o resumo do meu dia e o meu dever de casa. Porque não dá para confiar em crianças impulsivas e irracionais para fazer o dever de casa sozinhas.

Não tinha permissão de me levantar da mesa até terminar meu dever de casa. Mais um motivo para me ressentir, mas pelo menos Rainie não ficava me vigiando. Ela lia um livro enquanto eu fazia a lição. Quando finalmente terminava, ela passava um olho no trabalho, circulava aqueles que eu precisava corrigir, depois voltava para seu livro.

O jantar era um momento muito silencioso. Em certo ponto, Rainie e Quincy desistiram de mim e passaram a falar só entre eles. Pequenas coisas sobre um caso, um "você se lembra quando..."

O que começou a chamar minha atenção. Afinal, como é que você não vai ficar fascinada quando o assunto são crimes e criminosos? Além disso, conforme expliquei para eles uma noite, eu sabia tudo a respeito de psicopatas. Bem-vindos à vida de pelo menos metade dos alunos da minha turma.

Quando um grupo se torna uma família?

Existe uma receita? Com quantos dias juntos, jantares compartilhados e piadas internas? Ou é num determinado momento? Teve a tarde em que Quincy trouxe Luka para casa e percebi, pela primeira vez, que ele não era tão sério no fim das contas — só estava nervoso. Ele tinha conseguido esse cachorro só para mim e agora estava preocupado que eu fosse estragar tudo. Que eu não fosse gostar de Luka, que Luka não fosse gostar de mim.

Só que entre Luka e eu, aí sim foi amor à primeira vista. Abracei seu pescoço peludo, ele lambeu o meu rosto e eu o amei. Amei Luka mais do que já tinha amado qualquer coisa. E depois, olhando para o meu pai de acolhimento, percebi que uma parte daquele amor também se estendia a ele, por estar fazendo isso por mim. E se estendia a Rainie, que já estava rindo e procurando brinquedos de cachorro, sendo quase tão criança quanto eu.

Luka nos tornou uma família.

Claro, houve aquela segunda ou terceira reunião de pais e professores, quando minha professora estava mais uma vez explicando tudo o que eu tinha feito de errado, todos os meus "desafios" e Quincy falou de repente: *não estou preocupado com os desafios de Sharlah. Sharlah é uma menina brilhante, forte e capaz. Você, por outro lado...*

Rainie passou um sermão nele por causa disso quando chegamos em casa. Depois, deu um abraço bem apertado.

Como um grupo se torna uma família?

No dia em que anunciaram que estavam me adotando? Sei que eles queriam uma reação mais efusiva. Talvez eu devesse chorar de alívio ou jogar meus braços em volta deles em gratidão. Em vez disso, simplesmente fiquei lá sentada com as mãos no colo.

Porque não sou muito de falar e, naquele momento, havia muitas palavras para dizer. E algumas dessas palavras eram sobre alívio, amor e alegria. Mas também havia medo.

Porque, embora eu ainda estivesse tentando entender como um grupo de pessoas se torna uma família, já sabia como se perde uma. Sabia exatamente o que é necessário para desintegrar uma família. Até perder ambos os pais. E meu irmão... Eu nem ao menos sei se ele ainda é meu irmão.

A conselheira familiar tinha razão: famílias não são construídas em um dia. Mas elas podem ser destruídas em um instante.

Luka está de volta, ensopado e pingando. Ele joga o graveto aos meus pés, me olhando esperançoso, depois dá uma sacudida vigorosa. Levanto as mãos em protesto, mas mesmo assim fico coberta de água e pelos de cachorro.

"Sério?", pergunto a ele. "Sério mesmo?"

Ele me olha solenemente. Gravetos são algo sério em seu mundo. Brincar no rio também é. Pego o galho de árvore, mas não o arremesso imediatamente. Em vez disso, estudo meu cachorro, meu melhor amigo em todo o mundo.

"Luka", digo, minha voz tão séria quanto sua expressão. "Não sei o que estou fazendo."

Luka não me responde, ele sempre foi um excelente ouvinte.

"Digo, Rainie e Quincy vão ficar putos. Pior ainda, vão ficar preocupados. Não quero que eles se sintam mal. Mas é que eu..."

Não posso simplesmente sentar e esperar para ver o que acontece primeiro: meu irmão atacar e machucar meus novos pais, ou meu irmão atacar e meus novos pais o machucarem.

"Você sabe que horas são?", pergunto a Luka. "Nem isso eu sei. Não é um plano muito bom, se você parar para pensar a respeito. Mas aqui estamos nós. Na estrada. Só que eu não sei para onde vamos ou como vamos chegar lá."

Eu poderia consultar meu celular. Ligar o aparelho só tempo o bastante para consultar as horas. Talvez até descobrir nossa posição no Google Maps. Melhor ainda, se eu pudesse acessar um mapa de todas as linhas de veículos terrestres e, assim, descobrir como chegar até um deles a partir da minha posição, talvez eu pudesse aumentar as chances de trombar com meu irmão. Ele está aí fora em algum lugar e ficar sentada numa margem de rio qualquer a poucos quilômetros da minha casa com certeza não está ajudando.

A menos, é claro, que Telly já esteja seguindo na direção da minha casa. Nesse caso, se ele vem do norte, teria que atravessar esses bosques. Apesar de que "esses bosques" cobrem uma extensão de terra bastante grande. Ele já poderia estar "nesses bosques" e, a menos que realmente esbarrássemos um no outro, eu nem ficaria sabendo. Desejar que a gente colida magicamente não parece um plano muito bom.

Volto a observar Luka, que agora está deitado mastigando seu graveto.

"Se eu ligar meu celular", digo ao meu cachorro, "eles podem rastrear meu GPS. Pelo menos é isso que dizem nas séries policiais. 'Rastreie o telefone de fulano e ciclana.' Não sei exatamente como é feito, mas, na televisão, eles sempre terminam com o fugitivo algemado." O que me leva a um novo pensamento: "Você acha que eles me algemariam? Quer dizer, sou uma fugitiva. Talvez Rainie e Quincy me acusem. Para me dar uma lição, esse tipo de coisa."

Luka inclina a cabeça na minha direção e volta a mastigar.

"Mas quais são as minhas opções?", pergunto a ele. "Passarmos o dia sentados aqui? Até ficarmos sem comida e sem água? E depois o quê? Voltar rastejando para casa com nossos rabos entre as pernas?"

Luka ergue as orelhas ao ouvir a palavra *casa*. Suas palavras favoritas ele entende em inglês e holandês. Mas já estou sacudindo a cabeça. Não posso fazer isso. E não digo naquele sentido de "isso seria terrível". Quero dizer que realmente *não posso* fazer isso. Existe uma resistência física real dentro de mim. Como um caco de vidro que não consigo tirar. É isso que me coloca em roubadas. É a mesma rigidez que diz que eu *tenho* de fazer alguma coisa, mesmo depois de terem me dito que não.

Não estou tentando ser teimosa ou desobediente. É só que... Tem coisas que eu preciso fazer. E coisas que eu não posso fazer. Nenhum dos meus pais de acolhimento jamais entendeu isso. Claro, eles leram minha ficha. Transtorno opositivo-desafiador, ansiedade, blá, blá, blá. Só que nenhum deles realmente entendeu... A sensação de ser eu.

Mas Rainie e Quincy entenderam. Eu via em seus rostos, eles sabiam, reconheciam os sintomas, por assim dizer, quando algo acionava meu gatilho. E eles recuavam, me davam uma chance. Porque nesses momentos, eu *não consigo* mudar meu curso, o que significa que a outra parte precisa ceder.

Como agora. Quando eu sei que deveria ir para casa. Mas não posso. Simplesmente... não posso.

Então aqui estou, com o meu cachorro, em uma missão tola. A única escolha consiste em ligar ou não o meu celular. Eu ligo. Não se dê outra chance para pensar. Ligue-o de uma vez. E se alguém, em algum lugar, estiver me rastreando, então talvez eu não tenha que me preocupar por muito tempo com o que eu posso ou não posso fazer.

Pressiono o ícone do Safari, ativando o navegador de internet antes que me distraia com outra coisa. Tipo, mensagens de Rainie ou Quincy. Ou recados de voz me implorando para voltar para casa.

Antes de mais nada, procuro mapas de linhas de veículos terrestres do Município de Bakersville. Dou sorte, a página carrega rapidamente. A rede de linhas é ampla. Na tela do meu pequeno celular, demoro um pouco para descobrir onde estou no mapa em relação às rotas mais próximas.

No fim das contas, não estou tão longe. Cerca de um quilômetro, seguindo o rio por dentro dos bosques. Agora, se meu irmão vai estar nessa trilha específica, considerando a ampla variedade de caminhos para escolher, já é outra pergunta. Mas é um começo. Algo para Luka e eu fazermos. Fecho o Safari, minhas mãos tremendo apesar de me concentrar para mantê-las firmes. Em seguida, é claro, eu as vejo: oito novas mensagens. Três recados de voz. Eu já sei o que eles vão dizer. Não preciso verificar. Só desligar o celular e prosseguir com minha grande fuga.

Só que aquele caco de vidro dentro de mim agora tem um novo alvo. As mensagens dos meus pais. Coisas que eu não preciso verificar, não deveria verificar, mas que agora absolutamente, positivamente, preciso ver.

É assim que funciona. É o que significa ser eu. Suspiro profundamente, então abro as mensagens. As primeiras são o que eu esperava. *Sharlah, cadê você? Sharlah, por favor volte para casa para a gente conversar. Sharlah, só queremos saber se está bem.*

A penúltima é de Rainie. Duas palavras que me atingem como um soco no peito: *Eu entendo.*

Nada mais. Nada menos. Pura Rainie. E por um momento, meus olhos ficam cheios d'água. Mas existe uma última mensagem. Uma do Quincy. E se pensei que a mensagem de Rainie tinha doído, essa arranca o ar dos meus pulmões.

Encontramos seu irmão, diz a mensagem de Quincy. *Venha para casa, Sharlah. Ele quer falar com você.*

CAPÍTULO 25

Ele não gostava de mim.

Ele se sentou à mesa, na cadeira perto de Frank, tentando parecer relaxado, tranquilo, um aluno de faculdade em casa para as férias de primavera. Mas seu olhar ficava gravitando para mim, do lado do forno, onde eu estava ralando queijo para cobrir nosso frango com parmesão. Avaliando o novo menino. A pessoa que havia tomado sua casa e seus pais enquanto ele estava fora estudando.

Henry definitivamente não gostava de mim.

Mantive a cabeça baixa, concentrado no bloco de parmesão, no ralador de queijo. Sandra pediu que eu ajudasse com o jantar. Exibindo os talentos do novo garoto? Vai saber. Fiz o que me pediram, já tinha passado tanto por essa situação que havia perdido a conta. Tantos lares de acolhimento. Acolhidos, filhos de sangue, irmãos adotados. Ser odiado era um rito de passagem. Nada que eu já não conhecesse.

Na cozinha, Sandra era pura energia nervosa. Não a via assim desde, talvez, meu primeiro dia na casa. Ela estava preparando salada, pão de alho... Todas as comidas favoritas do seu filho, é claro. E tudo tinha que sair perfeito. Eu conhecia Sandra bem o bastante agora para reconhecer a pressão que ela colocava sobre si mesma. Seu filho estava em casa. Com seu filho de acolhimento. O primeiro jantar em família precisa ser perfeito, perfeito, perfeito.

Desde nossa primeira aula de culinária, eu tinha passado a respeitar mais a Sandra. Então agora trabalhava com verdadeiro afinco para ralar o parmesão.

Frank estava feliz. Ele se sentou à mesa, com uma cerveja aberta na frente dele, o que era incomum. Henry estava falando tudo sobre suas aulas. Tudo quanto é coisa de nerdice de computação, equipamento geek de engenharia. Eu, definitivamente, não entendia nada. Mas Frank, sendo um adepto da ciência, concordava o tempo inteiro. Acho que Henry puxou a ele, porque Frank fazia perguntas e depois sorria com as respostas, seu orgulho paterno praticamente irradiando dele.

Ralei um pouco forte demais. Machuquei o dedão. Me movi discretamente até a pia para enxaguar o sangue antes que Sandra percebesse o que eu havia acabado de adicionar ao seu queijo parmesão.

"Telly, o que aconteceu com você? Você se cortou?" Tarde demais. Ela já estava do meu lado, agarrando meu dedão, inspecionando o dano.

"Estou bem."

"Não está nada. Frank, precisamos de um Band-Aid. Vá pegar um Band-Aid." Obediente, Frank se afastou da mesa, e serpentou pelo corredor.

"Temos Band-Aid? Onde eles estão? Armário, banheiro?"

"Ai, Frank, como você pode não saber onde ficam os Band-Aids?"

Sandra foi atrás de Frank pelo corredor, me deixando sozinho com Henry na cozinha. Mantive meu polegar embaixo d'água, olhando para frente. Da mesa, Henry não estava sendo lá muito sutil.

"Se preparando para o seu futuro como auxiliar de cozinha?", ele disse.

Não respondi nada. Por que me dar ao trabalho? Logo ele iria embora de novo. De volta para a faculdade. E quando o verão chegasse, quem sabe se eu ainda estaria por aqui? Um garoto só aguentaria ficar cozinhando e atirando até certo ponto, certo? Sem falar que, à essa altura, estava bem claro que eu passaria boa parte de junho e julho na recuperação da escola.

Henry chegou a cadeira para trás. Contornou a mesa e veio na minha direção. De pé, perto da pia da cozinha, me senti tenso. Frank era um cara grande, e seu filho também tinha puxado isso dele. No mínimo alto. Mas talvez sem experiência na hora de brigar.

Então é assim que as coisas seriam. Ele me provocaria até eu perder as estribeiras. Então Frank e Sandra voltariam e encontrariam seus dois "garotos" brigando no meio da cozinha. Nesse ponto, é claro, eles correriam para ficar do lado do filho. Henry, o garoto perfeito.

A boa notícia é que, no fim das contas, talvez não tivesse que me preocupar com as aulas de recuperação. Eu já teria ido embora. Fechei a torneira. Peguei papel-toalha e enrolei meu dedo ralado. Agucei os ouvidos para captar sons dos passos de Frank e Sandra voltando pelo corredor.

"O que está fazendo aqui?" Henry parou atrás de mim, sua voz perto do meu ouvido.

"Cozinhando o jantar."

"Vai ganhar a confiança deles? É essa a estratégia? Ser um bom menino, depois roubar tudo que eles têm no minuto em que não estiverem olhando?"

Minha agente de condicional, Aly, vinha conversando comigo sobre técnicas para gerenciar meu temperamento. Tentei freneticamente me lembrar de algumas delas na hora. Só que eu não tinha meu iPod à mão para abafar as provocações de Henry com meus fones de ouvido.

"Vamos. Olhe em volta. Meus pais dão duro, são pessoas modestas. Até o computador deles tem cinco anos e não serve para nada além de ir para o ferro-velho. Seja lá o que está tramando, essa não é a casa certa. Meus pais não são as pessoas certas."

"Seus pais são legais", me ouvi dizendo. Uma surpresa para nós dois.

"O quê?"

"Seus pais. Eles são legais."

Henry me encarou. Encontrei coragem para me virar, encará-lo de volta.

"Não tenho o seu futuro. Não sei nem se tenho algum futuro. Mas seus pais, eles estão tentando me ajudar a descobrir. Isso serve para bem mais do que um ferro-velho."

Henry franziu a testa, ainda tentando decidir se eu falava sério ou não. Talvez eu também estivesse.

Então, detrás dele, uma tossida discreta. Descobrimos que Frank e Sandra estavam no fundo da cozinha, nos observando.

"Bem, agora que já resolveram o assunto...", disse Frank.

Henry enrubesceu. Sandra deu uma risadinha nervosa, e aquilo pareceu quebrar o gelo. Henry e Frank voltaram para a mesa. Sandra e eu voltamos a preparar o jantar.

"Você nunca soube compartilhar seus brinquedos", Frank disse ao filho. Henry não discutiu.

No dia seguinte, Frank decidiu que os garotos deviam sair para atirar. Nós nos dirigimos para o campo de tiro caipira, armado com um pequeno arsenal, alvos, mesa dobrável e vestuário protetor para os olhos e ouvidos. Assim que chegamos, fui armar a mesa dobrável. Frank e Henry prepararam as armas. Henry estava falando com o pai, em voz baixa, como se quisesse que eu não escutasse.

"O pai da mamãe ainda está vivo?"

"Por que a pergunta?"

"Porque sim. Sim ou não. Tenho um avô materno ou não?" Frank ficou em silêncio diante do tom áspero. Eu me aproximei. Para mim, parecia que Henry estava querendo arrumar briga. E eu não queria perder isso.

"Acredito que ele esteja vivo. Sua mãe nunca disse que não estava."

"Mas você nunca falou com ele."

"Você sabe que sua mãe teve os motivos dela para ir embora."

"E que motivos foram esses?"

"Isso quem tem que contar é ela, Henry. Agora, por que todas essas perguntas?"

Henry tirou a pistola do estojo, colocou-a de volta para mostrar a câmara vazia e colocou-a sobre a mesa. Eu fiz questão de mostrar que havia escolhido o primeiro alvo, indo na direção da paleta maltratada de madeira para pendurá-lo. Me afastando, mas não muito.

Eu sabia que o pai de Sandra estava vivo. Pelo menos presumira que sim. Um cara ruim. Pelo que entendi, ele matava gente por dinheiro. Tão bom nisso que havia subido na vida e talvez agora fosse o próprio chefe mafioso. Será que era possível eu saber de algo que Henry não sabia? Sandra confiava tanto assim em mim?

"Um sujeito mais velho apareceu", Henry disse agora. "Algumas semanas atrás. Estava me esperando depois da aula. Simplesmente parado lá, olhando diretamente para mim. E o mais louco é que, na mesma hora, eu tive uma sensação de déjà vu. *De que já tinha visto ele antes."*

Frank não disse nada.

"Ele disse que era meu avô. Disse que queria me conhecer. Me convidou para jantar na semana que vem."

"O quê?" Agora a voz de Frank estava áspera. O pallet de madeira estava cheio de tachinhas. Peguei uma azul, usei para prender o alvo, sem ousar me virar. "Você disse sim?"

"Talvez. Pensa só. Esse senhor mais velho... Ele é muito parecido com a mamãe. Tipo... Parte da minha família. Você acha que eu não tenho perguntas? Você acha que um rapaz não iria querer saber mais sobre o próprio avô?"

"Se sua mãe souber disso, ela vai ter um ataque."

"Bem, não estou exatamente pedindo a permissão dela, estou? Não foi à toa que preferi falar com você."

"Henry... Você não pode fazer isso. Diga não para esse cara. Além do mais, o que espera conseguir dele? Mais um presente de Natal? Você viveu até agora sem um avô. Não destrua sua mãe começando esse relacionamento agora."

"Por que isso destruiria ela? Será que alguém pode me dizer o que esse cara fez?"

"Sua mãe fugiu aos 16 anos de idade. Deixou tudo para trás para viver na rua. Isso já não diz o suficiente?"

"E se ele mudou? Ele definitivamente parece mais velho que um dinossauro. Talvez esteja morrendo e queira uma última chance para fazer as pazes antes de partir."

"Ele é um maldito mentiroso..."

"Então você conheceu ele?"

"Sua mãe não quer ele de volta à vida dela! Isso é tudo que eu preciso saber, e tudo que você precisa saber. Você acha que ele não tem consciência disso também? Por que você acha que ele apareceu no campus da sua faculdade em vez de aparecer na nossa varanda? Pense nisso um segundo. Se esse sujeito está tão ansioso para fazer as pazes, por que ele está indo atrás de você e não da sua mãe?"

"Talvez porque a pontaria dela é ainda melhor do que a sua."

Isso foi novidade para mim. Ainda segurando o alvo, de costas para Frank e Henry, pisquei os olhos.

"Telly", Frank me chamou.

Coloquei rapidamente uma segunda tachinha na base do alvo, e voltei correndo.

"Você ouviu."

Eu não disse nada, porque Frank não havia feito uma pergunta. Ele suspirou. Passou a mão pelo cabelo grisalho. Nunca tinha visto Frank tão agitado.

"É claro que ouviu", ele murmurou. "No seu lugar eu também ficaria ouvindo tudo. Henry, descreva seu avô. Tudo sobre ele. Vai."

Henry abriu a boca, pareceu que ia discutir um pouco mais, depois se calou novamente.

"Um metro e setenta e oito", ele disse enfim. "Cabelo cinza platinado, ralo no topo. Os olhos da mamãe." Ele pareceu saborear aquela frase. "Anda meio que nem ela, também. Sobretudo marrom-claro, estilo militar, calça de poliéster marrom e camisa de botão. Um visual bem típico de fóssil. Mas

você saberá que é ele quando o vir. Ele parece..." Henry deu de ombros. "Ele parece uma versão masculina e mais velha da mamãe."

"Se você vir esse sujeito", Frank me disse entredentes, "em qualquer lugar da nossa propriedade, me ligue. Na mesma hora. Se ele se aproximar da casa, fizer qualquer tentativa de falar com Sandra, atire primeiro, pergunte depois. Acredite em mim, uma morte violenta para esse cara dificilmente vai levantar qualquer suspeita."

"Quem ele é?", Henry perguntou novamente.

Não disse nada, mas me aproximei ligeiramente de Henry. A essa altura, eu também queria saber.

"David", Frank ofereceu de repente. "David Michael Martin. Se quiser saber mais sobre ele, procure no Google. Mas não fique surpreso quando não encontrar nada. Gente como ele... Ele passou a vida inteira garantindo que não existia para o mundo. Nem em papel, e certamente não na internet."

"Como assim ele não existe? Como alguém pode não existir?"

Frank contraiu os lábios.

"Esse cara é encrenca. É tudo que você precisa saber. Ele é o tipo de sujeito que, aonde quer que vá, a morte o acompanha."

Henry fez uma careta de deboche.

"Ele é só um velhote. Eu o vi com meus próprios olhos. O que quer que tenha feito algum dia... Ele está velho agora, querendo fazer as pazes. Isso não devia contar para alguma coisa?"

"Você é um bom garoto", Frank disse abruptamente, olhando para o filho. E ele não estava falando da boca para fora. Acreditava naquilo. "Inteligente, que participa de um renomado programa de computação. Então onde estava o seu avô quinze, dez, cinco anos atrás? Eu respondo para você: não estava em lugar nenhum. Porque nessas épocas você não era potencialmente útil para ele."

"Não entendo o que quer dizer", Henry estudava seu pai.

"Alguém como David... Ele não faz as pazes com ninguém, Henry. Ele manipula. O que significa que, se está te procurando, é porque você tem algo que ele quer."

"Perdão."

"Não seja estúpido. Ele nem sabe quem você é. O que o seu perdão significaria para ele? Por outro lado, seu diploma, sua inteligência, sua reputação com computadores... Isso sim é de interesse. A próxima geração

de crimes depende totalmente da internet. Um garoto como você poderia ser muito útil para ele. O fato de você ser da família é melhor ainda."

"Acha que ele está me recrutando? Para, tipo, fazer parte dos negócios da família?"

"E por que não? E já digo desde já que ele vai usar todas as palavras corretas. Dizer tudo que você quer ouvir. Você não sobrevive tanto quanto ele sem saber como ser muito, mas muito esperto. Mas, no fim das contas, gente ruim é gente ruim. Ele quase destruiu sua mãe. Se deixar esse homem entrar na sua vida, ele vai fazer o mesmo com você. E não vai perder nem um minuto de sono por causa disso. O que é um neto quando já se perdeu uma filha? Esse é o tipo de homem que ele é, Henry. Estou sendo sincero com você."

"Você quer que eu cancele o jantar", Henry continuava olhando para o pai.

"Sua mãe nunca voltou. Nos últimos trinta anos, nem uma ligação sequer para casa. Ela abriu mão da própria mãe, Henry. Para se manter em segurança. E então, depois do seu nascimento, para te manter em segurança. Isso devia ser suficiente para você."

Henry não disse nada. Abriu o estojo da pistola e começou a limpar a arma no piloto automático.

"Ele deixou a Sandra ir", eu disse de repente. Porque isso me incomodou, vinha me incomodando. Frank e Henry olharam para mim.

"Você está dizendo que ele é um bandidão da pior espécie. Mas a filha dele, de 16 anos, foi embora e ele deixou." Eu tentei perguntar isso para Sandra, mas não havia entendido a resposta dela. Agora eu podia ver pela expressão no rosto de Frank que ele entendia meu ponto de vista imediatamente. Henry, contudo, ainda estava confuso.

"Meu pai", eu me ouvi dizer, "se ele queria alguma coisa e você tinha essa coisa... Ele não deixava para lá. Ele não deixava você ficar com ela."

Henry me olhou de um jeito estranho. Dava para ver que ele estava se esforçando para não me zombar, para não me oferecer um bastão de beisebol. O olhar de Frank, entretanto, foi muito mais avaliador.

"Existem perguntas", Frank disse finalmente, falando comigo, não com Henry, "que não faço à minha esposa."

Balancei a cabeça, concordando.

"Não que eu não desconfie de quais sejam as respostas. É porque eu entendo que é melhor para ela não ter que colocá-las em palavras."

O que significava que Sandra tinha feito algo. Ela não tinha simplesmente ido embora, como a versão censura livre da história, aprovada para o Henry, levava a crer. Ela tinha feito algo. Talvez algo tão terrível quanto espancar alguém até a morte com um bastão de beisebol. E assim conquistou sua liberdade. Talvez até a fez pensar em cuidar de uma criança como eu.

E então eu também senti algo. Uma onda de emoção. Mais do que gratidão; talvez amor pela minha nova mãe de acolhimento, ou pelo menos pela garota de 16 anos que ela tinha sido um dia.

"Oh, pelo amor de Deus", disse Henry. "Daqui a pouco vocês vão me dizer que minha mãe era uma assassina secreta."

Frank manteve o silêncio por tempo o suficiente para Henry arregalar os olhos. Depois abriu um sorrisão.

"Sim, sua mãe. Matando todo mundo de gentileza."

Henry gargalhou. Deixei ele ter seu momento de diversão. Mas eu sabia que havia aprendido algo sobre minha mãe de acolhimento, o ás na manga que fazia Sandra ter mais em comum comigo do que com o próprio filho. Depois tive um segundo pensamento, mais inquietante do que o primeiro. Se algum dia Sandra tinha feito algo para comprar sua liberdade, o que havia mudado para o pai dela aparecer justo agora na faculdade do filho dela?

Mas o pensamento passou, e tanto Frank quanto Henry voltaram a atenção para as armas. Frank tinha retirado a munição. Agora Henry estava se posicionando para o primeiro tiro com a 22.

Henry era bom, quase tão bom quanto Frank. Depois foi a minha vez, e pensei que odiaria fazer aquilo com Henry me olhando, mas até que fui bem. Eu gostava da pistola. Ainda me sentia desajeitado com o rifle, mas a Ruger estava começando a parecer cada vez mais natural na minha mão.

Frank terminou com alguns de seus truques. Henry também entrou no espírito da brincadeira e eles atiraram em cápsulas de balas. Viraram o alvo de papel ao contrário. Até se revezaram para ver quem conseguia derrubar as pinhas das árvores. Depois praticaram dar três passos para a esquerda, sacar e atirar. Depois passos para a direita, pow, pow, pow.

Depois relaxaram e, por um momento, tive essa sensação surreal. Ligação entre pai e filho. Aquilo existia. E era assim a sensação. Então me lembrei de ir com minha irmãzinha até a biblioteca. Ler Clifford, o Gigante Cão

Vermelho, *para ela. Ligação entre irmão e irmã. Aquilo existia também. E era assim a sensação.*

Me perguntei o que Sharlah estaria fazendo naquele momento. Onde ela morava. Será que ela gostava dos pais que a haviam acolhido? Será que estava feliz?

Fechei meus olhos e me desliguei de tudo. Porque ou era isso ou desmaiar com o aperto que senti em meu peito.

Hora de limpar tudo. Deixei as armas de lado. Henry dobrou a mesa, Frank levou as coisas para a caminhonete. Ninguém falou nada. No caminho para casa, Frank quebrou o silêncio. Disse uma única frase:

"Nem uma palavra sobre isso com a mãe de vocês."

Henry e eu demos nossa palavra.

CAPÍTULO 26

SHELLY RECEBEU a informação diretamente de Henry Duvall. Ela queria visitá-lo, questioná-lo mais a fundo sobre a história pessoal e familiar. Mas agora, considerando a urgência da situação, ela se contentou com um simples telefonema. *Seu pai tinha um campo de tiros favorito, meio secreto?* O que resultou em um sim. Exatamente na mesma rota ao norte por onde Telly Ray Nash havia dirigido, na direção do posto EZ Gas. Próximo passo: reconhecimento.

"Não quero mais nenhuma surpresa", Shelly declarou. Eles voltaram à central de comando. Ela, Cal, Quincy e outros líderes da equipe de busca. "Quando declaramos esse suspeito armado e perigoso, não estávamos brincando."

"Helicópteros", sugeriu Quincy. "Coloque um fazendo barulho sobre o campo de tiro ao alvo e veja se a unidade de infravermelho consegue realizar alguma leitura térmica. Isso nos dirá se o acampamento já está ocupado."

Shelly suspirou profundamente. Cal foi o primeiro a explicar:

"O infravermelho não está funcionando", ele contou, olhando para a xerife. "Ou, para ser mais preciso, está gerando falsos positivos demais."

"Está muito quente lá fora", Shelly completou.

Cal traduziu para os outros membros da equipe:

"Uma das desvantagens da tecnologia de infravermelho: o sol aquece muitas coisas: rochas, água em árvores de folhas largas. Em temperaturas como essa, a paisagem inteira acende em vermelho vivo. Fica parecendo Las Vegas."

"Talvez", Shelly não parecia tão encantada.

"Agências gostam dos seus brinquedos", Cal deu de ombros, "mas, no fim das contas, sempre haverá trabalho para alguém como eu."

Shelly era obrigada a concordar com aquilo. No mundo pós-onze de setembro dos agentes da lei, era fácil adquirir "brinquedos" como dispositivos de imagens em infravermelho, helicópteros, dispositivos de GPS, etc. E, ainda assim, aqui estavam eles, de volta ao básico.

"Tenho uma unidade canina designada para nos ajudar", ela disse firmemente. Mais uma vez, Cal foi o primeiro falar.

"Nada contra Lassie, mas já pensou em câmeras? Imagens aéreas podem estar fora, mas as câmeras de solo, tipo as unidades que ficam nas trilhas, talvez possam nos ajudar." Shelly olhou para seu rastreador. É claro. Ela não podia acreditar que não havia pensado nisso antes. Todos os lugares tinham olhos agora, inclusive a natureza. De parques estaduais e federais instalando câmeras sensíveis ao movimento para rastrear animais selvagens, até Shelly e seus próprios detetives instalando dispositivos de vigilância para pegar traficantes de drogas cultivando maconha em terras do município. Sim, a floresta era vasta e misteriosa, cheia de lugares para um suspeito de um tiroteio se esconder. Mas também estava cheia de câmeras.

"Merda", ela murmurou. "Onde estava essa ideia três horas atrás?"

"A situação era diferente três horas atrás. Estávamos falando de um suspeito a pé, seguindo por um caminho desconhecido. Agora temos um campo de tiro. Destino conhecido, usando trilhas conhecidas. O que significa que podemos verificar as câmeras dessas trilhas."

"Não sei se te amo ou se te odeio", Shelly disse cansada.

Cal sorriu. Ela podia dizer pelo rosto dele que o rastreador entendia a sua frustração, e estava sentindo o mesmo. Todos estavam.

"Tenho esse efeito nas pessoas", Cal confidenciou. "Depois eu as alimento com queijo."

Shelly voltou sua atenção para o sargento chefe, Roy Peterson.

"As câmeras das trilhas. Vá atrás delas, nós vamos começar a estudar as filmagens."

Ele acenou positivamente e se retirou.

"Qualquer outra ideia antes de nos aproximarmos de um campo de tiro com um assassino em massa?" Uma questão mais ampla, que Shelly fez à equipe inteira.

"Leve câmeras de vigilância com você", Quincy propôs. "Dessa forma, se Telly não estiver lá, em vez de correr o risco de manter uma equipe no local, você pode instalar o equipamento para fazer o monitoramento por você."

"Gosto disso", Shelly concordou.

Seria fácil conseguir isso, já que o centro de comando móvel vinha com câmeras acionadas por movimento.

"Isso é tudo?"

Uma pausa breve e então a equipe inteira assentiu para ela.

"Muito bem. Vamos entrar em ação."

Cal assumiu o papel de rastreador líder. Tecnicamente falando, Shelly não estava no comando deles. A equipe de busca e resgate tinha sua própria liderança e tomava conta de si mesma. Ela não ficou surpresa, contudo, de saber que Cal estava entrando em campo mais uma vez. Considerando o que havia acontecido à sua equipe, ele tinha um envolvimento pessoal. E apesar de já ter liderado uma força-tarefa essa manhã, ele não parecia estar mais cansado ou exausto do que o restante deles.

Quincy concordou em esperar na unidade de comando móvel com ela. Se Roy pudesse encontrar qualquer câmera relevante nas trilhas, Shelly e Quincy poderiam rever as filmagens tão rápido quanto fosse humanamente possível.

A unidade estadual canina da SWAT chegou. Shelly tinha conhecido Molly, sua estrela, uma vez numa demonstração. A vira-lata preta e branca atarracada não se parecia em nada com qualquer cão policial que Shelly já tinha conhecido. O corpo estranho de um boxer. A cabeça quadrada de um pit bull. Uma mancha de pelos pretos formando um tapa-olho de pirata perfeito ao redor de seu olho direito. Combinando tudo isso com seu sorriso ofegante, "Molly Cabeçuda" parecia mais a parceira de um filme de comédia do que a heroína de ação favorita do Estado.

O que, de acordo com sua treinadora, Debra Cameron, tornava Molly perfeita para o trabalho. Resgatada de dois dependentes químicos, a jovem cadela tinha um impulso natural para o trabalho e um desejo ainda maior de agradar. No ano passado, Deb e Molly haviam rastreado uma suspeita de assassinato por quase cinco quilômetros pelas ruas de Portland, Oregon. A suspeita, uma prostituta viciada e decadente que esfaqueou outra garota de programa, cruzou vários edifícios abandonados, até se escondeu por algum tempo em um carro destravado, antes de finalmente desmaiar no alto de uma saída de incêndio em um armazém deserto. Molly havia seguido seu rastro de maneira incansável. Para cima, para baixo, por toda parte. A suspeita só recobrou a consciência para descobrir a cadela babando sobre ela. A viciada avançou com a faca ensanguentada, e Molly, com sua aparência desgrenhada, mordeu com tudo o braço da mulher.

Fim da linha para a assassina suspeita. O início de muitas condecorações para Molly e sua treinadora.

Agora, enquanto Shelly observava, Deb os preparava. A cadela tinha seu próprio colete. Equipamento militar, pelo que Shelly podia constatar. Um tecido preto pesado que se encaixava confortavelmente ao redor da estrutura compacta do cão, deixando apenas as pernas brancas, a cauda e a cabeça com tapa-olho de pirata desprotegidas. A roupa incluía bolsos e tiras, talvez para Molly carregar seu próprio equipamento. Por enquanto, contudo, Deb, a treinadora, parecia contente em colocar garrafas de água, lanches e uma tigela dobrável de água em sua própria mochila.

Shelly também tinha visto alguns cães de busca com proteção para as patas, mas, dadas as condições — caminhadas em bosques profundos com árvores vistosas — as de Molly permaneceram sem botas.

Cal veio para fora. Olhou para Molly, que inclinou sua cabeça preta e branca para o lado e sorriu para ele.

"Cal Noonan", disse o rastreador, esticando a mão.

"Debra Cameron."

"Mmm-hmmm."

A treinadora sorriu, jogando sua mochila nas costas, ajustando as correias.

"Não se preocupe. Molly consegue nos acompanhar."

"O que ela é?" Cal indicou a cadela, que ainda ofegava alegremente.

"Provavelmente, uma mistura de boxer com pit bull."

"Nunca ouvi falar de um boxer que fosse rastreador."

"Bem, Molly e eu nunca ouvimos falar de um fabricante de queijo que fosse rastreador, então acho que deu empate."

Cal piscou várias vezes. Ele se virou para Shelly como se estivesse pedindo ajuda. Ela apenas sorriu. É claro que havia passado o histórico dele para a unidade canina. Cortesia profissional e tudo mais.

"Calor", disse Cal.

"Bem quente mesmo."

"Vamos precisar de um bocado de água."

"Entendido."

"Nosso suspeito atirou em dois membros da minha equipe essa manhã."

“Sinto muito. Como eles estão?”

“Um está estável. O outro em estado crítico.”

“Fui informada da situação. Creio que uma abordagem surpresa seja nossa melhor opção.”

“E essa fera entra em modo furtivo?”

“Essa fera não só entra em modo furtivo como também tem um modo babão. Então tome cuidado, senão vou soltá-la em você.”

Cal finalmente abriu um sorriso. Ele se abaixou e fez um cafuné atrás das orelhas da cachorra. Molly inclinou-se em sua mão, suspirando em êxtase. O sorriso de Cal cresceu.

“Aí está o modo babão”, ele murmurou. Ele se endireitou, fez o seu melhor para parecer mais profissional. “Dez minutos, então nós saímos.”

“Sem problema.”

Cal se moveu para o lado. Shelly o observou verificar o rifle, depois beber mais água. Quatro e vinte e cinco. Termômetro passando de 37 graus. Cerca de quatro horas até anoitecer. No mundo da lei, praticamente uma vida de possibilidades.

“Sentindo falta de fazer parte da ação?”, Quincy perguntou, postando-se ao lado de Shelly.

“Talvez. E você?”

“Não sinto nenhuma inveja da missão que eles têm pela frente.” Então, um segundo depois, uma pergunta que era quase um sussurro: “Alguma notícia?”

“Sinto muito, mas tenho certeza de que ela está bem. Deixe seu celular ligado. Mais cedo ou mais tarde, Sharlah vai entrar em contato. Especialmente agora que você mentiu dizendo que tínhamos encontrado o irmão dela.”

“Só vai ser uma mentira se não localizarmos Telly antes dela reaparecer.”

“Ser pai te transformou em um mestre maquiavélico e você sabe disso.”

“Tem certeza que eu já não era assim antes?”

Shelly sacudiu a cabeça. Ela e Quincy voltaram no tempo. O especialista em perfis criminais era conhecido por fazer o que fosse necessário para pegar seu alvo. Ou, neste caso, para atrair a atenção da filha fugitiva.

Roy enfiou a cabeça para fora de sua unidade de comando móvel.

“Encontrei uma câmera para nós. Somente uma, talvez nem seja da trilha certa. Mas mesmo assim...”

Shelly e Quincy entenderam o recado. Os dois voltaram ao trabalho.

CAPÍTULO 27

RAINIE NUNCA foi boa em esperar. Assim como Quincy havia solicitado, ela ligou para a Dra. Bérénice Dudkowiak, a psiquiatra forense que fez a avaliação inicial de Telly Ray Nash há oito anos, apenas para descobrir que a médica estava com um paciente. Por favor, deixe sua mensagem.

Foi o que ela fez. Depois andou para lá e para cá. Com o celular em mãos, circulando a mesa da cozinha, indo e voltando pelo corredor. Voltas ao redor do sofá intercaladas com longos momentos quando ficava de pé na varanda da frente, esperando que sua filha reaparecesse magicamente.

Rainie não cresceu com o tipo de mãe que lia contos de fadas para ela. E Sharlah tinha chegado na vida deles um pouco tarde demais para que elas compartilhassem clássicos infantis. E, no entanto, Rainie continuava pensando no Coelhinho Fujão, uma história sobre um pequeno coelho que ameaçava abandonar sua mãe, e a mãe prometia encontrá-lo aonde quer que ele fosse. Se ele se tornasse um peixe, ela se transformaria num pescador. Se ele virasse uma montanha, então ela sairia para a escalada.

Rainie queria ser a mamãe coelha. Queria saber onde Sharlah estava nesse momento, simplesmente para que ela pudesse ser aquela árvore, ou pedra, ou flor em um prado, para estar ao lado da filha.

Mas ela não era produto de nenhum conto clássico infantil. Era uma investigadora. Então, em vez disso, imprimiu as fotos da cena do crime. Imagens sangrentas da casa dos Duvall. Enquadramentos ampliados do sistema de segurança do EZ Gas. Fotos de uma equipe de busca caída na grama. E, sozinha com sua colagem de morte e destruição, ela estudou, estudou e estudou.

Era esse o seu trabalho, seu legado. Era o que ela havia conquistado.

O telefone tocou. Rainie estava tão perdida em seus pensamentos, os olhos tão concentrados em uma imagem específica, que ele pareceu tocar a quilômetros de distância. Ela se forçou a voltar. Endireitou-se, procurou o celular, piscando os olhos enquanto ainda continuava tentando desvendar o que via. Uma coisa aqui não era igual a outra. Mas como isso poderia ter acontecido?

Mais toques. Ela olhou para a tela do celular, então juntou o restante de seus pensamentos. Hora de se concentrar. O consultório da Dra. Bérénice Dudkowiak finalmente retornava sua ligação.

"Meu nome é Rainie Conner. Sou consultora investigativa do departamento do xerife do Município de Bakersville. Você deve ter ouvido que houve um tiroteio essa manhã."

"Telly Ray Nash", a doutora respondeu sem hesitação. "Vi o rosto dele no noticiário, por isso não fiquei surpresa quando recebi a intimação algumas horas atrás."

Embora as avaliações ordenadas pelo tribunal, como o exame forense preparado pela Dra. Dudkowiak há oito anos, não se enquadrassem nas mesmas leis de confidencialidade que as sessões de aconselhamento privado, elas ainda estavam sujeitas a restrições. Por isso, o promotor do município, Tim Egan, se ofereceu para enviar a papelada adequada após falar com Quincy pela manhã.

Continuando com as formalidades, Rainie falou:

"Devo dizer que, embora esteja trabalhando em conjunto com a polícia, também sou a mãe adotiva da irmã mais nova de Telly, Sharlah. Ela está comigo e com o meu marido faz três anos. Esperamos concluir os procedimentos de adoção oficial em novembro."

"Meus parabéns."

"Obrigada. Nós a amamos muito."

"O que a deixa ainda mais preocupada com o irmão dela. Assumindo que você o tenha conhecido."

"Nunca. Quando Sharlah veio morar conosco, nos disseram explicitamente que ela não devia ter contato com Telly. Assumimos que fosse devido ao ataque dele oito anos atrás. Ela ainda tem a cicatriz no ombro."

Houve um instante de silêncio do outro lado da linha. A doutora pensando.

"Para ser justa", Rainie prosseguiu devagar, "Sharlah nunca perguntou sobre o irmão dela. Mas agora, é claro, estamos nos perguntando por quê. Temos motivos para acreditar que Telly está interessado em ver a irmã novamente. Na verdade, ele pode estar procurando ativamente por ela agora mesmo."

"Você está assustada", a Dra. Dudkowiak falou calmamente.

"Apavorada."

Outra pausa. A doutora digeria as últimas informações.

"Pelo que soube, foi você que entrevistou tanto Telly quanto Sharlah sobre os eventos relacionados à morte dos pais deles", Rainie prosseguiu.

"É verdade. E dada a situação, sem falar na intimação, estou feliz em ajudar. Espero que entenda, contudo, que só falei com Telly e sua irmã sobre uma única situação em um único momento. Depois, nunca mais vi nenhum dos dois. Considerando a interação limitada, não sei ao certo quanta ajuda posso oferecer."

"Oito anos atrás, Telly Ray Nash espancou o pai até a morte com um bastão de beisebol, sob circunstâncias atenuantes. Essa manhã, ele matou a tiro seus pais de acolhimento. Só que, com base no que determinamos até agora, não havia qualquer circunstância mitigante. Os Duvall foram descritos como pais de acolhimento que davam apoio e orientação. E mesmo assim... Telly assassinou os dois na cama deles. Então, ao que tudo indica, ele prosseguiu até uma loja de conveniência, onde atirou em dois completos estranhos antes de abrir fogo contra a equipe de busca que estava perseguindo ele. Telly Ray Nash está em uma onda de matança. Mesmo se você não tiver todas as respostas, nos contentaremos com teorias, suspeitas, dúvidas persistentes. O tempo é crucial aqui."

"Você disse que acredita que ele está procurando a irmã?"

"Ele tinha fotos de Sharlah no celular, tiradas na semana passada. Meu marido acabou de me ligar para informar que eles descobriram mais fotos na casa de Telly, tiradas num dia diferente. Essas fotos tinham um alvo desenhado à mão em volta do rosto de Sharlah."

"Mas eles nunca se falaram nem se viram nos últimos cinco anos?"

"Não que eu saiba."

Silêncio. E então:

"Essa recomendação não veio do meu relatório."

"O que quer dizer?"

"Separar as crianças. Não sei dizer quem tomou essa decisão, mas eu teria aconselhado contra ela. Oito anos atrás, Telly Ray Nash era um garoto problemático de 9 anos de idade que não tinha muitos pontos a seu favor. Mas ele tinha a irmã. Pelo que observei, ele a amava e se importava genuinamente com ela. E ela também o amava. Por que o sistema iria cortar esse relacionamento, eu não faço ideia. Mas isso provavelmente fraturou um dos únicos laços verdadeiros na vida do jovem Telly. Depois disso, ele teria ficado ainda mais raivoso e à deriva."

"Telly quebrou o braço da irmã. De acordo com a conselheira familiar, quando entrevistou Sharlah no hospital, ela disse que Telly a odiava. A conselheira pensou que Sharlah estivesse com medo de que o irmão pudesse machucá-la novamente, por isso a decisão de separá-los."

"Mais provável que Sharlah estivesse respondendo ao trauma do momento. O que importa, porém, é a amplitude do relacionamento dela com o irmão. Deixe-me fazer uma pergunta: como Telly se comportou nos oito anos depois daquela noite? Ele tem algum histórico de atos adicionais de violência?"

"Ele foi descrito como um jovem de temperamento explosivo, além de transtorno opositivo-desafiador. Atualmente, está em liberdade condicional por um incidente na escola. Parece que ele danificou alguns armários e foi suspenso. No entanto, voltou para a escola e se recusou a sair. Nesse ponto, foi acusado de invasão e de resistir à prisão."

"E seu histórico no sistema de acolhimento?" A Dra. Dudkowiak prosseguiu. "Qual foi o período mais longo que ele ficou em uma casa?"

"Parece que ele ficou quicando de um lado para o outro. Eu, hã, sei que Sharlah também passou por isso antes de vir para nós."

"E ela nem de longe é tão raivosa quanto o irmão."

"Ela tem seus próprios desafios."

"Sem dúvida."

"Os Duvall... Eles foram descritos como a última chance de Telly, mas também como sua melhor chance. Foi a agente de condicional dele que os recomendou. O marido, Frank, era professor de ciências do ensino médio e, ao que tudo indica, um dos favoritos dos alunos. A abordagem deles era menos 'família permanente' e mais 'o mundo real está vindo, e estamos aqui para te ajudar a seguir em frente'."

"Como Telly estava se saindo com eles?"

"Parece que a Sra. Duvall ensinou ele a cozinhar. E o Sr. Duvall, bem, ele ensinou o Telly a atirar."

Uma pausa bem longa dessa vez.

"Tudo bem, vou te passar a minha avaliação oficial. Em outras palavras, esta é a melhor opinião que você conseguirá por dois centavos. Ou, neste caso, com informações tão limitadas."

"Por mim tudo bem."

"Oito anos atrás, Telly já mostrava sinais de TAR. Transtorno..."

"Eu sei o que é TAR."

"Crescer com dois pais viciados, nenhum dos quais demonstrou muito instinto parental, combinado com a exposição constante à violência doméstica, preparou o terreno para que um menino se sinta muito bravo, sozinho e às vezes explosivo."

"Eu entendo."

"A luz do sol no mundo de Telly era sua irmã. De acordo com os professores das crianças, Telly e a irmã eram muito próximos. Telly assumiu o papel de pai da Sharlah. Ele tomava conta dela, o que não poderia ter sido o caso. Se você considerar que ele tinha 4 anos quando ela nasceu, sendo que já havia sofrido quatro anos de abuso e negligência, ele poderia muito bem ter demonstrado raiva contra aquele bebê. Um comportamento ressentido, até mesmo abusivo."

"Teoria da cascata da dor", Rainie comentou. "Os pais abusam do primeiro filho, o primeiro filho abusa do segundo. Pratica o que aprendeu."

"Mas não o Telly."

"Não o Telly", Rainie repetiu, e notou que estava suavizando o modo como pensava no garoto de 4 anos que poderia ter transformado a vida de Sharlah em um inferno ainda pior, mas em vez disso escolheu amá-la.

"Isso é importante", a Dra. Dudkowiak falou. "Conexão é um espectro. Desde a completa incapacidade de vínculo, como é o caso dos psicopatas, que não se importam com ninguém, até alguém conectado em excesso, como as Madres Teresas do mundo que se sentem na obrigação de salvar a todos. Nesse espectro, Telly definitivamente cairia bem próximo da extremidade da psicopatia. Só que a relação dele com a irmã o ancorava. E especialmente em jovens só é preciso um vínculo. Não tenho como enfatizar isso o suficiente: um único relacionamento faz toda a diferença. Em virtude de cuidar da irmã mais nova, Telly plantou em si mesmo a capacidade de construir outra relação de proximidade posteriormente na vida."

"Como ele fez com os Duvall?", Rainie perguntou. Mas o próprio Quincy já havia proposto essa pergunta. Se Telly havia amado a irmã um dia, se tivera alguma definição de família, por que isso não havia permitido que ele se sentisse mais próximo de seus pais de acolhimento, que supostamente o apoiavam?

"É possível. Mais uma vez, essa é a minha avaliação superficial. Eu nunca falei com os Duvall, e muito menos com o Telly de 17 anos. Agora, é preciso entender que Telly foi separado da irmã quando também estava em uma idade impressionável, depois de viver um evento particularmente traumático. Acho que isso pode ter sido incrivelmente danoso para ele. O menino amava a irmã. Ele matou o próprio pai para protegê-la. Então o Estado separou os dois."

Rainie não havia pensado muito no assunto, mas agora entendia o ponto de vista da médica. *Vilão ou herói*, Telly havia escrito. Uma prova de que oito anos depois, ele ainda estava tentando encontrar a resposta? O que ele realmente havia feito àquela noite, tentando salvar a irmã e perdendo-a mesmo assim.

"Mas ele quebrou o braço dela", Rainie repetiu. "Dá para entender por que o Estado possa ter visto o ato como algo não muito favorável."

"Você disse que Telly é conhecido pelo temperamento explosivo?"

"Sim."

"Ouvi a mesma coisa oito anos atrás. O que me leva a acreditar que Telly provavelmente sofre de transtorno explosivo intermitente. Sabe o que é isso, Sra. Conner?"

"Pode me chamar de Rainie. E, além de imaginar que isso tem a ver com possuir um temperamento muito ruim, não, eu não sei."

"Uma criança ou adolescente com TEI não consegue controlar a própria raiva", disse a Dra. Dudkowiak. "Coisas que eu e você podemos considerar pequenos deslizes ou desapontamentos causarão, em vez disso, uma demonstração desproporcional de raiva. Às vezes, a raiva, a adrenalina e a intensidade emocional podem chegar a níveis em que a pessoa sofre de uma perda de memória de curto prazo, ou chega a apagar. Por exemplo, apesar de Telly admitir que atacou o pai com um bastão de beisebol, era difícil para ele se lembrar dos detalhes do evento. Ele conseguia se lembrar do pai esfaqueando a mãe, depois indo atrás deles. E se lembrava de Sharlah passando o bastão de beisebol para ele..."

"Foi Sharlah quem deu o bastão?

"Telly a escondeu em um quarto enquanto tentava levar o pai deles para longe. Parece que ela reapareceu com o bastão e o jogou para ele. Daí ele o usou contra o pai. Entenda uma coisa, por favor, Telly não acertou o pai somente uma vez. Tenho certeza de que está habituada ao termo *violência excessiva*?"

"Sim."

"Telly surrou o pai. Muito provavelmente tão sobrecarregado pela adrenalina, pelo medo e pela fúria, que estava fora de si. Em um determinado momento, Sharlah tentou intervir. E foi quando ele se voltou contra ela."

"Quebrando o braço dela..."

Rainie não conseguiu se conter; estremeceu. Não tinha conhecido o Telly de 9 anos, mas podia imaginar a Sharlah de 5 anos tendo que ver o pai esfaquear a mãe e atacar o irmão. E depois ver Telly, seu precioso irmão mais velho, se voltando contra ela...

Rainie entendia agora por que havia coisas que Sharlah não havia contado para eles. Que a filha deles pudesse amá-los de todo, pensou Rainie, já era um ato enorme de coragem.

"Então, há oito anos", continuou a Dra. Dudkowiak, "eu diria que Telly mostrou sinais de transtorno do apego e problemas de controle de impulso de raiva, bem como transtorno opositivo-desafiador. Mas uma das razões de eu ter sido contra prestarem queixa foi porque também identifiquei sinais de que ele tinha uma personalidade protetora. Sua relação com a irmã era um deles, a maneira como assumiu automaticamente o manto da idade adulta aos 4 anos de idade. E, naquela noite, ele não matou o pai simplesmente porque surtou de raiva e medo. Ele matou o pai para salvar a irmã. Pelo menos de acordo com o depoimento dele."

"Está bem", disse Rainie. Só que ela não tinha certeza de que nada estava bem. "Mas como fomos do Telly protetor para o suspeito de ser o atirador impulsivo que temos agora?"

"Várias possibilidades. Primeira: cortar a única relação próxima de Telly — a que ele mantinha com a irmã — diminuiu sua capacidade de se conectar às pessoas. Segunda: sua passagem pelo sistema de acolhimento aumentou sua desconfiança, a falta de empatia e indiferença à violência, e aí, quando ele chegou ao lar dos Duvall, isso não importava mais. E terceira, e talvez ainda mais interessante, Telly enganou todo mundo oito anos atrás. Ele nunca foi ligado à irmã. Na verdade, já era um completo psicopata que manipulou a situação para tirar dela exatamente o que queria: a morte de ambos os pais."

"Ele mentiu sobre os eventos daquela noite?"

"Ele não precisaria mentir, apenas manipular os eventos. Por exemplo, esperar que os pais ficassem bêbados e depois, conhecendo seus gatilhos, dizer ou fazer o que fosse necessário para deixar o pai descontrolado. A partir daí, um confronto violento seria inevitável, dando a Telly a desculpa para acabar com o pai abusivo de uma vez por todas. Gostaria de dizer que eu enxergaria através de um ardil desses, mas, repetindo, conversei com o menino três vezes ao longo de um período de cinco dias. É isso. Os avaliadores forenses... especialistas forenses como eu nunca possuem nem as informações nem o tempo necessários como gostaríamos. Talvez eu devesse chamá-las de avaliações preliminares também."

"Então, oito anos atrás, ou Telly era um irmão mais velho protetor que passou por um trauma realmente pesado na vida ou ele já era um psicopata em formação?"

"Não são opções mutuamente excludentes. Principalmente tendo em vista seus atos recentes."

"Esse transtorno explosivo intermitente poderia ser tão simples quanto algo que agrave o temperamento de Telly? Ele atirou primeiro, percebeu o que havia feito depois?"

"Sim. Só que não existe uma maneira de determinar o evento-gatilho de um assassino em massa. Bem que gostaríamos de ter esses tipos de dados."

"Mas ele matou os Duvall na cama. Eles não deveriam estar acordados? Não sei. Discutindo com ele?"

"Não necessariamente. Eles poderiam ter determinado algum tipo de castigo para ele na noite anterior. Telly passou a noite toda agitado com o julgamento, foi ficando cada vez mais frustrado, com raiva, até que, ao amanhecer..."

"Ele é impulsionado a agir. E o que acontece depois?", perguntou Rainie, porque Quincy havia lhe sugerido algumas perguntas para fazer à profissional. "Se o primeiro tiroteio foi um ato de fúria, o que dizer de seu controle e comando agora? Já se passaram oito horas. Ele não só atirou em mais duas vítimas, como tem tomado decisões muito inteligentes para evitar a polícia. Se ele está com os pensamentos nublados pela fúria, não deveria cometer mais erros, agir de forma mais impulsiva?"

"Não necessariamente. Alguém com um transtorno explosivo intermitente ainda tem sua inteligência, habilidades de enfrentamento, etc. O primeiro ato pode ter sido o elemento explosivo, mas é inteiramente realista considerar que a pessoa vai usar suas outras habilidades para não ser capturado. A mente humana é complexa. Telly pode ser explosivo e esperto. Impulsivo e brilhante. Um não anula o outro."

Rainie suspirou profundamente. Ela entendia o ponto de vista da médica. Leigos tinham uma tendência a pensar em crianças problemáticas sofrendo de uma única desordem, quando, mais frequentemente, o diagnóstico incluía todas as opções acima. Por isso a dificuldade no tratamento.

"Havia um sinal de alerta oito anos atrás", disse a médica. "Uma pergunta que, até onde eu sei, nunca foi respondida."

"E qual era?"

"A mãe. De acordo com o legista, ela foi esfaqueada, como as duas crianças disseram. Mas ela também sofreu um traumatismo de força contundente na cabeça algum tempo *depois* do esfaqueamento. Além disso, ela ainda estava viva naquele momento, embora, dada a gravidade do ferimento da facada, o legista duvidasse de que ela teria conseguido sobreviver."

"Telly acertou a mãe, que estava morrendo, com o bastão? Quando? Após espancar o pai até a morte?"

"Sharlah não respondeu à pergunta. O que se sabe é que nenhuma das crianças ficou confortável em falar sobre a mãe. O pai claramente os afligia. Ele era o todo-poderoso, assustador. Na cabeça deles, provavelmente mau. Mas a mãe... Diria que a relação deles com ela era mais complexa. Como a parceira passiva do casamento, talvez ela parecesse menos assustadora, mais amorosa. As crianças... Elas não pareciam ser capazes de falar dela, e, mais uma vez, não tive tempo o bastante para insistir no assunto. No fim das contas, Telly disse que devia ter dado o golpe. Já eu sempre me perguntei..."

"Se perguntou o quê?"

"Se foi aí que Sharlah interveio. Não quando ele estava desfigurando o pai, mas quando ele acertou a mãe. Talvez para Sharlah esse tenha sido o ponto limite."

"Telly estava cego de fúria", Rainie pensou alto. "Ele acerta o pai repetidamente, depois vai para cima da mãe, só que Sharlah se mete no meio deles depois do primeiro golpe. Nesse momento, Telly se volta contra a irmã. Ela grita."

"Ele sai do seu estado. Pelo menos de acordo com Telly", disse a Dra. Dudkowiak. "No minuto em que Sharlah gritou, ele percebeu o que havia feito. Baixou o bastão, e então ficou imóvel até a polícia chegar."

"Mas você duvida dessa história?", Rainie perguntou com cautela.

"*Duvidar* é uma palavra forte. Entretanto... O pai de Telly estava com a faca. O pai de Telly estava tentando matá-los. Havia todos os motivos possíveis para Telly se defender com um bastão de beisebol. E dá para dizer que, quando um garoto com o temperamento dele começa a bater, é difícil parar."

"Raiva explosiva."

"E adrenalina e medo. Em uma casa tão volátil, tudo isso se mistura. Só que nesse cenário, por que se voltar contra a mãe? Ela estava no chão. Inconsciente, já morrendo. O que faria Telly prestar atenção nela? Por que parar de bater no pai e começar a bater nela?"

"Não sei", Rainie concordou. "Talvez ela tenha gemido, suspirado."

"Ou seja, revelado que estava viva?", a médica sugeriu.

Naquele momento, Rainie entendeu o que ela estava sugerindo.

"O primeiro assassinato, do pai de Telly, deve ter sido explosivo. Mas o segundo, bater na cabeça da mãe..."

"Um gesto calculado. Oportuno. Porque se a mãe sobrevivesse, a mãe fraca, passiva, viciada em drogas..."

"Eles nunca estariam seguros."

"Podemos dizer que você tem um padrão agora: atirar nos pais adotivos pode ser considerado um ato de raiva explosiva, mas há assassinatos adicionais que claramente não são impulsivos. Talvez esse não seja um novo padrão. Talvez Telly só esteja repetindo o que aprendeu oito anos atrás. Certamente, isso explicaria por que ele está procurando a irmã."

"O que quer dizer?", Rainie perguntou com rispidez.

"Foi ela quem o parou na época. Talvez ele deseje intimamente que ela possa impedi-lo novamente. Ou talvez..." A doutora hesitou.

"O quê?"

"Ele quer que isso acabe. De uma vez por todas. O mundo tem sido um lugar cruel e desagradável para Telly Ray Nash e a irmã. Agora ele quer acabar com isso para os dois."

CAPÍTULO 28

A TRILHA QUE LEVAVA ao local de acampamento favorito de Frank Duvall começava na beira da estrada, atravessando uma faixa de grama alta, depois seguindo cada vez mais para dentro do mato, até que finalmente seguia direto por quatro quilômetros até uma grande rocha, o que, de acordo com seu filho Henry, oferecia uma das melhores vistas do oceano. A trilha não estava em nenhum mapa. O provável é que tivesse sido aberta por cervos durante suas próprias incursões montanha acima e abaixo. A floresta estava cheia dessas trilhas. Quando criança, Cal passava dias incontáveis explorando novas rotas de acesso pela região selvagem. Pelo visto, Frank Duvall fazia o mesmo.

Como se tratava de uma operação furtiva, eles haviam estacionado um único veículo a um quilômetro de distância, na entrada de uma loja de iscas. A segunda característica atraente da área de acampamento favorita de Frank: era próxima a um córrego popular de pesca, o que facilitava a captura do jantar.

Um dos agentes já havia perguntado para o dono da loja de iscas se ele tinha visto qualquer garoto que correspondesse à descrição de Telly. De acordo com o proprietário, não. Mas Cal tinha observado o olhar do cara desviar enquanto respondia, depois focar nervosamente na tela da televisão.

Cal não era nenhum especialista, era apenas um fabricante de queijos e rastreador nas horas vagas, mas até ele achou aquilo meio suspeito. Não que realmente importasse. A nova equipe de busca — Cal; Deb, a treinadora da cadela; Molly, a cadela, e os novos flanqueadores da SWAT, Darren e Mitch — tinham um plano e pretendiam segui-lo.

Na base da trilha, Molly se sentou, o que significava que ela havia farejado algum cheiro humano. Em seguida, Deb deu ao cão o sinal para rastrear e Molly seguiu diretamente pelo caminho fino e serpenteante. De acordo com Deb, Molly Cabeçuda continuaria seguindo em frente com seu curioso gingado, até que o odor humano atingisse um ponto crítico. Então, Molly se deitaria, alertando-os de que o humano estava logo adiante. Com sorte, Molly daria o sinal antes de o suspeito abrir fogo.

Cal estava nervoso. Não gostava disso. Não estava acostumado a se sentir acuado dentro dos bosques, um lugar onde ele sempre se sentira em casa. E essa trilha de cervos era bonita, tudo que havia para se amar em caminhadas no Noroeste Pacífico. Momentos antes de deixar o asfalto banhado pelo sol, eles entraram em um santuário sombreado, denso com os abetos altos, tapetes de musgo espesso, montes de samambaias exuberantes. Estava mais fresco nos bosques e, além disso, o cheiro era melhor, cheiro de verde. O que não era um cheiro propriamente, mas poderia ser. Porque, para Cal, esse sempre tinha sido o cheiro dos bosques: verde profundo.

O que o fazia se ressentir ainda mais com o garoto. Por fazer Cal, no templo do ar livre, ainda ouvir o estalido do tiro de um rifle, seguido dos gritos de seus companheiros de equipe. As mãos de Cal tremiam. Cal, cujas mãos nunca tremiam.

Ele percebeu uma marca no tronco de uma árvore à frente e fez um gesto para a equipe parar. O abeto rente à trilha era relativamente jovem, o tronco era alto e fino, por ter que crescer bastante para encontrar a luz do sol. A maioria dos galhos mais baixos tinha sumido, ou caído, ou talvez tivessem sido removidos por outras pessoas que passaram por ali para tornar a trilha estreita mais acessível. Mas nada disso explicava a ranhura branca perto da altura de seu ombro.

Cal enfiou o dedo na fenda, descobrindo grânulos de seiva pegajosa — uma versão de primeiros socorros da natureza. O talho era recente, sem dúvida.

A equipe esperou, os dois atiradores substitutos da SWAT mantinham os olhos no bosque, enquanto Deb se inclinava e acariciava as orelhas de Molly. O cachorro aproveitou a pausa para se sentar, as pernas esticadas na frente, a garganta branca exposta acima do colete preto, enquanto arqueava o pescoço grosso e se inclinava para a treinadora arfando alegremente.

"Tem certeza de que essa coisa é um cachorro?", perguntou Cal, ainda inspecionando a árvore.

"Eu mesma a salvei do antro de heroína."

"Isso talvez explique algumas coisas."

"Tipo o quê? Que ela é uma sobrevivente? Quando vi Molly pela primeira vez, ela estava pele e osso. Uma cabeça enorme num corpo magrelo, descarnado. Ela mais parecia um girino, de tão cabeçuda, daí o apelido dela. Também estava prenha. Acabou que estava com sete filhotes o que, na condição dela, ninguém pensou que fossem sobreviver. Mas Molly conseguiu. Deu à luz sete lindos filhotinhos, e cuidou deles todos os dias, independentemente do seu desconforto. Os filhotes foram adotados rapidamente. Mas uma mistura de pit bull de um ano de idade? O caminho de Molly foi mais difícil. Então decidi ficar com ela para mim. Somente como animal de estimação. Eu já estava trabalhando com meu novo cão de busca, um labrador de um ano.

"Ainda estou com ele. Só que agora ele é que é o animal de estimação, e Molly, que assistiu a todas as minhas aulas de treinamento, se tornou a estrela. A raça é apenas um ponto de partida quando se trata de cães de trabalho. O coração é o que realmente importa, e essa Molly Cabeçuda aqui tem o maior coração que já conheci."

"Aposto que ela ronca", disse Cal.

"Como um caminhão", Deb concordou. "E quanto à ranhura?"

"Está vendo a madeira branca? É um machucado recente. A árvore acabou de começar seu processo de cura. Foi a altura do corte que chamou minha atenção. Vocês podem vir um pouco mais para a frente?"

Cal não queria parar na frente delas e arruinar a trilha do farejar inigualável de Molly Cabeçuda. Deb fez o que ele pediu, caminhando com Molly mais adiante na trilha. Agora Cal podia ficar de pé na altura do abeto, verificando que a marca do tronco batia na metade do caminho entre seu cotovelo e o ombro. Estava quase olhando para ele.

"Ponta de rifle", Darren disse atrás dele.

Cal se virou e olhou para o agente que havia substituído Antônio.

"Foi o que pensei. O garoto está caminhando nessa trilha, arrastando mochila, colchão dobrável, várias caixas de munição. E mais três rifles." Cal sorriu. "Claro, ele poderia carregar dois presos às costas. Mas aposto que estava segurando o terceiro nos braços, de prontidão. O que colocaria a ponta bem nessa altura." Ele colocou os dedos na ranhura recente do tronco.

Por um momento, todos permaneceram calados, os dois membros da SWAT ainda estavam de guarda, verificando os bosques.

"Furtividade", Deb disse por fim.

"Sim", Cal concordou. "Só precisamos nos esgueirar até o local de acampamento, pegar as armas e capturar o assassino em massa. Só isso."

Eles recomeçaram a caminhar.

Na metade do caminho, o rádio de Cal tocou. Ele gesticulou pedindo ao grupo que parasse, dando um passo para o lado, onde poderia responder à convocação da xerife Atkins, o volume baixo.

"Algum progresso?", perguntou xerife Atkins.

"Acho que Molly, a cadela, está seguindo um rastro de humano. As partículas de cheiro transportadas pelo ar se fixam depois de oito a doze horas, então, de acordo com Deb, isso significa que alguém deve ter passado por aqui no início do dia."

"O que você acha?"

"Está difícil ler a trilha. A folhagem dos pinheiros está acumulada no solo. Ótimo para caminhadas, mas nem tanto para pegadas. Encontrei uma ranhura recente em uma árvore, algumas depressões em superfícies com musgo, então acho que concordo com Molly: em algum momento mais cedo, um humano passou por aqui hoje."

"Nós revimos as imagens da câmera de uma trilha próxima, como você sugeriu. A trilha Umatilla não tem acesso à área de acampamento, mas passa logo ao leste. Infelizmente, a câmera está configurada para filmar a vida selvagem, o que significa que registra tudo na altura do tornozelo. Vimos os pés de vários grupos de caminhada, alguns casais. Mas nenhum caminhante solitário."

"O que não significa que Telly não voltou para o acampamento. Significa que se ele fez isso, usou um caminho diferente."

"É verdade."

"Essa trilha monitorada por câmera, a Umatilla, é indicada em mapas de caminhada?"

"Sim."

"Se eu fosse ele, também evitaria essa rota. Trilhas conhecidas têm muito movimento nessa época do ano. Melhor se manter em caminhos menos conhecidos, como essa trilha de cervos. Parece que Frank Duvall conhecia um bocado da região, e compartilhou seu conhecimento com os filhos."

A xerife não respondeu.

"Mais alguma coisa que eu deva saber?", Cal perguntou.

"De acordo com o filho, existem alguns lugares depois desse que podemos verificar. Eles ficam bem mais distantes, mas como Telly conseguiu um quadriciclo, passam a ser uma possibilidade."

"Algo vai dar errado", disse Cal. "Na vida real, a trilha pode esfriar, mas mais cedo ou mais tarde, nós sempre a pegamos novamente. Lembre-se, o garoto vai precisar de água. Mesmo se não o encontrarmos nesse acampamento, nós o encontraremos."

A xerife não disse nada. Será que estava pensando em alguma coisa? Preocupada com algo?

Cal nunca havia trabalhado com a xerife Atkins. Ele ouvira histórias sobre como ela havia tirado, sozinha, um agente federal de dentro de um prédio em chamas. E tinha notado as cicatrizes chamativas no seu pescoço que pareciam provar isso. Uma mulher forte, ele pensou. E interessante.

"Nos falamos de novo em meia hora", a xerife disse. Cal respondeu positivamente.

Então, mais uma vez, continuaram seguindo pela trilha.

Molly Cabeçuda se deitou. De repente.

Ela estava andando e, no segundo seguinte, não estava mais.

Não foi uma pausa para descansar, o que Cal teria entendido perfeitamente após noventa minutos de uma caminhada árdua. Foi mais como um agachamento. O corpo robusto abaixado, mas rígido, orelhas inclinadas, olhando direto para a treinadora. Deb ergueu a mão, não que isso fosse necessário. Assim que a cadela parou, o resto da equipe fez o mesmo. Até aquele momento, Cal olhava para o cachorro de aparência estranha como pouco mais do que uma máquina de babar. Mas agora ele viu o lado pit bull da linhagem mestiça da cadela. E o olhar dela para a treinadora...

Molly Cabeçuda, a pateta, morreria por sua humana. Ela havia feito seu primeiro trabalho, farejado o cheiro até o ponto crítico que se avultava adiante. Agora o cachorro estava se preparando para o que aconteceria a seguir.

Cal pegou seu rifle enquanto os dois oficiais da equipe da SWAT entravam em ação. Reconhecimento. Eles precisavam de informações. Não bastava saber que havia um humano na área, era necessário saber quantos exatamente e quão preparados estavam. Para executar sua tarefa, Darren escolheu uma árvore, uma das poucas árvores de folhas largas ao redor com ramos mais espessos. Mitch, seu companheiro mais baixo e mais jovem, foi primeiro, saltando do chão para cima de uma pedra e, depois, para o galho mais baixo disponível. Mitch não disse nada enquanto ia subindo cada vez mais alto, procurando por um ponto que lhe desse uma boa visão. Depois, finalmente parando, pressionou as costas contra o tronco, espiou pela sua mira e a ajustou na direção do acampamento. Ergueu um dedo. Um alvo.

Darren gesticulou para indicar que também tinha visto, e Mitch apoiou o rifle na curva entre o pescoço e o ombro, sua posição estratégica agora era a base de um atirador de elite. Eles tinham recebido permissão para usar força letal antes de entrar em campo. Ainda era preferível capturar o suspeito vivo; porém, considerando o histórico do alvo, o que ele havia feito com a última equipe de busca... Esse tipo de fugitivo, Cal se pegou pensando. Esse tipo de dia.

E suas mãos estavam tremendo outra vez. Suas mãos que nunca tremiam. Fabricante de queijo. Rastreador. E agora isso.

Darren reuniu Cal e Deb. Situação tática era sua especialidade, então eles o ouviram com atenção enquanto ele desenhava um mapa na terra e ilustrava a estratégia. Com Mitch na árvore para fornecer cobertura, eles se separariam, se arrastariam até o topo da trilha de forma sincronizada e então, ao seu sinal, disparariam para o acampamento.

Darren olhou para Molly, depois para Deb, erguendo uma sobrancelha. Estava evidente que ele queria que Molly fosse primeiro, já que era um cachorro policial treinado para ser bem intimidadora, sem falar que era um alvo menor. Se eles realmente tivessem sorte, Molly derrubaria o atirador antes mesmo que eles saíssem das árvores. Ou pelo menos o distrairia tempo o suficiente para que eles fizessem sua própria emboscada.

Deb fez um sinal positivo, a mão repousando no topo da cabeça quadrada de Molly. Uma policial. Uma cadela policial. Mas Cal percebia que se as coisas não fossem bem, a perda para a cadela e para a treinadora iria muito além do âmbito profissional.

Cal manteve o rifle posicionado à sua frente. Ele pediu para participar dessa missão. Por sua equipe. Por sua comunidade. Ele faria isso.

Mais alguns sinais gesticulados com as mãos e mais algumas instruções arranhadas na terra, e então era isso. Eles tinham um plano. Deb e Molly seguiram pela trilha. Darren foi para a esquerda. Cal para a direita.

Eles fizeram a abordagem final.

Cal parou duas vezes para limpar o suor da sobrancelha. O calor escaldante, a tensão crescente, ele não tinha certeza de qual era o motivo, mas, de repente, estava superciente de como sua camisa de caminhada favorita estava colada em seu tronco e os rios de suor escorriam de sua sobrancelha. Os bosques não eram mais um santuário sombreado e fresco. Ele nem sentia mais o cheiro de verde.

Em vez disso, rastejando em volta de pedregulhos, pisando levemente através de samambaias na altura de seus joelhos, sentiu como se o mundo tivesse ficado misteriosamente silencioso. Sentiu o cheiro de terra, podridão e decomposição. O cheiro da morte, que só podia ser um truque da sua imaginação.

Ele nunca havia atirado em ninguém. Nem gostava de caçar. Para Cal, caminhar pelos bosques sempre fora suficiente. Isso, ele pensou ironicamente, era o que se voluntariar demais fazia com uma pessoa.

Um estalo de um galho de árvore à esquerda. Darren. Era bom que o sujeito desse um belo tiro, Cal pensou amargamente, porque ele era um rastreador muito ruim em se esconder. E então, eis o que aconteceu:

Um assovio, bem acima da sua cabeça. O sinal de Mitch de que seu alvo, alertado pelo barulho, estava se movendo.

Seguindo quase imediatamente pelo próprio assovio de Darren, e então...

Um rosnado profundo enquanto Molly disparava pela trilha. Latindo, latindo, latindo, o antigo cão de salvamento, agora um cão policial leal, correndo para dentro da área de acampamento.

Cal não se permitiu mais pensar. Caiu fora dos arbustos e correu em direção à loucura.

CAPÍTULO 29

TUDO ACONTECEU num piscar de olhos. Cal não via tanto quanto ouvia. O estalo súbito de galhos se quebrando e vários corpos atravessando o mato na correria. Latidos. Molly Cabeçuda rosnando baixo e feroz. O grito de um homem e o comando firme de Deb.

"Parado. Polícia!"

Mais latidos, mais gritos, e então o próprio Cal estava parando de repente na clareira, rifle posicionado diante de si, com o sangue latejando nos ouvidos. Emboscada, tiros, gritos de terror, ele estava preparado para tudo. Esperando tudo isso. Adrenalina percorrendo suas veias e algo mais. Fúria. Crua e primitiva, porque esse garoto tinha atirado na sua equipe. Porque Cal tinha cometido um erro e colocado sua equipe direto na mira do rifle de um assassino.

Nonie, uma avó, pelo amor de Deus, gritou quando caiu. Gritou e gritou. Depois Antonio, e tudo que Cal podia fazer era se jogar no chão e esperar que aquilo acabasse. Ele chegou ao garoto antes de estar totalmente consciente de suas próprias ações. O rifle bateu contra a parte de trás de uma cabeça de cabelo escuro:

"Largue sua arma, largue a arma, largue a arma!"

E então estava tudo terminado. Simples assim.

Molly apareceu, parada com as pernas rígidas do outro lado da pessoa abaixada, Deb logo atrás da cadela, Darren um metro à direita de Cal. Nenhum deles olhava para a pessoa encolhida. Todos estavam olhando para ele. Gemidos. Da criatura curvada no chão.

"Não atire, cara. Eu juro, eu juro. Não atire."

Cal voltou a si. Percebeu o quanto estava tremendo. Como um homem no limite.

Bem devagar, com muito cuidado, ele deu um passo para trás. Choque, ele pensou. Luto e raiva tardios pelos acontecimentos da manhã. Talvez até transtorno de estresse pós-traumático, se é que alguém podia tê-lo dentro de uma questão de horas. Por que não? Ele era só um fabricante de queijo e um rastreador. E em nenhum instante de seu treinamento lhe disseram o que fazer ao se tornar um alvo. Ou como ele se sentiria ao ver as pessoas da sua equipe caírem uma a uma.

Fabricante de queijo. Rastreador. E agora, ele pensou, algo mais.

Deb assumiu o controle. Seu cão, sua presa.

"Mãos", ela ordenou, num tom de voz que não deixava espaço para discussão.

O homem estava curvado sobre os joelhos. Uma mochila de *trekking* camuflada tampava a maior parte das suas costas. Seus braços estavam ao redor da cabeça, um gesto instintivo de proteção. Provavelmente mais em resposta por Molly avançar latindo do que pelos humanos entrando em cena. Ele esticou os braços para cima.

"Bem devagar, erga seu tronco. Continue de joelhos! Só se endireite."

Lentamente, o homem obedeceu. Um garoto, realmente. No fim da adolescência, cabelo loiro sujo, camisa verde-escura suada. E definitivamente não era Telly Ray Nash. Só um praticante de caminhada assustado, que, pelo visto e pelo cheiro, tinha acabado de se molhar.

"Puta merda", o garoto sussurrou. "Seja lá o que for, eu juro, cara, eu juro."

"Nome?", Darren gritou.

"Ed. Ed Young."

"O que está fazendo aqui, Ed?"

"Trilha, cara. Quero dizer, só fugindo do calor. Pensei em passar a noite acampando. Passar um tempo no rio, relaxando."

"Sozinho?"

"Hum, sim." O olhar do garoto deslizou para longe. No mesmo instante, Molly rosnou baixo.

"Trouxe meu celular", o garoto acrescentou rapidamente. "Talvez ligasse para alguns amigos se juntarem a mim mais tarde. Mas, uh, sem chances, certo, porque olhem em volta. O esquema dessa área de acampamento sempre foi quem chegar primeiro pega, e alguém me venceu nessa. É assim que funciona, né?"

Pela primeira vez, Cal olhou a clareira inteira. Era um acampamento improvisado. Os restos carbonizados de uma fogueira antiga ainda rodeada de pedras, não muito longe de onde seu alvo se ajoelhava. Mais para a esquerda, uma plataforma com pallets velhos de madeira, coberta com uma pequena pilha de equipamentos. Os pallets estavam lá para manter um campista e seus suprimentos fora da lama em condições de tempo inclemente, um truque bastante comum no noroeste do Pacífico, onde sol e chuva era uma previsão frequente.

Darren fez um gesto com a cabeça para Cal assumir a dianteira. Então Cal atravessou a plataforma, com atenção para verificar no chão qualquer sinal de pegadas ou rastros que precisaria marcar para mais tarde. No entanto, o carpete espesso de folhas guardou seus segredos. Ele precisaria de mais sorte com o equipamento.

"Colchão dobrável", ele gritou quando se aproximou, usou a ponta dò rifle para investigar a pilha. "Barraca. Mochila." Ele se ajoelhou. A barraca ainda estava dobrada e protegida em uma bolsa de nylon verde. Dava para ver inscrições escuras na borda. "F. Duvall", ele leu em voz alta, depois olhou para Darren.

"Frank Duvall. São as coisas dele. Encontramos o local de acampamento."

Darren voltou sua atenção para o garoto.

"Quem você viu?", ele perguntou com aspereza.

"O quê? Quem? Cara, eu não vi ninguém. Subi aqui sozinho, vi essas coisas, depois, tipo, o bosque explodiu. Aquele cachorro..." Ele olhou para Molly, que ainda estava em posição de sentido, e tremeu. "Cara, tô dizendo, seja lá o que for, não fui eu."

O que implicava até para Cal que o garoto tinha feito alguma coisa. Darren pareceu concordar. Cruzou o rifle na frente dele, adotando uma postura intimidadora.

"Qual é sua idade, Ed?"

"D-d-dezenove."

"É da região? Cresceu por aqui?"

"Sim."

"Escola de Ensino Médio Bakersville?"

"Sim."

"Conhece um aluno de lá chamado Telly Ray Nash?"

"Não", ele franziu a testa.

"Sério? Nunca ouviu esse nome?"

"Não. Mas, sabe, é uma escola grande."

"Nem hoje de manhã? Nem no noticiário?"

"O que aconteceu de manhã?" O garoto parecia tão confuso que pela primeira vez Cal acreditou nele.

"Está fazendo trilha desde que horas, Ed?", Darren perguntou.

"Comecei cedo. Seis da manhã, tentando vencer o calor. Embora, que merda, cara, nessas condições, já estava calor desde madrugada."

"Que trilha?", Cal falou:

"A Umatilla. Estacionei o carro alguns quilômetros ao norte daqui e caminhei vindo daquela direção."

Então não era a trilha de cervo usada pela equipe de rastreamento, que presumivelmente vinha seguindo Telly Ray Nash.

"Você começou às seis da manhã", Cal continuou, "e só chegou agora nesse lugar? Quem é você, o cara mais lento do mundo?"

"Vim sem pressa." O garoto enrubesceu. "Aproveitando as belas paisagens a céu aberto, sabe." O garoto foi esticar os braços, como se estivesse indicando as árvores imponentes e uma paisagem magnífica ao seu redor. Molly rosnou. O garoto esticou os braços para cima novamente.

Por trás de Molly, Deb inclinou-se mais para perto, experimentou dar uma farejada no ar.

"Eu diria que você estava aproveitando mais do que as belas paisagens", ela observou ironicamente.

"Ei, moça, eu tenho prescrição", o garoto disse rapidamente. Ótimo, pensou Cal. Haviam se preparado para capturar um adolescente homicida e tinham acabado pondo as mãos em um maconheiro semichapado em vez disso.

"Você encontrou mais alguém caminhando lá nas trilhas hoje?", Cal perguntou.

"Claro que sim. Estamos em agosto. As trilhas estão entupidas de caminhantes. Por isso pensei em vir para cá. Sair do mapa, entende? Um lugar que somente quem é daqui conhece."

"Você cruzou com um garoto sozinho? Mais ou menos da sua idade?"

"Não sei."

"Então se esforce", pressionou Darren, dando um pequeno, mas incisivo passo à frente.

"Não! Com certeza não. Alguns grupos, vá lá. Vi três ou quatro grupos, alguns casais mais jovens... um velho com um cachorro. Mas ninguém sozinho como eu."

"Um quadriciclo?", Cal insistiu. "Viu ou ouviu um nessa área?" Ed olhou para eles inexpressivo.

"Nada de quadriciclo por aqui. As trilhas não são largas o suficiente."

Cal meneou a cabeça. A Umatilla era exclusiva para caminhadas. Seria difícil atravessá-la com um quadriciclo e, considerando o fluxo contínuo de caminhantes durante o dia, bastante notável. O que significa que Telly teria se livrado do quadriciclo antes de chegar a esse acampamento. Ou o teria abordado vindo de uma direção diferente. Sendo ele mesmo alguém que gostava de caminhar, Cal não estava familiarizado com os caminhos para veículos recreativos.

O mais provável era que Telly tinha passado por essa área de acampamento logo no início da manhã, usando a mesma trilha de cervos menos conhecida que eles haviam seguido. Nesse caso, nunca teria atravessado a Umatilla. Depois de largar seus suprimentos, Telly teria voltado pela mesma trilha para chegar à caminhonete. Próxima parada: o posto de gasolina EZ Gas, e uma nova rodada de carnificina.

O que levantava a seguinte questão: se Telly deixara seu material de acampamento aqui para uso futuro, será que também escondera as armas de fogo extras?

Cal olhou para Darren, viu que o agente da SWAT pensava o mesmo. Darren assoviou uma vez. Nesse ponto, Mitch desceu da sua posição elevada na árvore e, com Molly Cabeçuda de olho no andarilho trêmulo, varreram a área tomando os cuidados apropriados.

Um estojo de transportar rifles passava longe de ser um item pequeno. Como Telly tinha sido flagrado pela câmera empunhando uma pistola, depois havia aberto fogo contra a equipe de Cal com um rifle, restavam duas armas de cano curto e duas de cano longo. Para ficar mais fácil de carregá-las, Cal supôs que Telly teria empacotado as armas em uma mesma bolsa de lona, depois enchido o restante do espaço com caixas de munição. Uma carga pesada, especialmente quando considerado que o garoto também estava carregando uma barraca, uma mochila de *trekking* com estrutura de metal, e um saco de dormir.

Depois de sua chegada, Telly deve ter ficado aliviado de se livrar desse peso. A mochila, a barraca e o saco de dormir obviamente foram largados no pallet de madeira. Mas e a bolsa de lona? Algum sinal do estojo de arma de cano longo?

Darren e Deb procuraram no acampamento, enquanto Mitch voltou a atenção para as árvores, caso Telly tivesse pensado em esconder as armas no alto de uma delas.

Cal voltou para a sua área de conhecimento, procurando sinais — samambaias pisadas, ramos quebrados, arranhões recentes nos troncos de árvores cobertas de musgo — qualquer sinal que pudesse indicar que Telly tinha deixado o acampamento para procurar um lugar mais discreto para esconder as armas de fogo. Só que, mais uma vez, a cobertura densa de folhas de pinheiro tornava quase impossível descobrir uma trilha.

Eles ampliaram sua busca, trabalhando em círculos de diâmetro cada vez maior. Um trabalho entediante e calorento. E que os levou a lugar nenhum.

Eles voltaram para o garoto chapado e esvaziaram sua mochila para se certificar de que ele não tinha encontrado as armas antes deles. Nada.

Dois rifles. Duas armas de cano curto. Caixas e mais caixas de munição. Não havia como elas simplesmente terem desaparecido no ar. E mesmo assim...

Eles haviam encontrado o acampamento de Telly Ray Nash. Mas nenhum sinal de seu arsenal.

Ordens da central de comando: deixem o acampamento em suas condições originais, instalem as câmeras de vigilância e batam em retirada. Sem nenhum relato de pessoas que viram Telly ou um homem solitário em um veículo de quatro rodas, eles não tinham como saber o quão perto o garoto poderia estar. E a xerife Atkins foi inflexível: da próxima vez que encontrassem o fugitivo armado, queria que o encontro se desse nos termos deles. Por exemplo, quando ele voltasse para o acampamento e, pensando estar finalmente em segurança, fosse dormir.

Cal discordou. Agora que havia determinado o que não estava ali no acampamento do suspeito — as armas — ele queria uma chance de descobrir o que estava lá. Ele deu algum crédito à xerife: pelo menos ela ouviu sua opinião. Depois de alguma negociação, eles chegaram a um acordo: Deb e a cadela levariam o andarilho perdido para o comando móvel, onde a xerife Atkins e seus detetives interrogariam Ed para descobrir mais detalhes. Mitch retomaria seu posto no alto da árvore, onde, entre sua posição estratégica e sua mira de longo alcance, ele poderia detectar uma pessoa se aproximando antes que Telly pudesse identificá-los. E com Darren também de prontidão, Cal inspecionaria o acampamento da forma mais rápida e minuciosa possível.

"Depois, dê o fora daí", Shelly deu a ordem.

"Sem problemas", Cal concordou. "Fica registrado, no entanto, que não há indicação de que Telly esteja em qualquer lugar na área. E precisamos de todas as informações que pudermos obter sobre esse garoto."

"Tire fotos. Documente a cena antes, durante e depois. Depois coloque tudo de volta no lugar exatamente como encontrou. Não queremos assustar o garoto. Emboscá-lo assim que ele voltar é nossa melhor chance de acabar com isso."

"Poderes de observação acima da média, lembra? Acho que posso lidar com isso."

"Mesmo? Então quem é esse bem atrás de você?"

"O quê?" Cal se virou para descobrir apenas o vazio.

"Te peguei", comemorou a voz que vinha do rádio. Então, de maneira mais sóbria: "Seja rápido e eficiente. Entre, saia, finalize. Estou falando sério. Já sofremos danos demais por hoje."

Deb e Molly partiram com Ed, meio chapado, Molly ainda cem por cento em modo de trabalho, os olhos escuros fixados em sua presa. Ela não se parecia mais com uma assistente ofegante e sorridente. Estava mais para um predador, lambendo os beiços.

Com o civil fora do caminho, Mitch voltou para seu posto elevado na árvore, enquanto Darren se postava atrás de um montículo de samambaias, atento à trilha de cervos que usaram para chegar à clareira e de olho também na direção da trilha de Umatilla, que Ed havia seguido para chegar ao acampamento.

Cal entrou em ação e começou investigando o equipamento. Apesar de argumentar com a xerife, ele entendia o ponto de vista dela: eles não podiam se dar ao luxo de assustar o garoto revelando que haviam descoberto sua base de operações. E, por mais que gostasse de pensar que seria capaz de superar um adolescente, a verdade era que o garoto era inteligente. Todos os passos de Telly desde o tiroteio foram surpreendentemente estratégicos. Então Cal foi sensato e tirou uma foto da pilha de suprimentos para servir de modelo na hora da arrumação.

Começou com o saco de dormir, desenrolando-o completamente, e o inspecionou por dentro e por fora. Ele analisou as costuras, procurando alguma coisa... Não sabia o quê. Qualquer coisa que pudesse ajudar a pegar um assassino. Quando garantiu que o saco de dormir não continha nada além de nylon e flanela, Cal o enrolou de novo e o recolocou onde estava no pallet de madeira.

A mochila de *trekking* com estrutura de metal de Telly possuía várias bolsos, amarras e fitas. Cal começou examinando de fora para dentro, por um compartimento menor que continha todo o aparato essencial para fazer trilhas. Cal viu um kit de primeiros socorros, mapas, etc. Ele mantinha sua mochila de trilha abastecida de forma similar.

Mais para cima, descobriu um bolso interno com barras de granola, duas mexericas e um saquinho com o que deve ter sido amêndoas cobertas de chocolate, mas agora era uma maçaroca derretida. Duas garrafas de água. Nem chegava perto de ser o suficiente para essas condições, o que deu alguma esperança a Cal. Assim que Telly consumisse a água, o que, nessas temperaturas, seria mais cedo do que tarde, ele seria forçado a procurar mais.

No compartimento principal da mochila, Cal descobriu sua primeira surpresa: livros. Telly tinha iniciado uma onda de homicídios e trouxe... livros. Cal enfiou a mão, depois se conteve e tirou uma rápida foto da pilha; será que Telly notaria se ele deixasse os livros fora de ordem? Melhor prevenir do que remediar.

O primeiro item que ele removeu foi um livro infantil fininho. *Clifford, o Gigante Cão Vermelho.* Pelo visto, propriedade da Biblioteca do Município de Bakersville. E de acordo com a última página, devia ser devolvido em doze dias. Cal não entendeu. Um adolescente com um livro de gravuras? Ele fotografou a capa, depois a página com o carimbo da biblioteca.

Seguiu em frente. Algumas cadernetas de anotação com espiral. Baratas, do tipo que se encontrava em qualquer loja de material de escritório. Ele contou cinco delas. Pegou a que estava por cima, abriu na primeira página e foi mais uma vez surpreendido. Nada escrito, somente uma foto. Um *close-up* 4 × 6 de um bebê, enrolado em uma mantinha azul, embalado nos braços de uma mulher, somente a lateral do rosto visível enquanto ela olhava para o recém-nascido. Telly? Com sua mãe. A página não tinha nenhuma legenda, apenas a foto, as cores desbotando devido ao tempo, com uma fita adesiva bem no meio.

Aquilo deixou Cal desconfortável, olhar para uma foto tão singela. Um bebê fofo e inocente. Uma mãe feliz e afetuosa. E perceber que 17 anos depois, o bebê dessa foto cresceria e viraria um garoto determinado a matar todos eles.

Bem devagar, Cal foi passando as páginas, segurando o celular para documentar cada uma delas, que mostravam o bebê começando a andar, depois mostravam um segundo bebê numa coberta rosa.

Logo tanto o garotinho quando a garotinha foram crescendo, sem legendas para oferecer alguma informação sobre os momentos Kodak. E nenhum parente por perto nas imagens.

"Noonan!", Darren grunhiu atrás dele.

"Eu sei."

Mais rápido, ele virou a última página do álbum de fotos: uma foto solitária de um senhor de idade. Borrada, não era a melhor das fotos. Talvez fosse o pai infame, ou, julgando pelos esparsos cabelos grisalhos, o avô. Mas, novamente, nenhuma legenda. Somente um homem solitário que em algum momento deve ter significado alguma coisa para Telly Ray Nash.

Cal baixou o álbum de fotos e rapidamente pegou a caderneta seguinte. Agora, a qualquer momento Telly poderia entrar no acampamento disparando as armas. Ou pior, poderia estar enfiado o tempo todo em algum esconderijo que eles não tinham descoberto. E, neste exato momento, podia estar ajeitando a coronha de seu rifle na cavidade do ombro, inspirando profundamente, expirando profundamente, enquanto mirava na parte de trás da cabeça de Cal.

Cadernos de anotações. Mais quatro para ver. Ele pegou um de capa verde. E, finalmente, foi recompensado pelo conteúdo que esperava: texto. Cada linha, margem, parte superior de uma página, mesmo os pequenos espaços estreitos entre o arame da espiral, estavam cobertos de palavras. Desconexas. Fragmentos de palavras, pensamentos repetidos. Provavelmente não tinham sido escritos todos ao mesmo tempo. Algumas linhas foram rabiscadas com letras maiores e descuidadas, como se tivessem sido escritas por um aluno de primário. Já as palavras manchadas pela força da escrita se amontoavam perto da espiral, o que dificultava a leitura da maioria delas. A grafia era quase microscópica, muito controlada. O Telly mais velho, que havia ficado sem espaço no final, havia retornado para preencher compulsivamente o resto da página?

Ele tirou uma foto, percebendo que havia muita coisa ali para um rastreador ansioso ler enquanto esperava que sua cabeça fosse estourada. Mais rápido agora, foi passando de uma caderneta para outra. Pesquisando, pesquisando, pesquisando, enquanto Darren resmungava para ele se apressar.

Virando as últimas páginas do último caderno, tirando fotos e mais fotos. Informações para a polícia, material para o especialista em perfis aposentado.

Então, sem conseguir se aguentar, Cal baixou o celular e verificou a página.

Esperava uma ladainha de fúria ou pequenas reclamações contra o mundo. Talvez até uma lista contando tudo que Telly havia feito de errado. Mas, em vez disso, as últimas páginas do último caderno replicavam o conteúdo das paredes do quarto de Telly: não um relato dos eventos do dia ou ponderações sobre o sentido do universo, somente uma litania de palavras:

Vilão ou herói. Quem sou eu?

Protetor. Destruidor. Protetor. Destruidor. Protetor.

Que tipo de homem, que tipo de homem, que tipo de homem?

A escrita era mais pesada nas duas últimas páginas. As letras escuras, como se Telly tivesse sobrescrito cada palavra várias vezes, não apenas marcando a página, mas passando sua ansiedade para o papel.

Pense, pense, pense, pense, pense, pense, dizia a página. Sobre o quê? Cal queria saber.

Por fim, a última página. Uma única palavra. Um único testemunho.

Herói.

Cal sacudiu a cabeça. Recolocou todos os itens, reacomodou tudo nos pallets de madeira, depois instalou as câmeras sensíveis a movimento. Trabalho feito, fez um gesto para seus acompanhantes, que se materializaram ao seu lado. Eles desceram a trilha.

Melhor cenário: Telly voltaria em breve para seu acampamento-base, ativando as câmeras sensíveis a movimento enquanto desempacotava seu equipamento. Ele fecharia os olhos. A SWAT atacaria com velocidade e a comunidade poderia mais uma vez dormir tranquila à noite.

Pior cenário: Telly jamais voltaria ao acampamento. O que significa que um assassino em massa que se considerava um herói...

Podia estar em qualquer lugar.

CAPÍTULO 30

LUKA ESTÁ ganindo baixinho. Não o culpo. Eu mesma estou cansada e confusa. Parece que estamos perambulando pelos bosques faz uma eternidade. Seguindo o rio na direção... das trilhas de quadriciclos, do meu irmão homicida, de nada em absoluto?

Está tarde. Sei porque continuo checando meu celular, ligando e desligando rapidamente. Verificando a hora e, claro, as mensagens. Mas não veio mais nada de Quincy ou Rainie. O que prova o que eu já suspeitava: A mensagem de Quincy sobre estar com meu irmão sob custódia era mentira. Eu tinha imaginado. Quer dizer, eles prendem um garoto suspeito de atirar em um monte de gente e a primeira coisa que fazem é chamar a irmã dele para uma reunião?

Eu presto atenção nos jantares em família. Sei que não há problemas em mentir para um suspeito de assassinato, nem para a filha adolescente. O que puder preservar o bem maior. Mas o fato de que provavelmente estou certa não faz eu me sentir nem um pouco melhor. Na verdade, me deixa triste. Além de sentir falta de Quincy. Porque ele me ama o suficiente para mentir, e respeito isso nele.

Então Luka e eu estamos perambulando ao longo do rio para não nos perdermos completamente. E também porque tem bastante água para Luka, que está preso em um casaco de pele nesse calor. De tempos em tempos, pego lanches para nós dois, mas estou poupando porque não sei para onde estamos indo ou quanto tempo isso pode levar, e não sei como racionar nossos suprimentos.

Luka está acostumado a jantar às cinco. Em ponto. Para ser sincera, às quatro, quatro e quarenta e cinco ele começa a rodear a cozinha, olhando fixamente para sua tigela de comida. Onde ele esconde o relógio? Nunca saberei. Mas Luka pode dizer a hora melhor do que qualquer sistema automático, e, claramente, cerca de uma hora atrás ele começou a ficar muito agitado comigo.

Posso não ter a noção de hora do Luka, mas meu estômago está roncando. Paro tempo o suficiente para dividir meia barra de granola para nós dois. Luka a come em duas mordidas. Eu, pelo menos, tento saborear a minha. Mas já faz um tempo desde o almoço e nós estamos com calor, cansados e desanimados. Esperando um milagre, o que não é muito do meu feitio.

Barulho. Leva um momento para nos alcançar. Distante como o zumbido de abelhas, mas noto como o som vai ficando cada vez mais contínuo e alto. Mais próximo. Um motor.

Provavelmente um quadriciclo. Nós chegamos às trilhas de veículos recreativos. De repente, fico animada, em pânico, assustada, tudo ao mesmo tempo. Será que é ele? Será que o irmão que perdi há tanto tempo está dirigindo para perto de nós? Eu o encontrei. O que digo? O que faço?

Oi, lembra de mim? Pare, não atire?

Acelero meu passo. Não consigo me conter. Estou tão agitada e exausta, simplesmente preciso saber. Mesmo se isso for horrível e eu estiver errada, e meu próprio irmão e último sobrevivente da minha família atirar em mim, pelo menos parece melhor do que ficar no limbo.

Sou estúpida e precipitada, e tudo mais que Rainie e Quincy sempre disseram de mim, e por isso começo a correr pela trilha, Luka em meu encalço, me aproximando do barulho. Chego ao caminho, bem no momento em que o quadriciclo preto empoeirado entra no meu campo de visão e passa batido por mim. Minha primeira impressão é a de que não era alguém novo, nem um pouco. E sim um homem adulto corpulento, coberto com um capacete, acelerado pela trilha. Então, três segundos depois, outro veículo aparece fazendo a curva e passa chicoteando. Meninos se divertindo.

Porque ao que tudo indica meu irmão não é o único maluco perambulando por esses bosques. E... eu não sei o que fazer.

Eu vim. Eu vi. E agora estou totalmente acabada. Quero ir para casa, abaixar a cabeça com vergonha e receber o meu castigo. Rainie pelo menos vai me abraçar. Um abraço realmente seria muito útil agora.

Um rosnado. Tão baixo que levo um momento para percebê-lo. Luka parou e está em posição de alerta ao meu lado, olhando para um arbusto, e está rosnando no fundo no peito.

Fico intrigada, viro para acalmar meu cachorro e nesse momento eu o vejo. Parado tão quieto, tão imóvel, o rosto pintado em listras marrons e pretas, que ele poderia ser o arbusto à sua volta ou a árvore logo atrás. Mas ele não é nenhum dos dois. Ele é meu irmão.

Parado bem ali.

Arma. Eu a vejo sem vê-la de fato. No segundo seguinte, estou de joelhos, passando os braços em volta do pescoço peludo de Luka, enquanto meu cão de guarda começa a latir para valer. Calma, calma. Preciso acalmá-lo, silenciá-lo, mas meu holandês me abandonou e tudo que consigo fazer é me segurar no meu cachorro, bloquear seu corpo com o meu e implorar:

"Não atire, não atire. A culpa não é do Luka. Eu que trouxe ele comigo. Ele é um bom cachorro. O melhor de todos. Por favor não machuque o meu cachorro. Por favor."

"Clifford", meu irmão diz, sua voz rouca, quase enferrujada.

Eu faço que sim sem entender. Então me lembro do comando em holandês para mandar Luka se sentar. Ele se senta, mas posso dizer pela rigidez do seu corpo sob meus braços que ele não acredita em mim. Mantenho minha cabeça enterrada em sua nuca. Se meu irmão está a um passo de atirar em nós, não quero ver isso. Não quero tomar consciência de que levei meu cachorro para a morte.

Um segundo se passa. Talvez um minuto inteiro. Não tenho certeza. Até que sinto os músculos nos ombros de Luka relaxarem. Ergo a cabeça imaginando que meu irmão foi embora, Que desapareceu tão dramaticamente quanto apareceu.

Mas ele ainda está lá. Não se moveu nem um centímetro. Com todas as listras extravagantes pintadas em seu rosto, é difícil distinguir suas características. Vejo principalmente o branco de seus olhos Eu me pergunto como ele aprendeu a se disfarçar bem tão assim, se tornar um homem que vive ao ar livre. E percebo que existe muito a respeito desse irmão que eu não sei.

"Sharlah", ele diz.

"Telly", respondo.

Depois, por um longo tempo, não falamos nada. Luka é o primeiro a quebrar o silêncio. Ele gane e lambe meu rosto. Só então percebo que estou chorando. Fico envergonhada. Me afasto de Luka só o bastante para esfregar as bochechas. Quando olho para cima de novo, meu irmão ainda está lá, as trilhas e os bosques silenciosos ao nosso redor.

"Vim te procurar", eu digo, porque alguém tem que dizer alguma coisa.

"Ouvi que você está com pais novos. Pais policiais. Devia ter ficado com eles."

"Não queria que você machucasse eles. Eu não queria que eles..." Me obrigo a olhar nos olhos de Telly. "Não queria que eles te machucassem."

Ele não diz nada. Apenas olha para mim com seu rosto desconcertante misturando-se ao tronco da árvore atrás dele, o rifle nas mãos. Me pergunto se é a mesma arma que ele usou contra seus pais de acolhimento ou naquelas pessoas no posto de gasolina, ou contra os policiais. Acho que depois de oito anos, Telly não precisa mais de um bastão de beisebol.

"Seus pais adotivos", digo finalmente. "Por quê?"

Ele balança a cabeça, como se tentasse negar minhas palavras.

"E os estranhos no EZ Gas. Telly, o que você estava fazendo?"

"Você não deveria estar aqui."

"Mas estou."

"Vá para casa."

"Ou o quê? Vai atirar em mim?" Fico de pé, com orgulho de soar tão corajosa, mesmo que esteja tremendo por dentro.

Meu irmão olha para mim novamente e consigo ler sua expressão, enfim. Pesar. Terror. Tristeza. Uma tristeza profunda e interminável. Não consigo me conter. Estico a mão para ele.

Num segundo, ele volta à vida. O rifle apontado diretamente para mim. Posicionado, firme. Sim, ele passou por muita coisa nos últimos oito anos. Luka começa a rosnar novamente, e somente meus dedos, presos com firmeza em sua coleira, o seguram no lugar.

"Droga, Sharlah."

"Cadê o bastão de beisebol quando você precisa de um?"

"Vá embora. Vá para casa. É sério! Fique longe de mim!"

"Ou o quê, vai atirar em mim?"

"Você não entende."

"Então me explica."

"FIQUE LONGE DE MIM!"

"NÃO!"

"Vou apertar o gatilho. Juro por Deus, vou apertar."

"Então aperte!"

"Sua estúpida! Pense no seu braço, Sharlah. Quer que eu quebre o outro?"

"Mamãe", eu digo.

E, simples assim, ele levanta um pouco o rifle, o deixa balançando incerto.

"O quê?"

"Mamãe", repito.

Ele não diz nada, mas não espero que ele diga.

"Eu me lembro da mamãe", digo com firmeza. "Me lembro daquela noite. E eu sei por que você quebrou meu braço, Telly."

Não espero mais. Solto o meu cachorro e vou para a frente. Para o arbusto, para o rifle. Tiro a arma de fogo da mão dele e passo os braços em volta do meu irmão. Depois digo o que deveria ter dito oito anos atrás.

Sussurro na orelha do meu irmão:

"Me desculpe, Telly. Foi tudo minha culpa. E eu sinto muito."

Aperto os braços em volta da cintura magra do meu irmão mais velho e o seguro enquanto ele chora.

* * *

Telly se afasta. Começa a andar. Sem me dar ao trabalho de perguntar, cambaleio atrás dele, Luka logo atrás de mim.

"Para onde vamos?", pergunto enfim.

"Para qualquer lugar onde eles não esperem que eu vá."

"Isso não é exatamente um plano. Não dá para andar para sempre. Especialmente nesse calor. E não é para me gabar nem nada, mas meus novos pais são muito bons. Quincy até tentou me convencer a voltar para casa fingindo que já tinham te encontrado. É só uma questão de tempo."

Telly para um pouco, me olha fixamente.

"Eles encontraram meu acampamento. Foi o que ele disse?"

"Não... me lembro."

Ele balança a cabeça e volta a andar rapidamente ao longo da borda da trilha.

"Aposto que encontraram. Depois de achar os corpos do Frank e da Sandra, eles teriam que ligar para o Henry. Ele deve ter notado o material de acampamento que estava faltando. Conhecendo ele, aposto que não resistiu e falou onde ficava o local de acampamento favorito do Frank." Telly balança a cabeça novamente, mais para ele do que para mim. "Ótimo."

"Ótimo?", pergunto. "Isso não quer dizer que a polícia está com o seu equipamento de acampar?"

"Não dá para fazer uma omelete sem quebrar alguns ovos", ele diz. O que não faz nenhum sentido para mim.

"Eu tenho uma maçã sobrando", ofereço timidamente. Ele está com uma mochila azul-marinho, quase do mesmo tamanho que a minha. Parece pesada, mas não tenho coragem de perguntar se é comida ou munição o que ele guarda lá dentro.

Telly recusa, mas pergunta:

"Água?"

"Uma garrafa." Começo a tirar minha mochila das costas, ele sacode a cabeça novamente e vem para trás de mim. Sinto o empurrão e o puxão enquanto ele abre o zíper da minha mochila, com o peso mudando de um lugar para o outro enquanto ele enfia a mão lá dentro. Após quase uma eternidade, ele reaparece na minha frente, segurando a garrafa plástica de água.

Estou com um pedaço de papel na mão. Meu número de celular escrito em um pedaço de folha rasgado. Passo para ele sem dizer nada. Ele não fala nada, apenas o guarda no bolso.

Telly olha para Luka. Em resposta, Luka curva os lábios exibindo longos caninos brancos. Longe de ter medo, meu irmão assente satisfeito.

"Ouvi dizer que ele é um cão policial."

"Aposentado. Joelhos ruins."

"Ele devia mesmo estar caminhando?"

"Esse tipo de caminhada não incomoda ele. E exercício faz bem. Ainda tenho algumas guloseimas para ele e, até agora, Luka está se saindo bem bebendo água dos córregos. Você tem um plano?"

Ele não responde. Só caminha mais rápido.

"Vai fazer o quê? Continuar percorrendo os bosques, atirando em qualquer estranho que cruzar o seu caminho? Ou agora você só atira em agentes treinados da força policial?"

"Pode ir para casa quando quiser", ele me diz.

"Mas eu sei onde você está."

"Não. Você só sabe onde eu estava. Como no acampamento. Eu sabia que a polícia iria encontrá-lo. Planejei isso, na verdade. Porque agora eles estão concentrando seus esforços lá, enquanto estou descendo por aqui." Ele olha para mim. "O quanto você entende do trabalho da polícia?"

"Só um pouco", digo vagamente. "Só o que pesco no jantar."

"Sei o que eu li nos livros. Quando está procurando alguém, a polícia começa com os amigos e os conhecidos da pessoa. Mas eu não tenho amigos. Então talvez eles falem com a Aly, minha agente de condicional. E é claro que falariam com o Henry. E...", ele olha para mim, "com você."

"Mas eu não sei nada." O *não depois de oito anos* fica nas entrelinhas.

"Exatamente", ele responde e continua andando.

"Eu não sei o que aconteceu", digo finalmente, tendo que me esforçar para acompanhar o ritmo dele. Aos 17, Telly tinha se tornado um adulto. Enquanto eu ainda era um amontoado meio disforme de braços e pernas, ele havia se transformado numa pessoa de verdade. Alto, forte, talvez bonito, mas não consigo dizer com essa tinta toda espalhada no rosto. Me pergunto se ele se parece com o nosso pai. Outra pergunta que não saberia responder, já que não me lembro dos nossos pais. Minhas lembranças de infância, de quando eu era mais nova, giram em torno de Telly. O irmão mais velho que tomava conta de mim. O irmão mais velho que pensei que nunca iria embora.

"Quando saí do hospital, a moça me levou para o primeiro lar que havia me acolhido", prossigo. "Pensei que você estaria lá. Entrei correndo. Estava tão animada de te ver. Mas você não estava lá."

Telly não diz nada.

"Eles te mandaram para outra casa?", eu imagino.

"Não importa. Caramba, Sharlah. Isso foi há tanto tempo."

Sinto meus olhos queimando de novo. Não vou chorar. Era isso que eu queria. Encontrar meu irmão, estar com ele, ver com meus próprios olhos quem ele se tornou. Bem, aqui estou. Ao menos uma vez na vida tive sucesso em um plano. Não vou chorar.

"Eu disse à polícia, àquela médica, que você tinha nos protegido. Que o papai estava com a faca, que ele atacou primeiro. No meu último dia no hospital, a médica me disse que você estava bem. Que não estava em apuros."

Telly para. O movimento tão repentino, que já estou três passos além dele quando consigo controlar meu próprio movimento.

"Deixe isso para lá", ele diz. "Não sou mais aquele garoto. Isso não importa."

"Olha só quem fala! O adolescente com o rifle!"

"Não se trata disso!"

"Então do que se trata? Você matou os pais que te acolheram. Rainie e Quincy disseram que eles eram pessoas boas. Você atirou neles enquanto dormiam."

"É o que você acha que aconteceu?"

"Foi o que eles disseram..."

"Por que você veio aqui?"

"O quê?" A mudança de assunto me confunde.

"Por que está aqui? Veio me salvar? Como você fez da última vez?" O escárnio em sua voz me machuca bem lá no fundo do peito. Eu começo a tremer, não consigo me controlar. "Quer saber o que acontece com um garoto de 9 anos de idade que espanca os pais até a morte, que quebra o braço da irmãzinha? Eles têm lares para todo tipo de criatura, esse pessoal de acolhimento. Inclusive lares para monstros como eu. E foi onde eu fui parar, e foi onde cumpri minha pena. Sozinho. Isolado. Dormindo todas as noites para poder sonhar novamente com nosso querido pai. E com mamãe. Só que, às vezes, nos meus sonhos, ele conseguia. Éramos nós que morríamos, enquanto ele vencia. Outras vezes era a mamãe que pegava a faca, e assim vai. Só uma coisa sempre permanecia igual: você gritando. E foi assim que acordei todas as noites por vários anos. Minha irmãzinha gritando enquanto eu quebrava o braço dela com um bastão de beisebol."

A respiração dele está pesada. A minha também.

"Vá para casa, Sharlah. Eu não sei o que você quer... mas é tarde demais para nós dois."

Ele não está falando com raiva. Parece derrotado. E de repente estou chorando de novo.

"Sinto sua falta", sussurro.

"Por quê? Não faz sentido."

"Eu não sabia para quem ligar. Para quem perguntar. Aquela primeira casa não foi um bom lugar para mim." Nem a segunda, ou a terceira, muito menos a quarta, mas tenho a impressão de que Telly sabia de tudo isso. Ele tem sua própria lista.

"Você acabou encontrando um bom lugar."

"Muito tempo se passou. Eu não sabia mais como saber de você."

"Sabe de uma coisa, Sharlah? Eu também encontrei um bom lugar."

"Onde?"

"A casa dos Duvall."

"Mas você..."

"O que você ouviu era verdade. Eles eram boas pessoas. Não mereciam o que aconteceu com eles."

"Então por que você fez..."

"Frank queria que eu te encontrasse. Pensou que se eu visse que você estava bem, que você havia seguido com a sua vida, então conseguiria seguir com a minha."

Fico sem palavras. Telly se vira, me encara inexpressivo.

"Você está bem, Sharlah? Conseguiu tocar sua vida?"

"Acho que sim."

"Você sonha com os nossos pais? Acorda gritando de noite?"

"Não."

"Sabe, quando conheci os Duvall, depois de um tempo, tive esse sonho. Uma fantasia, na verdade. De que eu completaria 18 anos e conseguiria dar um jeito na minha vida, da maneira como eles falavam que eu devia fazer. E aí iria te procurar, Sharlah. O irmão mais velho, chegando mais uma vez para salvar o dia. Você estaria em alguma casa terrível. Nós dois sabemos como é, não é mesmo?"

Faço que sim.

"Mas eu apareceria. Tiraria você de lá. Nós seríamos uma família de novo. Dessa vez, eu faria as coisas direito."

Não digo nada.

"Mas você está bem, não está? Com bons pais, foi o que a minha agente de condicional falou. Eles vão te adotar. Você vai ser parte da família de verdade."

Eu baixo a cabeça, envergonhada, sem saber o motivo.

"Isso é bom, Sharlah. É ótimo saber que você está indo tão bem. Que você vai ficar bem sem mim."

"Telly...", eu tento, mas realmente não sei o que dizer.

"Vá", ele me diz. "Mantenha seu cachorro por perto. Seus novos pais também. Se você me ama de verdade, encontre seu final feliz. E aproveite. Aí eu saberei que pelo menos um de nós se deu bem."

Ele me dá as costas e recomeça a andar, os passos tão largos e tão rápidos que jamais vou conseguir acompanhar. Suas últimas palavras vêm na minha direção, mas ele não se vira.

"Desculpe, Sharlah. Seus pais trabalham para a polícia. E... eu tenho pelo menos mais uma pessoa para matar."

Não consigo segui-lo. Meu irmão me deixa para trás e desaparece no bosque, solitário com seu rifle.

Fico lá de pé por um longo momento, Luka ao meu lado, ainda de guarda. Minha garganta está fechada. Meu peito, muito apertado. Não consigo me livrar da sensação de que foi a última vez que falei com meu irmão. De que nunca mais o verei novamente. Meu ombro lateja.

Não me importo. Eu abriria mão do meu outro ombro, abriria mão de tudo, acho... Mas isso não importa. Porque ele se foi, e ainda sou muito pequena para segui-lo. Minutos passam um após o outro, o bosque em silêncio.

Finalmente enfio a mão no bolso. Pego meu celular e o ligo. Digo o que deveria ter dito horas atrás.

"Rainie, é a Sharlah. Por favor... só quero voltar para casa."

CAPÍTULO 31

Frank decidiu que deveríamos ir caçar.

"Será ótimo", ele me falou. "Conheço um lugar perfeito para acampar. Eu o descobri quando tinha mais ou menos a sua idade. Mas ele não está em nenhum mapa. É só uma pequena clareira cercada por nada além de bosques. Armaremos uma barraca, faremos o jantar na fogueira, contaremos as estrelas no céu. Você vai amar."

Não estava muito convencido. Acampar. Claro. Que seja. Mas caçar implicava atirar em algo. Eu ainda estava tentando entender o rifle. A última coisa que eu queria na minha mira era algo do qual as pessoas dependessem para jantar. Mas quando Frank enfiava uma ideia na cabeça...

Então fomos caçar.

Na quinta-feira, começamos os preparativos. Acabou que passar a noite acampando envolvia muito equipamento. Tipo, metade da garagem de Frank. Minha tarefa, Frank me explicou, era aprender a armar a barraca antes de irmos para a área mais afastada a céu aberto, cansados de um dia de caminhada nos bosques, talvez ensopados...

"Como assim ensopados?", perguntei.

"Chuva, ué."

"E você espera que chova? Vamos acampar na chuva?"

"Qual o problema?" Frank riu. "Você acha que Lewis e Clark só saíam quando o tempo estava bom?"

"Acho que se Lewis e Clark tivessem Google Maps, eles nem teriam saído de casa."

"Sabe qual é a melhor parte de acampar?"

"Não."

"Algumas crianças acham que são os marshmallows."

"Não tenho seis anos de idade."

"Alguns caras acham que é passar a noite acordado bebendo cerveja em volta da fogueira."

"Não sou alguns caras."

"É o silêncio, Telly. Para pessoas como você e eu, é o único lugar, único momento, em que podemos encontrar paz."

Então a barraca. Pratique como armá-la e como desmontá-la. Que seja. Acabou que a montagem foi bem simples. Frank gostava dos seus brinquedos e a barraca em forma de domo da L.L.Bean, top de linha, era fácil de manusear. Passe as hastes pelas costuras A, B e C; prenda os cantos, e pronto! Um abrigo azul de poliéster com nylon de fio duplo. Nada mal, se me permite dizer.

Montar a barraca: feito! Próximo passo, desmontar a barraca e enrolá-la para caber na bolsa. Impossível. Não dava para fazer. Tentei dobrá-la de um jeito. Tentei dobrá-la de outro. Maldição...

Frank não levantava um dedo para ajudar. Tínhamos a maior mochila que eu já tinha visto. Com estrutura de metal. Com tiras acolchoadas ao redor dos quadris e ombros e clipes... por toda parte.

"Você não carrega uma mochila com as costas", ele me explicou quando finalmente dei uma parada, respirando com dificuldade, metade da barraca enfiada na mochila, a outra metade explodindo para fora como um cogumelo. "Esse é um bom jeito de se desgastar, e até mesmo se machucar. Em vez disso, você quer o peso protegido em volta dos seus quadris, onde pode carregá-lo com sua pélvis, da forma como fomos naturalmente projetados para funcionar. Primeiro, você aperta o cinturão no quadril. Depois, claro, as tiras ao redor dos ombros, mantendo o peso próximo ao seu corpo. O ajuste final é a tira que passa pelo seu peito. Acredite em mim, faça o esforço de ajustar a mochila logo no começo e será capaz de caminhar por quilômetros, sem nem notar que ela está lá."

Olhei incrédulo para o monstro com estrutura de metal. Ela já parecia ter uns dez quilos, e isso antes de colocar a maldita barraca, os sacos de dormir, mapas, suprimentos, blá, blá, blá.

"Talvez devêssemos deixar a barraca para trás", eu disse. "Na verdade, talvez você devesse me deixar para trás. Gosto de camas. E de esgoto encanado, e um telhado sobre a minha cabeça que não estala ou infla como um balão gigante."

"Vai ser um ótimo fim de semana", Frank me disse. "Posso sentir."

Montei a barraca novamente. Desmontei de novo. De novo e de novo. Até ela parar de encher o meu saco e começar a ser quase possível utilizá-la.

O que acabou sendo o primeiro passo do meu treino de acampamento. É assim que você monta uma barraca. É assim que você guarda o material na mochila. Esses são alguns suprimentos básicos para sobrevivência: canivete suíço, fósforos, kit de primeiros socorros, tabletes de purificação de água. Mesmo um ímã e um arame, que poderiam ser transformados em uma espécie de bússola de cientista maluco.

Tive que dar o crédito a Frank. Ele realmente amava o que fazia.

Além disso, considerando o meu desempenho na escola, morar em uma tenda talvez fosse meu futuro algum dia.

É claro, após dominar o uso do equipamento, foi a vez de Sandra.

"Por via das dúvidas", ela me disse, "caso a parte da caçada não dê certo."

Ela me deu um sorrisinho, e pude ver em sua expressão que ela entendia tudo o que eu não podia dizer para o feliz e animado Frank. Ele poderia ser tão pueril em sua alegria que era até cruel ser a pessoa a desestimulá-lo.

"Você sempre vai acampar com o Frank?", perguntei a ela.

Estávamos na cozinha. Primeiro lanche de caminhada: mix energético. Ou algo assim. Sandra pegou caixas de cereais, um saco de gotas de chocolate e vários potes de frutas secas. Basicamente, eu tinha que misturar tudo. Até então, parecia ser mais fácil de fazer do que mexer na barraca.

"Sim. Logo depois que nos casamos, acampamos vários fins de semana."

"Deixe eu adivinhar, você preparava um frango com parmesão inteiro na fogueira?"

Ela riu.

"Frango com parmesão, não. Mas corte um pedaço triangular de massa fermentada da Pillsbury, envolva-o em um cachorro-quente, cubra-o com papel alumínio e gire em um espeto em cima da fogueira."

"Uau, você realmente tem uma receita para tudo! Henry disse que você é uma ótima atiradora também. Melhor até que o Frank."

Será que soei casual? Eu estava tentando soar casual, mas desde que Henry fez o comentário, estava morrendo de vontade de saber mais. Sandra, a feliz dona de casa durante o dia, superatiradora de elite à noite? Ou algo do tipo?

Ela simplesmente deu de ombros, inspecionou minha bolsa térmica de mix nutritivo, que era quase do tamanho de um galão, e adicionou mais coco seco.

"Nunca se perguntou por que não há toupeiras no nosso quintal? Agora você sabe o motivo."

"Foi o Frank que te ensinou a atirar?", perguntei.

"Não." Ela se virou e foi para a geladeira, e entendi pelo seu tom de voz que esse assunto estava encerrado. É claro. Porque se Frank não havia lhe ensinado, só restava uma única pessoa em quem eu poderia pensar: seu pai. O misterioso mestre do crime que Sandra disse que gostava de ser cruel, e Frank me disse para matar assim que o visse.

Eu estava de olho desde a conversa com Henry e Frank nos bosques. Não porque achei que algum velhote fosse aparecer magicamente e causar problemas. Mas principalmente porque eu queria ver a cara do velhote com meus próprios olhos.

O pai de Sandra. Sandra, que usava saias floridas e cheias de cor e amava uma boa receita de panela elétrica e, ainda assim, de alguma forma, era a filha do capeta? Sempre achei que era o único filho de Satã das redondezas. Agora não tinha mais tanta certeza.

"Vai dar tudo certo", Sandra disse de repente.

Levantei a cabeça e vi que ela estava me avaliando.

"O quê?"

"Vai dar tudo certo", ela prosseguiu. "Um dia, você terá sua própria família, e será o pai que você nunca teve. Você dará ao seu filho a infância que nunca teve chance de vivenciar. E o buraco, esse vazio dentro de você, irá embora. Você não vai mais precisar olhar para trás. Terá um futuro pela frente."

"Foi o que você fez."

"Sim."

"E você é feliz?", perguntei de curiosidade.

"Sem dúvida."

"Mas sente saudade do Henry."

"É claro. E algum dia vou sentir saudade de você também."

"Você vai pegar outra criança."

"Você vai construir sua própria vida. E ela vai ser boa. Vejo isso em você, Telly. Você é mais forte do que pensa, além de ter um coração bom. Mesmo quando finge que não tem, você tem. Pelo menos bom o suficiente para passar o fim de semana na chuva com o meu marido."

"Isso não é querer bem, isso é maluquice."

Sandra sorriu. Tirou um pacote de salsicha da geladeira.

"Você encontrará o seu 'felizes para sempre', Telly. Aguardo ansiosamente a oportunidade de compartilhar esse momento com você."

Choveu. A partir do momento em que deixamos a escola na sexta-feira, choveu muito. Fui eu que carreguei a mochila primeiro. Por ter costas fortes e jovens, Frank justificou. O que significa que a chuva se acumulou no topo da estrutura e, em momentos inesperados, escorreu pelo meu pescoço.

Eu estava usando uma das velhas capas de chuva de Frank. Pelo que entendi, capas de chuva têm gradações. Seja lá qual fosse a da minha, não era suficiente para me manter seco. Em uma hora, comecei a me sentir encharcado. Quando terminamos uma caminhada pitoresca nos bosques — "Veja só aquela clareira, veja só aquele córrego, olhe esse musgo nas árvores!" Sério mesmo, Frank? — Eu estava encharcado.

Por fim, Frank me levou para sua famosa área de acampamento. A boa notícia é que ela tinha alguns pallets de madeira, trazidos por Frank anos atrás, para nos manter acima da lama.

"Então, o que você precisa fazer é armar a barraca em cima do pallet", Frank me explicou. "Agora, como você pode imaginar, pallets de madeira não são a superfície mais confortável para se dormir. Então você pode cobri-los com uma camada de folhas de pinheiro, usar samambaias como capacho, ou só manter as coisas simples."

Olhei para ele. Manter as coisas simples. E logo me senti grato por ter praticado na noite anterior, porque eu não teria a menor chance de entender as complicações da barraca pela primeira vez naquelas condições.

Montei o nosso abrigo. O que levou à próxima pergunta. Como diabos se acende uma fogueira no meio de um toró? A resposta era: você não acende.

Frank havia montado um pequeno abrigo com galhos caídos e então colocado o forno portátil para funcionar. Só calor o suficiente para cozinhar quatro cachorros-quentes e pouca coisa além disso.

Nós nos sentamos na chuva, comemos linguiças praticamente cruas e passamos a bolsa de mix energético para lá e para cá. Frank estava sorrindo. Tipo, feliz de verdade.

"Não tem muitas estrelas para ver", comentei, olhando para as nuvens pesadas sobre nós.

"Ah, mas tem o silêncio. Bastante silêncio."

Não há quase nada para se fazer quando se acampa na chuva. Nem preciso dizer que nos recolhemos cedo para a barraca, pendurando nossos casacos sobre a cobertura relativa de algumas árvores, vestindo o resto de nossas roupas para nos aquecermos. Nunca me senti tão grato por me enfiar em um saco de dormir. E, sim, nossos colchões dobráveis não eram o melhor acolchoado contra o chão duro do pallet de madeira, mas pelo menos eu estava voltando a sentir os dedos dos pés. Nós não conversamos. Talvez fosse melhor assim. Nunca fui do tipo que saberia o que dizer.

No fim das contas, Frank acabou adormecendo, porque a barraca foi tomada pelo som de seus roncos. Profundos e retumbantes. Parecia um urso. Fiquei tentado a jogar algum objeto nele, cutucá-lo, qualquer coisa. Em vez disso, fiquei lá deitado ouvindo. Me perguntei quantas vezes ele teria levado Henry ali. Me perguntei por que isso me incomodava tanto. Então, finalmente, também adormeci.

Mais cedo ou mais tarde, o ronco parou. E só sei dizer que foi isso que me acordou.

O silêncio.

Frank tinha saído. Não precisei acender minha pequena lamparina para saber disso. Podia sentir sua ausência no pequeno espaço. Talvez ele tivesse saído para urinar. A chuva tinha parado. Levei outro instante para perceber isso. O pinga-pinga da chuva do lado de fora do toldo da porta finalmente havia cedido. Foi então que percebi que a escuridão do lado de fora estava começando a ficar acinzentada. Olhei para o relógio. Seis da manhã. Eu sobrevivi à noite. Simples assim.

Fazia sentido. Frank gostava de acordar cedo. Talvez tivesse saído para arrumar o café da manhã. Mais salsichas? Mais mistura energética?

Eu me levantei, percebendo que precisava me aliviar, sem falar que metade do meu corpo tinha ficado dormente depois de dormir em um pallet de madeira.

Calcei minhas botas ainda ensopadas, depois abri o zíper da pequena porta e enfiei a cabeça para fora para ver o mundo real. Os bosques estavam tomados pela neblina. Longos tentáculos cinza envolvendo árvores cobertas de musgo, deslizando por montes altos de exuberantes samambaias verdes. Silencioso, exatamente como Frank havia dito. Pacífico. E belo.

Li bastante Rei Arthur quando era mais novo. Os bosques estavam do mesmo jeito que eu havia imaginado Avalon: verdes e cinza ao mesmo tempo. Reais e fantasmagóricos.

E nenhum sinal de Frank.

Fui me aliviar primeiro. Depois perambulei pela pequena clareira. O forno portátil ainda estava frio, então ele não tinha começado a fazer o café da manhã. Nenhum sinal dele nas proximidades. Pensei em verificar o lugar onde havíamos pendurado nossos casacos. Frank não estava lá.

Em seguida, verifiquei os rifles, que ele havia enfiado dentro da barraca para mantê-los secos. Os dois rifles estavam ali. A 22 de Frank, por outro lado, que ele sempre carregava para proteção pessoal, tinha sumido.

Foi então que entendi. O verdadeiro motivo para termos um fim de semana de "caçada". A razão de Frank precisar se afastar e levar sua arma consigo. Peguei minha jaqueta molhada e segui apressado pela estreita trilha de cervos que era o caminho direto para entrar e sair do acampamento.

Escorregando nos lugares. Me desequilibrando sobre pedras soltas. Quase caindo de boca numa raiz de árvore saliente. Mas seguindo com pressa porque... porque sim.

Quase no fim da trilha, diminuí o ritmo. Já podia ouvir as vozes. Me abaixei para dar os últimos passos. Não saí completamente do bosque. Me mantive sob a cobertura dos arbustos, enquanto fazia o meu melhor para entender o que estava acontecendo seis metros à minha frente na beira da estrada.

Frank estava falando com um homem. Um homem mais velho, usando um sobretudo marrom-claro, estilo militar, à moda antiga, com um chapéu fedora na cabeça. Era o velhaco, sem dúvida. O pai de Sandra.

Eles estavam na frente de um Cadillac preto brilhante. O carro do velhaco, que ele havia dirigido até ali, imagino, já que não parecia estar em forma para fazer a trilha até o nosso acampamento.

"Você precisa se afastar", Frank estava dizendo. "Seja lá o que queira com minha família, minha família não quer nada com você."

"Sempre fala pela sua esposa?"

"Sério. Sandra nunca mais vai falar com você, e você sabe disso."

"Henry parece ser um bom menino."

"Force essa aproximação, Dave, e eu serei o menor dos seus problemas. A própria Sandra irá atrás de você. É isso que você realmente quer?"

Silêncio.

"Estou morrendo, Frank."

"Estamos todos."

"Estou com câncer. Ferrado. É só uma questão de tempo."

Frank não disse nada.

"A morte", o sujeito disse enfim, "consegue mudar uma pessoa. Faz a gente ver as coisas de um jeito diferente."

"Arrependido, velho?"

"E se eu estiver?"

Frank sacudiu a cabeça.

"É um pouco tarde demais."

"Pelo menos me deixe falar com o garoto. Não é justo ela manter meu único neto longe de mim."

"Ela vai te estripar como um peixe."

"Minha filha..."

"Aprendeu tudo que ela sabe com você. Fique longe, Dave. Considere o conselho como meu presente para um homem à beira da morte. Se afaste, ou o câncer será a menor das suas preocupações."

"Eu tenho dinheiro."

"Não seja estúpido."

"Estou falando de dinheiro de verdade. Fundos legítimos. Depois de tempo suficiente de atividade, você consegue essas coisas."

"Ela não quer."

"Eu sou o pai dela!"

"E foi só por esse motivo que ela deixou você vivo!", a voz de Frank era fria. Mais fria do que eu jamais tinha escutado. Eu me encolhi, sem reconhecer aquele homem raivoso irritado.

"Estou morrendo", o velhote repetiu.

"Então espero que, para o seu próprio bem, você encontre alguma paz. Mas o perdão da sua filha? Isso está fora de cogitação. Alguns pecados, um homem precisa viver com eles. E outros, acho que o jeito é morrer com eles também."

O velhote não disse nada. Finalmente, exalou, e o ar crepitou estridente em seu peito. Ele pôs a mão na cintura. Notei Frank se mover, braço indo para a base das costas. Onde havia colocado a 22, percebi.

Mas o velhote não fez nada. Só apertou ainda mais o cinto. Olhou para Frank com os olhos marejados.

"Minha filha sempre foi teimosa, mas nunca foi estúpida. Então dê um recado a ela por mim. Meu estado terminal, isso muda as coisas. Não sou o único que sabe onde ela mora. Não sou o único que está de olho."

"Está ameaçando minha esposa, Dave?"

"Meu estado terminal muda as coisas", o velhote simplesmente repetiu. Depois, se virou e voltou para o carro.

Frank não se moveu. Continuou ali, mão firme atrás das costas, como se estivesse esperando mais alguma coisa ruim acontecer. Percebi que estava segurando a respiração enquanto o sujeito lutava com a porta pesada do Cadillac, dava outro suspiro, depois se esforçava para entrar no veículo. Finalmente, fechou a porta e ligou o motor. O pai de Sandra foi embora.

A mão de Frank saiu de perto de sua arma escondida.

"Pode sair daí agora", ele disse sem nem se virar. No automático, saí dos arbustos, e terminei de descer até a estrada.

"Eu não vi nada", disse.

"Exatamente."

"Também não ouvi nada."

"Garoto esperto."

"Aquele era mesmo o pai da Sandra?"

"Sim."

"E ela odeia ele tanto assim?"

"Mais do que isso."

"E ainda devo atirar nele se o vir pela frente?"

"Pouparia Sandra do inconveniente."

"Combinado", eu disse.

Frank finalmente olhou para mim.

"Obrigado." Ele se virou e caminhou de volta pela trilha. "Ei", ele disse logo depois. "Trouxe um pouco de pintura facial. Em vez de sairmos para caçar, vamos passar o dia aprendendo técnicas de sobrevivência na selva, começando, é claro, com técnicas muito importantes sobre camuflagem."

CAPÍTULO 32

RAINIE SEMPRE soube que ser mãe traria períodos difíceis, momentos em que fazer o certo significaria ir contra seus instintos primordiais. Quando ela seria obrigada a ser rígida, em vez de amorosa, a mulher má e não a confidente da filha. Por exemplo, neste exato instante, ao ver a menina pela primeira vez depois de horas, quando o sol começava a baixar e os bosques se enchiam de sombras, e seu coração apertava tão forte no peito que ela chegava a sentir uma dor física.

Ela queria sair correndo do veículo. Queria agarrar Sharlah em um abraço apertado e depois procurar sinais de ferimentos em cada pedacinho dela, enquanto repetia incansavelmente para si mesma que a filha estava segura, que o perigo havia passado, e que ela podia respirar de novo.

Sharlah saiu do bosque e, ao invés de correr até ela, Rainie se forçou a permanecer dentro do carro, calada, calma e, claro, consciente do seu entorno. O irmão de Sharlah devia estar em algum lugar por perto. Pelo menos até recentemente. Porque ela conhecia a filha teimosa que tinha. Era impossível que Sharlah simplesmente tivesse desistido de sua missão. Se havia ligado para casa, só podia significar que teve uma chance de ver Telly finalmente. E o irmão mais velho a mandou embora.

Sua filha estava abalada emocionalmente. Rainie podia constatar pelos ombros caídos, a inclinação abatida de sua cabeça curvada enquanto Sharlah atravessava o campo gramado em direção ao veículo de Rainie, com Luka ao seu lado. Não era o tipo de machucado que uma inspeção física revelaria, mas ainda assim era perceptível.

Rainie saiu do carro, dando uma rápida conferida no bosque escurecido atrás de sua filha. Telly tinha um rifle. Se ele estivesse em algum lugar no meio daquelas árvores, observando-a através de sua mira...

O bosque estava muito escuro para se enxergar através dele. Ela ouviu pássaros distantes, o farfalhar da grama com um vento leve, os passos pesados de Sharlah. Só isso.

Sharlah e Luka se aproximaram. Rainie apertou o botão para levantar a porta do bagageiro do veículo. Luka não precisou de outro convite. Ele cruzou os últimos vinte metros e saltou para dentro do Lexus de Rainie. Um minuto depois, foi a vez de Sharlah. Seu rosto estava queimado do sol, o cabelo espigado em todas as direções, os braços e as pernas expostos e cobertos de arranhões.

"Me desculpe", disse Sharlah, e ela parecia tão triste, tão desanimada, que Rainie sentiu a pressão do medo e da raiva em seu peito se dissolverem de repente.

"Ele mandou você ir embora, não foi?"

"Ele me disse para viver o meu final feliz, porque assim pelo menos um de nós teria conseguido."

"Oh, querida..."

"E depois", Sharlah respirou fundo, olhando diretamente para ela, "ele me disse que tinha que matar mais uma pessoa."

"Entre no carro", disse Rainie. "Trouxe um pouco de comida e de água para você e para o Luka."

"Nós não estamos indo para casa, estamos?"

"Não, querida, ainda não."

Rainie dirigiu direto para o departamento da xerife. Sharlah ficou sentada ao lado dela sem falar nada, um sanduíche de manteiga de amendoim e geleia permanecia intocado no seu colo. Luka, por outro lado, tinha devorado sua tigela de ração. Pelo menos um membro da família estava feliz.

Rainie havia falado algumas vezes com Quincy durante a tarde. Depois da batida no acampamento de Telly, ele e os outros seguiram para o departamento da xerife para analisar as descobertas. Precisavam de mais espaço para espalhar as fotos que o rastreador havia tirado dos cadernos de Telly, bem como usar um quadro branco para anotar dúvidas, pensamentos aleatórios e pistas novas. Até onde Rainie sabia, as câmeras sensíveis a movimento continuavam na área de acampamento de Telly. Se elas registrassem algo, a SWAT se mobilizaria imediatamente. Até lá, eles operariam mais em modo investigativo. O que tornaria o relatório de Sharlah sobre seu irmão mais interessante, sem falar nas próprias descobertas recentes de Rainie.

"Coma seu sanduíche", ela disse a Sharlah enquanto chegavam ao escritório da xerife. "Você vai precisar de energia."

Havia um verdadeiro circo de vans da mídia e luzes brilhantes de câmeras na frente do departamento da xerife, o que fez Rainie agradecer por estar em um veículo claramente civil enquanto desviava da multidão. Uma onda de repórteres avançou brevemente, viu apenas uma mulher de aparência aborrecida e sua filha e então recuou, em busca de presas maiores. Rainie foi para o pátio dos fundos, que era mais tranquilo, e estacionou o carro.

Sharlah tinha dado três mordidas no sanduíche. Só isso. Pelo menos a garrafa de água estava vazia. Rainie olhou para a filha e suspirou.

"Eu te amo", Rainie disse de repente.

"Você está brava comigo. Eu não devia ter fugido."

"Não, não devia."

"Você vai me colocar de castigo." Sharlah estava de cabeça baixa.

"Haverá consequências. Sharlah... Confiar em alguém é difícil, especialmente para pessoas como nós. Eu, você, Quincy. Temos uma tendência a achar que sabemos o que é melhor. E de nos sentirmos mais confortáveis agindo sozinhos. Mas para construir uma família temos que deixar a arrogância e a zona de conforto de lado. Estamos aqui para confiar um nos outros, apoiarmos uns aos outros."

"Pensei que vocês machucariam ele", Sharlah sussurrou. "Ou pior, que ele poderia machucar vocês."

"Eu sei. Mas é aí que entra a confiança. Em vez de agir sozinha, você devia ter falado com a gente. Contado os seus medos."

"Vocês teriam dito que conseguiriam lidar com ele."

"Sim."

"Não sei se isso é verdade", Sharlah disse, finalmente olhando para cima. Ela parecia muito infeliz. "Esse novo Telly... seu rosto, o rifle. Eu não sei nada sobre ele."

"Mas ele não machucou você."

"Não."

"Ele ainda te ama?"

"Não sei."

"Sharlah", Rainie virou-se no banco do condutor, e ficou de frente para a filha. "Talvez seu irmão não tenha dito o que você queria que ele dissesse, mas você teve a chance de dizer o que queria dizer?"

"Eu disse a ele que sentia muito."

Rainie esperou.

"Eu não devia ter deixado ele ir embora lá atrás. Devia ter perguntado dele, dito que eu queria ver o Telly, algo assim. Ele era meu irmão. Eu devia ter lutado mais."

"E por que não fez isso?"

Sharlah balançou a cabeça, olhou para o outro lado.

Rainie ficou em silêncio mais um momento. Quase lá, ela pensou. Elas estavam tão próximas das palavras que Sharlah precisava dizer. O que realmente havia acontecido naquela noite com os pais dela, oito anos atrás. O que Rainie tinha começado a suspeitar depois de falar com o médico mais cedo.

"Confiança", Rainie sussurrou.

Algumas lições, no entanto, levavam mais do que treze anos para serem aprendidas. Sua filha complicada balançou a cabeça novamente e então abriu a porta, e Rainie não teve escolha a não ser segui-la.

Luka adorou o departamento da xerife. Ele se moveu com um trote de pernas firmes, os olhos atentos e as orelhas para cima. Cão policial aposentado voltando ao serviço.

Estava quente demais para deixar o pastor-alemão no veículo, mesmo àquela hora da noite e, embora Rainie gostasse de pensar que sua presença materna daria à filha força para a entrevista que teria pela frente, ela sabia que Luka faria ainda mais diferença.

Eles subiram a escada para o segundo andar, Luka liderando o caminho. Encontraram Quincy trabalhando com três outras pessoas na sala de reuniões. As paredes estavam cobertas de fotos. Fotos impressas, Rainie percebeu. Elas não tinham uma resolução muito boa, mas considerando que pareciam ser fotos de fotografias velhas e recortes de jornais, era suficiente. Havia imagens diversas agrupadas em um canto: o acampamento de Telly, que consistia em um pallet de madeira com alguns equipamentos empilhados no meio de uma pequena clareira. Nada que ela achasse impressionante, mas, até aí, o cenário ideal de um fim de semana fora para Rainie incluía um hotel com serviço de quarto.

Quincy levantou o olhar quando eles entraram. Luka já o havia encontrado, e estava encostando o focinho em sua mão. Quincy acariciou a cabeça do cachorro, enquanto seu olhar passou rapidamente por Rainie e então se demorou em Sharlah. Rainie podia ver em seu rosto todas as emoções conflitantes que ela própria tinha vivido momentos antes: um misto de alívio, frustração, raiva, mais frustração, desespero.

As maravilhas de serem pais. E eles que se voluntariaram para isso.

Ela respondeu ao seu olhar questionador balançando a cabeça de leve. Um sinal de que sim, ela já tivera essa discussão com a filha. O que, por enquanto, teria que ser suficiente, já que não era a hora nem o lugar para Quincy resolver suas próprias diferenças com Sharlah. A filha tinha voltado para casa em segurança. Por enquanto, isso teria que bastar. Rainie pôs a bola em campo.

"Ela se encontrou com ele."

Um homem se levantou da mesa, com uma fatia de pizza na mão. Ele vestia equipamento de caminhada todo manchado de suor e usava botas desgastadas. O rastreador, Rainie imaginou. Qual era mesmo o nome dele, segundo Quincy? Cal Noonan. Luka foi até ele, cheirou o homem de cima a baixo. Pareceu considerá-lo aceitável. De sua parte, o homem ignorou o pastor e terminou a pizza.

"Localização aproximada?", ele perguntou, pegando uma tachinha na caixa sobre a mesa.

Ao buscar Sharlah, Rainie havia registrado as coordenadas do GPS no seu celular. Ela levantou a tela para o homem poder ler.

"Rainie Conner", se apresentou.

"Cal Noonan. Obrigado." Havia um mapa ampliado na parede atrás de Rainie e Sharlah. Cal usou uma tachinha azul brilhante para marcar as coordenadas. Em seguida, o rastreador recuou, franziu a testa.

"Isso fica 32 quilômetros ao sul do acampamento." Ele olhou para Sharlah. "Ele ainda estava usando o quadriciclo?"

Muda, a menina balançou a cabeça em negativa.

"Ele tinha estacionado em algum lugar?"

"Nã... não."

"Você tem certeza?"

A garota encolheu os ombros, visivelmente desconfortável com a atenção direta.

"Ele estava a pé", ela sussurrou. "Quando a gente se encontrou. E, hã... quando fui embora."

Rainie olhou fixamente para o chão, o desejo de envolver a filha em um abraço protetor era quase irresistível. Mas os fatos não tinha mudado:

Sharlah tinha fugido para encontrar um garoto suspeito de ser um assassino em massa. E, ao fazer isso, tinha selado seu próprio destino em relação a interrogatórios da polícia, perguntas suspeitas e tudo o mais.

"Esse é o acampamento dele?", Sharlah surpreendeu Rainie com a pergunta. A garota levantou a mão e apontou para uma série de fotos na parede à frente dela.

O rastreador fez que sim. Seu olhar não era bravo, pensou Rainie. Apenas sério. Um homem que tivera um dia longo e vira dois membros da sua equipe serem alvejados no cumprimento do dever. Ela notou que Luka continuava ao lado dele. Uma espécie de sinal de aprovação. Enquanto a xerife Atkins e seu principal sargento de homicídios, Roy, pareciam satisfeitos em deixar Cal falar. Mais sinais de respeito.

"Ele disse que vocês encontrariam o acampamento", Sharlah falou, sua voz mais clara. Shelly Atkins estudou a garota com interesse renovado e atravessou a sala, se abaixando perto de Sharlah. "Repita isso. Telly sabia que nós encontraríamos o acampamento?"

"Ele disse que Henry não resistiria e contaria sobre o lugar." Sharlah respirou fundo, olhou a xerife nos olhos. Ela estava tentando. Rainie duvidou que os outros na sala tivessem percebido, além de Quincy, é claro, mas a Sharlah tímida, ansiosa, que odiava estar no centro das atenções, estava se esforçando bastante para fazer a coisa certa. "Telly disse que ele queria que vocês encontrassem o lugar. Que isso manteria vocês ocupados. Lá, entendeu? Vocês ficariam inspecionando o acampamento enquanto ele ia para o sul."

Cal sacudiu a cabeça.

"Eu disse que ele era esperto."

"Por que ele estava indo para o sul?", a xerife perguntou, o olhar fixo em Sharlah.

"Não sei."

"Ele mencionou um destino?"

"Não." Sharlah ficou inquieta, ajeitou o corpo. A voz da menina saiu baixa. "Hum... ele disse... ele disse que eu não podia ir com ele. Que eu não podia segui-lo, porque..." A voz de Sharlah ficou ainda mais suave. "Ele disse que precisava matar mais uma pessoa."

"Quem?" A voz de Quincy soou como um chicote pela sala.

Sharlah estremeceu. Continuou olhando para a xerife enquanto respondia à pergunta de seu pai.

"Não sei."

"Ele estava armado quando você o viu?" Quincy perguntou com firmeza. Não de pai para filha, mas de especialista em perfis criminosos para testemunha.

Mais uma vez, Rainie olhou para o chão e se obrigou a não intervir. Ela tinha sua abordagem. Quincy tinha a dele. Luka, do outro lado, voltou para junto da menina, cutucando gentilmente a mão de Sharlah até que ela estivesse sobre sua cabeça. Os dedos de Sharlah se afundaram no pelo do cão. Aquilo pareceu dar forças para ela.

"Telly estava com um rifle", respondeu claramente. "E seu rosto..." Sharlah levantou os dedos da mão livre, tocou nas bochechas. "Estava pintado com listras. Quando me deparei com ele na frente da árvore, quase não percebi que ele estava lá. Ele poderia muito bem se passar por um arbusto. Então ele abriu os olhos e foi só isso que eu vi: o branco dos olhos dele brilhando." A voz da menina sumiu. Rainie tinha certeza de quais seriam os pesadelos da filha nos próximos dias, semanas e meses.

"Viu outros suprimentos?", o rastreador perguntou. "Ele estava com uma mochila? Com comida, água?"

"Estava com uma mochila azul-marinho. Do mesmo tamanho da minha. Eu ofereci um pouco de comida para ele." Sharlah inclinou o corpo para longe de Quincy enquanto dizia isso. "Ele disse que estava bem. Só aceitou um pouco de água."

"Quanto?"

"Uma garrafa."

"Você viu outras armas?"

"Não."

"E a mochila dele? Será que ele estava carregando mais rifles?"

"Hum...", Sharlah franziu a testa. "Rifles não. Mas a mochila estava pesada. Tipo, caída para baixo." Ela olhou para cima. "Fiquei me perguntando se ela estava cheia de comida ou de munição."

"Você viu armas de cano curto?", Quincy perguntou para a filha. "Viu alguma coisa enfiada na cintura da calça dele?"

Outra sacudida de cabeça. A xerife Atkins se esticou de pé. Voltou-se para os adultos na sala.

"Armas pequenas caberiam na mochila, mas as duas armas de cano longo ainda estão faltando..."

"Definitivamente não estão com ele", Cal murmurou. "Para ser honesto, duvido que ele esteja carregando três armas de fogo menores também. Elas resultariam em um peso e tanto, sem falar na munição. Ele pode muito bem ter escondido uma ou duas armas pequenas no lugar onde está escondendo os rifles."

"Ele tem outro esconderijo", disse Shelly.

"Um acampamento real. E não...", Cal indicou a fileira de fotos, "o falso que ele armou para encontrarmos."

"Com uma mochila cheia com os seus diários pessoais e álbum de recortes", pensou Quincy em voz alta. Rainie reconheceu em seu rosto o olhar que ele tinha quando o resto da sala estava desaparecendo e, diante dele, só existia a evidência. "Por que encher um acampamento falso de bens tão pessoais?", Quincy perguntou.

"Tenho um assunto mais importante." Rainie respirou fundo. Havia chegado a hora. "Passei a tarde estudando as fotos da cena do crime. Não sei o que aconteceu na casa dos Duvall essa manhã nem com a equipe de rastreamento de tarde, mas quanto ao tiroteio no EZ Gas, bem, o responsável não foi o Telly. E eu posso provar."

"Análise forense de pigmentação", disse Rainie. Ela tirou uma pasta de dentro da bolsa. Com todos os olhares voltados para ela, inclusive o de Sharlah, Rainie removeu da parede uma pilha de imagens da câmera de segurança do EZ Gas e começou a espalhá-las em um canto da mesa da sala de reuniões.

"Quincy e eu trabalhamos uma vez em um caso em que o assassino foi identificado pela análise forense de pigmentação. Basicamente, examinamos o padrão de pigmentação nas áreas de pele exposta do assassino nas fotos que ele tirou de si mesmo com as vítimas e analisamos quais seriam as chances de qualquer outra pessoa ter exatamente o mesmo padrão. Desde então, tenho uma tendência a conferir sardas, manchas..."

Rainie foi indicando na sua trilha de fotos. A primeira imagem era de um braço nu, saindo pela porta do EZ Gas, apontando uma arma para a vítima masculina. Em seguida, uma foto igualmente desconcertante, o antebraço destacado agora apontava para a caixa. Por fim, a imagem principal que tinha chamado sua atenção de manhã: Telly Ray Nash, completamente visível, olhando direto para a câmera, enquanto puxava o gatilho.

"Não é a melhor das resoluções", disse Rainie, "já que as gravações das imagens de segurança são em preto e branco granulado. Contudo, em cada quadro estático, o pulso do atirador e uma boa parte do seu antebraço estão perfeitamente visíveis. Comparem os dois e depois me digam a opinião de vocês."

Quincy foi o primeiro a se aproximar das fotos exibidas, Sharlah quase imediatamente atrás dele. As diferenças entre pai e filha já pareciam esquecidas enquanto eles olhavam para baixo e analisavam as imagens com atenção.

"Nas fotos em que o indivíduo está fora do campo de visão", Quincy observou, "o antebraço é mais grosso. E há uma espécie de mancha, talvez uma verruga grande, cinco centímetros acima do pulso."

"Telly não tem essa mancha negra", Sharlah disse animada. "O pulso dele é liso!"

Shelly Atkins e Roy Peterson se aproximaram.

"Não entendo", a xerife disse por fim. "De acordo com essa imagem, Telly atirou na câmera de segurança."

"Mas ele não atirou nas vítimas?", o rastreador concluiu a frase, olhando por sobre o ombro de Shelly.

Rainie fez que sim.

"Quando conversei com a orientadora familiar hoje de manhã, ela mencionou um incidente no lar de acolhimento anterior de Telly, o lugar onde ele ficou antes de ir para a família Duvall. A mãe de acolhimento acusou Telly de roubo. Telly nunca negou as acusações, simplesmente foi embora. Mais tarde, porém, a mãe descobriu que outra criança é que estava pegando as coisas."

"Está dizendo que Telly atirou na câmera de segurança porque ele gosta de levar a culpa pelos outros?", Shelly a encarou.

"Acho que ele está *acostumado* a levar a culpa." Rainie olhou para a filha. "O que poderia ser bem útil se você fosse um verdadeiro assassino à procura de um bode expiatório."

"Alguém está armando para ele", Quincy concluiu. Inclinou a cabeça para o lado. "Você acha que isso também se aplica ao assassinato dos Duvall? Um garoto com o passado de Telly... Ele seria a escolha perfeita."

"Mas por que ele aceitaria levar a culpa?", Sharlah perguntou, franzindo a testa. "Por que atirar na câmera no posto de gasolina? Por que não apenas pedir ajuda?"

"Tenho uma teoria", Rainie disse calmamente e olhou do novo para a filha. "As fotos que ele tirou de você e que encontramos na garagem dos Duvall. Não acho que o Telly tirou essas fotos para te ameaçar. Acho que elas foram tiradas por outra pessoa e enviadas para Telly como um aviso."

"Ou Telly coopera...", disse Quincy.

"Ou Sharlah se machucaria." Rainie colocou a mão no ombro da filha. "Vilão ou herói. Depois de tantos anos, acho que Telly ainda está tentando te salvar."

CAPÍTULO 33

QUINCY ENCONTROU Sharlah sentada no chão do corredor do lado de fora da sala de reuniões. Estava com as costas apoiadas na parede áspera de blocos cinza, com a mão em Luka, que estava esticado diante dela, e a mochila a seus pés. O cão não parecia se importar com o piso todo desgastado. Quincy decidiu que também poderia sobreviver a ele.

E se sentou ao lado de Sharlah. Braços apoiados nos joelhos e cabeça encostada na parede. Eles ficaram assim por um bom tempo. Homem. Filha. Cachorro. Anos atrás, a conselheira familiar havia explicado a Quincy e Rainie que, em pouco tempo, eles deixariam de pensar em Sharlah como uma filha de acolhimento e simplesmente passariam a considerá-la como a filha deles. Para Quincy pelo menos o processo aconteceu rapidamente. Ele sentia como se Sharlah fosse tão sangue do seu sangue quanto Kimberly e, para ser honesto, mais do que sua filha mais velha, Mandy, a quem ele amava profundamente, mas raramente entendia.

Ele e Sharlah, por outro lado... Ela estava muito mais para o fruto que não cai longe do pé. E foi por isso que ele não falou logo de imediato. Sharlah preferia o silêncio, e não seria o Quincy a reclamar disso. Além do mais, depois do dia que todos tiveram, o silêncio era algo bom.

Luka bocejou. Sharlah deu tapinhas em seu corpo.

"Uma moeda pelos seus pensamentos", Quincy acabou falando.

"Quero ir para casa."

"Eu também."

"Mas você não vai." A menina se virou para ele.

"Ainda temos um caso com um atirador solto por aí. Enquanto for essa a situação..."

"Telly é inocente", Sharlah disse de um jeito teimoso. "Você ouviu o que Rainie disse."

"Talvez seja no caso do tiroteio no EZ Gas. Ainda assim, ele deixou um rastro de danos. Os pais que o acolheram, a equipe de busca... Talvez muito em breve essa pessoa misteriosa que seu irmão diz que ainda precisa matar."

Sharlah olhou para baixo, suspirou miseravelmente.

"O que você quer, Sharlah?", Quincy perguntou tranquilo. "Se mandasse no mundo, o que você faria?"

"Eu voltaria no tempo", ela respondeu imediatamente. "Voltaria para quando éramos apenas eu, Telly e nossos pais. Só que dessa vez, esconderia todo o álcool da casa. Juntaria tudo e despejaria na pia. As drogas também. Eu ia encontrar todas elas, jogaria no vaso e daria descarga."

"E as facas?"

"Só permitiria talheres de plástico na casa", ela disse com um ar solene.

"E bastão de beisebol?"

"Palitos de dente. Comeríamos com garfos plásticos e jogaríamos versões em miniatura de beisebol usando palitos de dente e pequenas bolas de algodão."

"Você e Telly seriam criados pelos seus pais. Você acha que eles te amariam mais?"

"O Telly me amaria. Ele cuidaria de mim. Sempre cuidou. Só que dessa vez eu também cuidaria dele. Um cuidando do outro, e seria suficiente."

"E seus pais?", Quincy perguntou novamente.

Sharlah sacudiu a cabeça em negativa.

"Só Telly e eu já bastaria."

"Nesse caso", Quincy prosseguiu depois de um minuto, "você e eu nunca iríamos nos conhecer. Não haveria eu, você e Rainie."

"Nesse caso, vocês teriam outra filha. Uma que não foge. Que escuta o que vocês falam. Que até tem um dom para, digamos, coisas policiais. Eu sei. Raciocínio dedutivo, como Sherlock Holmes. Você e Rainie iriam treiná-la e ela se tornaria uma superpolicial e bateria recordes de quantos serial killers já pegou."

"Você acha que a gente não sentiria a sua falta? Que não sentiríamos esse vazio em nossas vidas onde você deveria estar?"

"Talvez", Sharlah deu de ombros. "Mas vocês estariam tão ocupados com as cerimônias de premiação da nova filha que acabariam superando.

Além disso, você e Rainie sempre estariam bem, com ou sem mim. Diferente do Telly."

"Ele precisa de você?"

"Ele é sozinho. Totalmente sozinho. E é minha culpa." Sharlah se virou, acariciou o pelo de Luka.

"Onde o Luka entra nessa nova ordem mundial melhorada? Se continuar com sua família, se Rainie e eu nunca conhecermos você..."

Pela primeira vez, a expressão de Sharlah vacilou. Quincy podia ver as lágrimas se formando em seus olhos. A garota amava Luka com tanta pureza que o fazia ter esperanças de que um dia ela pudesse amar outro humano com tanta intensidade.

"Telly e eu adotaremos um vira-lata", ela sussurrou. "Um gato. Que dormirá com a gente durante a noite, mostrando as garras afiadas se alguém ruim tentar abrir a porta. Só Telly vai conseguir lidar com o gato. E meu pai vai se afastar, porque ele não quer deixar o gato irritado."

Em outras palavras, nesse novo mundo, Sharlah sacrificaria seu cão. Abriria mão do seu precioso Luka para Telly poder ter um gato de guarda no lugar dele. O que significa que Sharlah continuaria pagando penitência. Pelo quê? O que ela havia feito de tão terrível que, mesmo se voltasse no tempo e aquela última noite com os pais nunca tivesse acontecido, ela ainda deveria tudo ao irmão?

"Sei que ama o seu irmão", disse Quincy.

Sua filha o olhou com desdém. De criança vulnerável para uma adolescente completa num piscar de olhos. E outro lembrete de que a filha só estava crescendo em uma direção — para longe dele.

"Seja lá o que ele esteja fazendo agora", Quincy continuou se mantendo firme, "ou quem ele se tornou, ele ainda é seu irmão e, pelo que dá para notar, ele se preocupa muito com você."

Menos deboche. Mais incerteza.

"Você não quer que o seu irmão se machuque. É por isso que se estivesse no comando do mundo, voltaria no tempo. Para salvá-lo. Só que existe mais além disso, não é? Não basta que ele fique seguro, você quer os dois juntos de novo, irmão mais velho e irmã mais nova."

Ela não falou nada.

"Por isso você foi atrás do Telly. Para ajudar. Ser a irmãzinha dele. E quando ele te mandou embora, isso deve ter machucado. Sinto muito, Sharlah, por você se machucar assim."

Ela se remexeu de leve, mas isso bastou. Quincy ergueu o braço e Sharlah se enfiou por baixo, aconchegando-se no seu peito.

Sem falar nada. Quincy apoiou a bochecha em cima da cabeça dela e fez seu melhor só para aproveitar o momento. Raro. Fugaz. E condenado a terminar em breve.

"Eu não sei quem ele é", Sharlah murmurou encostada em seu peito. "Esse novo Telly, eu não sei nada sobre ele."

"Ele ainda te ama."

"Porque ele não me machucou?"

"Porque na mochila dele com os itens mais pessoais, tipo o diário e o caderno de recortes, ele guardava uma cópia da biblioteca de *Clifford, o Gigante Cão Vermelho*."

"Nossa história. A que ele lia para mim."

"Talvez se Telly pudesse comandar o mundo, ele também construiria uma máquina do tempo. E, nesse novo mundo, vocês nunca iriam para casa. Ficariam na biblioteca, juntos para sempre."

"Lendo livros", Sharlah sussurrou. "Enquanto comíamos os lanches da bibliotecária."

"Me parece uma boa infância."

Sharlah recuou. Quincy não a impediu. Deixou-a recuar, recompor os pensamentos.

"Rainie vai me levar para casa", Sharlah disse. Uma afirmação, não uma pergunta. "Ela e Luka ficarão de guarda lá, enquanto você fica aqui, trabalhando para encontrar meu irmão."

Quincy não a contestou.

"E se você o encontrar?"

"Sharlah, você sabe o que um bom especialista em perfis criminais faz?"

Ela sacudiu a cabeça em negativa.

"Ele pega todas as estatísticas e probabilidades que ajudam a definir o comportamento de um criminoso e faz o seu melhor para pensar além do óbvio. Os seres humanos são complexos. No fim das contas, ainda não existe uma equação para prever o espectro completo de possíveis comportamentos humanos."

"Não sei o que isso quer dizer."

"Quero dizer que se houver algum jeito de ajudar o seu irmão, eu descobrirei. À essa altura, ainda não sabemos tudo o que ele fez ou deixou de fazer, mas se Rainie tiver razão e estiverem armando para cima dele, farei o meu melhor para descobrir. Farei todo o possível para trazer seu irmão para casa em segurança."

"Obrigada."

Quincy abraçou a filha. Não por muito tempo. Não com muita força. Ela tinha seus limites, e era seu dever respeitá-los. Mas então ela o surpreendeu e retribuiu o abraço. Ele levou um momento, apreciou a magia do instante pelo que ele era: um presente. Um presente pelo qual ele aguentaria dezenas de tardes terríveis só para experimentar novamente.

"Você estava errada sobre a sua máquina do tempo", ele sussurrou. "Se nunca tivéssemos te conhecido... Bem, Rainie e eu teríamos sentido mais do que um simples vazio em nossas vidas. Se tornar pais de acolhimento não se trata somente de mudar a vida de uma criança, Sharlah. Se trata de você mudar a nossa também. Obrigado por ser parte de nossa família."

"Me desculpe por ter te magoado", disse ela.

"Eu sei. E me desculpe também pelo que pode acontecer daqui para a frente."

Quincy voltou com Sharlah e Luka para a sala de reuniões. Rainie estava na frente da parede oposta à entrada, olhando para as fotos que Cal Noonan tinha tirado do caderno de recortes de Telly. Sharlah se juntou a ela, e foi imediatamente atraída pela colagem de fotos de Telly bebê, fotos de escola e, sim, imagens da sua família.

Quincy ficou apreciando a cena. Ocorreu a ele que Sharlah nunca tinha visto aquelas fotos e, sendo tão jovem quando foi removida de casa, provavelmente nem se lembrava da aparência de sua família de sangue.

A primeira foto, na altura dos olhos, tinha um menino ainda bebê gargalhando. Telly Ray Nash, dezessete anos atrás. Sharlah parou, esticou o braço e tocou bem de leve a bochecha gorducha do bebê. Ninguém a impediu. As imagens eram somente impressões, nada que digitais pudessem danificar. Sem falar que...

As fotos tinham sido apenas fotos. Imagens coletadas na cena de um crime. Mas agora, com Sharlah olhando avidamente para os resquícios de sua infância, as fotos ganharam vida. Tornaram-se memórias de uma família, antes do pior acontecer e a destruir.

Sharlah foi andando ao longo da parede, uma mão em Luka, enquanto Rainie, notando a presença da sua filha, deu espaço para ela. Assim como

Quincy, ela ficou observando Sharlah enquanto a garota contemplava as imagens dos primeiros cinco anos de sua vida.

A mãe de Sharlah tinha uma aparência bastante comum, Quincy pensou. Um filho de cinco anos se equilibrava no seu colo enquanto ela segurava uma mamadeira para a filha recém-nascida, presa em canguru de bebê. A mulher sorria sutilmente na foto. Ela tinha os olhos castanhos e o cabelo escuro de Sharlah. Seu rosto era magro, o cabelo grosso. Olhando mais de perto dava para ver que a blusa florida da mulher estava desgastada nas bordas, e o carregador de bebê parecia ser de segunda mão. Definitivamente, não era uma família rica, mas ainda assim...

As fotos na parede mostravam uma família. Uma família qualquer. Uma família como todas as outras. Posando para o mundo, enquanto mantinha seus segredos ocultos.

"Esses são meus pais?", Sharlah perguntou tranquila. Ela parou diante da foto de um grupo, tirada na frente de um prédio branco. Mãe, pai, Telly com sete ou oito anos, a pequena Sharlah.

"Presumo que sim", Rainie respondeu.

Sharlah se inclinou para frente. Não olhando para a mãe, mas encarando intencionalmente a imagem de seu pai.

"Telly é a cara dele", ela comentou.

"Você se lembra do seu pai?", Quincy perguntou.

"Não. Ele é uma imagem distorcida na minha cabeça. Um rosto grande e vermelho. Olhos esbugalhados. Sabe? Que nem o monstro de algum filme."

"E sua mãe?", perguntou Rainie.

"Acho que ela nos amava", Sharlah respondeu, e dessa vez sua voz não saiu tão firme. Luka ganiu, lambeu a mão dela. "Ela só... não nos amava o suficiente."

Sharlah chegou à última foto.

"Esse é o meu avô?" A imagem mostrava um homem velho com um sobretudo marrom-claro, estilo militar, e um chapéu fedora escuro, perto de uma garagem pintada de cinza.

"Acho que sim", Rainie disse, olhando para Quincy.

Sharlah tocou no próprio rosto, depois no do homem mais velho. Ela sacudiu a cabeça.

"Não sei. As outras fotos... como posso explicar? Mesmo que eu não me lembre deles, eu me *lembro* deles, sabe? Eles são... exatamente como eu imaginei. Mas essa aqui, o avô. Esse eu não reconheço." Sharlah franziu a testa. "Espera aí, se eu tinha um avô, como é que eu fui parar no sistema de acolhimento? Ele não devia ter cuidado da gente?"

Quincy foi até elas para estudar a imagem também.

"Você não se lembra desse homem?"

"Não. Mas como eu disse, não me lembro exatamente de ninguém", ela deu de ombros.

"Talvez ele tenha morrido quando você era bebê", Rainie sugeriu. "E por isso ele não estava disponível para adotar você e o Telly. De acordo com o Estado, você não tinha parentes vivos."

Quincy continuava intrigado. Alguma coisa naquela foto...

"Repare no fundo", ele disse abruptamente. "A garagem atrás do homem não parece familiar para você, Rainie? Porque posso jurar que já vi esse lugar antes."

A voz de Quincy sumiu. Então ele se virou para Shelly, que ainda estava estudando as fotos do EZ Gas.

"A cor do revestimento. Esse canto da porta da garagem. Essa é a *casa dos Duvall*. Esse homem está parado na frente da garagem de Frank e Sandra. Tenho certeza."

Sharlah olhou para cima, confusa, enquanto Shelly se juntava a eles rapidamente, assim como o rastreador. Shelly e Noonan tinham visitado a casa dos Duvall junto com Quincy durante a tarde. Agora os dois estudavam o fundo da foto.

"Pode ser a casa dos Duvall sim", Shelly concordou.

"Essa foto não foi tirada muito tempo atrás", Noonan acrescentou. "Ali no canto. Aquele verde é um amontoado de lírios crescendo. Notei eles de tarde, porque nunca tinha visto uma floração com um laranja tão escuro. Mas entre o fim da primavera e o começo do verão, a folhagem teria essa aparência."

"Assumindo que tenham tirado a foto esse ano", disse Shelly.

"Telly não morava com os Duvall ano passado", Quincy murmurou. "Então é uma boa aposta."

"E o que isso quer dizer?" Rainie encarava Quincy. Ela passou o braço em volta de Sharlah, que ainda parecia aturdida.

"Telly tinha um caderno de recortes cheio de imagens da sua infância, exceto por essa última foto", disse Quincy. "Essa foto mostra um homem de idade na frente da casa de sua família de acolhimento. Nenhum dos pais está presente. Só o homem. Será que o homem foi lá ver o Telly? Será que ele tem uma conexão com Telly e não com os Duvall?"

"Um avô sumido há muitos anos?", Rainie tentou. "Que havia perdido contato com os pais de Telly e Sharlah? E agora tentava se reaproximar?"

"Mas ele não teria que passar pelo sistema?" Shelly interveio. "O que faria com que o centro de acolhimento ligasse para vocês também. Especialmente se considerarmos que vocês deram entrada nos procedimentos de adoção."

E o aparecimento de um parente sumido certamente traria complicações.

"Ninguém nos ligou", disse Quincy.

"Será que o sujeito é parente dos Duvall?", perguntou Noonan.

"Telly não colocou fotos nem de Frank nem de Sandra em seu álbum. Por que omitir os pais de acolhimento e incluir um parente deles?"

Ninguém soube responder à pergunta.

Quincy saiu do círculo do grupo e começou a caminhar.

"Cadernos de anotações, diários, caderno de recortes pessoais", Quincy murmurou, caminhando ao longo da mesa de reuniões. "Não faz sentido levar esses itens para um acampamento encenado. Ninguém ficaria surpreso por *não* encontrar álbuns de fotos numa mochila de *trekking*. Então por que esses itens? O que Telly está tentando nos dizer?"

"Vilão ou herói?", Rainie murmurou.

Quincy olhou para ela.

"Na última página do caderno de Telly, ele escreveu *herói*."

"Porque ele está tentando me salvar", Sharlah disse teimosamente.

"De um velho inofensivo?" Rainie olhou novamente para a foto, seu tom claramente dúbio.

"O celular do Telly", Quincy lembrou. "Ele o deixou para trás na caminhonete de Frank, com as fotos de Sharlah. Ele queria que aquelas imagens nos assustassem. Ele queria que ficássemos vigiando Sharlah, que a mantivéssemos por perto."

"Porque ele estava muito ocupado atirando na minha equipe de rastreamento para fazer isso ele mesmo?", Noonan disse de um jeito amargo.

Quincy não tinha como discordar.

"Essa foto também é uma mensagem. Precisamos identificar esse homem. E rápido."

Uma batida na porta. O grupo se virou e encontrou uma das detetives do condado, Rebecca Chasen, parada na entrada, segurando um maço de papel.

"Ah, Roy", disse a mulher. "Preciso falar com você um segundo."

O sargento de homicídios foi até ela. Baixou a cabeça enquanto a detetive Chasen murmurava algo no seu ouvido.

"Tem certeza disso?", ele perguntou abruptamente. Em resposta, ela ergueu a papelada.

Roy assegurou que sim, depois voltou sua atenção para a sala, com o fax nas mãos.

"O médico legista conferiu as digitais dos Duvall, seguindo o protocolo. Tiveram uma surpresa: Frank Duvall realmente é Frank Duvall. Já a Sandra, por outro lado, de acordo com suas digitais, o nome real da mãe de acolhimento de Telly é Irene Gemetti. E ela é procurada para ser interrogada sobre um crime cometido trinta anos atrás."

CAPÍTULO 34

HENRY DUVALL tinha alugado um quarto em um dos hotéis baratos que ficava ao longo da rodovia costeira. No ápice da temporada de turismo, Shelly ficou impressionada que o garoto tivesse encontrado uma vaga. O hotel era basicamente um edifício branco comprido, recuado da estrada, cada quarto se abrindo para o estacionamento. Uma placa de neon vermelho brilhante: LIMPO E BARATO. Além disso, prometia Wi-Fi grátis.

Shelly havia ligado de antemão, então Henry estava esperando por eles, iluminado por trás pela luz acesa de seu quarto enquanto permanecia diante da porta aberta, observando-os entrar no estacionamento. Vestia o mesmo short e a mesma camisa de antes, mas havia tirado as botas de caminhar. Apenas de meias, ele parecia mais baixo e mais vulnerável. O filho de luto, pensou a xerife, embora não estivesse mais convencida disso.

Shelly reservou um tempo para vestir uma roupa limpa, que tinha o mesmo aspecto do vestido do uniforme marrom anterior, mas tinha um cheiro melhor. Quincy nem isso conseguiu. Lavou o rosto e os braços no banheiro do departamento. E só.

O ar no estacionamento parecia abafado e parado quando eles saíram do carro de Shelly. Uma combinação estranha para uma cidade que sempre era associada a verões com brisas costeiras frescas. O oceano devia ser a salvação deles, não uma punição.

Shelly já podia sentir os pingos de suor se acumulando junto ao cabelo, colando a nova camisa do vestido no peito, enquanto se dirigia com Quincy para o quarto de Henry. O homem recuou, convidando-os a entrar sem falar nada.

O espaço tinha uma cama de casal molenga, uma cômoda desgastada com uma TV de tela plana e pouco mais além disso. Um ar-condicionado instalado na parede emitia ruídos de tempos em tempos, fazendo barulhos sinistros. Se o quarto estava mais fresco, a mudança de temperatura tinha sido puramente incidental.

Henry deu de ombros, como se lesse em seus rostos a avaliação que faziam de seu quarto barato.

"Diria que já é uma melhora em relação a um acampamento", disse ele, "mas talvez seja apenas uma meia melhora. Pelo menos acampando, meus amigos e eu temos um rio para nos refrescarmos."

Shelly se perguntou onde estariam esses amigos agora. Se você acabasse de descobrir que seus pais foram assassinados, você ligaria para alguns amigos para ter apoio, não ligaria? Até agora, seus detetives não haviam encontrado nenhum registro indicando que Henry estivesse pela cidade duas semanas atrás, passeando com seu irmão adotivo no EZ Gas. Contudo, a investigação ainda estava no estágio inicial e seus funcionários estavam sobrecarregados. Shelly não estava disposta a pressupor nada quando se tratava de Henry Duvall. Quanto mais descobriam, mais ela se convencia de que a resposta para os tiroteios do dia estava na família Duvall, e não em Telly Ray Nash.

"Querem água?", Henry perguntou. "Tenho água e uns lanches."

"Temos algumas perguntas sobre a sua família", disse Shelly. Ela colocou as mãos nos quadris. A postura oficial de xerife, planejada para fazê-la parecer maior e mais intimidadora. Em contraste, Quincy recuou. Não necessariamente o bom policial, mas pelo menos o policial mais discreto, enquanto passeava discretamente pelo quarto e fazia suas próprias observações. Shelly e Quincy já haviam feito esse número algumas vezes, daí a decisão de Shelly de trazê-lo junto com ela.

Henry deixou que eles entrassem. Ele foi até a cama, a única opção disponível para se sentar, e se acomodou desajeitadamente na borda do colchão.

"O nome Irene Gemetti significa alguma coisa para você?", Quincy perguntou, sua voz ecoando inofensiva sobre o ombro de Shelly.

Henry franziu o cenho. De onde estava, podia ouvir a voz do especialista em perfis criminais, mas não via o rosto do homem.

"Não. Deveria?"

"E quanto ao passado da sua mãe? Amigos, parentes?"

"Minha mãe não falava sobre o passado."

"Quer dizer que ela nunca falou sobre os pais dela?", perguntou Shelly. "Nunca contou histórias sobre a infância nem nada do tipo?"

"Nada disso. Minha mãe tinha uma regra rígida sobre não olhar para trás. Sempre que eu perguntava, recebia a mesma resposta: ela saiu de casa aos 16 anos, se meteu em alguma encrenca, aí conheceu meu pai e foi nesse ponto que sua vida real começou. Era só o que eu precisava saber. Início. Meio. Fim."

"Você deve ter ficado curioso." Quincy falou de novo, agora completamente afastado de Shelly e Henry, verificando a porta que dava para o banheiro nos fundos. "O que seu pai dizia sobre o assunto?"

"*Pergunte para sua mãe.*"

Foi a vez de Shelly, redirecionando a atenção de Henry, mantendo-o dividido entre ela e Quincy:

"Ela nunca falou sobre os pais? Nem uma vez?"

"O pai dela não era uma boa pessoa. Foi só isso que eu soube. Parece que era coisa ruim para valer, porque mesmo depois de ir embora, ela não quis contato com ele. Nenhuma visita, cartão, telefonema. Nada." Henry deu de ombros. "É claro que eu ficava me perguntando um monte de coisas. Tipo, uma pessoa ruim em que sentido? Ou, sei lá, nesses tempos de programas como o da Oprah, o que pode ser tão ruim que você nem pode tocar no assunto? Mas minha mãe nunca tocava. Chegou num ponto em que, bem, eu sou apenas o filho. Se ela não queria falar sobre isso, o assunto estava encerrado."

"Irene Gemetti", Shelly falou.

Mas Henry sacudiu a cabeça, parecendo tão confuso quanto antes.

"Eu não estou entendendo."

"Você alguma vez jogou o nome da sua mãe no Google? Pesquisou sobre o passado dela?" Quincy reapareceu dos fundos do quarto.

"Talvez." Henry enrubesceu.

Quincy e Shelly aguardaram.

"Tem um monte de Sandra Duvall por aí", Henry finalmente respondeu. "Oito ou nove. O único registro que encontrei sobre a minha mãe foi a página dela no Facebook. Digamos que ela se interessava mais em postar receitas feitas na panela elétrica do que em segredos de família."

"Mas Duvall é seu nome de casada", Quincy explicou.

"Também pensei nisso. Mas onde ir a partir daí? Ela não ia me contar muito. E procurar por Sandras em Oregon..."

"Ela não era de Bakersville?"

"Não. Meu pai a trouxe para cá. Até aí eu sei. Eles se conheceram em Portland. Tiveram um tipo de paixão avassaladora, um amor à primeira vista. Se casaram em uma questão de semanas. Depois meu pai se formou como professor na Universidade de Portland e eles mudaram para cá. Meu pai nasceu em Bakersville e sempre disse que não gostaria de morar em nenhum outro lugar."

"Sabem o que eu percebi?", Henry disse de repente. "Não tinha nenhuma foto da minha mãe. Sabe, em lugar nenhum. A página dela no Facebook não tinha uma foto de perfil. E todas as imagens que ela postava eram de mim, do meu pai, talvez fotos de comida ou de uma flor no jardim. Mas nenhuma foto dela. Cheguei a dar uma olhada na casa, procurar um álbum de casamento, fotografias dela e do meu pai. E nada. Encontrei fotos minhas no último ano do ensino médio, algumas fotos minhas e do meu pai em viagens de acampamento. Mas nenhuma da minha mãe."

"Você perguntou ao seu pai o motivo?", Shelly questionou.

"Claro. Ele disse que era assim que as coisas eram, a pessoa que sempre tira as fotos nunca aparece nelas. Mas nenhuma foto? Sério?"

"Por que estava procurando fotos da sua mãe?", Quincy falou.

Henry voltou a olhar fixamente para o carpete. Seus ombros estavam caídos. Shelly podia sentir a tensão irradiando do jovem, o peso dos segredos guardados. Shelly deu um passo à frente.

"Irene Gemetti. Você conhecia o nome."

"Juro por Deus. Eu não fazia ideia..."

"Mas você sabe de alguma coisa."

"Isso não importa! Foi o Telly que atirou neles..."

"Que atirou em quem? Nos seus pais? A mãe sem nenhuma foto, nenhum passado?" Shelly despejou uma coisa atrás da outra. "Quem morreu hoje na sua casa, Henry? Já se fez essa pergunta? Quem era Sandra Duvall? E por que diabos você está protegendo os segredos dela?"

"Eu não sei."

"O nome real da sua mãe era Irene Gemetti. Uma mulher que ainda é procurada para ser interrogada sobre um homicídio que aconteceu trinta anos atrás."

"O quê?" Henry levantou num rompante. Arregalou os olhos.

Se o garoto era um ator, pensou Shelly, ele era o melhor que ela já tinha visto.

"O nome da minha mãe era Irene? Ela era procurada por assassinato? O quê?" Um segundo depois: "A coisa ruim que ela fez aos 16 anos de idade. Ela não estava brincando. Puta merda. Minha mãe. Puta merda". Henry se sentou novamente, olhar vazio direcionado ao carpete.

Shelly o estudava, tentando decidir como proceder, quando Quincy parou ao seu lado. Ele pegou a pasta que Shelly havia enfiado embaixo do braço. Passou por ela rapidamente. Até que:

"Aqui." Ele esticou a foto do velho que estava na frente da garagem dos Duvall. "Quem é esse homem? Você sabe. Fale agora!"

Henry olhou para cima, voltou a parecer confuso e atordoado.

"Não importa..."

"QUEM É ESSE HOMEM?"

"Meu avô!" Henry se levantou de repente da cama, o rosto vermelho. "O pai da minha mãe. Vô Gemetti, pelo visto. Ele me encontrou. Apareceu um dia do lado de fora da minha faculdade. Disse que queria me conhecer, que estava animado por descobrir que tinha um neto, mas ele não se apresentou como Gemetti. Disse que se chamava David Michael, David Martin, algo assim. E nunca mencionou nenhuma Irene."

"Você se encontrou com ele? Falou com o pai da sua mãe?" Shelly pressionou.

"Não. Quer dizer, eu o vi uma vez, mas depois... Droga!" Henry se virou, deu dois passos, bateu na mesa de cabeceira e parou. Ficou cabisbaixo. Suspirou profundamente, percebendo que não tinha como fugir, nem onde se esconder. A verdade sempre vinha assim.

"Voltei para casa nas férias de primavera. Ok?" Ele se virou de novo. "Perguntei ao meu pai quem era esse sujeito. Não falei com a minha mãe, porque sabia que isso terminaria mal. Então perguntei ao meu pai se o pai da minha mãe ainda estava vivo, e se eu podia conhecê-lo, porque tinha bastante certeza de que ele queria me conhecer. Sabe o que meu pai disse? Nem pensar. Que se eu amava a minha mãe pelo menos um pouco, esqueceria que meu avô perdido tinha aparecido. Tentei argumentar. Afinal, o que quer que tivesse acontecido entre minha mãe e o pai dela tinha sido trinta anos atrás, não é?"

Quincy e Shelly aguardaram.

"E o cara estava tão... *velho*. Talvez estivesse arrependido, quisesse reparar seus erros, esse tipo de coisa. Todos esses anos depois, o que poderia doer?" Henry sacudiu a cabeça. "Sem chance. Segundo meu pai, meu avô era um criminoso barra pesada. Praticamente um servo de Satã. Mas, caramba, nada daquilo fazia sentido. Só que ele insistia que se eu realmente amava a minha mãe, era para esquecer que tinha visto o sujeito e, de preferência, não falaria nada sobre ele. Fim de papo."

"Mas você não é a filha dele", Shelly disse sem rodeios. "Você é o neto. É claro que tem direito a ter uma relação que só dependa de você."

"Pensei nisso", Henry enrubesceu novamente. "Mas, então, meu pai... Ele queria que eu parasse para pensar por que meu avô estava reaparecendo agora, de repente. Quer dizer, se ele havia nos encontrado depois de tantos anos e realmente queria fazer as pazes, por que não contatou minha mãe diretamente? Em vez disso, ele havia procurado o único parente com talento na área de computação."

"Seu pai achou que seu avô queria te recrutar", disse Shelly. "Para seus negócios criminosos?"

"Chefões do crime também precisam de garotos que entendam de TI. Pelo menos foi isso que meu pai deixou implícito."

"O que você fez?", Quincy perguntou.

"Nada. Voltei a ter aulas. Fiquei atento, mas ele nunca mais apareceu. Então, pouco depois que comecei meu programa de estágio no verão, meu pai me ligou. Disse que o assunto estava encerrado. Que meu avô tinha morrido. De câncer."

"Quando foi isso?", Shelly perguntou.

"Hum, um mês atrás. Julho?"

"Você acreditou nele?"

"Tentei procurar o nome dele. David Michael. David Martin. David Michael Martin. Sabe, tem um monte de Davids por aí, mas nenhum deles era o mal encarnado e morto recentemente."

"Outro nome falso", Shelly murmurou, anotando.

Quincy tinha uma pergunta melhor:

"Como seu pai descobriu sobre a morte do seu avô?"

"Acho que meu pai acabou tendo uma conversinha com ele. Deve ter dito para ele ficar longe da minha mãe e da nossa família. Esse tipo de conversa de macho."

"Na sua casa?"

"E correr o risco da minha mãe descobrir? Nem pensar. Meu pai levou Telly para acampar. Armou um encontro com meu avô nos bosques."

"Com o Telly presente? Telly conheceu seu avô?"

"Se conheceu? Não que eu saiba. Se ouviu a respeito dele? Claro. Telly estava lá no dia que contei ao meu pai que o velho tinha falado comigo depois da aula. Quando meu pai disse que era para nunca mais falarmos com o sujeito, ele estava falando comigo e com Telly. E também rolou um papo do tipo: *e se virem um velhaco perambulando ao redor da casa, atirem primeiro, perguntem depois e poupem sua mãe do incômodo.*"

"E Telly concordou com isso?"

"Nós dois concordamos."

"Então quem se encontrou com o seu avô na casa?"

"Ele nunca foi até a nossa casa."

"Henry, olhe para a foto. Onde esse homem está?" Quincy ergueu outra vez a imagem do caderno de recortes de Telly. Apontou a garagem nos fundos. Shelly percebeu que Henry havia entendido o recado, mesmo que de forma demorada.

"É a nossa garagem. Ele está na frente da minha casa. Antes de morrer, meu avô veio até a nossa casa. Mas por quê? Meu pai disse que minha mãe o mataria se o visse."

"A menos que ele não tenha ido ver a sua mãe", disse Shelly. "Primeiro ele tentou falar com você. Depois com seu pai. E aí..."

O rosto de Henry ficou pálido.

"Filho da puta. Telly. Mesmo depois do papai ter dito para ele não fazer isso, Telly se encontrou com meu avô. Filho da puta. Ele entregou meus pais!"

"Henry, tem certeza de que seu avô morreu?", Quincy perguntou outra vez.

Henry sacudiu a cabeça em negativa.

CAPÍTULO 35

A princípio, não vi ninguém quando passei pela porta. Sete horas da noite de uma quinta-feira. Tive um encontro com Aly, minha agente de condicional. Meu primeiro ano tinha oficialmente terminado, e as aulas de recuperação estavam para começar. Ela disse que estava feliz com o meu progresso. Que bom que pelo menos um de nós estava.

Aly gostava de se encontrar neste restaurante do centro da cidade, famoso pelo milk-shake maltado. Na opinião dela, X-burguer e batata frita eram as comidas mais perfeitas do mundo. No começo, pensei que era algo que ela dizia só para conseguir a simpatia de um menino, mas depois de vê-la comer algumas vezes, vi que não era bem assim. Apesar de pequena, ela tinha uma boca nervosa.

Pelo menos nossos encontros não eram tão ruins. Esta noite, eu até que estava ansioso por isso. Aly entendia minha situação na escola e não esperava que eu me tornasse um aluno exemplar num passe de mágica, porém ela queria que eu aprendesse a sobreviver. Mais foco, menos explosões. E me deu permissão para levar o iPod para as aulas de recuperação, para que eu pudesse ouvi-lo entre as aulas.

"Para você, a música é uma ferramenta. Use suas ferramentas, Telly. É para isso que elas servem."

Então eu tinha oito semanas de aulas de recuperação e música de corredor pela frente. Aí depois disso vinha o último ano. Último ano para colocar minha vida nos trilhos. Último ano com os Duvall. Me perguntei se outras crianças, as que estão em lares de verdade, ficavam ansiosas para se formar. Ou se todas tinham tanto medo quanto eu.

De início, não me dei conta do barulho. Soltei minha mochila no chão do armário da entrada e tirei os tênis. Enfiei meu iPod no bolso de trás. Então finalmente ouvi. Fungadas. Soluços. Alguém estava chorando.

Congelei na entrada, sem saber o que fazer.

Sandra. Só podia ser a Sandra. Quem mais estaria chorando dentro da casa? Fui entrando na ponta dos pés e espiei a cozinha. Nada. Depois fui para a sala de estar. Nada.

Por fim, fui até o final do corredor, em direção ao quarto dela. A porta estava com uma fresta aberta, o som definitivamente mais alto lá dentro. Bati de leve, sem saber se devia incomodá-la.

"Você, hã, está bem?", perguntei.

Fungadas. Um soluço irregular. Devagar, abri a porta. Sandra estava sentada na borda da cama. Ela usava a mesma saia de verão e a blusa com babados da manhã. Agora, contudo, estava cercada por uma pilha de lenços usados, um copo de água nas mãos.

Ela levantou o olhar quando eu entrei. Nariz vermelho. Olhos inchados. Não disse nada. Só olhou para mim enquanto eu permanecia inquieto.

"Frank está por aí?", perguntei esperançoso. Ela fez que não com a cabeça.

Eu já imaginava, mas preferia uma resposta diferente. Frank vinha passando bastante tempo fora ultimamente. Indo onde fazer o quê, isso eu não sabia. Às vezes tinha a impressão de que Sandra também não sabia. E se ela não o pressionava a dizer, muito menos eu.

"Tudo bem ficar triste", ela disse de repente.

"Sim."

"Pessoas como eu e você. Nós entendemos. Para cada ganho vem uma perda. E, alguns dias, você precisa chorar por suas perdas."

Ocorreu-me, pela primeira vez, que ela estava falando meio arrastado. Sandra, que eu nunca tinha visto tocar em mais do que uma gota de vinho, definitivamente tinha algo que não era água em seu copo. Vodca pura? Tequila? Onde será que ela tinha conseguido a bebida? Os Duvall eram muito cuidadosos quanto a álcool dentro de casa, por terem acolhido um adolescente problemático e todo esse papo. Muito de vez em quando, Frank trazia para casa meia dúzia de cervejas. Mas bebida com alto teor alcóolico? Jamais. Entrei mais um pouco no quarto, agora preocupado.

"Você quer que eu ligue para alguém?"

"Você sente falta deles?", Sandra sussurrou.

"De quem?" Mas eu sabia. Sabia exatamente do que ela estava falando. Parei onde estava, com as mãos nos bolsos. Finalmente entendi o que estava acontecendo: Sandra estava se concedendo um momento de autocomiseração.

Estava com saudade da família. Do mesmo jeito que em alguns dias, todos os dias, eu sentia saudade da minha.

Ela olhava para mim agora, tão fixamente que tive que desviar o meu olhar.

"Você tem algum irmão ou irmã?", perguntei.

"Não. Só eu, filha única. A maior sortuda."

"Sinto falta da minha irmã", acabei falando.

"Minha mãe morreu"

"Hoje? Sinto muito."

"Cinco anos atrás. Câncer de mama. Só soube disso mais tarde. Nunca liguei para ela, sabe. Nunca olhei para trás. Ela morreu e eu não pude me despedir."

"Você a amava."

"Eu a odiava! Odiava por ela ser tão fraca. Por se casar com aquele homem. Por deixá-lo levantar a voz, levantar os punhos, por deixá-lo fazer tudo o que ele fez. Eu desprezava meu pai, mas odiava minha mãe. Especialmente perto do fim. Quando fiquei tão má quanto ele, e ela não fez nada para me impedir."

Eu não sabia mais o que dizer. Ou talvez soubesse.

"Minha mãe estava triste", disse baixinho. "É minha lembrança mais forte dela. Quando ela ficava triste, ficava muito triste. Por outro lado, quando ela ficava feliz, ficava muito feliz. Quando eu era pequeno, costumava desejar que ela passasse mais tempo feliz."

"Seu pai a matou."

Não me dei ao trabalho de corrigi-la.

"Com uma faca. Eu li sua história e escolhi você, Telly. De todas as crianças, escolhi você. Porque sei como é o som de um golpe de faca. Sei como é a sensação do sangue pingando das suas mãos. Frank não. Ele tenta entender, mas só estripou animais. E não é a mesma coisa, não é, Telly?"

"Sinto muito pela morte da sua mãe", eu disse.

"Também sinto muito pela morte da sua", ela respondeu num tom solene. Depois, voltou a chorar e pegou outro lenço.

"Você devia ligar para sua irmã", ela disse depois de algum tempo. "Frank tem o número, ele conseguiu a informação completa. Você podia convidá-la para jantar. Posso preparar aquela caixa horrível de macarrão com queijo."

"Obrigado", eu disse, o que não foi exatamente uma resposta. Aly também vinha pegando no meu pé por causa de Sharlah. Encerramento, todo mundo pensava que eu precisava de uma resolução. Eu tinha quebrado o

braço da minha irmãzinha. E daí, o que eu devia fazer? Encontrar com ela e olhar para a cicatriz faria eu me sentir melhor, como num passe de mágica?

"Você não vai ligar", Sandra declarou. "Você tem medo."

"Não."

"Sim."

"Eu tenho vergonha", eu disse de uma vez. Porque podia conversar com essa Sandra bêbada. E ela também podia se abrir comigo.

"Eu bati na minha mãe", ela disse.

Isso estava ficando interessante. Eu me aproximei.

"Deixei o Frank pensar que saí de casa porque meu pai abusava da gente, mas essa é só uma parte da verdade. Meu pai era, sim, um filho da puta frio e impiedoso. Mas eu realmente saí de casa porque um dia empurrei minha mãe da escada. E aquela nem foi a primeira vez que gritei com ela, que machuquei ou bati nela. Provavelmente, era muito mais que a vigésima vez. Viu só? Quando eu tinha 12 anos, entendi que podia ser o objeto de tortura do meu pai ou sua parceira de crime. Então fiz minha escolha e me tornei sua filha. E ele ficou orgulhoso pra caramba de mim."

Eu não ousava me mexer. Não queria que ela parasse de falar, por mais que ainda não tivesse assimilado aquela verdade estranha e surreal. Sandra, a feliz dona de casa, Sandra, a "pode deixar que eu faço sua comida favorita", tinha um passado secreto de abusadora.

"Minha mãe não chorou quando caiu. E foi seu silêncio total que me assustou. Por um minuto, pensei que tivesse morrido. Fiquei olhando para as minhas mãos, percebendo pela primeira vez o que eu tinha feito. E tive a consciência de que faria aquilo várias outras vezes. De novo e de novo. Ela nunca me impediria. Será que me amava tanto assim?", Sandra sussurrou. "Ou me odiava tanto assim? Essa é uma pergunta que nunca fui capaz de responder. Quem deixa a filha se transformar num monstro desses? Meu pai, pelo menos, era honesto em sua crueldade. Mas eu jamais consegui entender minha mãe. Acabou que uma hora ela se levantou e foi mancando para a cozinha. Começou a preparar o jantar sem falar nada. E percebi que não poderia mais viver daquele jeito."

"Você fugiu."

"Era minha única opção. Se meu pai soubesse que eu estava indo embora, tenho certeza de que ele não bateria em mim. Ele me mataria."

"Por quê?"

"Porque eu pertencia a ele. Assim como a minha mãe. E meu pai não era do tipo que dividia seus brinquedos."

"Mas... você está chorando por causa deles."

Ela olhou para mim.

"Você não chora pelos seus?"

Ela me pegou nessa. Me sentei no chão. Ela levantou o copo, mas eu disse que não.

"Não sou de beber muito", ela disse, em tom de desculpa. "E tento não chorar muito também. O que está feito está feito. E Frank é um homem tão bom... Eu tive muita sorte. Tenho muita sorte. Eu sei disso."

"Mas tem dias...", eu disse.

"Tem dias...", ela concordou.

"Você me disse que isso melhoraria. Quando eu tivesse minha própria família, não sentiria tanta falta dos meus pais."

"Eu menti." Ela tomou um gole do copo. "Sinceramente, você quer mesmo ouvir que terá um buraco no peito para sempre, que sempre será assombrado pela perda dos seus pais? Isso te ajuda? Faz você se sentir melhor de alguma forma?"

"Não."

"Então esqueça o que eu acabei de dizer. Você viverá feliz para sempre. Alguma menina vai fazer você perder o ar. Então você terá dois filhos lindos e radiantes, e nunca mais saberá o que é luta e decepção. Melhor assim?"

"Você está desapontada com o Henry?"

"Por Deus, não. Mas às vezes eu queria que ele não fosse um merdinha arrogante. Gênio do computador. Me poupe."

Eu gostava de verdade da Sandra bêbada.

"Obrigado por me ensinar a fazer o frango com parmesão."

"Ele ficou puto com isso, né? Bem, ele tem o pai dele. Eles gostam de falar de coisas nerds. Nada mais justo que agora eu tenha um filho também. Então é isso. Um brinde a nós, porque apesar de todo o conhecimento teórico deles, eles nunca saberão aquilo que nós dois sabemos."

Ela levantou o copo de novo. Tive que desviar os olhos. Ela me chamou de filho. Ela e eu. Eu estava chorando. Sabia que estava chorando. Não conseguia evitar.

"Seu pai era tão mau assim?", perguntei.

"Sim."

"Porque ele bebia, usava drogas?"

"Não, querido. Porque Deus o fez desse jeito, e ele gostava disso. Seu pai tinha uma desculpa. Meu pai não tinha."

"Meu pai estava bêbado na noite em que atacou a gente", eu disse. "Mas isso não é desculpa. Usando as suas palavras, Deus fez dele um alcóolatra, e ele gostava disso. Ele ficava mais feliz desse jeito."

"Você teve que matá-lo, Telly. Não se sinta culpado por isso. Você era só um garotinho. Fez o que precisava ser feito."

"Talvez eu devesse ter fugido. Levado minha irmã comigo."

"E talvez eu devesse ter matado meu pai, salvado minha mãe. Viu só? Nunca saberemos, nenhum de nós dois."

"Você ainda procura saber da sua família. Foi assim que soube que a sua mãe tinha morrido?"

"Sim."

"E seu pai?"

"Você quer dizer o velhote que agora fica perseguindo meu filho na faculdade e se esgueirando para ter encontros secretos com meu marido?"

Arregalei os olhos.

"Então você sabe?"

"Frank gosta de pensar que está me protegendo, mas nunca precisei da proteção dele. No fim das contas, ainda sou a filhinha do papai."

"Você vai se encontrar com ele? Dar o seu perdão?"

"Se seu pai ainda estivesse vivo, se ele só tivesse te machucado e você o tivesse machucado, você gostaria de vê-lo agora? Se sentiria melhor oferecendo seu perdão?"

"Não sei. Não tenho essa opção." Só que não era verdade. Havia Sharlah, sempre Sharlah. Ela se sentiria melhor se tivesse a chance de me perdoar? Eu me sentiria melhor se tivesse a chance de perdoá-la?

Sandra conhecia o som de uma faca atravessando a carne humana. Mas eu também conhecia o som de um bastão de beisebol esmagando um osso.

"Meu pai não quer perdão", Sandra disse. Ela ergueu o copo e bebeu o último gole. "Mesmo abatido pelo câncer, ele não é esse tipo de homem."

"E o que ele quer?"

"Nos meus sonhos mais selvagens: ele quer que eu o mate antes que o câncer faça isso. Pelo menos seria uma proposta interessante."

Eu não soube o que dizer.

"Meu pai é rico", ela continuou. "Podre de rico. Contas no exterior, contas secretas, esse tipo de rico. Tem mansões ao redor do mundo graças a

ganhos escusos. Na teoria, tudo poderia ser meu. Morte ao rei. Vida longa à rainha, né."

Ela sorriu, mas foi um sorriso sombrio. E naquele momento ela não era a Sandra bêbada ou a Sandra mãe de acolhimento. Ela era uma mulher que eu não conhecia.

"Você vai matar seu pai?"

"Bem, se ele pedir com jeitinho..."

"Você falou com ele."

"Não." A voz dela falhou de repente. "Porque esse é o problema. Mesmo depois de todos esses anos, ainda não confio em mim mesma perto dele. Acho que, mais do que tudo, ele vai fazer eu me sentir pequena, fraca e indefesa novamente. Será que você poderia me fazer um favor, Telly? Poderia matar o meu pai para mim? Eu arrumo um bastão de beisebol para você."

Eu fiz que não.

"Desculpe, só mato caras bêbados perseguindo minha irmãzinha com facas."

"É engraçado, não é? Amadurecemos de tantas maneiras, prometemos a nós mesmos que seremos melhores. E, mesmo assim, certas coisas nunca mudam."

"Sinto muito", eu disse, apesar de não saber pelo que estava me desculpando. Por recusar a oferta para assassinar o pai dela, ou por reconhecer a dor que ele obviamente havia causado em Sandra?

"Obrigada por ser parte da minha nova família, Telly", ela disse. "Frank e Henry me amam, mas há coisas que não posso contar a eles. Coisas que, creio, só você pode entender. Somos espíritos da mesma natureza. E por isso sinto muito por nós dois."

Ela deu um sorriso triste. Mas eu não retribuí o olhar. Não me importava em sermos parecidos. Sentia que era uma honra para mim.

"Se o pior acontecer", eu disse, "eu te ajudo."

"Ele vai morrer", ela me disse com a voz mais firme. "Ele vai morrer. E então tudo estará terminado e a vida voltará ao normal. A menos, é claro..."

Esperei, mas Sandra não me explicou mais nada. Em vez disso, uma expressão de preocupação tomou seu rosto.

"Telly, talvez eu precise que você guarde mais um dos meus segredos."

CAPÍTULO 36

LUKA ESTÁ EXAUSTO das aventuras do dia. Vou com ele para dentro de casa enquanto Rainie faz uma varredura do perímetro. Luka esvazia de um gole só uma tigela de água e, em seguida, desaba no chão da sala de estar, lançando um olhar ansioso para o corredor, em direção ao meu quarto.

Estou ligada demais para dormir. Minhas pernas doem. Meu peito, meu coração. Mas não consigo desligar tão facilmente quanto meu cachorro. Em vez disso, ando pela cozinha, me servindo um copo de água, depois olhando o que tem na geladeira de novo e de novo. Eu deveria comer. Deveria estar com fome. Mas nada me atrai. Continuo vendo meu irmão, desaparecendo no meio das árvores, rifle posicionado em prontidão.

Quando Rainie volta, estou dando voltas ao redor da mesa da cozinha. Ela não diz nada. Apenas se serve um copo de água também. Lá fora ainda está quente e abafado. Do lado de dentro, entretanto, o ar-condicionado já fez seu trabalho. Ela estremece de leve com o choque de temperatura e posso ver o contorno de sua arma enfiada na cintura, na parte de trás da calça capri.

"Você realmente acha que o Telly ainda é uma ameaça para mim?"

"Acho que é melhor prevenir do que remediar."

"Se ele quisesse me matar, poderia ter feito isso quando estávamos juntos de tarde. Não precisaria esperar por essa bagunça."

Ela dá de ombros, mas não se separa de sua arma. O problema não é Telly, percebo de repente. Pelo menos ela não pode estar tão preocupada assim com ele, depois das atitudes dele durante a tarde. Mas ela ainda está preocupada. Porque se Telly não atirou naquelas pessoas no EZ Gas, então quem foi?

"Tudo certo lá fora?", pergunto, fingindo não me importar. Ela assente.

"Você está bem?"

"Melhor impossível", garanto a ela.

Sua expressão suaviza.

"Ele é seu irmão, Sharlah. Não há nada de errado em se preocupar com ele."

"Sinto que algo ruim vai acontecer", murmuro. "E se eu fosse esperta o suficiente, pensasse o suficiente, conseguiria evitar que acontecesse. Mas nunca fui tão esperta. Nem muito sortuda."

Rainie não diz nada. Apenas se senta à mesa. Depois de um momento, me junto a ela.

"A maioria das pessoas passa pela vida sabendo que existe violência lá fora, mas protegida por uma certa distância", ela diz depois de um minuto. "Coisas ruins acontecem, mas não com elas. Você não tem essa proteção, Sharlah. Seus primeiros cinco anos foram um exercício constante de lutar ou correr, e isso foi antes de seu pai ir atrás de você e do seu irmão com uma faca. Coisas ruins não são uma abstração para você. Elas são eventos muito reais. E por ter tido essa experiência antes, é claro que você espera que o pior aconteça novamente."

"Telly está enrascado."

"Sim."

"O jeito que ele carregava o rifle, o jeito como falava. Ele vai fazer algo sério. Ou morrer tentando."

"Sinto muito, Sharlah."

Fico girando meu copo de água.

"Não acho que ele tenha matado seus pais de acolhimento. Quer dizer, nós não temos nenhum vídeo nem nada que mostre o assassinato, mas, se tivéssemos, aposto que seria o outro cara do EZ Gas, aquele com a verruga acima do pulso. Ele fez tudo isso."

Rainie não diz nada e eu continuo a falar:

"O modo como Telly falou dos pais de acolhimento. Ele os respeitava. Gostava deles. Ele não se voltaria contra eles daquele jeito."

"Nem sempre sabemos o que faz uma pessoa matar."

"Mas você tenta saber, não é? É o que um especialista em perfis criminais faz. Determinar por que as pessoas matam, e usar esse conhecimento para identificar o assassino."

"Natureza versus criação", Rainie diz abruptamente, me encarando bem séria. "Essa é a pergunta fundamental no desenvolvimento da personalidade. Especialmente quando se trata de criminosos. Uma pessoa nasce má ou acontece algo que deixa ela ou ele assim?"

"Telly não nasceu mau", eu digo, teimosa. "Ele cuidou de mim."

"Ele nasceu em um lar cheio de violência. Cercado por vício, instabilidade, e criado por um pai cuja ideia de resolução de conflito era a brutalidade."

"Talvez nossa criação não tenha sido tão boa", concordo. "Mas a natureza dele... Meu irmão é bom. Eu sei disso. Mesmo quando vi ele hoje. Ainda há algo do Telly que conheci nele. Você precisa acreditar em mim, Rainie. Você precisa acreditar em mim."

"Eu acredito, querida. Telly podia ter feito muitas coisas hoje de tarde e, entre todas as opções, escolheu pedir que você voltasse para casa. Me sinto grata a ele por isso."

Voltamos a ficar em silêncio.

"Eu queria salvar meu irmão", sussurro após um momento. "Por isso fugi de casa hoje à tarde. Porque eu precisava encontrá-lo. Pelo menos uma vez queria fazer o que é certo."

"Eu sei."

"Como você consegue dormir de noite?"

Rainie dá um sorriso sutil.

"Eu não durmo. Sabe disso tão bem quanto qualquer um."

"Sua mãe?", pergunto, porque ela não fala muito de seu passado. Nenhum de nós fala. "Ela batia em você?"

Rainie hesita. Não me evitando, mas pensando na resposta.

"Minha mãe podia ser abusiva. Ela era alcoólatra, assim como eu sou alcoólatra. Esse vício perpassa minha família. Mas não acho que a minha mãe seja parecida com o padrão de bêbado cruel do seu pai. Por outro lado, ela não tinha um gosto muito bom para homens. E alguns deles... Também sei o que é ter que trancar a porta do quarto durante a noite."

"Sinto muito", digo a ela, de coração.

Ela estica o braço sobre a mesa e pega a minha mão.

"Vai melhorar, Sharlah. Sei que no momento parece que não, mas a vida melhora."

Quero acreditar nela, mas ela tem razão: não é isso que sinto esta noite. O celular dela toca. Rainie solta minha mão para pegá-lo no bolso. Pela sua cara, sei que é Quincy. Ela não sai da cozinha, contudo. Se senta na minha frente, assentindo. Pelo visto, Quincy tem muito a dizer.

"Está bem", ela diz por fim. Depois: "Sim, posso fazer isso. Vou começar agora mesmo... Tenha cuidado... Te amo... Tchau."

Ela desliga o celular, toma um gole de água.

"Ele te passou uma missão?", pergunto.

Ela faz que sim.

"Se lembra da foto do homem de idade no fim do caderno de fotos do Telly? No fim das contas, ele é mesmo o pai da Sandra Duvall."

"Sandra Duvall ou Irene Gemetti?"

"E aí que as coisas ficam interessantes", Rainie sorri. "Não é só a Sandra que estava vivendo sob um nome falso. Ao que tudo indica, o pai dela, um criminoso famoso, também estava."

"Foi por isso que eles se afastaram? Ela não queria entrar nos negócios da família ou algo do tipo?"

"Não tenho certeza. O que importa é que de acordo com Henry, o filho de Sandra, o pai dela reapareceu recentemente na vida deles. Disse que estava morrendo de câncer e queria fazer as pazes. Só que, de acordo com Henry, Sandra não queria nada com ele. Então, em vez disso, esse homem abordou Henry primeiro, depois Frank, e como não conseguiu nada com nenhum dos dois, parece que ele foi atrás do seu irmão, Telly."

"Não entendi", falo com uma careta de dúvida.

"Nem a polícia. Essa é a minha missão. Preciso descobrir quem é o pai da Sandra. Se soubermos mais a respeito dele, podemos entender melhor o que estava acontecendo na casa dos Duvall e que culminou na manhã dos assassinatos. O que, na verdade, pode nos dizer mais sobre quem os matou e por quê."

"Quero ajudar", eu digo.

Ela me olha, me analisando. Mas, atrevida que sou, devolvo o olhar na mesma medida. Antecipando um show, Luka se levanta do chão e se aproxima para poder acompanhar de perto.

"O nome real da Sandra é Gemetti, certo?", pergunto. Rainie assente.

"Então a polícia só precisa pesquisar Gemetti, ou até procurar certidões de nascimento para encontrar Irene Gemetti, depois ver qual é o nome do pai dela."

"O que Roy Peterson vem fazendo sem sucesso. Isso pode significar que Irene nasceu em um hospital pequeno que não escaneou seus registros para arquivá-los em um banco de dados, ou que não há qualquer registro de seu nascimento. Pesquisas virtuais são ótimas, mas tem um ditado: entra lixo, sai lixo. Se os Gemetti são realmente uma família do crime, eles têm um belo incentivo para operar fora do radar, mantendo a maioria de suas informações pessoais para si mesmos. Mas tem outra possibilidade."

"Fala."

"Sandra Duvall é um nome falso, certo? Uma identidade que ela inventou para afastá-la de seu passado."

"Sim."

"Pode ser que o pai dela tenha feito o mesmo. Quando se trata de chefões do crime, pense neles como lobos disfarçados em pele de cordeiro. Como um lobo..."

"Gemetti?", pergunto.

"Sim. Ele conduz certos negócios, tem certos comportamentos que não gostaria que viessem à tona. Mas, se ele tem sucesso, talvez também queira uma vida de cordeiro, para vagar publicamente pelo mundo, desfrutando dos frutos de seu trabalho."

"Um segundo nome."

"Nesse caso, o homem se apresentou a Henry como David Michael ou David Martin, ou talvez David Michael Martin, algo do tipo."

"São todos nomes, não sobrenomes."

"São todos nomes comuns", Rainie me corrige.

Entendo o que ela quer dizer.

"O que torna mais difícil rastreá-lo. Quantos Davids devem existir pelo mundo, isso sem falar de Martins, David Martins..."

"Exatamente. Ele está se escondendo bem debaixo dos nossos narizes, adotando um nome tão comum que ninguém perceberia ou seria capaz de encontrá-lo se quisesse."

"Não dá para pesquisar todos os Davids e Martins, então você vai atrás do Gemetti?"

"Na verdade, o Sargento Roy Peterson está pesquisando o Gemetti. Esse é o nome do lobo, e Roy tem acesso a bancos de dados criminais. O que me deixa com a busca que mais consome tempo: pesquisar no Google um dos nomes mais comuns do planeta."

"Você deve ter um plano." Mordo meu lábio, o cenho franzido. Rainie dá de ombros.

"Você é a aluna que precisa fazer a pesquisa na internet. O que você faz?"

"Bem, não dá para simplesmente pesquisar David no Google. Ou Martin. Ou Michael. Você teria muitos resultados. O jeito é adicionar critérios de busca. Algo para estreitar as opções."

"Qual é a sua sugestão?"

"O que sabe sobre ele? Ele é de Bakersville, que nem a Sandra?"

"Bem, estamos pensando na área de Portland. Oregon, por via das dúvidas."

"Tá bom. Então queremos combinações de Davids, Michaels e Martins que vivem em Oregon. A lista vai ser longa."

Rainie concorda.

"Ele é velho? Um David Michael Martins velho que mora em Oregon?"

"*Velho* é muito genérico como palavra de busca", Rainie sorri. "O ideal seria ter uma data de nascimento. Isso seria bem específico. Infelizmente..."

"Vocês não sabem a data de nascimento."

"Não. Poderíamos tentar uma faixa de idade, mas, na minha experiência, isso nunca dá certo, principalmente quando o ano que você precisaria é justamente aquele fora da faixa."

Faço uma cara séria.

"Como você e o Quincy geralmente encontram as pessoas?"

"Desse jeito mesmo. Conversando a respeito."

Ficamos em silêncio por um segundo. Rainie fala:

"Ele está doente. Pelo menos foi o que deu a entender para o garoto. Doente e morrendo de câncer."

"Isso já é algo específico", eu me animo.

"Sim e não. Fichas médicas são confidenciais. Por outro lado, só existem alguns hospitais de ponta que tratam câncer no Estado. Existe uma boa chance de que nosso David tenha se consultado em um deles. Mas não temos acesso a esse tipo de informação. Precisamos de informações públicas."

"Ele é rico?", pergunto.

"Tudo leva a crer que ele é bom no que faz."

"Pessoas ricas não ficam só doentes", digo. Sei disso porque assisto televisão. "Pessoas ricas dão festas, levantam doações e lançam campanhas no Twitter, esse tipo de coisa. Eles transformam o fato de estarem doentes em um grande evento de mídia."

Por um segundo, penso que Rainie vai me dispensar, mas ela fala:

"Bailes de gala. Tem um em Portland. É o maior evento de arrecadação de doações do ano para apoiar a luta contra o câncer. Inclui as celebridades da região, os super-ricos... Vem comigo."

Ela me deixa entrar no escritório. Algo que vale a pena destacar — além do fato de que finalmente me deram permissão de pisar em solo sagrado — é o ânimo na voz dela, que chamou minha atenção. Rainie vai direto para o computador, abre a página de busca, e logo a tela está cheia de imagens.

"O baile de gala Uma Noite de Luta Contra o Câncer custa cinquenta mil dólares a mesa, o que faz dele um dos eventos mais lucrativos de Portland. É claro que há fotógrafos por toda parte para registrar o glamour e postar as fotos on-line, encorajando mais doações para o ano seguinte. Podemos não saber o nome real do pai de Sandra, mas sabemos a sua aparência. O que significa que só precisamos manter os olhos bem abertos e começar a caçar. Qual seria a nossa linha do tempo? Não sabemos exatamente quando David adoeceu, mas considerando o quanto ele parecia frágil na foto, eu diria que alguns anos atrás, pelo menos. Então vamos começar com cinco anos atrás, seguindo daí para frente, e torcer para termos sorte."

Concordo com a cabeça. Rainie digita as palavras de busca e o monitor inteiro é tomado por um redemoinho reluzente de vestidos de lantejoulas, champanhe borbulhante e luzes dançantes. Uma Noite de Luta Contra o Câncer de cinco anos atrás. Me sinto tonta só de olhar para todas aquelas imagens, e temos páginas, anos pela frente.

"Visualize o homem da foto na sua mente", Rainie aconselha. "Concentre-se em algo tangível, o formato do nariz, o espaço entre os olhos. É essa pessoa que você está procurando. Não se distraia com o resto."

Trabalhamos devagar. Não tem como ser diferente. Num determinado momento, começo a me apressar, as imagens ficam borradas e eu não consigo mais distinguir os rostos, noto apenas esse vestido, aqueles brincos. Rainie tem razão, é muito fácil se distrair.

Depois que terminamos de examinar todas as fotografias de cinco anos atrás, Rainie precisa carregar a foto do pai de Sandra no seu celular, para podermos refrescar a memória. Ela vai ampliando até só restar o rosto do homem. Nessa magnitude, a imagem fica vaga e distorcida, mas Rainie me mostra os truques. Em uma folha de papel, desenhamos a linha do seu maxilar, o formato do nariz, seus olhos e lábios. Não o rosto, mas o modelo de um rosto.

"É dele que estamos atrás", ela me lembra. "Não se preocupe com cabelo, roupas, joias, cenário. Esses aqui são os nossos elementos identificadores."

Uma Noite de Luta Contra o Câncer de quatro anos atrás. Ela carrega as imagens. Voltamos à nossa caça. Eu não sabia que tanta gente gostava de usar lantejoulas. Até mesmo gravatas com lantejoulas.

Três anos atrás. Rainie traz colírio para nós duas. As imagens parecem borradas. Odeio roupas sociais, cabelo armado e sombra azul para os olhos. Também estou ligeiramente com fome por causa das imagens de comida, apesar de estar enjoada com os borrões gigantes de cor. Rainie diz que posso parar, descansar um pouco. Mas como sei que ela vai continuar trabalhando, estou determinada a prosseguir também. É como brincar de *Onde está Wally?*, e ainda precisamos encontrar nosso alvo. Você não pode ir se deitar antes de vencer o jogo.

Uma Noite de Luta Contra o Câncer de dois anos atrás. Rainie carrega. Nós nos inclinamos para frente, encaramos o monitor, começamos a descer a página devagar.

Eu o vejo. Não diretamente. Ele está um pouco de lado, vestindo um smoking preto assim como os outros homens. É a mão segurando a taça de champanhe que chama a minha atenção. Um fragmento de velhice no meio das luzes brilhantes da festa. Ele está de lado na foto, por isso estudo seu nariz do jeito como Rainie me ensinou, e imediatamente sei que é ele.

"Aqui! Olha só! É ele!"

Rainie segue a direção do meu dedo enquanto aponto para a imagem na tela.

"Pode ser", ela concorda. Ela clica duas vezes na foto para ampliá-la.

O homem está no meio de um grupo, todos numa rodinha. Ele está com um homem mais magro de aparência séria, e ao lado deles há um homem mais jovem de braço dado com uma garota bonita. Estão todos juntos, penso. O modo como se inclinam para perto um do outro quer dizer que não estão se conhecendo agora. Eles já se conhecem. Sua família?

Mas Rainie não está mais olhando para o senhor. Seu olhar se concentra no homem mais novo. Ela fica intrigada, pisca os olhos, franze a testa.

"Juro que conheço esse rosto."

"Qual é o nome dele? Qual é o nome dele?" Estou morrendo de curiosidade. Ela lê na legenda:

"David Michael Martin."

Definitivamente um nome ótimo para se esconder debaixo do nariz de todo mundo.

"Presidente da GMB Enterprises", ela prossegue... Para, tira os olhos do computador e olha para mim.

"Sharlah, eu realmente conheço esse sujeito. Começamos o dia olhando para a foto dele. Esse garoto..." Ela olha a legenda, mas não há o nome das outras pessoas do grupo. "Esse garoto é uma das vítimas do assassinato do EZ Gas de hoje de manhã."

Na hora, entendo o que ela quer dizer.

"Não foi uma morte aleatória."

"Não. Alguém foi mandado para cá para matá-lo. Primeiro Sandra Duvall, a filha há muito perdida de David Michael Martin", Rainie murmura. "Depois esse homem, talvez um comparsa de David Michael Martin? Isso não é uma matança impulsiva."

Rainie já está pegando o telefone, ligando para Quincy.

"Então é o quê?", pergunto a ela.

"Não sei. Algo maior e mais direcionado." Ela olha para mim, celular na orelha, e já sei no que ela está pensando: nas minhas fotos com o alvo desenhado em volta do rosto.

Então eu entendo de uma vez por todas: sou mesmo filha da minha mãe de acolhimento. Porque Rainie já está pensando em como me manter em segurança.

Exatamente enquanto penso: Telly, como é que eu vou te tirar dessa?

Mas nenhuma de nós duas tem a resposta.

CAPÍTULO 37

QUINCY E SHELLY voltaram da conversa com Henry bem depois da meia-noite. Eles encontraram o rastreador, ainda na sala de reunião, espetando marcadores no mapa ampliado. Noonan olhou para eles enquanto entravam, depois voltou a prestar atenção no trabalho. Quincy se serviu de um pouco de café, depois serviu uma xícara de chá recém-preparado para Shelly.

Shelly grunhiu um obrigada e saiu da sala de reunião para falar com Roy. Quincy foi até o rastreador; só conseguia ver que o mapa da trilha de Telly Ray Nash estava coberto por um novo pontilhado de tachinhas roxas.

"Quero saber o que é isso?", Quincy perguntou.

"Estou marcando todos os avistamentos relatados de pessoas que batem com a descrição de Nash."

Quincy percebeu que Noonan segurava impressões do que deveria ser uma linha direta aberta recentemente.

"Como foi a conversa com o filho dos Duvall?", perguntou Noonan. "Ele está conspirando com alguém, ou é nosso verdadeiro alvo?"

"Se está, ele é o melhor mentiroso que já conheci. E olha que já conheci uns muito bons."

"Então ele está limpo? Não tem nada a ver com o que aconteceu com os pais?"

Quincy franziu a testa, remexeu a xícara de café.

"Não sei se iria tão longe por enquanto. Certamente existe mais coisa sobre a família Duvall do que se imaginava a princípio. Mas, pelo que parece, Henry realmente não sabe o nome real da mãe nem a história da família. Ele disse que o homem mais velho no caderno de recortes do Telly é o avô com quem a família perdeu contato há muito tempo. Pelo visto, o homem reapareceu do nada alguns meses atrás querendo restabelecer um relacionamento com o neto, e talvez com o restante da família. De acordo com Henry, seu pai o proibiu de fazer isso. O pai de Sandra Duvall/Irene Gemetti era algum tipo de gênio do crime. Não é alguém em quem se possa confiar mesmo estando à beira da morte, como ele disse estar."

"Ótimo. E esse avô morreu mesmo?"

"Espero que Roy ou Rainie consigam essa resposta. Um nome também seria ótimo." Quincy respondeu, olhando para o mapa na parede. "Alguma atividade nas câmeras que você deixou no acampamento de Nash?"

"Não."

"Mas e os avistamentos reportados pela linha direta?", Quincy apontou para o maço de papéis na mão de Noonan.

"Procurando um agrupamento", explicou o rastreador. "Um número suficiente de avistamentos em um só lugar garante uma investigação mais a fundo. Ou, melhor ainda, uma série de agrupamentos que possa nos indicar deslocamento, nos dizer para onde Nash irá a seguir. Talvez até nos ajude a identificar seu próximo alvo."

Quincy concordava, era uma linha sólida de investigação. Ele avaliou o número considerável de marcadores roxos espalhados pelo mapa e arqueou uma sobrancelha.

"Um monte de avistamentos..."

"Sim."

"Não vejo nenhum agrupamento."

"Pois é."

"Não vejo nenhuma direção clara."

"Exatamente."

Noonan pegou a próxima tachinha roxa, voltando a analisar os registros das ligações. Quincy foi procurar Shelly e Roy.

* * *

Enquanto Quincy e Shelly estavam fora, o sargento Peterson havia se aprofundado na investigação sobre o assassinato de trinta anos atrás envolvendo Irene Gemetti, também conhecida por Sandra Duvall. Roy entregou o arquivo escasso; Quincy deu uma olhada.

Tudo muito superficial. Irene Gemetti era procurada para interrogatório pela morte por esfaqueamento de Victor Chernkov que, ao que tudo indicava, tinha sido um cafetão de baixa posição na hierarquia e trabalhava no Pearl District, no centro de Portland. Atualmente o Pearl

District era conhecido por seus lofts milionários e restaurantes da moda. Trinta anos atrás, nem tanto.

O processo consistia no relatório do legista sobre os restos de Chernkov e a declaração de uma única testemunha sobre outra prostituta que alegava ter visto Irene na área logo antes da descoberta do corpo de Chernkov. Era isso. Irene Gemetti nunca foi localizada e, sem qualquer informação adicional, o caso foi arquivado. Quincy não ficou surpreso. Para muitos detetives, um cafetão morto mal contava como crime. Os investigadores tinham seguido com a vida, e aparentemente Irene Gemetti também.

Quincy largou o arquivo e olhou para Roy, que olhava confuso para a tela do computador.

"Uma Irene de 16 anos fugiu de casa", Quincy murmura. "Se envolveu com as pessoas erradas. Acabou metida numa situação violenta e teve que fugir de novo."

"Caiu direto nos braços de Frank Duvall?", Shelly perguntou da porta.

"O filho disse que ele gostava de projetos", Quincy se virou.

"Então, em vez de se entregar para a polícia", Shelly tomou um gole do chá, "Sandra se entregou a Frank Duvall. Convenceu ele a se casar com ela e levá-la para longe, no caso para nossa pitoresca cidade de Bakersville. Onde ela o quê? Se transformou num passe de mágica na esposa perfeita e mãe tradicional? Nada mais de vida nas ruas? Fingindo que não conhecia mais o papai maligno?"

"Melhor do que ir para a prisão por assassinato", Roy comentou.

"Algum resultado para o nome Irene Gemetti no Google?", Quincy perguntou.

"Nada", disse Roy.

"E quanto a Vitor, o cafetão?", Shelly tentou.

"Mesma coisa. Caso muito antigo. Ou não foi interessante o suficiente para internet se importar."

"E o nome Gemetti?"

"Resultados demais. Preciso de mais informações para filtrar as buscas. Só que *avô que não vejo faz muito tempo* não são termos de busca tão bons quanto você imaginaria."

Quincy não estava surpreso. Se não tivesse uma quantidade tão grande de informações, a internet seria uma fonte valiosa.

"Henry Duvall jura que não sabe nada sobre o passado da mãe ou sobre seu avô chefão do crime. E, ainda assim, no ano passado, houve apenas duas mudanças importantes na casa dos Duvall: o acolhimento de Telly Ray Nash, e o reaparecimento do pai de Sandra após trinta anos. A pergunta é: qual desses dois fatos levou ao assassinato dos Duvall? No início, assumimos que fosse Telly. E agora?"

Roy e Shelly processavam as informações. Cada vez mais, parecia que a resposta estava na história familiar de Sandra Duvall.

"Talvez Rainie tenha mais sorte", disse Quincy e, quase como em resposta, seu celular tocou. Ele tomou outro gole do café puro e forte e atendeu.

Rainie tinha conseguido uma informação. Ela e Sharlah já estavam a caminho.

Eles se encontraram na sala de reunião. A equipe de investigação oficial, Quincy pensou. Dois especialistas em perfis criminais, uma xerife, um sargento de homicídios, um rastreador voluntário e uma menina de 13 anos. Sem dúvida, a equipe mais interessante que Quincy já havia reunido.

Ele olhou para Sharlah com preocupação. Sua filha teve um dia traumático, e ainda estava acordada bem depois de sua hora de ir para a cama. Mas Sharlah, assim como Rainie, parecia longe de estar cansada. As duas, aliás, pareciam incrivelmente animadas. Quincy se sentiu orgulhoso. Por sua filha e pela esposa. Pela família que ele tinha tanta sorte de chamar de sua.

Rainie soltou uma pilha de impressões na mesa. Mais fotos, Quincy percebeu. Obviamente, do computador dela. Ela começou a passá-las adiante.

"Conheçam David Michael Martin", ela começou. "Ex-CEO da GMB Enterprises. Morto cinco semanas atrás, devido a um câncer."

Quincy estudou a foto impressa na frente dele. O velho abatido presente no obviamente elegante baile de gala parecia ser a mesma pessoa do caderno de recortes de Telly. Agora ele examinava o homem mais jovem de pé no mesmo grupo que o velho. Rainie já estava confirmando suas suspeitas.

"Conheçam também a vítima do assassinato no EZ Gas: Richie Perth. Não havia nenhuma identificação dele na cena, mas assim que soube da conexão com David Michael Martin, chamei o legista e pedi que ele conduzisse a análise de impressão digital." Rainie olhou para Shelly. "Espero que não se importe com isso."

"Nem um pouco."

"No fim das contas, Richie também era um funcionário da GMB Enterprises. Da divisão de fretados para pesca."

"A caminhonete do lado de fora do EZ Gas", disse Shelly. "Estava registrada por uma empresa de Nehalem."

"Exatamente", Rainie concordou. "Muito bem, a GMB Enterprises foi fundada quarenta anos atrás. Uma pequena empresa de exportação e importação, especializada em vinagre e azeite."

Algumas pessoas ergueram as sobrancelhas ao redor da mesa.

"Desde então, a GMB cresceu e se transformou numa empresa de cem milhões de dólares, operando um pouco com uma coisa, um pouco com outra. Importação, exportação, transporte marítimo, empresas de frete para pesca... pode escolher que a GMB faz. Pelo menos no papel."

"A GMB é uma empresa de fachada!", Sharlah declarou, claramente por Rainie ter lhe explicado isso.

"E uma de muito sucesso. Agora David Michael Martin, também conhecido como o pai de Sandra, assumiu o papel de presidente-executivo e vem atuando como CEO da empresa nos últimos quarenta anos. Depois de sua morte, contudo, a liderança passou para o diretor financeiro da empresa, Douglas Perth. Que também é pai de Richie."

Noonan levantou a mão.

"Espera aí. Já entendi que é uma empresa de fachada. Essa GMB é um disfarce do pai da Sandra, certo? De acordo com o que ouvimos, em resumo esse David Michael Martin era um criminoso. Tipo um poderoso chefão, certo?"

Rainie fez que sim.

"Mas dinheiro sujo pode ser limpo", disse Quincy, "se você o lavar por uma empresa legítima, por isso a criação da GMB. É a frente legal de Martin, para cobrir suas atividades ilegais."

Rainie concordou novamente.

"Mas aí Martin morre", disse Noonan. Ele bateu na foto que todos haviam recebido. "De câncer. E, como acontece em qualquer empresa, quando o líder morre, a empresa precisa arrumar um novo líder."

"Douglas Perth", Rainie concluiu, "que, por ser o antigo diretor financeiro, conhece todos os detalhes de funcionamento da empresa, incluindo as atividades legais e ilegais. Nesse papel, seria sua função especificamente transformar todos os ganhos ilegítimos em lucros legítimos."

"Está bem. Mas o filho dele, Richie, não é uma das nossas vítimas?", Noonan perguntou. "Porque é aí que estou ficando confuso. Se Douglas Perth se deu bem com a morte do Martin, então porque seu filho Douglas acabou sendo um dos mortos?"

"Estamos aqui para descobrir isso", Rainie garantiu. "O que sabemos é que esses assassinatos não foram aleatórios. Sandra Duvall e Richie Perth tinham uma conexão: a GMB Enterprises. Primeiro operada pelo pai de Sandra, agora pelo pai de Richie."

A mesa ficou em silêncio. Até Quincy precisou pensar um pouco no assunto.

"Existe alguma evidência de que Sandra estivesse na folha de pagamento da GMB, ou tivesse qualquer conexão atual com a empresa?", Quincy perguntou.

"Não."

"Mesmo sob o nome de Irene Gemetti?"

"Não encontrei nenhum registro que indique que Irene Gemetti tivesse uma conta de banco, o que significa que não tenho como encontrar nenhum rastro de pagamentos recebidos por ela. Entretanto, considerando que a GMB não passa de uma empresa de fachada, existe toda uma empresa diferente operando por trás dos panos que não temos como conhecer. Então não posso afirmar com certeza. Mas do ponto de vista legal, Sandra e/ou Irene não estava recebendo nenhum ganho."

"Eu examinei as finanças de Sandra Duvall", Roy falou. "Não há registro de recebimento de pagamentos não contabilizados, nem mensalmente nem em montantes isolados. E também não consegui encontrar nenhuma atividade no nome de Irene Gemetti."

"Então, muito tempo atrás, Irene estava ligada à GMB Enterprises por causa de seu pai, David Michael Martin", Quincy disse devagar. "Aos 16 anos, contudo, ela fugiu e acabou construindo uma nova vida com uma nova identidade junto de Frank Duvall. A ausência de atividade financeira poderia indicar que ela realmente cortou os vínculos com o passado e com o pai. Henry estava certo quanto a isso."

"Até que seu pai a encontrou novamente", disse Shelly. "Primeiro se aproximando de Henry, que estava longe dos pais, na faculdade. Depois indo atrás de Frank e, possivelmente, de Telly."

"Henry contou por que o avô reapareceu?", Rainie perguntou.

"Arrependimento no leito de morte", disse Quincy. "Mas talvez tenha sido para recrutar Henry para os negócios da família."

"Ele disse sim?", Rainie arregalou os olhos.

"De acordo com ele, não. Mas será que eu acredito cem por cento nele?", Quincy olhou para Shelly.

A xerife deu de ombros.

"Se Henry realmente entrou nos negócios da família, ele tem mais um motivo para mentir para nós."

A mesa ficou em silêncio novamente, todos pensando.

"Para deixar tudo mais interessante", Rainie falou: "Richie Perth tem uma ficha criminal. Agressão, invasão, mais agressão. Seu pai podia ser o gênio financeiro por trás das empresas criminosas GMB, mas Richie fazia mais o estilo tradicional da força bruta."

"Acho que ele matou os pais de acolhimento de Telly", disse Sharlah.

Todo mundo olhou para a filha de Quincy. Sharlah vacilou, mas não recuou.

"Telly não atirou neles. Ele conversou comigo sobre os Duvall. Eles eram bons com Telly. Ele não os mataria. Não mesmo."

Quincy estava comovido com a filha. Pela coragem que Sharlah, uma adolescente ansiosa e com dificuldades de socialização, estava demonstrando ao enfrentar a investida dos olhares adultos. Pela lealdade que ela obviamente nutria pelo irmão. Eles deixaram que ela se envolvesse demais nesse caso, ele reconheceu. E, ainda assim, era da natureza dele e de Rainie trabalhar sem limites. Por isso sua filha mais velha, Kimberly, também era atualmente uma agente do FBI.

"Richie é um bandido, certo?", Sharlah continuou a falar, olhando para Rainie. "É isso que força bruta significa, estou certa? O pai dele é bom com números, mas Richie gosta de machucar pessoas. Tipo agressão."

Rainie fez que sim.

"Então ele matou Sandra e Frank", Sharlah concluiu. "Porque é isso o que bandidos fazem. Eles matam pessoas."

"Mas por quê?", Rainie pressionou gentilmente. "Só porque Richie tem um histórico de violência, não significa que ele tenha atirado e matado duas pessoas."

"O pai dele mandou que ele fizesse isso", disse Sharlah. Quincy e os outros piscaram.

"Pensem só, é assim que isso funcionaria, não é?", Sharlah prosseguiu. "Você disse que agora o pai de Richie está no comando da empresa. Então se Richie fez alguma coisa, foi porque o pai mandou."

"Então quem matou Richie?", perguntou Noonan, parecendo confuso.

"Outra pessoa", Sharlah respondeu, de imediato. "E não foi Telly, já que vimos o vídeo e o braço é diferente. Mas talvez Telly tenha visto quem foi. Ele estava no EZ Gas, não é? Ele viu quem matou Richie e foi por isso que teve que fugir. Porque senão a pessoa mataria ele."

Quincy piscou novamente. A teoria de sua filha estava ficando cada vez mais mirabolante e, ainda assim, ele quase podia vislumbrar o perfil do crime se desenhando.

"Como Sandra escapou?", ele perguntou.

Seus companheiros na mesa desviaram o olhar de Sharlah e voltaram a atenção para Quincy.

"Estamos assumindo que Sandra saiu de casa aos 16 anos", ele continuou, pensativo. "Fugiu de um pai que trinta anos atrás já estava claramente construindo uma empresa criminosa bem-sucedida. Que criminoso de sucesso permitiria que a filha de 16 anos fosse embora? Isso não o faria parecer um fraco? Ela não seria um ponto vulnerável para ele e sua organização?"

Sentada na frente de Quincy, Rainie foi a primeira a entender o que ele queria dizer.

"Um chefão do crime jamais toleraria esse nível de desrespeito. Ele teria ido atrás dela."

"Mas não foi. Irene escapou, teve um começo difícil, como sabemos, depois conheceu Frank Duvall e conseguiu reconstruir a própria vida. Novo nome, nova imagem, tudo. Apagou todas as ligações entre ela e os negócios do pai."

Rainie sacudiu a cabeça. Quincy se inclinou para frente, apoiou as mãos sobre a mesa. Olhou para a filha, depois para a esposa.

"E se David Michael Martin não pudesse ir atrás da filha? E se Irene, que nós já suspeitamos ser capaz de cometer um assassinato, consciente da verdadeira natureza do pai, decidiu se precaver? Não sei. Roubou algo, escondeu algo que pudesse incriminá-lo. Enquanto ele a deixasse em paz, ela não usaria o que tinha contra o pai. Mas se ele viesse atrás dela..."

"Ela puxaria o gatilho", Rainie concluiu.

"Parece que puxou ao pai", Shelly comentou. "Mas o que isso tem a ver com o que está acontecendo?"

Quincy se recostou na cadeira novamente.

"Estamos repassando as novas variáveis da vida de Sandra e Frank Duvall. O acolhimento de Telly. O reaparecimento do pai dela. Mas existe uma terceira variável: a morte de David Michael Martin, cinco semanas atrás. O que deu a Douglas Perth o comando da GMB Enterprises e trouxe seu filho, Richie, a Bakersville. E se Irene e seu pai tivessem algum tipo de impasse, que durou trinta anos? Ele viveu a vida dele, ela viveu a dela. Só que aí ele morreu e agora esse equilíbrio já era. Seja lá o que Irene, o que Sandra, tem ou fez, Douglas Perth quer para ele. Por isso enviou o filho para conseguir."

Quincy olhou para Roy.

"Já saíram os resultados do exame de balística dos Duvall?"

"Não, mas posso pedir ao legista que analise as mãos de Richie Perth atrás de RDP. Isso com certeza nos daria uma pista."

"RDP é a sigla para resíduo de pólvora, evidência de que alguém usou uma arma de fogo", Quincy explicou para a filha. "Se o teste das mãos de Richie der positivo para RDP, significa que ele atirou pouco antes de morrer. Isso daria credibilidade à sua teoria: Richie Perth matou Frank e Sandra Duvall."

Sharlah assentiu. Pelo olhar no rosto da filha, Quincy podia notar que ela tinha certeza de que estava certa.

"Isso ainda não explica quem atirou em Richie", disse Shelly. "Diabos, quantas pessoas armadas eu tenho andando por aí no meu condado? E por que Telly não se apresentou à polícia, em vez de acabar no EZ Gas atirando na câmera de segurança?"

"Vou seguir com a minha teoria original", Rainie declarou com firmeza. "Seja lá o que estiver acontecendo, armaram para cima de Telly para ele ser o bode expiatório. Ele tem que levar a culpa para manter a irmã em segurança, então não pode se apresentar diretamente. Em vez disso, ele está nos deixando uma trilha de pistas: as fotos da irmã no celular dele, para mantermos a Sharlah por perto, depois a foto do pai de Sandra no acampamento falso. Ele quer que a gente entenda o que está acontecendo. Quer que a gente acabe com isso."

"Atirando na minha equipe de busca?", Noonan grunhiu.

Ninguém retrucou dessa vez. Sharlah olhou para a mesa, intimidada.

Mais uma vez a sala ficou em silêncio, com todo mundo pensando.

"Muito bem", Shelly disse bruscamente. "Temos quatro vítimas. Ao que tudo indica, Frank Duvall e Erin Hill foram danos colaterais. Os verdadeiros alvos eram Sandra Duvall e Richie Perth. Os dois tinham ligação com a GMB Enterprises, que passou por uma mudança importante cinco semanas atrás, com a morte de David Michael Martin. Agora temos um novo líder, Douglas Perth, e uma carnificina em andamento. Se, assim como Telly Ray Nash, concordamos que nosso objetivo é acabar com isso, a pergunta agora é: como devemos proceder?"

"Tenho uma teoria", disse Noonan, e todos se viraram para ele.

"Não sobre o crime", ele prosseguiu. "Não sei porr... porcaria nenhuma sobre crimes, mas estive trabalhando no mapa. De acordo com os melhores dados que temos, inclusive o contato de Sharlah com o irmão, Telly está indo para o sul. Todo o resto, incluindo seu acampamento falso, foi só para despistar."

"Qual a proximidade entre a última localização conhecida de Telly e a casa dos Duvall?", Quincy questionou o rastreador.

"Alguns quilômetros."

Quincy balançou a cabeça, pensativo, em seguida disse:

"Está escuro agora. Quieto. A mídia está acampada lá fora. A polícia se recolhe durante a noite. Então, se Sandra tinha algum tipo de garantia contra a empresa criminosa do pai dela e ninguém a encontrou ainda..."

"Vocês acham que Telly está voltando para a casa dos pais?" Shelly perguntou a Quincy e Noonan.

"Se essa confusão toda for realmente por causa disso, acho que sim", Quincy respondeu. "Sandra pegou algo trinta anos atrás. Douglas Perth quer de volta. Só que outra pessoa também quer. Talvez um rival? Alguém de dentro ou de fora da organização? Não sabemos. Mas Richie deve ter ido à casa dos Duvall por um motivo. E alguém atirou nele pelo mesmo motivo."

"Mas se Richie foi o primeiro a chegar na casa, ele já não teria conseguido a informação? E depois o segundo atirador teria roubado isso dele?", Shelly perguntou.

"Não creio que ele conseguiu o que queria", Quincy argumentou. "Com base na posição dos corpos, ele atirou em Frank imediatamente para eliminar qualquer possibilidade de ameaça. Então deve ter deixado Sandra viva tempo o suficiente apenas para responder algumas perguntas. Mesmo assim, ela ainda foi assassinada no quarto com um tiro nas costas, no momento em que estava se levantando. Duvido que ela saiu do quarto, pegou seu segredo de trinta anos, entregou para o invasor e depois voltou caminhado de costas para o lado dela na cama. Acho que o erro do atirador foi matar Frank Duvall. Afinal de contas, não consigo imaginar uma mulher como Sandra colaborando com nada após perder o marido. Especialmente uma mulher tão experiente quanto ela, que com certeza sabia que acabaria morta falando ou não. Por que dar a satisfação ao assassino?"

"Puxou mesmo ao pai", Shelly comentou.

"Acontece com frequência", disse Quincy, olhando para Sharlah.

Shelly contraiu os lábios. Quincy sabia que a xerife estava considerando a possibilidade dessa teoria. Alguns casos começavam com evidências que levavam a teorias. E havia casos como esse, em que eles se sentavam para desenvolver teorias extravagantes, torcendo para que elas os conduzissem a alguma evidência. Na experiência de Quincy, o que quer que funcionasse estava valendo. Shelly deve ter pensado o mesmo.

"Ah, quer saber, vamos correr atrás de ideias malucas. Afinal, não temos nenhuma ideia melhor. Roy, fale com o legista. Peça a ele que examine as mãos de Richie Perth em busca de resíduos de pólvora, depois consiga um histórico completo da vida dele. Além disso, veja se consegue trazer Douglas Perth aqui para interrogatório. Descubra o que o pai tem a dizer sobre o filho. E quanto ao resto..." Shelly olhou para Noonan. "O que rastreadores fugitivos fazem quando precisam descobrir informações secretas? Sob a proteção da noite, com a ameaça de uma morte iminente, é claro?"

"Vamos descobrir", Cal respondeu.

Quincy se levantou, beijou Rainie, abraçou Sharlah. Depois ele, Cal e Shelly voltaram para a rua e seguiram mais uma vez para a casa dos Duvall.

Quincy se perguntou se Telly Ray Nash tinha realmente voltado à casa dos pais de acolhimento. E o que custaria a eles descobrir isso.

CAPÍTULO 38

SHELLY TINHA uma sensação incômoda. Como uma coceira entre as omoplatas que ela não conseguia alcançar. Ao pegar as ruas de trás para chegar na casa dos Duvall, reparou que estava dirigindo mais devagar do que o estritamente necessário, observando cada curva sob a luz trêmula de seus faróis. Não havia postes de luz no campo, sem falar que a maioria dos residentes não era do tipo que deixava as lâmpadas da entrada acesas durante a noite. O que os deixava com quilômetros de escuridão à frente, as sombras imponentes dos abetos na beira da estrada eram como garras negras em uma noite de céu azul-marinho. Um monte de lugares para um atirador se esconder em uma noite assim. Especialmente um com um rifle de longo alcance e conhecimentos de caça.

Só porque Telly Ray Nash não havia atirado nas duas pessoas no EZ Gas, não significava que ele não fosse um assassino. Só significava que havia mais de uma ameaça solta por aí no condado de Shelly.

A xerife estacionou vários metros antes da casa dos Duvall, deixando o carro fora da estrada, oculto por uma cerca-viva de amoreiras silvestres. Ela queria ser o mais discreta possível. Especialmente quando considerava que não sabia exatamente com quem estava lidando.

Do porta-malas, ela retirou seu rifle de trabalho, além de munição. Quincy o pegou sem hesitar. Conforme o logo de sua camisa anunciava, ele era instrutor de armas de fogo, enquanto as habilidades de Cal eram mais adequadas para procurar do que, por exemplo, proteger.

"Não tenho óculos de visão noturna", Quincy comunicou, encaixando o primeiro pente de balas, e guardou mais dois nos bolsos. "Então se um de vocês estiver planejando correr na minha direção, se identifique primeiro."

"Posição?", Shelly perguntou a ele.

"Nenhum terreno elevado. Dito isso, vou seguir com o modelo clássico de patrulha e circundar a casa em intervalos aleatórios. Espero que encontrem o que estão procurando antes que alguém apareça da escuridão."

"Justo."

"O que estamos procurando?", Cal falou.

Shelly franziu a testa. Vinha pensando nisso há algum tempo.

"Algo feminino", disse por fim, o que lhe garantiu dois olhares pasmos. "Pensem comigo: a julgar pela página da Sandra Duvall no Facebook, ela se orgulhava de ser mãe e esposa. O que significa que o lar era seu domínio. Se pretendia manter algo seguro, ela manteria isso por perto. Não na garagem, que pertencia ao marido. E não no computador, que era o brinquedo do filho."

"Sem falar", Quincy acrescentou secamente, "que trinta anos atrás computadores eram máquinas grandes e desengonçadas. O pai dela provavelmente nem tinha um em casa, devia ficar no escritório. Então se a Sandra de 16 anos pretendia fugir e precisava pegar algo rapidamente, ela tinha opções limitadas. Talvez tenha encontrado no escritório do pai algum documento impresso das contas de negócios ilegais. Ou, talvez, uma foto incriminadora em sua estante de livros, ou algum troféu que ele guardou de um dos seus crimes."

"Assassinos realmente fazem esse tipo de coisa?", Cal perguntou.

"Assassinos realmente fazem esse tipo de coisa", Quincy respondeu. "E, no caso do crime organizado, manter essa lembrança à vista também pode servir de lembrete para seus funcionários do que exatamente você é capaz — sempre uma boa estratégia de gestão."

"Você cozinha?", Shelly pergunta a Cal.

"Além de queijo?"

"Foi o que pensei. Muito bem, você verifica o quarto, eu começo na cozinha. Você gosta de pensar como o alvo, então boa sorte. Já eu vou pensar como uma cozinheira. A julgar pela quantidade de receitas que Sandra postava on-line, ela amava comida. O que significa que se ela queria manter algo por perto, a cozinha é nossa melhor aposta."

"Estranho", disse Cal.

"Eu sei. É exatamente por esse motivo que ninguém encontrou nada ainda."

Quincy foi o primeiro a desaparecer na escuridão, seguindo pela estrada com o rifle na mão, até que eles o perderam de vista. Esperaram cinco minutos e Shelly recebeu dois cliques em seu rádio, o sinal de que estava tudo limpo. Ela e Cal avançaram, Shelly ainda tentando acalmar os nervos.

Ela era uma mulher que um dia havia corrido para dentro de um prédio em chamas. Não havia motivo para uma noite úmida e escura deixar suas mãos tremendo. Mesmo que poucas horas atrás ela tivesse ouvido um tiroteio repentino e os gritos de oficiais experientes que foram pegos desavisados. Ela notou que Cal não estava respirando exatamente tranquilo ao lado dela.

"Está tudo bem", ela se pegou tentando tranquilizá-lo. "Nós entramos, encontramos nossa evidência, saímos e acabamos com isso."

"Não estou nervoso", ele a cortou. "Estou com raiva."

"Por causa da sua equipe?"

"Não. Porque estou apavorado. E, sinceramente, isso me irrita."

"Concordo", disse Shelly, e então eles se aproximaram da casa.

Nenhum sinal de Quincy. Uma prova de que ele era bom no que fazia, ela supôs. A fita de isolamento continuava intacta na porta, outro bom sinal. Shelly a recolocou mais cedo, após sua visita com Cal. Agora ela pegou sua faca, cortou a fita e abriu a porta.

O cheiro definitivamente não havia melhorado. Ela e Cal hesitaram um momento. Um último suspiro de ar puro antes de entrar. Shelly foi na frente. Cal a seguiu e fechou a porta atrás de si. Então os dois foram engolidos pela escuridão quente e rançosa.

Eles acenderam as lanternas, apontando os feixes de luz para baixo, fora da área de visão das janelas. Mais uma vez, essa era uma missão furtiva. Se realmente houvesse capangas malvados soltos por aí — e a essa altura do campeonato, só Deus sabia se havia ou não — não havia motivos para alertá-los.

Cal virou à esquerda e foi para os quartos. Shelly não invejava sua tarefa. Ela seguiu para a cozinha. Ajudaria muito saber o que procuravam, ter um objeto em mente e então vasculhar o espaço. Ela achou interessante o que Quincy falou sobre uma lembrança. Digamos, o projétil do primeiro cara que David Michael Martin matou na vida. Isso seria algo fácil para uma garota de 16 anos roubar do escritório do pai. Melhor ainda, fácil de manter escondido durante os meses que viveu nas ruas.

Era essa peça do quebra-cabeça que incomodava Shelly. Sandra não tinha simplesmente fugido aos 16. Ela acabou nas ruas e foi forçada a se prostituir, se o cafetão morto valia como pista. Então o que uma adolescente poderia roubar do próprio pai que poderia carregar por aí enquanto vivia em plena miséria?

Shelly começou pelos potes de temperos. Sandra tinha prateleiras deles sobre o fogão, o que conferia uma aparência muito provinciana e pitoresca ao ambiente. Shelly os pegou e, sob a luz da lanterna, sacudiu cada um deles, examinando-os. Começou com os temperos mais exóticos. Anis. Ela nem sabia o que dava para cozinhar com anis, o que, na sua cabeça, fazia daquele um bom pote para esconder algo. Mas não teve tanta sorte.

Depois dos temperos, foi para a geladeira. De acordo com Henry, sua mãe gostava de esconder dinheiro no congelador, um truque bastante comum. Tão comum que Shelly duvidava que Sandra usaria o mesmo pote para sua posse mais secreta. Mas também seria estúpido não checar. O congelador estava limpo. Agora a despensa.

Caçarolas e panelas. Panelas elétricas, gavetas de utensílios de cozinha repletas de itens que Shelly nem sabia que eram utensílios de cozinha. E então... uma prateleira de livros de receita. Livros com orelhas dobradas, com respingos de comida. Da lombada amarela de *Receitas favoritas para panela elétrica* ao clássico *O prazer de cozinhar*, passando por um fichário de três argolas preenchido com receitas que Sandra havia recortado de revistas e guardado. Era evidente que a coleção era muito amada e usada. Pessoal.

Era isso. Shelly soube na hora, sem um momento de dúvida sequer. Esses livros de receita eram para Sandra o que os diários eram para Telly. Sua diversão e salvação, mas também fonte de esclarecimento. A cada refeição que ela cozinhava, a cada momento que criava para sua família, ela reforçava a imagem de Sandra Duvall, a mulher que ela queria ser. Alguém bem diferente de seu pai, no final das contas.

Shelly tirou todos da prateleira. Uma pilha impressionante. Pegou o primeiro e começou a verificá-los, tentando ser mais rápida agora, consciente da passagem de tempo enquanto passava cada página, mais rápido e mais rápido. Procurando por páginas adicionadas, talvez algo recortado e colado sobre uma receita, dentro de uma receita. Por exemplo, uma lista de ingredientes de mousse de chocolate que de repente incluía nomes de parceiros de negócios. Ou uma descrição de como deixar o frango crocante intercalada com contas de banco, instruções de transferência eletrônica, coisas assim.

Ela procurou em um livro após o outro. Nada, nada, nada.

Cal entrou de boca aberta, respiração pesada. Deu uma olhada no que ela estava fazendo, depois, sem falar nada, foi até a geladeira, abriu o congelador e enfiou a cabeça lá dentro. Ele está tentando limpar a cabeça, Shelly pensou. Ou tentando amortecer a sensação do cheiro depois de uma hora no matadouro.

A xerife não precisou perguntar se Cal havia encontrado alguma coisa, pois ele teria dito imediatamente. Assim como ele não precisou lhe perguntar enquanto ela folheava o último livro.

"Tem que estar aqui", ela murmurou, fechando o livro de receitas de panela elétrica, olhando para a pilha que tinha acabado de verificar. "Isso aqui é Sandra Duvall", ela declarou.

Cal não disse nada. Manteve a cabeça no congelador.

"Esses são os livros que ela adorava. Frank nunca mexeria neles. Nem Henry, nem seu pai, nem um atirador."

"Eu gosto de livros de receitas", Cal murmurou do congelador. "Monges escreveram alguns muito bons sobre fabricação de queijo. Pioneiros da colonização nas Américas também escreveram alguns bons."

Shelly encarou a pilha. Olhou ao redor da cozinha. Ela estava certa, sabia que estava. Então o que estava deixando passar?

Seu olhar recaiu na prateleira vazia. Um esconderijo perfeito.

É claro, porque mesmo se alguém chegasse a pensar em mexer nos livros de receita de Sandra, quem pensaria em mexer no espaço... Ela enfiou a mão na prateleira, tateando a parte de baixo, as laterais, a superfície, e depois...

Um estalido. Penetrante e perturbador. Seguido imediatamente de mais dois. A janela da cozinha explodiu.

"Abaixe, abaixe!", Cal gritou. Enquanto mais tiros brilhavam na noite.

"Quincy!", Shelly gritou no rádio, se jogando no chão e sacando a pistola.

Mas ninguém respondeu.

CAPÍTULO 39

A PRIMEIRA MEDIDA de Quincy na patrulha do perímetro foi procurar e identificar todas as fontes possíveis de cobertura. Os Duvall tinham um terreno extenso, bem mais de um acre, seria seu palpite; o que não era uma grande surpresa nessa área. Um gramado bem aparado teria sido ótimo. Mas não, eles deixaram a maior parte da propriedade ficar aos cuidados da natureza. Uma porção de árvores aqui. Arbustos selvagens ali. Sem falar da plantação de abetos ao lado da garagem, ou da fileira densa de azaleias que obscurecia a maior parte do lado esquerdo da fachada. Todos eles opções perfeitas de esconderijos para um invasor que estivesse apenas aguardando o momento certo antes de abrir fogo.

Ele caminhou com a parte traseira do rifle pressionada contra o ombro, cano apontado para baixo. Em condições assim, a melhor ferramenta de Quincy eram seus ouvidos, ajustá-los aos sons da noite, o pio da coruja, o cricrilar dos grilos. Ruídos que ecoavam tranquilos quando tudo estava bem, mas que se calavam abruptamente ao menor distúrbio.

Sua respiração estava muito pesada. Talvez a temperatura tivesse caído um pouco, mas ainda estava acima dos trinta. O que significava que sua camisa estava colada em seu tronco, gotas de suor escorrendo pelas bochechas, e cada inspiração do ar espesso e úmido exigia esforço.

Muito tempo havia se passado desde seus dias em atividade, mas ele se lembrava do treinamento. Respirações calculadas. Inspirar devagar pelo nariz. Expirar devagar pela boca. Isso permitia que mais oxigênio chegasse aos pulmões, estabilizando os batimentos cardíacos, relaxando os braços e as pernas. Seu trabalho era estar preparado, não tenso. A tensão retesava os músculos e queimava energia desnecessária e, aí, quando o momento finalmente chegasse, o sentinela estaria desgastado demais para reagir.

Inspirar. Expirar. Verifique as árvores, os fundos da casa, embaixo da cobertura dos fundos. Ouça os grilos. Vá para o lado dos quartos da casa, preste atenção na luz tremeluzindo pelas janelas — Cal revistando —, depois dê a volta até a frente da casa, verifique a cerca-viva de azaleias. Repita. Só que dessa vez na ordem inversa. Ou vá para uma das laterais da casa e fique de guarda, depois vá para o outro lado, depois o outro.

Mudando padrões, evitando repetição. Se alguém estivesse observando, Quincy queria ao menos dar trabalho, então manteve os movimentos irregulares e o corpo agachado.

Ele havia parado mais uma vez na esquina da garagem. O mesmo lugar onde a foto do pai de Sandra havia sido tirada, o quê? Semanas, talvez meses atrás. Uma pergunta lhe veio à mente: se o homem estava parado bem ali, na frente da garagem, quem havia tirado a foto? Era óbvio que não tinha sido tirada de dentro da casa. Devia ter sido de algum outro ponto do terreno, por exemplo onde outro aglomerado de azaleias cobria o canto das vigas da cerca.

Ele havia dado apenas o primeiro passo adiante, quando *BANG*.

Quincy se abaixou. Nenhum pensamento, apenas instinto. Ele estava exposto, no meio da calçada da garagem, a metros do ponto de cobertura mais próximo. Então se deitou, rosto colado no asfalto quando um segundo ruído estalou e a bala atingiu o chão, perto de sua orelha.

Ele precisava de cobertura. Agora. Precisava de um ângulo de visão de onde pudesse atirar de volta. Agora. Precisava voltar para casa, para a esposa e para a filha. Agora.

Rastejando de barriga pelo asfalto quente até a linha de abetos ao lado da garagem, com o rifle posicionado na frente. Havia um motivo pelo qual o exército amava fazer os recrutas passarem tanto tempo se contorcendo sobre seus estômagos. Isso vinha a calhar.

Mais três tiros. *Bang, bang, bang*. Ele se encolheu. Protegeu a cabeça, mesmo enquanto lhe ocorria que esses tiros eram diferentes. Vinham da frente dele, não de trás. Fogo cruzado? Dois atiradores tentando neutralizá-lo?

Um novo estampido, o som de uma janela se estilhaçando. Ele ouviu Shelly chamando seu nome, mas não podia responder. Rastejando adiante centímetro a centímetro, com todo seu peso no peito e nos braços, Quincy mal conseguia respirar.

Então, lá estava ele, enfim na fronteira do asfalto, no solo coberto de folhas. Ele rolou. Mais quatro giros e conseguiu chegar atrás da primeira árvore, com a respiração pesada e desejando que as árvores fossem mais novas e cheias de folhagem, em vez de torres altas e magras, sem os galhos mais baixos. Finalmente pôs as mãos no rádio.

"Dois atiradores", Quincy relatou sem fôlego. "Não saiam da casa. Repito, não deixem as instalações. Vocês serão pegos no fogo cruzado. Chamem reforços. Precisamos da SWAT."

"Entendido." A voz de Shelly sumiu do rádio, no entanto ele a ouvia mais baixo através da janela estilhaçada, a quatro metros de distância.

Só então percebeu que estava sangrando. Sangue escorrendo de sua bochecha, um ponto molhado em algum lugar no seu ombro esquerdo, uma sensação de queimação no antebraço direito. Um tiro direto? Ferimento por uma bala que ricocheteou? Não sabia dizer, e agora não era hora de fazer uma vistoria.

Os primeiros tiros tinham sido disparados de algum lugar perto da extremidade da entrada da garagem. Ele tinha certeza disso. Alguém que estava se aproximando da propriedade, viu Quincy e abriu fogo. Será que era um vizinho desconfiado, pensando que tinha flagrado um invasor? Ele duvidava muito. Um vizinho teria pelo menos gritado primeiro, dado algum tipo de aviso.

Isso ainda não explicava o segundo atirador, que disparou da direção da área da garagem. De cima de uma das árvores? Mas, como ele já havia notado, elas eram finas e sem os galhos inferiores. Difícil de escalar. Algum outro ponto de vantagem então.

Ele olhou para o telhado. Ali, perto da chaminé: uma sombra onde não deveria ter uma.

Quincy xingou. De todos os erros estúpidos que poderia cometer, tinha que cometer justo esse?! Ele não olhou para cima, nem pensou no maldito telhado. E agora ali estava ele, sua equipe inteira encurralada e ele sangrando como uma peneira. Idiota, pensou. Mas agora não era hora de listar seus erros.

Devagar, ergueu o rifle, ajustando-o contra o ombro esquerdo, e fez uma careta de dor, qualquer que fosse o dano, porém, a ferida parecia ser mais superficial do que profunda. Ou talvez fosse o choque e a adrenalina falando mais alto. Erguendo a mira, ele a centralizou na silhueta. Definitivamente um homem, definitivamente um rifle. Mas a maior parte do corpo estava bloqueada pela chaminé. Atirador esperto. Havia escolhido com cuidado sua posição.

Então, de repente, mais seis disparos rápidos. Não do telhado, mas atrás de Quincy, atingindo com tudo a frente da casa, a área da cozinha, onde ele tinha escutado a voz de Shelly pela última vez.

Quincy se virou, tentou identificar a ameaça, enquanto atrás dele a pessoa no telhado retribuía os tiros. *Bang, bang, bang.*

Um estalido. Metal. Era uma caminhonete com faróis apagados, Quincy percebeu, estacionada do outro lado da rua, mal dava para vê-la. No entanto, o terceiro disparo do atirador do telhado finalmente acertou seu alvo, estilhaçando vidro. No instante seguinte, o motor da caminhonete ganhou vida e o veículo se afastou.

Um atirador já era, faltava o outro.

Mas quando Quincy se virou outra vez, o telhado estava vazio.

Ele foi seguindo a linha das árvores, ao longo de todo o caminho até os fundos da casa. Então, lá estava ele. Embora já estivesse meio que esperando por ele, Quincy segurou o rifle com mais firmeza, a respiração arranhando a garganta.

O garoto estava a três metros de distância, rifle solto nos braços, rosto coberto pela escuridão. Sharlah tinha razão: o garoto havia se pintado e agora somente o branco de seus olhos aparecia contra a noite. Isso o deixava com um aspecto assustador. Como se não fosse tão humano.

"Telly Ray Nash", Quincy acabou dizendo.

"Você não devia estar aqui", o garoto respondeu. Ele soou mais firme do que irritado. "Precisa ficar em casa protegendo a minha irmã."

"Protegendo ela de quem?"

"Você é o especialista, vai acabar descobrindo. Eu tenho outras prioridades, como me manter vivo."

"Você nos deixou aquela foto do pai de Sandra. Queria que a gente soubesse quem ele era."

"E ajudou?", o garoto perguntou, parecendo genuinamente curioso.

"O nome dele é David Michael Martin. Ele comandava uma organização criminosa, ou pelo menos fazia isso antes de morrer. Mas você sabe disso, não sabe, Telly? Foi você que se encontrou com ele aqui."

Devagar, o garoto sacudiu a cabeça e negou. Ainda estava analisando a área ao redor deles, alerta.

"Ela se encontrou com ele. Disse que não faria isso, disse que não havia mais nada para falar para ele, mas eu sei como é... Família é família. Mesmo quando você os odeia, é difícil deixar para lá."

"Foi Sandra quem convidou o pai para vir aqui."

"Eu ouvi os dois conversando, então me escondi na frente da casa para tirar a foto, só por via das dúvidas."

"O que ele queria?"

"Não tenho certeza. Ele ficou repetindo que estava morrendo. Ela disse para ele ir em frente e morrer logo de uma vez, que ele não precisava da permissão dela. Mas ele não estava tentando pedir perdão. Para mim, pareceu que ele estava tentando alertar a Sandra. Disse que quando ele morresse, não seria mais capaz de protegê-la. Só que eu não sabia o que aquilo queria dizer."

"O que aconteceu?", Quincy perguntou.

"O velho morreu", Telly deu de ombros. "Assim como prometeu. Sandra recebeu o aviso, amassou e jogou fora. Foi isso."

"Mas o problema não acabou. O pai dela estava dizendo a verdade."

Telly olhou em volta de novo, procurando nos bosques.

"Eu recebi fotos. Encontrei na minha mochila. Fotos de Sharlah. Alguém havia desenhado um alvo na cabeça dela."

"O que você fez?"

"Nada. Não sabia ao certo o que elas significavam, de onde tinham vindo. Ainda estava tentando entender tudo quando... Voltei para casa uma tarde e havia um bastão de beisebol no meio da minha cama. Novinho. Ainda com o preço. E um bilhete: 'Instruções em breve'."

"Queriam que você matasse seus pais ou então matariam Sharlah?"

"Acho que sim. Mas por quê? Como? Eu não entendi." A voz de Telly falhou. "Eu não sabia o que fazer."

"Você não mostrou o bastão para Frank ou Sandra?"

O garoto fez que não com a cabeça.

"Em vez disso, fui ver se a Sharlah estava bem. Eu já tinha conseguido algumas informações, então, um dia, esperei na biblioteca e lá estava ela. Parecia feliz. Realmente feliz. Ela tinha um cachorro, o pastor-alemão. E eu li sobre vocês dois, você e sua esposa. Antigos agentes policiais. Imaginei que quem quer que tivesse deixado o bilhete estava blefando, porque de jeito nenhum vocês dois deixariam alguma coisa acontecer com Sharlah."

Quincy esperou.

"Deixei tudo para lá", Telly sussurrou. "Os bilhetes, o bastão. Escondi na garagem... Fingi que nunca tinha acontecido. Mas aí..."

"Hoje de manhã...", Quincy o incitou, apesar de já saber o que havia acontecido. Ele queria ouvir da boca de Telly. E manter o garoto falando. A SWAT já devia estar a caminho. Considerando a atual condição de Quincy, sangue nas suas bochechas, mais brotando de sua camisa, ele certamente não estava nas melhores condições para prender um suspeito armado.

"Vim para casa depois da minha corrida matinal e os encontrei. Na cama deles. Os dois haviam sido baleados, simples assim. Frank nem chegou a se levantar. Não teve a menor chance. Frank, que podia consertar qualquer coisa e, cara, você tinha que ver quando ele usava uma arma. E a Sandra... Henry me contou que ela atirava ainda melhor do que Frank, mas acho que eu nunca saberei, porque ela também não conseguiu sair da cama. Eles foram assassinados. De repente. Nenhum deles teve chance de se defender."

"Você pegou as armas, a caminhonete e deu no pé."

"Havia outro bilhete. Mais uma vez em cima da minha cama. Ele dizia: 'você fez isso'. E junto havia um telefone descartável. Entendi muito bem a mensagem. Os pais que haviam me acolhido estavam mortos e eu levaria a culpa. De novo."

"Ou o quê?"

"Havia outra foto de Sharlah. Essa foi tirada na casa dela. Na varanda da frente. Eu não sabia mais o que pensar, não sabia no que acreditar."

"Você fugiu."

"Peguei algumas coisas, o melhor que deu. Os diários, as fotos... Pensei que já que todo mundo começaria a vir atrás de mim, eu deixaria as coisas certas para vocês encontrarem, mas, depois que armei o acampamento, o telefone descartável tocou. Um cara. Disse que tinha outro trabalho para mim. Que era hora de obedecer."

"Então dirigi para o EZ Gas, só que a caminhonete superaqueceu e eu tive que caminhar os últimos quinhentos metros."

"Você já tinha passado por lá", disse Quincy. "Com Henry."

O garoto sacudiu a cabeça, mas desviou o olhar enquanto isso, interrompendo o contato visual.

"Cheguei lá bem a tempo de ouvir os tiros", confessou Telly. "Corri. Agora eu tinha uma arma. Juro que tentei, mas eles já estavam mortos. Um sujeito mais velho estava descansando do lado de fora, ainda segurando a arma..."

"Quem?"

"Não sei. Nunca o vi antes", mas o garoto desviou os olhos novamente. "Ele apontou diretamente para mim e disse: 'Lembre-se, você fez isso'. Depois enfiou a pistola na minha mão e foi embora."

"Ele te deu a arma que usou para assassinar as vítimas no EZ Gas."

"Havia sangue nela", Telly sussurrou. "Da garota, eu acho. Danos colaterais? Não é assim que vocês chamam? Havia sangue na arma e depois em mim. Tentei limpar minha mão, mas não consegui, não consegui."

O vômito, Quincy supôs. Telly estava em modo de sobrevivência na sua casa. Mas depois, no EZ Gas, olhando para o sangue nas próprias mãos, o pavor da situação finalmente tomou conta dele e o garoto vomitou. Contudo, o que ele havia feito com a arma do crime era uma pergunta melhor a se fazer.

"Não está comigo", Telly disse, como se lesse a mente de Quincy. "A nove milímetros, eu a descartei na primeira oportunidade que tive. Já assisti a programas policiais o suficiente. Sei que ele me deu a arma para me incriminar pelos dois assassinatos. Não sou um total idiota."

"Precisamos de uma descrição desse homem. Precisamos que venha e colabore com a gente..."

Telly já estava sacudindo a cabeça em negativa.

"Não posso fazer isso. Você ainda não entendeu? Por que acha que eu entrei naquela loja de conveniência? Por que atirei na câmera?"

"Para vermos você...", Quincy franziu a testa.

"Exato. Porque *eu fiz isso*. Ainda não entendeu? Enquanto a polícia estiver atrás de mim, estou mantendo o meu lado do trato e minha irmãzinha está segura."

"Telly, não é só toda a força policial do Estado que está à sua caça. A essa altura, há toneladas de aventureiros e garotos correndo por aí com rifles. O primeiro que te encontrar..."

"Ela é a única família que me restou."

"Foi por isso que atirou na equipe de busca?"

"Tive que atirar. Eu precisava escapar e mantê-los atrás de mim. Tentei só ferir, sabe, mirar nos ombros. Eles estão bem? Vão se recuperar?"

"Um deles está em condições críticas."

O garoto perdeu a firmeza. Pela primeira vez, Quincy pôde ver o peso do estresse e do medo arqueando os ombros de Telly. O garoto estava tentando se manter inteiro, mas isso não significava que estava conseguindo.

"Sabe qual é a parte engraçada?", ele sussurrou. "Nem sou tão bom assim atirando, especialmente com um rifle. Frank tinha acabado de começar a me ensinar no ano passado. Com uma pistola, eu sou muito bom, parado a cinco metros do alvo. Com o rifle, porém, nunca me senti realmente confortável. Viu quantos tiros eu precisei dar hoje à noite só para acertar uma caminhonete estacionada? Mas aqui estou eu, o atirador mais temido do Estado."

"Eu tive que atirar", ele repetiu, a voz mais firme agora. "Tive que atirar naqueles policiais para mantê-los afastados. Essas pessoas querem algo. Caso contrário, por que matar Sandra e Frank? Por que atirar no homem no EZ Gas? Eles estão atrás de algo. Se eu encontrar isso primeiro, posso negociar. Manter a Sharlah em segurança. E eu também. É a única esperança que me resta."

"Venha comigo. Vou proteger vocês. Você tem a minha palavra."

O garoto olhou para cima. Sorriu, um lampejo branco na noite.

"Diz isso depois de eu ter acabado de salvar a sua pele?"

"Telly..."

"Você não pode me ajudar. Mas tudo bem, sabe. Só preciso que você proteja a minha irmã." Ele levantou o rifle. "Se eu não conseguir descobrir o que está incomodando e tirando essa gente do sério, eles irão atrás dela. Sei que irão. Vidas não significam nada para eles. Eles só querem atingir seus objetivos e somos todos descartáveis no fim das contas."

Motores roncando. Quincy os ouviu ao longe. A SWAT estava se aproximando. Ele queria dizer algo, dizer ao garoto que tudo ficaria bem. Dizer que Telly podia confiar nele, que juntos resolveriam essa situação toda.

Mas mesmo que Quincy não conhecesse Telly, ele conhecia Sharlah. E ela jamais acreditaria nessa conversinha. Então, em vez disso, ele falou:

"Vou cuidar da sua irmã, mas trate de se cuidar também. Porque ela precisa de você. Você é a família dela, e ela precisa te ver de novo."

"Eu amava o Frank e a Sandra", o garoto disse de forma abrupta. "Nunca disse isso para eles. Nunca soube como. Mas diga à minha irmã que eu encontrei uma família de verdade para mim. E foi... incrível. O que nós dois merecíamos. Sharlah vai entender. Ela vai ficar feliz por mim."

Motores roncando, mais perto agora.

Telly sorriu uma última vez. Um sorriso triste, Quincy pensou. Desamparado. O garoto se virou, se afastou meio passo.

"Pare", Quincy tentou, limpando um novo rio de sangue dos olhos.

"Ou o quê? Vai atirar em mim?"

Os dois sabiam a resposta. O garoto caminhou para a escuridão.

Mal se aguentando de pé, Quincy não teve escolha a não ser deixá-lo ir.

CAPÍTULO 40

RAINIE E EU estamos sentadas à mesa da sala de reunião quando Quincy e a equipe finalmente retornam. É bem tarde. Uma da manhã? Eu definitivamente deveria estar na cama, mas Rainie não disse nada e muito menos eu. Estamos de vigília. Imagino que seja assim que se sentem outros pais e filhos cujas pessoas que amam foram para a guerra.

Luka está adormecido embaixo da mesa. O único de nós capaz de relaxar, mas se mantendo por perto mesmo assim. Quando ouvimos som de passos se aproximando vindo do corredor, ele levanta a cabeça imediatamente, uma orelha virando na direção. Cão policial, pronto para a ação.

Então Quincy aparece e, por um momento, ninguém consegue falar. Tudo que vemos é sangue. Em seu rosto. Sua camisa, seu braço. Meu pai.

E, pela primeira vez, entendo o que realmente está acontecendo. O que meu irmão pode me custar.

"Você está...", Rainie começa, já de pé.

"Ele fez isso? Telly machucou você?", eu digo.

"Estou bem", Quincy responde rapidamente. "Só machucado. Uma bala que ricocheteou." Ele olha para mim. "De outro atirador, Sharlah. Não foi o seu irmão. Na verdade, acho que ele acabou de salvar minha vida."

"E Telly?", pergunta Rainie.

"Ele saiu correndo minutos antes da SWAT chegar", Quincy explica. "Por causa dos meus machucados, não estava em condição de impedi-lo."

Não consigo levantar, não consigo mover minhas pernas, sentir meu próprio corpo. Rainie vai até Quincy e, apesar do sangue e do suor, ela o abraça. Luka já estava lá, farejando com vontade, ganindo baixinho. Quincy gemeu, mas retribuiu o abraço de Rainie.

Ele olhou para mim por sobre o ombro e prefiro pensar que ele entende por que eu não consigo me mover, todas as coisas que, mais uma vez, não sei como pôr em palavras. Esses são meus pais, eu acho. Essa é a minha família.

Eu me levanto. Vou até Quincy, Rainie e meu cachorro. Abraço todos eles, o melhor que posso. Continuo sem falar nada. Não preciso. Porque Rainie e Quincy sempre entenderam.

Quincy sai para se limpar. A xerife Atkins sai para falar com o sargento. O rastreador se juntou a nós na sala de reunião. Ele está engolindo água, não faz contato visual, suas mãos estão tremendo muito. Seja lá o que aconteceu na casa dos Duvall, o deixou abalado, mas ele está fazendo o possível para não demonstrar. Me sinto mal por ele. Luka vai até o homem e se encosta em sua perna. Após um momento, o rastreador se abaixa e coça as orelhas de Luka. Estou orgulhosa do meu cachorro. Ele tem mais jeito com pessoas do que eu.

A xerife Atkins mal levanta a cabeça quando entra na sala. Está carregando uma pilha de papéis, folheando-os rapidamente. O sargento Roy e meu pai entram em seguida. Quincy trocou a camisa ensanguentada pela blusa sobressalente de um uniforme de delegado. Rainie e eu sorrimos ao vê-lo no uniforme marrom e olhamos rapidamente para baixo.

Shelly pausa só o suficiente para dar um oi. Quincy beija Rainie na bochecha, acaricia Luka na cabeça e, claro, aperta de leve meu ombro.

"Se aguentando acordada?", ele me pergunta carinhosamente.

"Você viu mesmo o meu irmão?"

"Sim."

"Atirou nele?"

"Na verdade, ele atirou na pessoa que estava atirando em mim. Tenho que admitir que gostei da intromissão dele."

"Eu sabia", digo entusiasmada. "Ele é bom. Eu disse a você que ele é bom. Ele é meu Telly. Eu sabia, eu sabia, eu sabia."

Quincy aperta meu ombro de novo.

"Se acalme, Sharlah. Está sendo uma longa noite e ainda temos muitas coisas para descobrir."

"Muito bem", Shelly diz abruptamente. "Conforme suspeitávamos, quando Irene/Sandra fugiu do pai e de sua empresa criminosa, aos 16, levou uma garantia consigo. Antes de sermos rudemente interrompidos, descobri uma série de números colados na base da prateleira onde ela guardava seus livros de receita. Digitei os números no banco de dados dos serviços financeiros, e, acreditem ou não, consegui uma pista. Se lembram do escândalo dos Papéis do Panamá, quando aquele consórcio de jornalistas investigativos divulgou um monte de documentos que revelavam contas bancárias escondidas em paraísos fiscais, especialmente no Panamá, jogando todo mundo na berlinda, desde homens de negócios riquíssimos até políticos de alto escalão? Pois bem, podem incluir o pai de Sandra, David Gemetti, na lista. Ao que tudo indica, esses números batem com a conta secreta dele no exterior. Vou trabalhar com o Departamento de Segurança Nacional para conseguir mais informações, mas os pedaços de informação que consegui do documento público indicam que a conta está inativa há anos. Nenhum depósito ou saque. O que talvez nos mostre qual era o impasse entre Irene e o pai. Enquanto ele a deixasse em paz, ela deixaria o dinheiro quieto."

"De quanto dinheiro estamos falando?", pergunta Quincy.

"No começo desse ano, vinte milhões de dólares."

A sala fica em silêncio. Pisco várias vezes. Vinte milhões de dólares. Isso é muito dinheiro. Mais do que consigo imaginar. Dinheiro de verdade. Para valer.

"Espere um minuto." O rastreador é o primeiro a falar. "O pai dela está morto, certo? Então por ser filha dele, Sandra Duvall não ficaria com o dinheiro de qualquer maneira? Quer dizer, por que continuar mantendo a conta em segredo?"

"Se Sandra se apresentasse como filha de David e única herdeira viva, então sim, ela ficaria com o dinheiro", Shelly concorda. "Mas para isso ela precisaria admitir que era Irene Gemetti e enfrentar a acusação de assassinato de trinta anos atrás. Então reclamar sua identidade não seria tão fácil quanto parece."

"Vinte milhões de dólares pagariam um belo de um advogado de defesa", Cal murmura. "Digo, se ela quisesse o dinheiro, poderia facilmente resolver a acusação por um crime cometido quando ela era menor de idade, possivelmente em legítima defesa contra um cafetão conhecido."

"Não acho que ela queria o dinheiro", Quincy diz calmamente. "Se quisesse, já teria esvaziado a conta. Mas não fez isso. Sandra escolheu deixar Irene Gemetti para trás. Não acho que a morte do pai tenha mudado isso."

"Isso quer dizer que há vinte milhões de dólares parados em uma conta bancária, só esperando alguém se declarar dono deles." Shelly sacode a cabeça. "Muitos motivos para matar alguém."

"Quem poderia saber uma coisa dessas?", pergunta Rainie.

"Considerando a exposição pública dos papéis, qualquer um que se dedique a analisar a montanha inteira de informações", Shelly informa.

"Serei a primeira a admitir, contudo, que não é uma leitura fácil. Então as maiores chances são de alguém próximo a David Michael Martin. O que nos leva de volta a", ela balança um novo papel no ar, "Douglas Perth, o novo CEO da GMB Enterprises. Como um dos sócios de longa data de Martin e líder da área financeira da empresa, parece lógico que ele soubesse da conta e do motivo de Martin deixá-la inativa. Ele também seria o primeiro a perceber as implicações da morte de Martin, que a conta agora estava disponível para ser tomada por outra pessoa."

"Não entendo", eu digo sem conseguir me conter. Vários adultos estão olhando para mim. "Se esse Douglas sabia da conta, por que ele simplesmente não pegou o dinheiro? Por que envolver Sandra?"

"Talvez ele não pudesse." Rainie olha para Quincy. "Saber que a conta existe é só metade da batalha, certo? Você ainda precisaria de algum tipo de autoridade para acessar os fundos. Sandra poderia fazer isso... se ela se apresentasse como única parente viva de Martin e herdeira absoluta. Mas um parceiro de negócios... Douglas Perth podia até saber do dinheiro, mas isso não quer dizer que ele pudesse fazer algo a respeito."

"A senha", Cal murmura. Ele se afastou da mesa e está de pé, perambulando pela sala. Talvez rastreadores não se sintam bem em espaços fechados como esse. Ele acaba de notar que estamos todos olhando para ele: "A maioria das contas bancárias tem uma, não é? Se eu quiser sacar dinheiro das minhas economias, digito minha senha, meu número de identificação pessoal. Bancos em países estrangeiros não devem ser diferentes."

"Não", Quincy diz devagar. "Contas no exterior não são tão diferentes." Ele inclina a cabeça para o lado, com cara de quem está pensando. "Vai ver é isso que está com Sandra e que Douglas Perth precisa. A senha para liberar vinte milhões de dólares."

Rainie prossegue por ele:

"Então Douglas mandou o filho, Richie, para matar Sandra Duvall e pegar senha, ou o que for."

"Roy vem tentando encontrar Douglas Perth na última hora para notificá-lo da morte do filho, mas o Sr. Perth não está atendendo nenhum dos seus números. O que, é claro, me faz pensar se Douglas Perth não é o outro atirador que está à solta no meu município."

"É ele que tem a verruga no pulso?", eu pergunto, franzindo a testa. "O homem da gravação da câmera de segurança do EZ Gas?"

Mas Rainie já está dizendo que não.

"Por que Douglas Perth mataria o próprio filho? Especialmente se Richie tiver vindo para cá seguindo as ordens do pai?"

"É um ponto válido", Shelly concede. "Vale informar que o legista confirmou que Richie Perth tinha traços de resíduo de pólvora nas mãos", ela olha para Quincy. "Isso quer dizer que provavelmente foi ele quem matou Sandra e Frank Duvall. A pergunta é: o que aconteceu depois disso?"

"Telly me disse que encontrou os pais de acolhimento mortos quando voltou para casa ontem de manhã", Quincy informa ao grupo. "Havia um bilhete na cama dele dizendo que ele tinha feito aquilo. Também havia um celular descartável junto. Alguém tinha mandado para o Telly fotos suas, Sharlah, ameaçando sua vida e com o recado 'Instruções em breve'. Ele ainda não havia pensado no que fazer quando encontrou Frank e Sandra mortos."

Eu balanço a cabeça, concordando, embora isso não resolva minha confusão. Acaricio o pelo de Luka, tentando encontrar conforto, mas não há nenhum. Quincy prossegue:

"Estou bastante confiante de que Richie matou os Duvall. Precisamos de uma arma para fazer o teste de correspondência balística para ter certeza, mas acho que Rainie matou a charada: Douglas Perth sabe da conta de vinte milhões de dólares, mas não tem os meios para acessá-la. Então mandou que o filho viesse atrás da informação. Aí ontem, logo cedo, Richie invadiu a casa e atirou imediatamente em Frank Duvall, o que explica por que o homem não chegou a se sentar na cama. Isso por si só manda uma mensagem para Sandra: comece a falar ou você é a próxima."

"Então ela falou", Shelly murmura. "Entregou a senha. Depois, foi baleada enquanto tentava se levantar da cama."

"Duvido", discorda Quincy. "Acho que Sandra deve ter resistido. Basta pensar nas pessoas que ainda estão soltas pela cidade, no tiroteio na casa dos Duvall. Alguém certamente não queria a gente lá. Talvez a mesma pessoa que se virou contra Richie e o matou, e agora está atrás da senha por conta própria. Ele não ia querer a polícia investigando a casa dos Duvall, já que poderíamos encontrar as informações bancárias primeiro."

"Mas por que Telly?", eu interrompo, sem me aguentar. "Por que culpar o meu irmão por tudo isso?"

"Porque eles não podem se arriscar a ter a polícia investigando o passado de Sandra", Quincy me responde, num tom gentil. "Não querem nenhuma pergunta sobre a conexão dela com a morte recente de David

Michael Martin ou com suas atividades de negócios. E Telly é o bode expiatório perfeito, considerando sua história. Eles fazem com que ele leve a culpa pelos os assassinatos...".

"Mas ele não fez nada!"

"Ele ainda quer te proteger. Ele te ama, querida. Você tinha razão quanto a isso, seu irmão mais velho ainda quer manter você em segurança."

Não consigo aceitar. Baixo a cabeça e mantenho o olhar fixo na cabeça escura de Luka, piscando os olhos rapidamente. Rainie, que está sentada mais perto, passa o braço em volta de mim. Quero me afastar, ser mais forte, mais firme, mas não sou. Acima de tudo, penso no meu irmão, que ainda está fazendo o possível para me proteger. Sua irmãzinha, que nem se deu ao trabalho de falar com ele por anos.

Não estou triste, estou envergonhada.

"Essa é a parte que não consigo entender muito bem", Quincy diz agora. "De acordo com Telly, depois de encontrar os Duvall e o bilhete, ele arrumou os suprimentos para acampar, pegou a caminhonete e tudo o mais. Ele sabia que estava enrascado e que para manter Sharlah em segurança ele tinha que parecer um assassino fugindo de seus crimes. Então, enquanto a força policial estava procurando por ele, Telly queria deixar um monte de pistas para encontrarmos, incluindo a foto de Martin tirada na casa dos Duvall."

"Ele se encontrou com o pai de Sandra?", Rainie pergunta, seu braço ainda ao meu redor.

"Não. De acordo com Telly, Sandra se encontrou com ele. Talvez, no fim das contas, ela tenha decidido fazer as pazes. Telly não tinha certeza. Mas após fugir da casa dos Duvall, Telly disse que recebeu um telefonema no celular descartável, com instruções para aparecer no EZ Gas. Lá, ele encontrou um homem que lhe entregou uma nove milímetros e avisou: 'Você fez isso', que foi a mesma frase deixada na cena do crime na casa dos Duvall, depois o homem foi embora.

Quando Telly entrou na loja, encontrou Richie morto, assim como a caixa. Sem saber mais o que fazer, ele entrou no campo de visão da câmera de segurança e deu um tiro nela, mantendo sua fraude como o culpado. Ele teve que fazer isso para manter Sharlah em segurança."

Rainie se afastou, com o cenho franzido.

"Então o braço direito de David manda seu filho, Richie, para conseguir a senha bancária de Sandra. Richie mata Sandra e Frank. E aí outra pessoa mata Richie?"

"Sim", diz Quincy.

"Não gosto dessa história", digo discretamente.

"Diabos, essa história não está fazendo sentindo", diz Shelly. Ela está esfregando a nuca. "Para mim, parece que tem mais alguém nesse rolo. Talvez um rival de Doug Perth?"

"Uma dedução lógica", Quincy concorda.

"Então esse homem misterioso acaba com a concorrência e aí usa Telly mais uma vez como bode expiatório. Mas para isso, ele teria que saber bastante sobre o plano de Richie", Shelly pondera.

"O que significa que não estamos falando de uma concorrência externa, mas de um rival interno. Alguém com conhecimento sobre o plano original", Quincy argumenta. "Em uma organização como a GMB Enterprises, esse tipo de concorrência não deve ser nada surpreendente."

"Mas ele ainda não tem a senha", diz Rainie. "Por isso voltou para casa dos Duvall essa noite; encontrou vocês lá e abriu fogo."

"Por vinte milhões de dólares, por que não?" Quincy dá de ombros. Então, por instinto, toca no sulco de sua têmpora.

Fecho meus olhos. Minha cabeça dói. Quero ir para casa e dormir para sempre. Só que eu sei que, quando acordar, nada terá melhorado. Na verdade, se não descobrirmos algum jeito de ajudar Telly, de identificar esse rival misterioso, tudo pode acabar ficando muito, muito pior.

"Telly descreveu o atirador do EZ Gas como um homem mais velho", Quincy prossegue. "Mas ele desviou os olhos quando disse isso. Também disse que nunca esteve no EZ Gas, mas, novamente, senti que ele estava mentindo."

"Protegendo alguém?", Shelly pergunta. "Você quer dizer Henry Duvall? Mas por quê?"

"Henry admitiu que o avô o procurou primeiro. Quincy olha para Shelly. Só temos a palavra dele de que nunca mais se encontrou com o sujeito. E se tiver se encontrado? E se o avô contou a ele sobre os vinte milhões de dólares?"

"Você acha que Henry matou os próprios pais?", Rainie pergunta.

"Não, acho que Richie matou os Duvall. O que dá a Henry dois motivos para ir atrás de Richie: primeiro se vingar do assassinato dos pais, segundo pôr as mãos em vinte milhões de dólares. Henry também tem o incentivo de armar para cima de Telly. Eles obviamente não morrem de amores um pelo outro. Já que o mundo de Henry está desabando, por que não fazer o irmão adotivo pagar também? Acho que ele deve pensar que há alguma justiça aí."

"Mas por que Telly não admitiria essa parte?", Shelly pergunta. "Considerando esse amor mútuo, Telly não teria o mesmo incentivo para nos entregar Henry?"

"Não se ele estiver planejando ir atrás do Henry."

"Mais uma pessoa para matar", eu digo de repente. Quincy olha para mim. Concorda vagarosamente.

"Exatamente."

Então os adultos se levantam e deixam a sala mais uma vez.

CAPÍTULO 41

Sandra e eu não falamos mais sobre aquela noite. Voltamos à rotina: aulas de recuperação para mim, projetos domésticos para ela, alguma obrigação do acampamento de ciência para o Frank no clube da cidade. Três pessoas dividindo a mesma casa, cada uma esperando que a outra desse o próximo passo.

Comecei a sair para correr de manhã cedo. Tentando gastar a energia extra, como Aly diria, para poder me concentrar melhor na aula. Não sei se realmente passei a ser mais tolerante com a escola, mas correr fazia eu me sentir bem. Um dos poucos momentos em que conseguia limpar a mente e sentia o aperto no meu peito sumir. Nada mais de me perguntar o que aconteceria comigo dentro de um ano. Nada mais de ecos da minha irmã gritando. Ao correr, sentia apenas os meus braços balançando e o meu coração batendo. Eu me concentrava na minha própria respiração irregular e por duzentos metros, quinhentos metros, seis quilômetros, quase me sentia livre.

Voltei mais cedo naquela quarta-feira, depois de bater meu recorde de tempo. A casa estava vazia. Frank já tinha saído para acampar e Sandra provavelmente estava no mercado, já que ela gostava de ir logo cedo. Entrei no banheiro, já tirando as roupas fedidas. Tomei uma ducha rápida, então era hora de ir para a escola. Estava no meu quarto, vestindo a camiseta, quando ouvi a porta da garagem se abrindo. Sandra voltando do mercado, pensei.

Vesti a bermuda, as meias, amarrei os cadarços dos sapatos. Abri minha porta e então... eu os ouvi conversando.

Sandra falava em voz baixa com alguém que respondia numa voz ainda mais rouca. Soube no mesmo instante que ela estava falando com o pai. A voz dele estava terrível. Ainda mais fraca e congestionada do que no dia em que se encontrou com Frank. Se naquele encontro eu não tivesse acreditado que ele estava morrendo, sem dúvida acreditaria agora.

Fui me esgueirando pelo corredor, a voz do velho estava rouca demais para eu conseguir entender. Me agachei quando cheguei ao final, onde começava a conseguir enxergá-los. O pai de Sandra, vestindo o mesmo sobretudo marrom-claro, apesar de estar calor lá fora, repousava em uma cadeira confortável. Sandra estava sentada na frente dele, braços cruzados com firmeza ao redor da cintura. Não dava para ver seu rosto, mas, pela linguagem corporal, eu sabia que ela estava tensa.

"Algumas... coisas", o homem estava chiando. "Não... muito tempo... Você... precisa saber." Ele começou a tossir. Uma tosse com catarro, fleumática. Parecia um homem se afogando nos próprios pulmões.

Sandra não se mexeu. Não ofereceu água, nada. Só ficou lá parada, esperando.

"Doug... Se lembra do Doug? Um homem inteligente. Doug... vai comandar... os negócios."

Sandra não disse nada.

"Podia pedir para... te nomear executiva... te colocar no conselho."

"Não."

"Negócios legítimos, Irene..."

"Não me chame assim."

"Empresa legítima... Hoje em dia."

Ela o encarou silenciosamente fria.

"Você é minha... família."

Ela continuou calada.

"Um homem... deve honrar... sua família."

Ainda nada.

"Seu filho." O velho mudou de assunto. "Garoto inteligente." Tosse, tosse, tosse. "Vai chegar em algum lugar... Na vida. Ofereci um emprego a ele."

"Deixe ele em paz."

"A escolha não é sua... Na verdade." O velho sorriu. Uma visão horrível. Aquela boca grande aberta, as bochechas esqueléticas. Ele parecia um cadáver ambulante, sorrindo violentamente. Olhei para o carpete.

"Deixe ele em paz!", Sandra disse novamente.

"Vai fazer o quê...? Me matar?"

Sandra ficou ainda mais tensa. De onde eu estava, pude vê-la tremendo de raiva.

"O que você quer?", ela perguntou friamente. "Diga e vamos acabar com isso."

"Sua mãe", disse ele e, pela primeira vez, Sandra vacilou. "Enterrei ela... Ninguém no enterro... Nem a própria filha... Foi lá prestar homenagens."

"O que tem minha mãe?"

"Vou ser enterrado do lado dela. Assim, se você quiser vê-la, terá que me ver também. É esse o acordo. Visite nós dois. Honre seus pais."

"Você sempre foi um canalha manipulador."

O velho riu. Ou tentou. Acabou com outro acesso irregular de tosse catarrenta. Quando finalmente ficou em silêncio, o restante da sala também ficou.

"Não odeio você", o homem disse, enfim. Ele tinha um ar de quem... está refletindo.

Sandra não respondeu.

"Até te admiro... Ouvi dizer que... matou um homem. Seu primeiro..." Ele balançou a cabeça devagar em aprovação. "Minha filha, criei você direitinho."

De costas para mim, Sandra estremeceu. Não consegui decidir se era porque ela concordava com as palavras ou porque havia se apavorado com elas.

"Sua mãe era... muito mole. Muito doente para ter outro filho. Eu queria um menino. Tive que me contentar com você. Mas você! Me surpreendeu. Me impressionou. Um garoto teria me traído descaradamente. Me derrubado. Me tirado do jogo. Já você..." O velho acenou com a cabeça pensando em algo que somente ele entendia. "Jogou o jogo de longo prazo... Melhor do que qualquer um... que já conheci."

Sandra não falou nada. Ela parecia saber o que o homem diria em seguida.

"Todos os jogos chegam ao fim." Ele olhou para a filha. Olhou para ela com os olhos cheios de água. "Quando eu morrer... Outros sabem, Sandra. Doug sabe. Aquela conta, nosso segredinho... foi publicado. Não é mais nosso segredo. Não é mais o nosso joguinho. Pegue o dinheiro. Faça isso. Esvazie a conta. Não me importo. Não pode mais me machucar. Mas faça isso de uma vez. Antes que as pessoas sofram de verdade."

"Eu já sofri."

"Doug vai querer o dinheiro. Faz parte dos negócios, aos olhos dele."

"Pode ficar para ele."

"Não seja estúpida!" Pela primeira vez, o homem foi ríspido, se levantou. "Não te criei para ser estúpida."

"Não! Você me criou para ser violenta, gananciosa e má. Bem, que pena. Não dou a mínima para o seu maldito dinheiro. Nem me lembro mais da maldita senha. Se você quer que Doug fique com ele, então pode transferir tudo. Não estou impedindo ninguém."

"Seu filho..."

"Deixe o Henry em paz!"

"Afinal, os filhos sempre... Seguem os desejos dos pais, não é?"

"Hora de ir embora." Sandra começou a se virar.

"Espere! Irene..."

"Não me chame assim!"

"Estou tentando fazer a coisa certa. Um homem à beira da morte não pode... se arrepender?"

Mas Sandra permaneceu de costas para ele. Minutos se arrastaram. O velho soltou outro suspiro longo e sinistro. Então... Ele se levantou tremendo, apoiando o peso com dificuldade em sua bengala. Sandra não se deu ao trabalho de ajudar. De repente, percebi que seguiam pela cozinha, em direção à porta da frente.

Voltei para o meu quarto e então, pensando rapidamente, peguei meu celular, abri a janela e escorreguei para fora. Corri reto em frente, pensando que poderia chegar à cobertura de azaleias antes do pai de Sandra terminar sua caminhada dolorosa.

Tinha acabado de dar a volta, levando meu celular para poder tirar algumas fotos, quando dei de cara com Frank agachado, também se escondendo no meio das azaleias, celular erguido na frente dele.

"Shhhh", ele fez imediatamente enquanto eu me abaixava ao lado dele.

A porta da frente se abriu. Não soltamos um pio. Começamos a tirar fotos. Tinha um galho bloqueando minha visão da varanda da frente, então contornei Frank e flagrei o velhote enquanto ele descia cuidadosamente os degraus da escada e fazia uma pausa na frente da garagem. Fotos e mais fotos.

Nenhum motorista. Aquilo me surpreendeu. Nos filmes, os chefões do crime sempre tinham motoristas, seguranças, capangas... Mas o pai de Sandra entrou dolorosamente sozinho no seu Cadillac preto. Ficou sentado lá por um longo momento, recuperando o fôlego.

Um homem se afogando em seus próprios fluidos. Dava para ouvir quando ele falava. O velho não tinha mentido sobre isso antes. Qualquer um que estivesse falando dessa maneira não duraria muito.

Sandra permaneceu na varanda da frente. Parada e em pé até seu pai finalmente ligar o carro, dar marcha à ré, sair da calçada da garagem.

No último momento, tive a impressão de que ela ergueu a mão. Pensei, dando zoom na câmera do meu celular, que tinha visto algumas linhas úmidas em sua bochecha.

Uma filha dando o último adeus.

Ela se virou, entrou na casa, fechou a porta. Frank e eu nos sentamos na terra. Após um momento, não aguentei e acabei falando:

"Você ouviu?"

"O suficiente."

"Então que dinheiro todo é esse do qual ele está falando?"

"Não importa, Telly."

"Ele disse algo sobre Henry..."

"Não se preocupe com isso. Henry é inteligente. Ele sabe quem é sua família de verdade."

"Aquele velho está mesmo morrendo?"

"Sim."

"E a Sandra realmente não se importa?"

"Não. Ele sempre subestimou a própria filha. Ela sabia que esse dia chegaria, mesmo que ele não tenha percebido. E quanto ao dinheiro e tudo o mais..." Frank se virou para mim e finalmente sorriu. "Sandra já tomou providências a respeito. Ele está fazendo papel de bobo. Mesmo morrendo. Ele está fazendo papel de bobo."

Esperei até a polícia sair, depois voltei para a casa de Frank e Sandra e reassumi minha posição no telhado. Não tinha nenhum outro lugar aonde ir. Aliás, de qualquer maneira não chegaria longe tendo que viajar a pé e depois de já percorrer sabe Deus quantos quilômetros. Além disso, eu duvidava que a noite tivesse realmente chegado ao fim.

Como imaginei, cerca de uma hora mais tarde: faróis duplos virando na estrada, estacionando três casas antes. O motorista apagou as luzes. Esperei, agachado de barriga na chaminé, dedo no gatilho.

A silhueta apareceu no fim da calçada da garagem. Olhando de um lado para o outro enquanto andava. Procurei evidências de uma arma, mas não consegui identificar nada na escuridão.

Esperei até ele estar perto da varanda da frente. Então disse uma única palavra:

"Henry."

CAPÍTULO 42

TRÊS DA MANHÃ de uma noite quente de verão, o motel de beira de estrada de Henry estava mais movimentado do que Shelly gostaria. Pessoas perambulando na frente de seus quartos, sentadas em cadeiras dobráveis e bebendo cerveja, que esconderam discretamente atrás de si quando a xerife apareceu.

O carro do delegado principal já tinha chegado à cena. Quincy estava sentado ao lado de Shelly. Roy tinha vindo em seu próprio veículo. Muita gente para confrontar um único homem. Como sempre, Shelly podia sentir a adrenalina circulando em suas veias.

No entanto, também havia uma sensação correspondente de calma. Ela era a xerife. Essa era sua cidade, esse era o seu pessoal. Nada com que não pudesse lidar. Estacionou do lado de fora da gerência, nada de luzes piscando nem sirene. Aquele já tinha sido um dia longo. Shelly queria que esse último desdobramento transcorresse da forma mais cautelosa e controlada possível. Sem falar que, independentemente de suas suspeitas, Henry Duvall também tivera um dia longo e emotivo. Na experiência de Shelly, pessoas cansadas e estressadas podiam se tornar imprevisíveis rapidamente.

Assumindo que Henry estivesse armado, e eles tinham quase certeza disso, era ainda mais imperativo manter a calma e agir com rapidez. Bater na porta e algemá-lo antes que tivesse chance de piscar. Conduzi-lo para mais um interrogatório enquanto Roy e Quincy vasculhavam o quarto.

Shelly pegou seu chapéu e colocou na cabeça. A peça final do seu uniforme.

Quincy e a xerife saíram do carro.

Shelly entrou primeiro na sala da gerência. Seu delegado já estava lá, fazendo todas as perguntas certas. Não, o gerente noturno não tinha visto Henry sair do quarto. De acordo com o registro do veículo, o RAV4 prateado ainda estava estacionado lá fora. Perfeito.

Shelly voltou para fora, dirigiu-se a Quincy e Roy:

"Henry deve estar no quarto. Não queremos deixar a situação mais caótica do que o necessário. Quincy e eu faremos as honras. Bater na porta, dizer que temos informações sobre os pais dele. O garoto já respondeu algumas perguntas hoje, então, com alguma esperança, nosso retorno não levantará suspeitas. Assim que a porta se abrir, nós o levaremos sob custódia."

"Você", ela olhou para Quincy, "fique de olho para ver se ele está armado. Não queremos mais drama hoje."

Roy foi ocupar uma posição de cobertura do outro lado do estacionamento, se enfiando atrás de um veículo de onde teria visão da porta aberta, mas de onde Henry não conseguiria enxergá-lo. A caminho, o agente abordou o grupo mais próximo de hóspedes ociosos e pediu em voz baixa que retornassem aos seus quartos. Eles pegaram suas cervejas e foram embora sem discutir.

Então, finalmente havia chegado a hora de agir. Mais uma vez, aquela combinação curiosa de adrenalina e calmaria. Quincy deu o sinal. Eles se aproximaram.

O quarto estava escuro. Considerando a hora da noite, nenhuma surpresa. Se suas suposições estivessem corretas e Henry tinha começado o dia descobrindo os corpos de seus pais antes de saciar sua sede de vingança, sem dúvida o garoto estava precisando mesmo descansar a beleza.

Shelly seguiu na frente. Uma mulher sem nada a temer. Quincy se posicionou ligeiramente para o lado, tomando cuidado para administrar seu ângulo e não bloquear a linha de visão de Roy. Ela bateu com força na porta.

"Henry Duvall", ela chamou alto. "É a xerife Atkins. Desculpe incomodá-lo, mas temos novas informações sobre os seus pais. Achei que fosse gostar de saber."

Nada.

Ela bateu de novo. Demonstrando autoridade, ela gostava de pensar. Nada.

Shelly olhou para Quincy, que franziu a testa. Lentamente, ele se moveu para espiar pela janela. As cortinas estavam semicerradas e ele foi olhar pela fresta aberta no meio, então balançou a cabeça.

"Escuro demais", falou. Foi a vez de Shelly apertar os lábios.

"Henry Duvall", ela chamou novamente. "Aqui é a xerife Atkins. Abra. Precisamos conversar. É urgente."

Quando os segundos se transformaram em minutos ela disse para Quincy:

"Pegue as chaves para mim", e ele passou isso adiante para o delegado que estava a postos. O delegado logo estava voltando correndo, com a chave-mestra do gerente na mão.

"Henry", ela tentou uma última vez. "Aqui é a xerife Atkins. Vou entrar, tudo bem? Só quero conversar. É sobre os seus pais."

Ela colocou a chave na fechadura, sentindo Quincy ficar levemente tenso ao lado dela. Mas sua respiração permaneceu lenta e constante. A xerife se concentrou nisso enquanto girava a chave, sentiu a tranca abrir. Movendo-se para o lado, para que a porta lhe oferecesse pelo menos algum tipo de cobertura, Shelly a abriu devagar.

"Henry", chamou novamente, a voz mais calma agora, olhos já analisando o aposento.

Contudo, ela sabia, antes mesmo de acender a luz, que o quarto estava vazio. Ele emanava essa sensação. O que não fazia lá muito sentido, considerando que o veículo do rapaz ainda estava estacionado lá fora e sua mochila estava do lado da cama.

"Shelly", Quincy disse calmamente.

Então ela viu, sutil a princípio, confundindo-se com o padrão mosqueado do edredom. Manchas de sangue. Mesmo que fossem difíceis de ver, bastou se aproximar um passo para sentir o cheiro.

"Telly chegou primeiro", ela murmurou.

"Então cadê o corpo?", Quincy perguntou.

Eles procuraram no quarto inteiro, mas ficaram sem uma resposta.

CAPÍTULO 43

NO MINUTO em que eu disse o nome de Henry, ele levantou a cabeça de supetão, o rosto brevemente iluminado pela luz da lua. Vestindo shorts e uma camisa com manchas escuras, ele parecia quase tão exausto quanto eu me sentia. Ele também estava inquieto, a mão direita pressionada contra as costelas do lado esquerdo.

"Telly. Seu idiota filho da puta!" Henry nunca gostou de mim. Por isso, continuei procurando algum sinal de que ele estivesse armado. Contudo, ele não parecia ter nada nas mãos. Então por que tinha voltado para a casa?, eu me perguntei. A menos, é claro...

"Eu não matei eles", eu disse.

"Seu mentiroso..."

"*Eu não matei eles!*"

Eu gritei as palavras. Ao menos tentei. O que saiu estava mais para uma frase engasgada com lágrimas. Frank e Sandra. Sandra e Frank. Meus primeiros e únicos pais de verdade. Nossa relação teria funcionado. Eu sei que teria. Só que agora...

Henry ainda estava lá parado, rosnando para mim. Fiz um favor para nós dois. Fiquei totalmente em pé. Dei um alvo fácil para ele, caso ele tivesse uma arma enfiada na cintura, atrás das costas. Por que não? Então disse:

"Eu sei o segredo da sua mãe. Eu estava lá quando ela se encontrou com o seu avô. Sei que o está acontecendo."

Henry não respondeu, nem tentou pegar nada atrás de si. Seu único gesto foi pressionar a mão direita com mais firmeza nas costelas, cambaleando de leve.

"Você se juntou a eles?", eu pressionei. "Se tornou parte dessa outra *família*?"

"Eu nunca faria isso."

"Você traiu a Sandra! Seu avô contou para ela. Eu estava lá na casa quando ele tentou avisá-la. O que você fez, Henry? *Que merda você fez?*"

"Eu não sei do que você está falando! Nunca me encontrei com o velhote. Você fez isso. Você é o responsável por isso, por tudo isso!" Foi a vez de Henry gritar comigo, mas eu não estava engolindo aquele papo.

"Você queria o dinheiro todo só para você!"

"Que dinheiro? Do que está falando, Telly? Você tem o que ele quer? Sabe o que está acontecendo aqui? Minha mãe... eu não entendo. Minha mãe..."

A voz de Henry falhou. Ele baixou a cabeça, se desequilibrando com força contra a lateral da varanda. Ele parecia furioso, mas também genuinamente confuso. Notei um vislumbre de movimento com a minha visão periférica.

Só então percebi que Henry não estava sozinho. No final da rua havia uma segunda pessoa. Da distância que estava, tive a impressão momentânea de ser uma pessoa corpulenta, usando óculos de visão noturna. Bem quando ele ergueu o rifle.

Um último vislumbre de Henry, agarrando o próprio flanco. Onde ele havia sido ferido, entendi. Alvejado pelo mesmo homem, provavelmente o sujeito do EZ Gas que havia me entregado a arma ensanguentada e armado tudo isso. Ele devia ser meu alvo, se ao menos eu tivesse conseguido encontrá-lo a tempo. Só que agora ele é que havia me encontrado...

Eu estava de pé no telhado, totalmente exposto. O caçador virando a presa.

Enquanto o homem olhava diretamente para mim e puxava o gatilho. Ele não errou.

CAPÍTULO 44

POR VOLTA DE TRÊS da manhã, Rainie sabia que Sharlah estava se arrastando. A garota tinha sido guerreira, sentada à mesa da sala de reunião, girando uma garrafa de água na frente dela. Luka já estava arriado a seus pés, o cachorro grande se espreguiçava enquanto dormia, como se estivesse se divertindo em seu sono.

A terceira vez que viu Sharlah batendo cabeça na mesa, Rainie tomou sua decisão.

"Venha", ela disse, se levantando. "Existe um motivo para Shelly ter uma cadeira acolchoada reclinável no escritório dela."

"Estou bem", Sharlah balbuciou.

"Você está dormindo sentada. Se continuar batendo a cabeça desse jeito, vai acabar sofrendo uma concussão. Além disso, não tem problema dormir no trabalho. Veja só ele." Rainie apontou para o rastreador, que dormia no canto da sala de reunião, chapéu cobrindo o rosto, cabeça apoiada na mochila.

"Mas o Quincy...", Sharlah balbuciou.

"Ele vai voltar a qualquer momento. Depois disso é só o interrogatório oficial e a papelada. Nada que você possa ajudar, de qualquer modo. Pode dar uma cochilada também. E ser o membro lúcido da família pela manhã, porque, juro por Deus, Quincy e eu certamente não seremos."

"Telly..."

"O que tiver que acontecer vai acontecer", Rainie falou suavemente. "Não tem nada que possa fazer por ele essa noite."

Ela notou que Sharlah não estava muito convencida. Mas Rainie fez um último movimento com a mão, e Sharlah acabou se levantando, apesar de relutante. Luka acordou na mesma hora, já de pé ao lado dela, enquanto Sharlah pegava sua mochila e seguia Rainie até o escritório da xerife.

No papel de líder do negócio todo, Shelly Atkins tinha o famoso escritório de canto. Não era enorme, mas tinha uma janela com vista para o estacionamento lateral e para os fundos. Melhor ainda, tinha uma cadeira reclinável cinza, velha e desgastada. Saída diretamente dos anos 1990, com um canto rasgado remendado com fita adesiva lilás, era a melhor esperança para tirar algumas horas de sono.

Sharlah nem se deu ao trabalho de reclinar. A menina se aninhou no assento sem capa e em questão de segundos adormeceu com a cabeça apoiada no braço. Luka desabou na frente da cadeira. Um único suspiro e ele também caiu instantaneamente no sono.

Rainie ficou lá parada e acariciou o cabelo bagunçado da filha. Admirou a tranquilidade das feições de Sharlah em um momento como este. Ainda havia tanto que elas precisavam dizer uma para a outra. Problemas atuais para resolver. Problemas do passado para desvendar.

Mas ela amava essa garota, amava de um jeito que já tinha ouvido falar, mas, mesmo quando tinha concordado em acolher uma criança, não tinha certeza de que seria capaz de realmente sentir. Sharlah tinha chegado para eles toda áspera, cheia de silêncios constrangedores e desafios teimosos. Com a intenção de fazer todo o possível para afastá-los.

Entretanto, Rainie olhou para aquela menina e viu a si mesma trinta anos atrás. Aquilo era amor ou era vaidade? Não sabia. Mas quanto mais Sharlah tentava afastá-los, mais Rainie se sentia determinada a mantê-la por perto.

Ela via a criança por trás da armadura. Sabia como era ser aquela garota. Ela já tinha sido assim.

Algum dia, como ela e Quincy discutiam frequentemente, Sharlah seria uma jovem notável. É claro, considerando que todos eles vivessem o bastante para isso.

Agora, Rainie ajeitou uma mecha do cabelo castanho atrás da orelha da filha. Beijou dois dedos e os pousou na bochecha de Sharlah. Desejou que a filha tivesse bons sonhos, mesmo sabendo que, tanto para uma quanto para outra, seria mais fácil falar do que fazer.

Em seguida, voltou para a sala de reunião, com mais trabalho para fazer e querendo deixar a filha dormir sem ser perturbada. Olhou mais uma vez para as fotos da cena do crime. A casa dos Duvall, o posto EZ Gas. O que eles sabiam de fato? E o que tinham deixado passar?

O telefone tocou. De novo. O dela? O de outra pessoa? Ela deve ter apagado. Grogue, foi até o fim do corredor para espiar a filha.

Mas Sharlah, Luka e a mochila... O escritório da xerife Atkins estava vazio.

Sharlah tinha sumido.

CAPÍTULO 45

QUANDO MEU TELEFONE tocou, acordei desorientada. Tinha que levantar, estava atrasada para a escola. Tateio procurando minha mochila, encontro a cabeça de Luka antes de finalmente achar a alça; puxo a mochila na cadeira enquanto me levanto.

Mais toques. Um som genérico, nenhuma das músicas personalizadas que selecionei para a Rainie ou para o Quincy. Este é todo o aviso que escuto antes de finalmente pegar meu telefone, clicar em atender e ouvir a voz desconhecida de um homem dizer:

"Se quer ver o seu irmão vivo de novo, traga para mim o que ele colocou na sua mochila. Agora."

Eu congelo no lugar. Não consigo respirar. Não consigo falar. Eu me sento, sem fazer barulho, sem me mover, no escuro. Na minha frente, Luka rosna baixo.

"Se trouxer seu cachorro eu atiro nele", diz o homem.

"Quem é você?", pergunto. Não consigo me conter. Que pergunta estúpida. Ele nunca vai me responder, mas não consigo pensar direito. A vida do meu irmão foi ameaçada, e estou agindo de forma estúpida. O homem ri.

"Agora", ele repete.

"Espere!" Preciso dizer algo, fazer algo. Pensar como uma especialista em perfis criminais. O que Quincy ou Rainie fariam? "Como é que eu... Prova de vida! Prova que está com Telly. Que ele está vivo. Preciso saber."

Um som abafado. Talvez o telefone sendo passado do outro lado da linha. Então ouço uma voz conhecida:

"Não faça isso", diz Telly. Ele parece cansado. Não sei se pelo estresse ou porque está ferido.

"Devolva", o homem ordena com rispidez no fundo. "*Agora!*"

"Lembre-se da mamãe", Telly sussurra. Depois disso, ele some, e sou colocada na linha novamente com um homem de quem eu já não gosto.

"Henry Duvall?" Tento agora, finalmente começando a pensar. Embora pense em Henry como um garoto jovem, e a voz pareça mais a de um adulto para mim.

"É dele que a polícia está atrás?" Uma risada breve. "Fico feliz de saber que todo meu trabalho árduo não foi em vão. Não. Henry está meio ocupado agora, sangrando até morrer. Mas não antes de me levar de volta à casa dos pais dele, direto para os braços do seu irmão. Lamento informar que acabei atirando nele também. Ah, os jovens de hoje em dia! Passam todo o tempo livre atirando nos vilões em seus videogames e depois hesitam na vida real, quando é para valer. Venha agora. De acordo com o seu irmão, você está com o que eu quero, e você vai entregar isso para mim antes que mais pessoas se machuquem."

"Não sei dirigir", eu digo, porque, honestamente, é só no que consigo pensar agora. Não penso em encontrar essa pessoa, ou entregar o segredo de Telly, mas em como posso fazer uma coisa dessas.

"Seu irmão disse que você conhece a biblioteca."

"Sim."

"Não fica muito longe do departamento de polícia da xerife. Esteja lá em vinte minutos."

"Mas..."

"Em vinte minutos."

O telefone fica mudo. Ligação encerrada. Volto a ficar sozinha no escuro.

"Luka", eu sussurro.

Ele gane, lambe meu rosto.

"Luka", digo novamente. Então abraço seu pescoço e o aperto bem perto de mim, porque vou precisar da força e do treinamento dele para o que virá a seguir.

Telly mexeu na minha mochila no bosque. Fez algo além de pegar uma garrafa de água, ele deixou algo dentro. Percebi isso na hora, senti o peso mudar. E ele sabia que eu sabia, mas não fiz nenhuma pergunta, porque eu não queria saber o que não queria saber. Mais tarde, com Rainie me mantendo tão perto, simplesmente não tive tempo nem oportunidade de inspecionar a mochila e descobrir o óbvio.

Agora, abro o compartimento principal e vejo o objeto metálico pesado que já esperava encontrar. Uma arma. A arma usada para matar as pessoas no EZ Gas, suponho. Escondida na minha mochila pelo meu irmão, que não podia se dar ao luxo de ser encontrado com ela em sua posse. E agora o homem que ligou a quer de volta?

Não entendo. Quem é esse cara, afinal, já que ele não é Henry Duvall? E por que ele quer essa arma de volta?

Eu a alcanço com um lápis. Passo-o por dentro do guarda-gatilho, como já vi várias vezes em programas policiais e, com muito cuidado, puxo a arma para fora. Olho para a porta aberta, torcendo para Rainie não aparecer enquanto inspeciono minha descoberta. Era o que eu esperava, mas...

Por que alguém manteria meu irmão refém por causa disso? Uma arma não é uma senha para vinte milhões de dólares.

E, de repente, até que enfim eu entendo. Como estava sendo ingênua! Telly precisava se livrar da arma, claro, mas ele também a usou para despistar, seu peso óbvio disfarçando o que ele realmente precisava esconder. O que, provavelmente, ele esperava que eu encontrasse e até entregasse para os meus pais policiais, só que eu estava ocupada demais me sentindo machucada pela rejeição do meu irmão para inspecionar o que ele havia deixado na minha mochila.

Agora espio de novo o compartimento principal. Embaixo da garrafa de água pela metade e das barras de granola, vejo o que deveria ter visto horas atrás. Pequeno, inócuo e, sim, com mais cara de ser uma chave para milhões de dólares.

Levo mais cinco minutos. Andando na ponta dos pés no escritório da xerife, ligo o computador de Shelly, fazendo meu dever de casa com atraso. Porém, apesar de ser lenta, não sou uma completa idiota. Sei ler a tela de um computador. E entendo agora todo o perigo no qual o meu irmão se meteu.

O homem misterioso do telefonema é esperto: a biblioteca é um bom lugar para nos encontrarmos. Fica a uma caminhada de seis quarteirões. Deserta a essa hora da noite. O estacionamento é cercado por arbustos e árvores o bastante para ocultar um encontro secreto.

Acho que isso é bom. Confusão seria ruim. Talvez incitasse o homem a atirar em mim ou em Telly? Ou talvez ele vá nos matar de qualquer modo. Se não sei nem a verdadeira identidade do homem, imagine saber do que ele é capaz.

E eu vou encontrá-lo. Isso quer dizer que sou burra?

Ou que os eventos que virão são simplesmente inevitáveis?

O rosto vermelho do meu pai, seus olhos esbugalhados enquanto perseguia a mim e a Telly com a faca ensanguentada. Oito anos haviam se passado e lá vamos nós outra vez. Outro homem louco. Outra noite para agir ou morrer.

Lembre-se da mamãe, disse Telly. Eu me lembro.

Puxo Luka para perto. Sussurro em sua orelha, brinco com a coleira.

Então eu deslizo a arma horrível para a parte de trás da minha bermuda, coloco a mochila nos ombros e desço a escada dos fundos na ponta dos pés.

Luka tem suas instruções, eu tenho a minha. Biblioteca, aqui vou eu.

Começo a ficar nervosa a um quarteirão do meu destino. A Biblioteca do Condado de Bakersville é um prédio de dois andares com um saguão amplo e uma espécie de torre do relógio. A torre é bem legal, mas agora me parece ser o lugar perfeito para alguém se esconder com um rifle de longo alcance. Talvez o homem misterioso já esteja me observando pela mira. O que o impede de simplesmente puxar o gatilho e depois pegar minha mochila?

Eu não sei. Estou nervosa, assustada e exposta. Sinto falta de Luka sempre andando do meu lado, mas fico feliz de ele não estar aqui comigo, porque se o homem realmente estiver me observando da torre do relógio...

Não suportaria ver Luka ferido. Além disso, ele não pode estar aqui nesse momento. Oito anos atrás, Telly e eu não tínhamos um animal de estimação.

Diminuo o ritmo conforme me aproximo da esquina do outro lado do estacionamento da biblioteca. Fico com os ouvidos atentos a qualquer barulho. As ruas estão vazias. À frente, o semáforo muda do vermelho para verde sem ter ninguém por perto. Bakersville não é exatamente um lugar movimentado durante o dia, quanto mais a essa hora da noite.

Atravessando a rua, tenho um pequeno momento de inspiração. Tiro minha mochila das costas e a coloco pendurada na minha frente. Agora meu tronco tem um escudo improvisado. Atire na mochila e se arrisque a danificar o segredo de Telly.

Gostaria de me sentir brilhante, mas estou forçando um cara estranho a mirar na minha cabeça. Tenho quase certeza de que Rainie e Quincy teriam um plano melhor e mais elaborado do que esse, mas no momento é o melhor que posso fazer.

Estacionamento. Me aproximo da entrada bem devagar. Se não me falha a memória, há postes de luz na área. Contudo, ou ele fez algo para interferir nas lâmpadas ou as luzes se desligaram automaticamente, porque o lugar está completamente escuro. Fico atenta ao entorno, meus olhos já ajustados à ausência de luz, mas não identifico nada. Mais uma vez, olho para cima. Estudo o telhado, a torre do relógio.

Lembre-se da mamãe, disse Telly. Eu me lembro, eu me lembro, eu me lembro.

E desejo poder voltar um instante no tempo, abraçar Rainie e lhe dizer que sinto muito. Agora já era.

Caminho por entre árvores, me esgueirando para dentro e para fora das plantações do canteiro do estacionamento. Estou aqui, fiz o que me mandaram. O próximo passo é problema dele, mas não quero ser um alvo ainda maior do que já sou. Então, quando estou me aproximando das portas da frente da biblioteca:

"Pare."

A voz do homem vem de trás de mim. Eu me viro, percebendo os contornos de uma caminhonete perto do canto dos fundos do estacionamento. Talvez haja um homem de pé ao lado dela. É difícil dizer dessa distância.

"Largue a mochila", ele diz. Não me mexo.

"Largue a mochila e dê o fora daqui ou eu atiro em você e no seu irmão."

Continuo parada. Ele definitivamente tem a voz de um homem mais velho, mas quem será?

"Você ouviu?"

"Eu quero ver ele. Não vou fazer nada até ver meu irmão."

Silêncio. Minha vez de me perguntar se ele me ouviu. Minhas costas estão muito suadas agora. E meus ombros coçam.

"Escute aqui, garota..."

"Tem um escoadouro bem aqui. Provavelmente deságua no oceano. Não sei, mas perto assim da costa, é o que deve ser, né?" Levanto um pequeno objeto metálico. Não sei se ele consegue vê-lo no escuro, mas não me importo. "Mostre o meu irmão, ou seu prêmio vai parar no esgoto."

"Sua merdinha!"

"Me mostra o meu irmão."

Um suspiro. Reconheço o som. Outro adulto que claramente não está feliz comigo. Se eu não estivesse tão apavorada, sentiria orgulho de mim mesma. Ouço o som da porta de um veículo se abrindo.

"Sharlah."

Telly. Sua voz soa terrível. Ele está machucado, acho. O homem machucou meu irmão.

"Você está bem?", pergunto com suavidade.

"Bem o suficiente", ele responde, mas eu não acredito.

"E o Henry?", pergunto, ainda tentando entender.

"Venha na minha direção", o homem ordena, me interrompendo.

"Não."

"Então vou atirar."

"E seu prêmio vai parar no esgoto!" Minha vez de interrompê-lo, igualmente hostil. "Atire no meu irmão, atire em mim, dê um passo para a esquerda, dê um passo para a direita, e seu prêmio vai parar no esgoto. A senha para pôr as mãos em vinte milhões de dólares, não é? É disso que tudo isso se trata. Vinte milhões de dólares. É bastante dinheiro", eu confirmo. "Seria uma pena perder toda essa grana bem agora."

O homem não fala. Não precisa. Posso sentir sua raiva e frustração de onde estou. Seja bem-vindo ao mundo do transtorno opositivo-desafiador, tenho vontade de dizer. Se está se sentindo assim agora, imagine meus pobres pais, que têm que me aguentar todos os dias.

"Você não sabe de nada."

"É um pen-drive", interrompo. "Sei o que é um pen-drive, e sei muito bem como conectá-lo em computadores e ler o que tem neles. Ela transferiu o dinheiro, não foi? Sandra Duvall pegou os vinte milhões de dólares da conta do pai e usou o dinheiro para abrir uma fundação. A Fundação Isabelle R. Gemetti. É o nome da mãe dela? Ela vai usar o dinheiro para ajudar outras mulheres como a mãe dela? Porque isso seria irônico, não seria? Eu também sei o que é ironia. Assim como também sei o que são escoadouros que levam para o esgoto."

Um ruído rouco. Acho que vem de Telly. Ele está rindo. Está orgulhoso de mim? Espero que esteja orgulhoso de mim, porque ainda não sei ao certo o que fazer em seguida.

"Onde está o Henry?", pergunto. "O que aconteceu com ele?"

"Na casa", Telly diz, "dos Duvall... Ele tomou um tiro."

"Cale a boca", o homem ralha. "Esse dinheiro é meu. Não me interessa como está sendo chamado ou em que fundo esteja. É meu e eu quero de volta."

"Solte o meu irmão."

"Não."

"Não vou sair de perto do escoadouro. Se quer o seu pen-drive, venha aqui pegar."

O homem não se move. Não se decide. Pensando a respeito?

Estou feliz pelo estacionamento estar escuro e vazio. Minha mão treme sem parar. Não sei o que fazer a seguir. O escoadouro é minha única vantagem. Se sair daqui, estou morta, então não vou sair. Mas se ele vier até mim, o que eu faço?

Será que Telly vai se arrastar para longe enquanto o homem lhe dá as costas, vem pegar o pen-drive, atira em mim, depois vai atrás de Telly e atira nele?

Telly não vai me abandonar. Estamos nisso juntos, como oito anos atrás.

Lembre-se da mamãe, foi o que Telly me disse.

Minhas costas estão encharcadas. Meus ombros coçam. O homem se aproxima com passos firmes e fortes. Saindo das sombras. Cada vez mais próximo até que eu consigo ver o rifle em suas mãos. Embora esteja muito escuro para ter certeza, aposto que há uma verruga acima de seu pulso pálido.

"Você é o atirador do EZ Gas", eu falo. Contudo, ainda não reconheço o homem. Ele é definitivamente velho. Barrigudo, usa algum tipo de suspensórios para segurar os jeans largos. Mesmo a essa distância, percebo a intensidade do seu olhar. Um antigo comparsa do pai de Sandra Duvall, dá para imaginar. O tipo de cara que já era mau o suficiente nos seus áureos tempos e, com base nos níveis atuais de carnificina, ainda se lembra muito bem de como apertar um gatilho.

"Seu pai é o especialista de perfis criminais do FBI", o homem me diz. Ele está a menos de cinco metros agora, avançando de modo constante. Eu baixo o braço ao lado do corpo. Não quero que ele veja o que estou segurando. Não ainda. "Então a polícia sabe sobre o dinheiro."

"Você matou Richie Perth", digo, fazendo o possível para parecer que tenho certeza. "Depois de matar os Duvall. Queria ficar com o dinheiro só para você!"

"A polícia andou ocupada, pelo visto."

"Mas quando você foi acessar a conta, o dinheiro não estava lá. Porque Sandra já tinha feito a transferência. Mas ela não contou ao Richie, não foi? Ela manteve o segredo."

"Richie sempre foi meio idiota", o homem retruca. "O tipo de idiota que atira primeiro e pergunta depois. Eu sou mais esperto do que isso." Ele aponta o rifle para o meu peito.

"Quem é você?", pergunto curiosa de verdade. Quer dizer, se esse cara vai mesmo me matar...

"Jack George. Esbarrei com a equipe de busca mais cedo hoje. Posso dizer que conheço Dave dos bons tempos. Subimos na vida juntos. Antes de me aposentar, eu era seu braço direito."

"Mafiosos têm permissão de se aposentar?"

"Os confiáveis, sim. David se inteirou da nova vida de Sandra alguns anos atrás. Perto da época em que me aposentei. Ele pediu que eu me estabelecesse aqui, para ficar com um olho na filha dele e o outro nas operações de Nehalem. Bakersville é uma cidade boa o bastante. Sem falar que um cara da minha idade não gosta de ficar muito entediado."

Não sei o que dizer.

"Mais tarde, Dave foi diagnosticado com câncer", Jack George prossegue. "Decidiu que queria fazer as pazes. Sandra, como ela gostava de se chamar, nunca cedeu. Devia se achar melhor do que o pai, mas, se quiser saber minha opinião, o verdadeiro problema é que eles eram muito parecidos. Dois cabeças-duras que não davam o braço a torcer."

"Você sabia sobre o dinheiro? O acordo que ela tinha com o pai."

"Como eu disse, Dave e eu nos conhecemos de longa data. Você está me enrolando", ele diz.

É claro que estou. Jack George começa a parar a três metros de distância. Dali ele pode ver que estou de fato em um escoadouro, e que tenho algo enganchado no meu punho. Ele franze o cenho, pela primeira vez parecendo estar em dúvida.

Atrás dele, consigo ver meu irmão começar a mancar lentamente para a frente. Ele está se movendo de um jeito torpe; parece que suas mãos estão amarradas atrás de suas costas. Ou seja, além de machucado, ele está com os movimentos limitados. Em outras palavras, estou por minha conta. Num confronto com um homem com um rifle.

"Doug Perth me ligou com um plano", Jack George continua. Está me estudando intensamente, procurando um sinal de fraqueza. "Ele queria que eu ajudasse Richie em troca de uma parte do dinheiro. Mas depois de todos esses anos, por que me contentar com uma parte? Meus anos de aposentadoria não foram lá uma maravilha. Richie me ligou depois de matar Sandra. Se lamuriando porque ela o havia enganado. Fingiu entregar a informação, então ele atirou nela. É claro que depois, quando foi olhar a conta, percebeu que ela estava vazia. Mas eu conhecia Sandra.

Ela sempre foi muito inteligente. Se o dinheiro tinha sumido, ela tinha feito algo com ele. Era só uma questão de seguir a trilha. Então eliminei o meu rival..."

"Você atirou em Richie e na caixa."

"E fui dar um jeito no seu irmão. Eu já sabia da intenção de Richie fazer Telly levar a culpa para salvar a própria pele. Richie ameaçou enviando algumas fotos suas, deixou um bastão de beisebol na cama do garoto. Não era uma má ideia. Para que mexer em time que está ganhando? Me encontrei com Telly no EZ Gas e lhe passei os meus novos termos para o acordo. Agora ele tinha que assumir a culpa pela morte de Richie também, se quisesse proteger a irmãzinha. Melhor ainda, ele teria que descobrir onde estava o dinheiro para salvar a própria vida. Só que Telly deve ter aprendido um truque ou dois com a Sandra e tentou articular seu próprio jogo, deixando pistas para polícia, escondeu o pen-drive com as informações sobre a nova conta na sua mochila, uma garota que vive sob custódia da polícia.

"Família é algo poderoso, não acha? Ah, as coisas que fazemos pela família."

O velho sorri para mim. Depois aponta o rifle para o meu peito. Não tem como ele errar de tão perto.

"Seu irmão não me deu seu nome nem seu telefone. Mas um cara como eu, que passou anos sendo pago para ser persuasivo... Além disso, assim que percebi que nem Henry nem Telly estavam com as informações da conta, só havia uma única pessoa em quem Telly confiaria um segredo assim. O que me traz até você e nosso encontro. Acabou seu tempo, garota! Me dê o que eu quero, e talvez você possa ver sua família novamente."

Jack George me encara, uma curta distância é o que nos separa. Eu respiro fundo. Então é isso. O momento da verdade. Porque já não acredito em mais nada que o mafioso aposentado está dizendo. Assim que entregar o que ele quer, Telly e eu estamos mortos. Que é o que eu suspeitava que fosse acontecer desde o início.

"Tenho más notícias para você", sussurro.

"Não tem não."

Eu levanto a mão esquerda enquanto ponho a mão direita para trás.

"Não estou com o pen-drive." Mostro o que realmente estou segurando, um cortador de unha que costumo levar na mochila.

Lembre-se da mamãe.

"O quê?"

"Dei o pen-drive para o meu cachorro. Ele é um bom cachorro. Esperto também. Deve estar entregando a evidência para a xerife enquanto conversamos. Nada de dinheiro para você."

"Sua merdinha!"

Um rugido silencioso por trás dele. Telly finalmente está perto o bastante para atacar, exatamente como achei que ele tentaria fazer. Dessa vez, nada de bastão de beisebol para o meu irmão. Em vez disso, ele está cambaleando na direção do homem, braços amarrados atrás de suas costas, cabeça abaixada para agir como um aríete humano.

Eu não penso. Não hesito.

Lembre-se da mamãe.

Saco a arma de trás das minhas costas. O outro item que Telly enfiou na minha mochila. Não sei como atirar. Não tenho a menor ideia do que estou fazendo.

Mas eu também não sabia oito anos atrás quando peguei o bastão da mão do meu irmão atordoado e parei de pé sobre a nossa mãe, ainda desperta.

A mulher que nos amava. A mulher que ria, cantava e dançava com a gente pela cozinha. A mulher que nunca nos protegia, nem mesmo quando nosso pai estava batendo com tanta violência em Telly, que meu irmão tinha que implorar pela própria vida.

Se ela ainda estivesse viva...

Ergui o bastão naquela época. Aponto a arma agora.

O rugido obstinado de Telly. O grito de raiva do homem ecoando.

Um único tiro cortando a noite.

Jack George cai.

Luka dispara pelo estacionamento, Quincy, Rainie e os demais logo atrás dele. Quincy está empunhando sua calibre 22. A responsável pelo tiro certeiro, porque minha arma não fez nada além de dar um estalido vazio. O que me lembra do quão pouco sei sobre armas de fogo. Telly removeu todas as balas e eu nem percebi.

Não me importo. Não me importo com nada além de Telly.

Corro para ele, enquanto ele cambaleia, cai de joelhos.

Meu irmão. Meu irmão mais velho, orgulhoso, forte, que significa tudo no mundo para mim. Eu o abraço enquanto ele desaba. Nós dois caímos.

Telly não volta a se levantar.

EPÍLOGO

EU JÁ TIVE uma família.

Sandra e Frank tentaram fazer o melhor por mim. Mas Sandra também tinha seus próprios fantasmas para assombrá-la. Ela me contou sobre eles depois da visita do seu pai. Sua última noite no lar onde havia passado a infância. Como tinha conseguido realizar sua fuga espetacular, levando consigo as informações sobre a conta secreta do pai.

Por trinta anos, aquele conhecimento serviu como um seguro de vida. Ele não queria que ninguém soubesse do dinheiro, então se ela guardasse o segredo dele, ele guardaria o dela.

Um ano atrás, contudo, a conta no exterior foi revelada ao público, com a publicação dos papéis corporativos de alguma empresa de advocacia estrangeira. De repente, seu pai foi dedurado até para os próprios subalternos. Alguns deles, inclusive Douglas Perth, sabiam o que Sandra havia feito anos atrás, roubando os dados da conta.

O pai de Sandra tentou alertá-la sobre isso antes de morrer, de que ela perderia aquela proteção que a presença dele ainda oferecia. Sandra não acreditou nele. Tinha suas próprias ideias. No dia da morte do pai, ela transferiu os fundos escondidos para sua própria conta e abriu uma fundação em memória da mãe para ajudar abrigos de mulheres maltratadas por todo o país. Ela gostava da ironia da coisa: vinte milhões de dólares de ganhos ilícitos finalmente sendo usados para algo bom.

O que ela não previu foi a determinação dos comparsas de seu pai para colocar as mãos no dinheiro. Quincy me explicou mais tarde como o sucessor de Martin, Doug Perth, mandou o próprio filho ir atrás de Sandra para obter acesso aos fundos.

Como Richie Perth matou Frank e Sandra na própria cama, depois me incriminou, o filho de acolhimento problemático. O que Richie não sabia era que Jack George, antigo subalterno de Martin, tinha seus próprios planos.

Nunca tinha visto o sujeito antes. Não sabia quem ele era quando fui convocado ao EZ Gas, quando ele me passou a arma do crime de Richie e me avisou que mais uma vez eu seria o bode expiatório. Era isso, ou minha irmã pagaria o preço.

O que eu podia fazer a respeito? Atirei na câmera de segurança, assumi a culpa para manter Sharlah em segurança. Depois tentei encontrar Jack por conta própria, sabendo apenas que ele havia seguido a pé para o norte. Quando entrei no bairro e um cara maluco deu uns tiros na minha direção enquanto gritava comigo para sair de sua propriedade, não percebi o quão perto eu estava. Pensei que era algum maluco obcecado pelo próprio quintal. Eu corri, me escondi do outro lado da rua. Foi onde a equipe de busca acabou me encontrando, e fui forçado a tomar uma atitude da qual me arrependerei pelo resto da vida.

Não menti para Quincy. Eu realmente não atirava tão bem assim com um rifle. Fiz o que pude para mirar longe de órgãos vitais, era só para assustar a equipe. Acertei duas pessoas em vez disso. Ambas sobreviveram, mas agora tenho mais gritos para me manter acordado à noite. Sem falar em uma ficha criminal mais longa. Mas chegaremos a isso em um segundo.

Jack deve ter percebido que ele estava numa situação favorável para agir naquele momento. A polícia estava me perseguindo, o que dava a ele mais tempo para terminar a missão fracassada de Richie e achar os vinte milhões.

Então voltou para a casa de Frank e Sandra naquela noite. Só que a polícia já estava lá. Ele tentou assustá-los com o rifle, só que eu atirei de volta. Depois disso, seguiu o plano B: encontrar Henry, que com certeza saberia dos segredos da mãe.

Mas Henry estava longe de casa há algum tempo. Sandra não teve oportunidade de contar nada para ele. Henry tomou um tiro no flanco como um estímulo para falar. Percebendo que a próxima bala seria no joelho, ele blefou o melhor que pôde. Claro, vinte milhões, eu sei de tudo. É só você me levar de volta para casa.

Foi quando Henry me encontrou. E Jack abriu um buraco similar no meu ombro esquerdo. Depois foi a minha vez de blefar. Um lance desesperado.

Nos bosques, naquela tarde, sem saber mais o que fazer com a arma que o assassino tinha me dado, eu a enfiei na mochila de Sharlah. Removi as balas, e o pente de disparo. Não queria que a arma fosse uma ameaça para ela. Mas também usei seu peso para encobrir meu maior segredo, e escondi o pen-drive de Sandra com os dados da nova conta. Imaginei que cedo ou tarde Sharlah encontraria o pen-drive e o mostraria para a polícia. Talvez se eles tivessem as informações sobre a conta antiga, descobririam o que Sandra tinha feito trinta anos atrás e isso os levaria a Jack George, e eles entenderiam o que estava acontecendo. Só que eu não queria que eles encontrassem George tão rápido. Ao esconder o pen-drive em vez de entregá-lo, eu ganhei tempo para encontrá-lo primeiro. Eu ia mesmo fazer o que havia dito para Sharlah naquela tarde. Depois do que ele fez com a minha família...

Eu realmente tinha mais uma pessoa para matar.

Será que Sandra sabia que alguém viria atrás dela depois de todos esses anos? Ou será que ela imaginou que não seria assim tão fácil? Que nada na vida vinha de graça, ou que talvez o problema seja que quanto mais se corre, mais o passado acha modos de alcançar você?

Sandra tinha usado o computador de casa para criar a fundação e transferir o dinheiro. Depois, ela copiou todas as informações para o pen-drive antes de apagá-las do disco rígido da máquina. Ela não queria que Henry visse nada antes de ter a chance de conversar com ele. Ou foi o que ela disse. Pessoalmente, acho que Sandra estava acostumada a guardar segredos, por isso não poderia lidar com o dinheiro de nenhuma outra forma.

Depois de encontrar os corpos dela e de Frank no início da manhã, procurei o pen-drive, e o encontrei enfiado na lombada de um dos seus livros de receitas. Não sabia o que fazer com ele, mas se Sandra tinha o hábito de manter segredos, eu tinha o hábito de proteger os segredos dela.

Mais tarde, ao encontrar Sharlah no bosque, percebi que era o melhor momento de passar os dados adiante. Se a arma e a foto não colocassem os pais de Sharlah na direção correta, o pen-drive faria isso.

Depois, caído e ferido no quintal em frente à casa dos meus pais, com Jack parado sobre mim pronto para finalizar o serviço, percebi que tinha só mais uma esperança: pedir ajuda à irmã que eu vinha tentando proteger a todo custo. Ter esperança de que seus pais realmente mereciam a fama que tinham e fariam algo para proteger nós dois.

Não achei que Sharlah realmente viria sozinha. Ou que ela traria a arma inútil. Quando disse a ela para se lembrar da nossa mãe, quis dizer que era para ela me deixar levar a culpa.

Mas Sharlah tinha suas próprias lembranças. Mais do que eu imaginava. Foi ela quem deu o golpe fatal naquela noite. Antes de eu tomar o bastão das mãos dela e, em meu luto e no calor da raiva, machucar a irmã que eu havia jurado amar tanto quanto nossa mãe.

Só que nossa mãe... Não sei. Existem certas relações, certos tipos de amor, que ainda não sei explicar.

Eu não teria machucado nossa mãe naquela noite. Teria chamado uma ambulância, teria salvado a vida dela. E como Sharlah e eu temos discutido desde então, nossa mãe se envolveria com o próximo babaca viciado e nós provavelmente acabaríamos do mesmo jeito que havíamos começado.

Mas ela era nossa mãe. E, como eu disse para Sandra, ainda me lembro daqueles momentos quando ela estava feliz. Sinto falta daquela mãe. Lamento por ela todos os dias. E minha irmãzinha?

Ela me salvou. Outra vez. Ela tinha sua própria família e a usou muito bem, colocando o pen-drive no seu cão, junto com um bilhete para sua mãe, explicando a Rainie Conner exatamente onde Sharlah estava indo e da ajuda que ela precisaria em seguida.

Uma família se constrói com confiança, Sharlah me disse.

Então a cavalaria apareceu: Rainie e Quincy e a própria xerife vieram nos salvar.

Família ajuda família, Sharlah me ensinou.

Foi por isso que ela entrou em uma biblioteca vazia no meio da noite e enfrentou um lunático, apenas para me ajudar.

Sharlah, Rainie e Quincy me visitaram no hospital. Quincy até falou com a agente de condicional, Aly, que, por ser a assistente social encarregada do meu caso, era quem mantinha o controle do meu futuro legal.

Eu não atirei em Frank nem em Sandra. Não matei ninguém no EZ Gas, mas atirei na equipe de busca, feri um agente da SWAT e uma rastreadora voluntária, mesmo que essa não fosse minha intenção. As acusações incluíram tentativa de assassinato, assalto em primeiro grau e conduta imprudente envolvendo armas de fogo. Todos crimes graves. Num tribunal para adultos, eu teria encarado uma sentença de quinze anos.

Por ser um jovem de 17, contudo, eu poderia ter ficado no sistema juvenil, servido em regime fechado, seguido por anos de liberdade condicional, serviço comunitário e aconselhamento obrigatório.

Curiosamente, foi Henry quem testemunhou a meu favor. Ele escreveu uma carta para a própria Aly, falando de como os pais dele acreditavam em mim. Frank e Sandra queriam me ajudar a colocar a vida nos trilhos.

Ver isso tudo ser jogado fora porque acabei sendo pego no fogo cruzado do drama do passado de Sandra...

Henry melhorou primeiro, depois passou algum tempo no meu quarto do hospital. Contei a ele o que sabia sobre sua mãe, o que ela tinha feito quando menina. Hoje em dia, Henry tem muitas responsabilidades, sendo o único herdeiro e diretor executivo de uma fundação de vinte milhões de dólares.

Ele me ofereceu um emprego, mas eu sabia que no fundo não era o que ele queria fazer, e nós dois sabíamos disso. Estávamos tentando manter uma relação, em nome de Sandra, mas, além de nossos pais, nós nunca tivemos muito em comum. Não somos uma família. Somos apenas duas pessoas que amavam Frank e Sandra Duvall.

O funeral. Vocês tinham que ver quanta gente apareceu. Só os alunos de Frank já eram tantos... Ele teria ficado orgulhoso. Tão orgulhoso.

Aly me convidou para morar com ela por um tempo. Ela me conseguiu um julgamento para menores, agendado para daqui a alguns meses. Quincy ajudou. Relatou como eu salvei a vida dele. Depois, no debate "vilão ou herói", um juiz dará a sentença final. Por enquanto, vou fazendo aconselhamento, cumprindo meu dever, como Aly gosta de dizer. Porque a vida é feita de escolhas e consequências, e eu tenho que melhorar nas minhas escolhas para poder colher melhores consequências.

Quero ir para uma escola de culinária. Quero levar o frango com parmesão de Sandra para o mundo, porque quando estou na cozinha, consigo senti-la perto de mim, e isso faz eu me sentir bem.

Quero ajudar outros garotos com problemas. Se eu for meu próprio chefe, poderei oferecer empregos como lavadores de prato, arrumadores de mesa. Vou poder ensinar, porque quando ajudo os outros, sinto Frank perto de mim, e isso faz eu me sentir bem.

Quero conhecer minha irmã de novo. Passar mais tempo com ela e com a família dela. Porque quando a Sharlah sorri para mim, não me lembro mais daquela noite. Me lembro do cereal Cheerios e do *Clifford, o Gigante Cão Vermelho*. Me sinto orgulhoso e forte, como um irmão mais velho deveria se sentir, e isso faz eu me sentir bem.

Quero me sair melhor. Quero ser alguém melhor.

Eu já tive uma família.

Agora, com um pouco de trabalho e esforço, um dia... Eu terei uma família...

Outra vez.

AGRADECIMENTOS

A GÊNESE DE *Bem atrás de você* começou perto de casa. Antes de mais nada, preciso agradecer aos meus leitores por sugerirem que já era hora de outro livro com Quincy e Rainie. Sendo uma romancista que conseguiu escrever várias séries — os thrillers dos especialistas em perfis criminais do FBI (também conhecida como os livros de Quincy e Rainie), os romances da Detetive D.D. Warren, e os livros de Tessa Leoni — eu decidi fazer uma enquete no Facebook na primavera de 2015 para ver quem deveria estrelar meu romance de 2017. Admito logo de cara que pensei que seria uma disputa entre D.D. Warren e Tessa Leoni. Mas não, parabéns aos vencedores: Quincy e Rainie. O que me levou a passar o outono relendo meus próprios romances; já que fazia um tempo desde que havia escrito sobre os especialistas do FBI, eu tinha que colocar o papo em dia com eles!

Assim que soube que escreveria um livro sobre especialistas em criminosos, eu precisava de um crime. A coisa mais difícil em ser uma autora de suspenses é pensar em algo que você ainda não escreveu. Nesse caso, decidi pesquisar assassinos impulsivos, um tipo de assassino que eu não conhecia, mas que certamente está em evidência. Ironia do destino, eu me sentei no meu sofá, peguei a cópia do meu marido da revista SWAT e descobri um artigo sobre o rastreamento de fugitivo, escrito por Pat Patton. Amei seu comentário dizendo que apesar de toda tecnologia agora disponível, ainda não há um bom substituto para o bom e velho trabalho de rastreamento à moda antiga. Como sou uma otimista por natureza, mandei um e-mail para Pat, sugerindo que ele gastasse um pouco do seu tempo valioso ensinando uma escritora de suspense atrapalhada. E ele concordou! Então meu muito obrigado a Pat Patton, que com suas dicas e conhecimentos ensinou tudo que meu rastreador ficcional, Cal Noonan, precisava saber. Qualquer erro ou licença poética é por minha conta, exclusivamente.

Um assassino impulsivo precisa estar armado. Todos esses anos e várias aulas de tiro depois, ainda não me sinto à vontade com armas. Por outro lado, meu marido e minha filha são excelentes atiradores. Então, continuando minha missão de escrever um romance sem sair do sofá, peguei o cérebro deles para a coleção de armas de Frank Duvall e, é claro, as aulas de tiro. Meu marido e minha filha são muito inteligentes e fizeram o possível para me ensinar. Mais uma vez, qualquer erro ou licença poética é por minha conta, exclusivamente.

Para as dicas de receita de Sandra Duvall, devo um superobrigado à minha própria mãe, cujo frango assado é um exercício de perfeição. Ah, e Telly ralando o dedão, isso veio da minha filha também. Viu o que acontece quando você convive com uma autora de thriller? Tudo, absolutamente tudo, se torna material para o próximo romance.

Próximo passo: desenvolver o passado complicado de Telly e Sharlah. Minha mais profunda gratidão ao Dr. Gregg Moffatt e Jackie Sparks, por suas dicas sobre o trauma de infância e avaliação adequada dos jovens infratores. Também passei um tempo de qualidade entrevistando agentes de condicional e assistentes sociais. O sistema não é perfeito, mas como Telly e Sharlah podem atestar, há ótimas famílias por aí, e lares definitivos esperando para serem encontrados.

Falando em família, por que não incluir nossos membros caninos? Devo um muito obrigado a Gregg DeLuca, soldado estadual de New Hampshire, e a Tyson, seu pastor-belga Malinois, que me forneceram informações para criar Luka. Poderia passar o dia inteiro ouvindo as histórias de DeLuca sobre os feitos de Tyson. Como soldado, DeLuca disse, Tyson é um cão raro de se ver por aí. Entendo perfeitamente o que ele quer dizer.

O que nos leva à incomparável Molly, uma cadela resgatada que encontrou seu lar definitivo junto a Deb Cameron e Dave Klinch. Graças à doação generosa deles para a Conway Area Humane Society, Molly recebeu sua transformação na extraordinária cadela de rastreamento, junto de sua treinadora Deb, é claro. Molly Cabeçuda, também chamada de Mollywogs, é uma das cadelas mais doces, corajosas e patetas que já conheci. Na vida real, é mais fácil Molly roncar alto do que derrubar um fugitivo armado, mas ela ainda é uma heroína. Encontrada abandonada, extremamente fraca e a um dia de dar à luz seus filhotinhos, Molly foi levada por um grupo de resgate de cães do Tennessee. Apesar de sua saúde fragilizada, Molly deu à luz a sete filhotes gordinhos e saudáveis, e

cuidou deles com muito orgulho. Ao chegar em New Hampshire, a doce disposição da pit bull mestiça a transformou em favorita instantânea do abrigo. No final, a gerente do abrigo, Deb, não conseguiu se separar dela, e Molly se tornou um membro amado de sua família. Para mais informações, você pode visitar a página do Facebook de Molly, www.facebook.com/mollywogwalks/photos. Acho que você vai concordar que ela é uma cadela muito simpática.

David Michael Martin também ganhou o direito de ter seu nome nesse livro graças a uma doação para o abrigo. Por ser um homem com três nomes, e nenhum sobrenome, ele achou que daria um excelente *serial killer*. Tenho que concordar. Sua doação original, contudo, foi em memória de sua amada avó Norinne Manley, a Nonie. Nonie também era mãe de Carol Manley, que os leitores reconhecerão como uma detetive de *Find Her*. Para resumir, a família ficcional de David agora inclui um gênio do crime, uma detetive de Boston e um rastreador de fugitivos. Tenho que escrever uma reunião de família da próxima vez. Obrigado novamente, Dave, pela sua generosidade com a Conway Area Humane Society, e espero que você goste!

Mais uma vez, convidei meus leitores a se envolverem na diversão fatal. Erin Hill ganhou o prêmio anual "Kill a Friend, Maim a Buddy" [Mate um Amigo, Mutile um Companheiro] no site LisaGardner.com indicando a si mesma como a cadáver sortuda. Isabelle Gerard venceu a edição internacional do "Kill a Friend, Maim a Buddy", selecionando Bérénice Dudkowiak para um papel de psicóloga forense. Não tema, pois o concurso estará de volta em 2018.

Boa sorte na sua próxima tentativa de conquistar a imortalidade literária!

Este livro foi composto com tipografia Electra LT e impresso
em papel Off-white 70 g/m² na Formato Artes Gráficas.